LE ROMAN DE JEANNE ET NATHAN

“Domaine français”

ISBN 978-2-330-18210-6

CLÉMENT CAMAR-MERCIER

Le Roman de Jeanne et Nathan

roman

ACTES SUD

57.

Puisqu'émerger quelques minutes avant la sonnerie de son réveil est souvent synonyme d'une nuit reposante, cela aurait pu être un matin idéal. En s'étirant, elle se souvint que son nouveau rôle méritait une attention particulière et que les dernières ambitions de la boîte de production qui l'embauchait lui tenaient à cœur. Passionnée de mythologie, elle y voyait une manière tout à fait joyeuse de joindre l'utile à l'agréable. Si l'épisode était réussi, elle serait l'effigie d'une série inédite qui voulait proposer aux spectateurs une relecture des mythes grecs pas si éloignée de leur réalité ontologique. Oui, où trouve-t-on aujourd'hui des scénarios où l'on couche avec sa mère, où l'on viole une fille devant les yeux du père, où l'on humilie avec plaisir, où l'on se couvre de sperme, où le désir est si fort qu'il nous fait perdre tout moyen et où les fantasmes n'ont pas de limites ? Maintenant que les livres et les films ne devaient parler que de ces choses chastes et réalistes qui l'avaient toujours ennuyée, il ne lui restait effectivement que les scénarios de l'industrie pornographique pour espérer se hisser à la hauteur de l'imagination débridée des fondateurs de la démocratie. Si ces films devenaient des succès, elle rêvait même de continuer ce travail autour de la Bible, un autre souvenir d'enfance. Peut-être qu'elle pourrait devenir réalisatrice. Ne mettons pas la charrue avant les bœufs. Elle sourit de la désuétude de l'expression qu'elle venait, en pensant, de chuchoter.

La perspective d'une Phèdre jeune et séduisante, et non pas de cette horrible marâtre dont l'imaginaire théâtral nous a farci la tête, la comblait de joie puisque, dans cette version, Hippolyte lui succombait. Mais pas que ! La scène du triolisme avec le père et le fils, qu'elle allait tourner aujourd'hui, renversait enfin les codes du stéréotype "un homme, deux femmes". Scénario trop souvent visible dans le genre de production conventionnelle : mère-enseigne-le-sexe-à-sa-fille-et-son-gendre. Sans aucun doute, elle serait parfaite en fille de Minos et de Pasiphaé.

L'exigence physique que requiert le métier d'actrice pornographique n'est pas à prendre à la légère : elle dut entièrement s'épiler, se nettoyer et, surtout, procéder à un lavement anal. Elle avait son propre matériel, une petite poire qui faisait très bien le travail. Malgré la faim, elle devait évidemment être à jeun en vue de garder propre le précieux orifice. Elle but tout de même un jus frais, qu'elle pressa avec avidité. Vint le moment de l'egoportrait rituel ; avec son téléphone intelligent, elle se prit en photo, tout sourire, avant de diffuser le cliché sur l'armada de réseaux sociaux qu'elle possédait, avec la phrase suivante en exergue : "Double péné pour moi aujourd'hui – quelle excitation !" Les commentaires ne se firent pas attendre, tous ses admirateurs l'encouragèrent : "trop hâte de voir, bon courage, émoticone cœur, toujours dans la cour des grandes, kiffe bien ta race", et patincouffin.

Quelque chose avait changé. Il ne pouvait pas dire exactement quoi. Quand il ouvrit les yeux, il pensa que s'il s'arrêtait maintenant, il était encore possible de dire qu'il avait passé un bon moment. Rien n'est si facile. La tête lourde, les paupières sèches, la gorge en feu. Physiquement : dur. Il avait l'habitude. Mentalement : insupportable. Il savait que plus le temps avançait, plus il avait à perdre. Il en avait peur, visiblement pas assez pour changer. Son aspiration au changement lui permettait de rester inlassablement le même et de répéter les mêmes erreurs. Au fond, il avait l'intuition qu'il ne vivait sa vie sans autre but que de la vivre et les événements qui semblaient la ponctuer n'étaient là que pour lui faire croire en l'idée même de vie. Comment passer le temps, alors ? La cigarette était souvent la réponse la plus matinale, avant que la journée ne dégénère. Une clope et le tracas de ce rien n'était presque plus rien du tout. Qu'est-ce que je vais bien pouvoir inventer aujourd'hui pour vivre un truc exceptionnel ? Bordel. Il aimait bien ce mot, *bordel.* Il le pensait si fort qu'il lui arrivait parfois de s'entendre.

Il se souvint alors du cahier posé sur sa table de nuit. Il en avait fait l'acquisition la veille. C'était un de ces beaux cahiers neufs qu'on s'offre dans des boutiques artistico-conceptuelles avec la conviction que l'on va se mettre à écrire, à ordonner ses idées. Un stylo et un cahier achetés sont des gages positifs pour le moral. Ils ouvrent des perspectives. C'est Hitchcock qui lui avait soufflé cette idée : celle du scénariste en manque d'inspiration la journée, mais qui a l'impression de rêver la nuit de scénarios plus novateurs les uns que les autres. Sur les conseils d'un ami, ce scénariste décide de mettre un calepin à son chevet pour pouvoir écrire ses idées dès qu'il se réveille. Au petit matin, il se précipite sur ses papiers et relit les notes nocturnes. Il n'y a qu'une phrase : "Un homme rencontre une femme."

"J'ai envie de mourir. Je suis un drogué incapable. La vie est une douleur terrible." Voilà les seuls mots qu'il trouva ce matin-là. Finalement, ce cahier n'était peut-être pas un achat malin. Il se rendormit.

Un bruit étrange le réveilla. Il tenta de marcher jusqu'à sa cuisine – tout bien réfléchi il rampa –, puis découvrit que son frigidaire était devenu un rabbin transsexuel roumain dont le yiddish laissait pourtant à désirer. Avec évidence, il gardait tout de même sa capacité à tenir les aliments frais. Ses pieds s'enfoncèrent dans le sol, une matière visqueuse non identifiée et non identifiable l'entraînait. Quand vint le tour de sa tête d'être submergée, la viscosité gélatineuse et le goût aigre de la substance mouvante qui l'aspirait le réveillèrent encore. Il souffrait de ce que la toile appelait prétentieusement la paralysie du sommeil. Il s'était instruit à ce sujet sur les moteurs dits de recherche. Ce symptôme vous fait vous réveiller à l'endroit où vous vous êtes endormi, toutefois vous n'avez plus la capacité ni de bouger, ni de parler, ni de crier. Parfois, vous êtes en mesure de vous mouvoir, avec grande difficulté. Tout semble à la fois irréel et très réel. Votre respiration, votre cœur, tout s'accélère. Et vous vous réveillez à de nombreuses reprises, sans fin. Jusqu'au sursaut final qui vous sort de votre terreur nocturne, ponctué souvent d'un cri.

Il fallait aller en cours. Dans une heure, il tiendrait une conférence sur l'esthétique du cinéma classique hollywoodien. Malgré les apparences, cela pouvait bien se passer.

Outre l'approche religieuse de leur aurore respective, ce matin-là, Jeanne et Nathan eurent autre chose en commun. Avant de quitter leurs appartements, ils consommèrent de la drogue. Dans ce cas précis, ils aspirèrent chacun une dose de cocaïne par le nez.

C'était une ligne.

56.

Il était clair qu'elle devait dominer la séquence. Dans la version qu'ils tournaient, elle avait déjà couché avec Hippolyte qui n'avait pas su résister à ses charmes. Sous l'influence d'Œnone, la nourrice cochonne – qui se contentait de regarder les scènes pornographiques en se masturbant –, Phèdre devait provoquer la colère de Thésée avec la perspective d'avoir un rapport charnel original mêlant son fils puceau et l'ogre héroïque qui lui servait de mari. Le réalisateur, Damien, l'écoutait avec une attention toute particulière. Les deux acteurs, James et Loren, ne participaient pas aux discussions, ils préparaient avidement la prochaine séquence en massant consciencieusement leurs sexes pour qu'ils restent durs et fermes pendant des heures.

Damien lui posa la question. Elle tenta d'y répondre. "Difficile de décrire l'orgasme féminin." Il n'imagine même pas. Sinon, il ferait le contraire de tout ce qu'il se passe dans cette vidéo. D'ailleurs, il ferait, de manière plus générale, le contraire. Il serait bon que les hommes fassent le contraire. Tout ce que vous faites, les mâles, pour le faire bien, il y a juste à faire le contraire. Plus largement, si la société idéale existait, elle serait le contraire de celle-ci. Elle le pensait. La description la plus précise qu'elle pouvait donner au réalisateur d'un orgasme, même si la dernière fois qu'elle y avait réellement goûté datait, c'était un arbre. "Imagine un arbre qui part de tes parties génitales et qui se met à pousser dans tout ton corps, branche après branche. Et qui remonte jusqu'à ton crâne." De cet arbre, tu ne goûteras pas le fruit. Elle aimait se répéter cette phrase chaque fois qu'elle devait faire semblant de jouir.

Jeanne ne voulait pas tomber dans la caricature de ceux qui disent que faire du sexe, du bon sexe torride avec imagination éclatante, c'est se comporter comme des animaux. Loin d'elle cette idée. Elle n'avait d'ailleurs jamais vu un taureau quémander une branlette espagnole. Cela n'avait donc rien d'animal, tous ces plaisirs coquins. D'ailleurs, elle connaissait *inhumanité*, mais n'avait jamais entendu parler d'*inanimalité*. Quel dommage d'avoir tout gâché. Jeanne appréciait cette formule. Quel dommage d'avoir tout gâché. Cela vous donne une certaine idée de l'histoire, telle qu'elle l'envisage, de l'*Homo sapiens sapiens* (elle tient à rajouter la répétition sans savoir ce que ça peut vouloir dire : celui qui sait qu'il sait – la classe).

En parlant de taureau, elle avait refusé de participer aux passages zoophiles qui devaient mettre en scène sa mère copulant avec cet animal viril. Une toute jeune actrice, en quête de célébrité, les accepta. Le lendemain, le tournage aurait lieu, Jeanne était invitée et y passerait sûrement, par curiosité, au moins pour voir l'accouplement entre une femme et un taureau. La modernité a ses secrets.

L'heure était à la double pénétration. Pour ce faire, elle enduisit ses orifices de lubrifiant. Et les deux hommes, déguisés avec des pagnes grecs bon marché, purent – comment dit-on – la *prendre*.

La difficulté d'être professeur réside dans la prouesse de faire semblant que l'on sait répondre aux questions, à toutes les questions. Par souci d'autorité, par professionnalisme. Sobre, plus Nathan écoutait son cours, plus il se déprimait, et plus ses propres lacunes mutaient en plaies à vif. Comme tant de fractures ouvertes qui l'immobiliseraient à jamais et le laisseraient exsangue. Drogué, il se trouvait brillant, et pouvait parfois avoir l'impression d'apprendre des choses en s'écoutant. Peut-être était-ce le signe d'un enseignement peu fiable, mais cette pensée égocentrique le rassurait. Pour faire le malin, Nathan décrivait le cinéma classique hollywoodien comme la symbiose parfaite entre les arts soumis aux lois de la représentation synchronique et ceux soumis aux lois de la représentation diachronique. Il raconta approximativement

que cette distinction chère à Lessing, que lui-même empruntait à James Harris, entre les signes naturels, propres à la peinture, et les signes arbitraires, propres à la poésie, pouvait, selon lui, définir l'apothéose esthétique occidentale du XXe siècle que fut le cinématographe. Seul cet art pouvait lier ensemble le désir de reproduction mimétique de la nature et les conventions du langage. Pour arrêter d'être didactique, il dut s'accorder une petite pause à mi-chemin de son long et foisonnant monologue (deux heures trente) pour se *repoudrer* le nez. Il avait appris assez récemment que cette expression décrivait un geste de maquillage féminin alors que, dans son imaginaire, cela avait toujours renvoyé à l'usage de la cocaïne. Dans les deux cas : il était bien question de ce que nous paraissons et de ce que nous pensons de nous-mêmes. Du regard. Imaginez. Plus de cent bourgeons d'humains, héritiers de rien, lui faisaient face, tous en quête d'une carrière artistique. Il aimait dire aux étudiants lors de ses premiers cours : “Si vous voulez faire du cinéma, vous pouvez partir.” Son cynisme plaisait à une jeunesse prise en étau entre le progressisme exécrable du monde et la vieillesse aigrie des professeurs. Par la même occasion, il justifiait son échec. Son rôle consistait à faire de sa vie ratée un modèle à ne pas suivre. Au moins, il pouvait se contenter de servir de mauvais exemple.

Chaque minute passée en cours devenait une torture, il fallait que ça cesse. Comme on peut faire l'amour à quelqu'un que l'on n'aime plus juste pour qu'il ne nous le réclame pas, il vivait sa vie en espérant qu'elle se termine au plus vite. Ses élèves le sauvaient. Avec eux, il jouait à ce mec cool qu'il n'était sûrement pas. Seul, il se trouvait face à l'atroce réalité de n'être que celui qu'il était. Il devait l'accepter, pire : le supporter. La drogue l'aidait évidemment à tolérer celui qu'il était en lui faisant croire qu'il en était un autre, plus fort, plus cool donc. Ce que la drogue lui apportait au quotidien de manière détournée, ses étudiants le lui offraient de manière réelle. En alliant les deux, il pouvait être heureux. Pour eux, il était généreux et disponible. Avec eux, il était aimable. Sans eux, il serait déjà mort. Bref, il fallait qu'il se calme. Ça tombait bien, c'était la fin du cours. Toilettes.

“T’aimes la douce mélodie juteuse de ma bite dans ta bouche ?” Posait-il sincèrement la question ? Avait-il travaillé, préparé cette phrase ? La lui avait-on inspirée ? Elle la trouvait pas mal, littérairement parlant. Mais attendait-il réellement qu’elle lui réponde : “Oui, j’aime la douce mélodie juteuse de ta bite dans ma bouche.” La vérité n’était pas pire, elle était simple : oui, il le pensait vraiment. C’était bien pire que tout. Jeanne savait que l’homme était tellement prétentieux qu’il allait jusqu’à croire pouvoir donner du plaisir à une pute, pour se dire en définitive qu’il avait accompli ça non pas pour lui, mais pour elle – pour la pute –, pour lui donner un peu de plaisir dans son quotidien de soumission. Jeanne trouvait bizarres tous ces gens qui voulaient donner du plaisir aux prostituées, alors qu’ils payaient pour qu’elles simulent, et tous ces gens qui se masturbaient sur elle en s’imaginant que son plaisir était vrai. Je suis une actrice. En sortant du théâtre, on peut être impressionné par la performance d’un acteur, se dire “Il joue tellement bien le fou”. Sa manière de jouer nous frappe, c’est-à-dire sa manière d’être réel. La reproduction de la réalité nous émeut et non pas la réalité en soi. L’acteur ne doit surtout pas être ce qu’il joue, sinon il n’y a plus de théâtre. Il faut que ce soit faux. Mais pour pouvoir se masturber devant du faux, il faut se persuader, même temporairement, que c’est vrai. Pour l’homme, une différence notoire : il n’est pas en capacité de simuler l’éjaculation, sinon le monde serait plus beau. Son métier était compliqué. Peut-être que la simulation vient juste combler un vaste processus en cours : celui de la dépendance affective généralisée. Très compliqué. Elle avait eu le temps d’avoir ces considérations durant une courte pause, nécessaire aux changements de lumières, de positions et au repos des phallus éternellement dressés. Elle était passée aux toilettes, la cocaïne lui enlevait l’inexorable faim, la fatigue et lui redonnait le peu de fierté et d’assurance qui pouvaient lui manquer quand sa situation professionnelle prenait trop de distance avec le désir qu’elle avait de faire revivre la Grèce antique.

Ce tournage se déroulait bien. Elle s’éloignait du début difficile de la vie des pornographes. Monter dans le camion. Voir la trentaine d’hommes qui vont te sauter. Leurs visages. Leurs sourires. Te demander où sont les autres filles. Te rendre compte

que tu seras la seule. Comprendre leurs sourires. Leur répondre. Être professionnelle. Il y a des matins plus durs que d'autres. Jeanne se souvenait du tournage de *Ces nécromanciens ramènent une femme à la vie et la défouraillent*. Alors aujourd'hui, ça allait. Ce n'était pas *si pire*.

Midi. Il mangea une pomme. Seul aliment qu'il pouvait avaler. Une pomme un peu molle et fraîche pour sa gorge sèche et tendue par la poudre au goût de pétrole. Il lui arrivait de penser à Kierkegaard après le déjeuner. L'idée que, pour arrêter de désespérer, il fallait vraiment désespérer l'inspirait à cette heure médiane de la journée. La moitié était passée, il restait encore l'autre. La mort lui semblait plus facile à vaincre que le désespoir. Le soleil ne pointait pas son nez, la baie vitrée du restaurant universitaire était propre et laissait entrevoir tout un univers potentiellement vivable à l'extérieur. Cela devait être une belle journée : il pouvait dire oui à la vie. Il y a tant de manières de vivre en disant non à la vie. Il doit y avoir des trucs comme ça chez les Danois. Parce qu'il y a une vraie différence entre répondre et réagir. Parce qu'il y a l'idée qu'on ne peut pas trouver la sortie du désespoir, qu'elle advient par elle-même. Parce qu'il ne faut pas être volontariste, car dans le volontarisme, il y a un désespoir qui s'ignore. Parce qu'il faut juste accepter pleinement de vivre. Faire le saut de la foi. S'apercevoir qu'exister est bien une expérience terrorisante, mais pas que. Savoir en quoi je crois : une pensée encombrante ; c'est extraordinaire qu'être moi soit tombé sur moi : une pensée rassurante ; nul ne peut penser à moi avant que je ne sois moi : une pensée enivrante. Décidément, il aimait bien les baies vitrées.

Au loin, dans une autre partie du réfectoire, il aperçut Lou, une étudiante avec laquelle il entretenait ce qui pouvait s'appeler une liaison. Un léger courant d'air fit voler *pianissimo* sa jupe couleur de cendre au-dessus de ses genoux. C'était un événement objectivement beau et le seul sentiment qu'il était capable d'éprouver en le voyant fut de la jalousie. Il prit soin de se décaler un petit peu, pour qu'elle ne pût le voir. Il sortit son téléphone et lui envoya un message qui lui proposait un rendez-vous l'après-midi même. Elle y répondit, comme à son habitude, et, de surcroît, positivement. Lou demeurait irréprochable et il n'avait aucune raison d'être jaloux. C'était précisément ce qui lui était insupportable.

Le temps vint pour lui de s'occuper de formalités administratives liées à son laboratoire de recherche. Une demande de subvention et d'autres banalités. Il savait trop bien qu'on ne pouvait affronter l'Administration française qu'en étant défoncé. Il n'existait, objectivement, aucune alternative. Il y succomba.

55.

Vous êtes-vous déjà demandé à quoi pensent vos actrices et acteurs fétiches lors des vidéos qui rythment le désengorgement de votre misère sexuelle ? L'esprit de Jeanne divaguait toujours, comme ces quelques minutes avant l'endormissement, ou quand un regard perd sa mise au point pour se focaliser sur l'infini. Ses idées flânaient, comme des idées. En tout cas, elles n'étaient jamais dévouées à l'action présente, ni au plaisir, ni au désir, ni à une quelconque représentation sexuelle.

Cependant que deux énormes sexes de vingt-trois centimètres allaient et venaient à grande vitesse dans son vagin et son anus, Jeanne poussait de ces petits cris ridicules qui rendent fous les hommes. D'abord, elle rêva d'avoir faim. Elle pensa chocolat puis réfléchit à l'utilité de la pornographie. Changement de position. Ses pieds ne touchaient plus le sol. Son poids reposait entièrement sur les deux sexes des acteurs. Ce qu'elle faisait en ce moment évitait-il que les fantasmes débordent sur le réel ? Jeanne s'inquiéta. N'était-elle pas justement en train de créer la frustration qu'elle voulait elle-même combattre ? Elle en oublia de couiner. Le réalisateur la rappela tout de suite à l'ordre. Elle gémit outrageusement. Toute l'équipe en fut comblée. Jeanne devait jouer à la pute. Elle ne devait pas jouer à la fille qui avait réellement du plaisir, elle devait jouer vraiment à la fille qui faisait semblant pour que les gens réussissent à penser que c'était vrai. Ces multiples mises en abyme l'éloignèrent encore plus de la rudesse de sa tâche. Il lui fallait quelques minutes. De la cocaïne, du lubrifiant. Elle s'excusa. Cherchant l'absolution, elle offrit quelques profondeurs de sa gorge aux acteurs qui la trouvaient, pour l'instant, peu professionnelle, disons pas à la hauteur de sa réputation. Le mal était pardonné. On l'attacha. Elle dit : "C'est ça que tu appelles dominer la scène, Damien ?" Il répondit : "T'inquiète, fais-moi confiance." Elle n'était plus à ça près. On la ligota plus fort. Au moins, elle n'aurait plus à bouger. Juste gémir. Ses pensées s'envolèrent encore un peu plus loin.

La cocaïne fit son effet. En fait, Jeanne donnait du bonheur aux solitudes du monde. Elle n'était certainement pas une victime. Personne ne l'avait jamais forcée et les femmes ne devraient pas se sentir honteuses d'être à l'aise avec leur érotisme. Avant, les actrices pornographiques étaient surtout des prostituées qui changeaient vaguement leur fusil d'épaule. Maintenant, les jeunes adolescentes ont grandi avec la pornographie, c'est devenu une vocation. L'industrialisation numérique et la gratuité de la pornographie ont tout changé. "T'es pas dedans, Jeannette !" Elle s'excusa, n'osant guère dire qu'elle pensait au droit du travail juste avant qu'ils éjaculent sur son visage de nymphe.

Sa réflexion se clôtura par des problématiques contemporaines et consensuelles : si vingt-sept pour cent des vidéos de la toile sont à caractère pornographique, cela veut dire que leur visionnage pollue autant que la totalité des gaz à effet de serre produits par un pays comme la Roumanie. La misère sexuelle était l'une des plus grosses sources de pollution de la planète. Elle s'essuya le visage.

Lou arriva vers quinze heures. Nathan l'avait invitée pour que quelqu'un puisse lui dire : "Tu sublimes tout ce que tu touches." S'il savait pertinemment qu'il devait arrêter de croire que l'amour consistait à être révéré, cela le rendait heureux. En essayant avec générosité et sincérité de dire un truc sympa, en pensant même avoir trouvé la raison secrète de ses amours naissantes, il lui dit, comme ça, au creux du lit, dans une nudité molle et étoilée, avec l'assurance névrosée du cocaïnomane : "Lou, en fait, t'es un peu comme mon père, mais avec une vulve." L'affrontement qui suivit fut très bruyant. Il ne comprenait pas. Avant de partir, Lou l'avait singé, langue tirée : "De toute façon, t'es comme ma mère, mais avec une queue." La dernière tentative de la part de Nathan

“Bah c’est cool, non ?” ne la retint pas. Elle hurla :“Non, ce n’est pas cool !” La porte claqua.

Déjà quand il terminait son adolescence, il avait cette impression de vieillir trop vite, d’être lassé, épuisé par le fonctionnement mécanique de l’existence. Il traînait un gros paradoxe démodé sur les épaules, la tête remplie de souvenirs inutiles. Dans cette ville, il tournait en rond : autour des mêmes rues, des mêmes bistrots, des mêmes cinés, des mêmes habitudes. Les seuls moments de répit qu’il aimait s’accorder dans ses phases erratiques, où il répétait inlassablement, sans s’arrêter de marcher, les mêmes trajectoires, étaient le silence des églises. Et la Vierge Marie. En apercevant au loin un clocher, il affectionnait en faire son objectif, marcher dans le seul but de trouver une église et d’y entrer pour dire quelques mots à la blancheur d’albâtre d’une Vierge Marie abandonnée par la désillusion collective. Il n’y avait que l’Occident pour faire d’une femme un personnage si important. Il l’imaginait. Alors, s’il avait pu, un instant unique, tenir dans ses bras la Vierge Marie, la câliner. Cette pensée le bouleversait. Avec elle, peut-être qu’il ne serait pas tenu de démontrer sa virilité, peut-être qu’il n’y aurait pas de rapport de séduction, peut-être qu’il n’aurait plus peur d’être mou. Peut-être qu’il n’aurait plus besoin d’amour. Câliner la Vierge Marie lui paraissait une utopie si désirable qu’elle en était fondamentalement impossible. Comme le jour où il cesserait d’avoir peur du désir.

Face à cette incongruité, il se demanda ce que pourrait envisager le célèbre talmudiste Moïse Maïmonide devant de tels comportements. Ses pensées filèrent, comme des pensées. Il remarqua ainsi que l’acronyme hébraïque de l’auteur (Rambam) lui rappelait un refrain de la chanteuse à succès Rihanna. Refrain qu’il n’avait jamais vraiment compris, mais qui sonnait dans le genre : *ram pam pam pam*. Cela le fit sourire et lui apporta le peu d’assurance qu’il avait perdu (non pas qu’il en eût beaucoup, il en avait plutôt peu à perdre). Il pouvait finalement se considérer comme quelqu’un qui savait mêler tradition et modernité de manière presque subversive. Nathan était définitivement un homme de son temps.

Qu'il fût rentré chez lui particulièrement tôt était assez exceptionnel. Le plus dur semblait être fait quand il décida de ne pas ressortir. Il n'avait pas arrêté de se droguer si précocement depuis, allez, à cent jours près : six ans. Il se sentait presque heureux, heureux d'avoir résisté. Cette dispute (rupture ?) avec Lou apparaissait comme une aubaine. Il s'endormit sans drogues – ce qu'il n'avait pas fait non plus depuis longtemps. En se réveillant, il prit sa douche et regarda le pommeau en contre-plongée tout en pensant aux inserts de *Psychose* et à la réappropriation de cette grammaire par Scorsese dont certains plans rapides se succèdent toujours par trois. Rythme ternaire. Ce sentiment de perfection narrative persistait presque à mesure que la chaleur caressait sa peau. Il n'avait pas un mal de tête épouvantable. Pour une fois, il était même en forme. *En forme*. Mais pour quoi ? La question l'abattit brusquement. C'est là que l'affaire se corsa et qu'il se rendit compte que ses lendemains de fête, ses gueules de bois, ses descentes – qu'importe le nom – lui servaient à justifier son incapacité. Son incapacité à faire de ses journées des choses et inversement. Grâce à ces états lamentables, il avait un responsable, il pouvait se morfondre avec raison de ne pas avoir la force d'entreprendre quoi que ce fût. Le fameux "T'es une merde" adressé au miroir le matin obtenait son coupable : la drogue. Son âme en ressortait blanchie. Il pensait presque en ces termes : "Que vais-je faire aujourd'hui si je n'ai pas la gueule de bois comme lamentable excuse de ne justement rien faire ?" La journée s'annonçait longue. Il se cama très tôt.

54.

Le producteur, Rico, apporta des cocktails pour fêter ce début de tournage. Un peu de drogue circula. À la différence de celle de Nathan, la consommation de Jeanne était plus mondaine, il n'y avait pas de secret. Son entourage professionnel en consommait aussi. La discussion tournait autour d'une pratique en vogue qui allait bientôt faire du tort à la pornographie classique. Elle consistait à se brancher sur un nouveau site philippin où vous pouviez alors demander ce que vous désiriez à des adultes, des enfants, des animaux, des vieillards, les quatre à la fois, qu'importe : ils s'exécutaient. En direct, pour vous, devant la caméra de leur ordinateur. "Plus besoin de réalisateur !" s'insurgea Damien. Souvent, ils copulaient en famille pour quelques dollars. Les gamins n'avaient pas dix ans. "Qu'est-ce que tu veux faire contre ça ?" dit le producteur. Encore une fois : question de réalisme, pensa Jeanne. Les temps qui courent. "Peut-être que finalement, ils en ont marre qu'on fasse semblant", conclut-elle. Sa réflexion était malmenée par cette nouvelle pratique. Elle ne pouvait pas lutter contre le direct. Jeanne parla un peu du problème écologique. Sur-le-champ, Rico lui proposa de participer à un projet inédit soutenu par l'Union européenne : "Baise pour la forêt." Où chaque visionnage replante un arbre, où les scènes sont tournées dans des parcs naturels, où l'on ne fourre plus d'espèces protégées. Elle répondit qu'elle y réfléchirait.

Sinon, Jeanne a les cheveux mi-longs, rouges, facilement identifiables dans son métier, une catégorie en soi. Un bon mètre soixante, presque toujours en pantalon de sport avec chaussures tout-terrain d'une marque australienne. Des débardeurs un peu lâches laissent souvent deviner ses soutiens-gorges et mettent en valeur ses épaules musclées. Des yeux bleus de husky. Son nom de scène est Jeannette. Elle adore Bruno Dumont et Neymar Jr. Elle a le premier mot de la Bible tatoué en hébreu sur la nuque. *Berechit.* Au commencement.

Nathan, quant à lui, est né le 1er décembre. Il est brun, peu de pilosité, yeux noirs, assez bronzé, un bon mètre soixante-dix. Il s'habille avec un style que l'on pourrait qualifier d'élégant. Il aime les chemises, les vestes, les pantalons à pinces et mêle le tout avec des chaussures de sport pour ne pas avoir l'air trop déguisé. L'archétype *citadin chic*. Il adore Angélica Liddell et Romeo Castellucci. Souvent, il pense des choses du genre : "J'ai peur de mourir et d'être un mauvais souvenir." Une phrase précise et confuse. Nathan est un personnage caricatural, peut-être parce que nous sommes tous des caricatures de nous-mêmes. Mais lui, encore plus.

En achetant sa drogue ce jour-là, avec le trou de balle en feu, elle se mit à trouver cela étrange. Jeanne entrevoyait nettement le résumé de l'histoire : elle se droguait pour supporter son travail qui lui servait à payer sa drogue qui lui servait à supporter son travail. Clairement, quand le résumé de sa propre vie peut tenir dans une boucle répétitive si restreinte, il est probable qu'il y ait un problème. Cela n'était peut-être pas la drogue le problème, mais la vie telle qu'elle lui était proposée, en tout cas ces derniers temps. L'illégalité de la cocaïne lui ajoutait de la culpabilité, mais, en fin de compte, que ce fût ça ou la télévision ou le téléphone intelligent ou les réseaux sociaux ou les séries ou le fric ou l'alcool ou le sexe ou le travail ou les énergies fossiles ou la bouffe ou n'importe quoi d'autre ; elle pensait : "Quelle est la différence ?" La plupart des gens avaient une vie semblable à la sienne. Il suffisait de remplacer *drogue* par un équivalent tout aussi addictif. Elle possédait peut-être même quelque chose de mieux, de plus que les autres, de moins naïf. Oui, grâce à son métier et à sa toxicomanie : elle avait la lucidité. Elle acheta trois grammes pour oublier. Normal.

Le matin suivant, comme elle n'avait rien à se mettre dans le cul, elle décida de déjeuner copieusement. Des œufs, des crêpes. Le soleil du déclin hivernal débordait sur son napperon à carreaux. Sa jeunesse lui permettait encore de ne pas trop souffrir les lendemains d'excès, c'est-à-dire tous les matins du monde. À onze heures, Rico viendrait la chercher, il y avait un salon à Bobigny autour de la pornographie, elle y signerait des autographes et participerait à une rencontre avec le public. Elle arrosa ses plantes, caressa son chien – Simba, un carlin – et se souvint d'un rêve. La douche apparaissait chaude, le café aussi. La juste température promet un monde apaisé.

L'Université française a ceci de particulier qu'elle ne réserve pas de bureaux à ses enseignants. Au mieux, ils ont le droit à une salle des profs, un lieu insipide, neutre, au mobilier délabré, où les solitudes névrosées se croisent et se morfondent, pleines d'aigreurs révolutionnaires. Nathan n'y était pas forcément apprécié : depuis qu'il remplissait des missions d'enseignement, ses amphithéâtres ne désemplissaient pas car il avait choisi de s'intéresser à ses élèves. Il était presque de leur génération, ça l'aidait. Il croisait parfois ses vieux collègues, le dédaignant autant par jalousie que par négligence. Son sujet de thèse avait fait l'objet de controverses internes : comment pouvait-on travailler sur les philosophies morales présentes dans le *blockbuster* (nous n'avons pas de mot français pour cela) hollywoodien ? Le corps enseignant avait décrété que l'Amérique ne faisait pas de cinéma et que la morale n'était plus de la philosophie. Nathan pensait que tout ce qui se projetait dans une salle obscure était cinématographic, que la forme définissait la nature artistique de l'objet, quelle que fût sa qualité, et que mépriser tout un pan du cinéma contemporain, de surcroît le plus célèbre et le plus achalandé, s'apparentait à un délit. Et s'il pensait que le cinéma français était pourri, au moins, il ne le disait point. Il n'avait pas de notes pendant son cours, ne lisait pas inlassablement de longs discours sur le cinéma d'auteur, ne se comportait pas comme un idéologue. Bref, c'était un rejeton de l'Université française. Un traître. Il en souffrait beaucoup, malgré les apparences. Il ne savait pas répondre au mépris par le mépris, il était timide et renfermé, prenait sur lui.

Nathan avait rendez-vous avec son directeur de thèse, Pierre, le seul professeur qui lui accordait un peu de crédit et qui avait bien voulu l'accompagner dans la rédaction de son travail. Un bilan s'imposait, passons aux aveux : il n'était pas très en avance en ce début de troisième année. Tout juste s'il avait bien construit son plan. Nathan divisait en trois grands axes moraux les films hollywoodiens à succès du début du millénaire. D'abord, il y avait les films déontologiques : ceux pour qui la morale prévalait et dont les moyens ne pouvaient pas justifier les fins. Philosophiquement, il s'appuierait sur la Bible et Emmanuel Kant. Il ne mettait évidemment pas toutes les chances de son côté pour être respecté dans ce milieu stérile et superfétatoire que sont les études cinématographiques. Ensuite, il avait isolé une nouvelle idéologie au cœur de ce corpus : les productions téléologiques. Il empruntait au philosophe anglais John Stuart Mill le concept d'utilitarisme qu'il appliquait à sa deuxième partie. Les héros s'adaptaient, comme l'Amérique-d-après-le-11-Septembre : ils n'étaient plus invincibles et porteurs d'une morale sans faille. Tous leurs actes, jusqu'aux plus violents et aux plus amoraux, pouvaient se justifier si et seulement si la finalité restait le bien, ou une certaine idée du bien. Enfin, pour ce qui était de sa troisième partie, il tentait encore d'en comprendre les tenants et les aboutissants, ce n'était pour l'instant qu'une intuition. Il voyait dans un certain cinéma américain contemporain des fantômes à la recherche d'une expérience, des personnages semblant incarner, dans leurs déceptions erratiques et leur rapport à la nature, une possibilité morale inexplorée : le perfectionnisme, pensée fondamentalement liée au territoire national américain et aux rêves des premiers pionniers. Sauf que la notion même d'intuition demeurait l'apothéose de la grossièreté pour le milieu universitaire. Nathan n'oubliait jamais qu'à sa sortie de l'École normale supérieure, cette institution avait refusé son projet de thèse avec ces simples mots, qui valaient bien plus qu'une longue explication : "Profil trop créatif". Tout était dit. Il enseigna quelques années le français dans un collège privé pour s'en remettre et le voilà de retour à l'université depuis deux ans, à essayer d'écrire une thèse pour fêter la première moitié de sa vie.

Pierre l'écoutait avec plaisir, cela se voyait. Il lui faisait confiance, mais il ne put s'empêcher – c'était quand même son boulot – de le faire revenir sur terre. "Nathan ! Dans un travail universitaire, on ne peut pas déclarer quelque chose, ou alors, avec de la chance, dans les trois dernières pages de la conclusion." Et encore. Le métier de chercheur en sciences humaines n'était objectivement qu'une tentative de réunir et d'assembler des travaux préexistants pour les comparer et en dégager des connexions. Nathan n'avait presque pas de sources à citer. Entendons-nous, il faisait intervenir Kant, Emerson, Thoreau, Nietzsche, Melville et la Bible. Désolé, pas très universitaire. Il fallait citer des collègues, d'autres thèses, il fallait publier, partir en conférences. Il fallait laisser tomber "Heidegger et compagnie." Pierre lui proposa donc d'aller présenter son travail un mois et demi plus tard à un colloque généraliste qui se déroulerait à Blois. On le chargeait d'y organiser les interventions autour de l'histoire de l'art et il voulait y inclure le cinéma. Une place était libre. Nathan pourrait, à ce moment-là et pendant une heure, exposer ses théories, ses recherches et répondre ensuite aux intrépides questions du milieu universitaire. Ce qui lui permettrait, très certainement, d'avancer dans son travail. Nathan accepta. Pierre devait donner un cours, s'en excusa, lui tapa brièvement sur l'épaule et, avec son air habituellement assuré, lui délivra un "Ça va le faire" tout à fait déprimant. Nathan quitta aussitôt ce purgatoire innommable pour se diriger vers les commodités. Vu leur état, Nathan se demanda à la hâte : comment se fait-il que les gens ne pissent pas dans les chiottes prévues à cet effet ? C'était un mystère. Les néons se reflétaient dans la légère couche humide qui recouvrait tous les minuscules carreaux blancs. Il s'enferma dans une cabine, sortit son petit pochon, son téléphone, sa paille. Tout son menu rituel. Il posa un peu de cocaïne sur l'appareil connecté. Il l'aspira. Au moment même où les milligrammes explosifs de poudre atteignirent son système nerveux à travers sa paroi nasale enflammée, il fut pris d'une inexplicable et inattendue envie de pleurer. Le principe actif de la drogue étincelait au cœur de son esprit torturé. Ses larmes coulèrent à flots et se mêlèrent à l'urine jonchant le sol. La lunette refermée, la tête sur les genoux, les mains sur le crâne. Nathan se répétait inlassablement cette phrase de Pierre : "Ça va le faire."

Il parcourut les couloirs labyrinthiques et rénovés de l'université Denis-Diderot d'un pas assuré, mais évidemment morbide. On l'avait changé de salle. Il ne savait pas laquelle. L'administration n'était pas joignable, le matériel défaillant. Il avait chaud. Nathan se sentait humilié face à ses élèves qui, avec lui, cherchaient une solution à cet imbroglio calendaire. L'Université française semblait n'avoir justement qu'un seul but : l'humiliation. Les étudiants, les chercheurs, les professeurs, le personnel administratif ; chacun était consciencieusement humilié. Enfin, il trouva une salle vide et choisit de s'y installer. On verra bien. Ça va le faire. Il exécuta avec une incontestable passion un cours sur le cinéma classique et son fameux code Hays, autocensure très exigeante au temps de l'âge d'or d'Hollywood. Toutes ses règles, si contraignantes fussent-elles, avaient produit, selon lui, les films les plus fins, les plus érotiques, les plus drôles qu'il lui avait été permis de voir. De Lubitsch à Lang, en passant évidemment encore par Hitchcock. Il voulut brièvement parler d'un écrivain contemporain à succès qui dénonçait la litote comme procédé artistique bourgeois, mais s'en empêcha, ne voulant ajouter à sa piètre réputation une incitation à la haine. Il termina plutôt son cours avec un extrait de *La Main au collet*, film de 1955 du cinéaste, tourné sur la Côte d'Azur. Plus précisément avec une scène mémorable où Cary Grant est considéré par Grace Kelly comme un voleur de bijoux et qui, pour le draguer, porte un collier de diamants qui déborde sur son décolleté. Ne pouvant absolument pas ne serait-ce qu'évoquer l'idée de seins à l'écran (la faute au fameux code), la voilà qui se met à dire : "En avez-vous déjà vu de si gros ? Voulez-vous les toucher ?" Le regard de Grant, baissé vers le collier, est évidemment connecté à la belle poitrine de l'actrice. Hitchcock se protégeait, il parlait des diamants, voyons. C'était dans la coercition, dans la norme et dans le classicisme que la délicatesse, l'intelligence et la marge ("dans cet ordre-là") se manifestaient supérieurement. Cela lui paraissait indiscutable, les élèves s'en convainquirent. Que la contrainte créait l'imagination. Que la loi offrait la délivrance. "Ce n'est pas pour rien que le mot *graver* en hébreu est phonétiquement très proche de celui de *liberté*." Dans une fin de cours tout à fait enflammée, il dissertait ainsi hors de tout contrôle sur la révélation, la notion de censure, les exigences morales et les obligations comme moteurs de création absolue. Tous ces films n'auraient pu exister sans ce code de bienséance. Des baisers interdits plus de trois secondes ? Hitchcock s'en moque et fait durer une accolade érotique plus de deux minutes, l'interrompant assez régulièrement, lèvres très proches, par des dialogues improbables : une scène culte. Un train qui entre dans un tunnel : une des métaphores visuelles les plus célèbres du cinéma ! Un élève, timidement, l'interrompit pour lui dire qu'il allait être en retard au cours suivant. Nathan venait de dépasser de dix minutes le temps imparti et personne ne bronchait. On l'applaudit même avec parcimonie. Ses larmes avaient séché. Au moins, il aurait fait ça.

52.

La nostalgie des souvenirs aidant à vaincre la mélancolie de la drogue, la rencontre avec le public se déroula plutôt bien. Elle n'évoqua évidemment pas ce premier tournage où elle s'était évanouie quand l'acteur lui avait inséré son poing dans le vagin – le producteur avait mis cela sur le compte de l'orgasme : "trop fort". De quel orgasme voulait-il donc parler ? Les trois jours qui suivirent, elle ne mangea pas, enchaînant les tournages avec un professionnalisme exubérant ; Jeanne était en train de percer et ne devait rien lâcher. Elle ne parla pas non plus de ces matins où des réalisateurs à l'humeur guillerette, ne la prenant pas vraiment en considération, disaient aux huit acteurs qui attendaient devant elle : "Je veux que vous me la déglinguiez, bousillez-moi ça." Le public était divisé en trois catégories : les vieux pervers, les jeunes ados et les aspirantes actrices. Celles-ci, Jeanne n'avait pas du tout envie de leur dire de fuir ; la pornographie l'avait libérée ; on ne l'avait jamais contrainte ; elle ne pouvait pas mentir. Elle en rêvait, le réalisa, en était heureuse, comblée. On ne l'emmerdait plus. Elle était fière, en tant que femme, dans ce milieu, où elle chérissait son indépendance et son statut de star. Jeanne garda pour elle ses petits doutes, ses regrets et cette légère impression d'en avoir fait le tour. Ce genre d'émancipation, vantée partout aujourd'hui, et à laquelle elle avait cru, ne se révélait peut-être pas une émancipation très constructive. Voire pas une émancipation du tout.

Au lieu de raconter les différents "Fais-la vomir, bien profond, bourrez-lui le cul", elle osa un très pertinent : "Le porno, c'est convivial et féministe." Non, mais surtout : "Ça permet que chacun puisse avoir une sexualité." Un acteur qui était passé avant elle venait de dire au public qu'il avait choisi le porno pour se vider les couilles : "A-t-on des comportements similaires chez les actrices ?" La question venait d'une journaliste, il n'y avait pas de doute. En plus, elle la connaissait : c'était Anne. Intéressant, elle y réfléchit. Pas sûr. S'il existait une forme de jouissance pour une actrice, elle se situait plutôt au niveau du pouvoir de séduction et de plaisir qu'elle donnait, qu'à celui qu'elle éprouvait. La journaliste nota sa phrase avec sérieux, mais son public semblait déçu. "Eh mademoiselle, vous allez pas me dire que vous jouissez pas avec toutes les bites que vous vous prenez ?" Elle sourit. "Non, évidemment que je jouis, et je jouis d'autant plus fort quand je pense à vous derrière votre écran." Les voilà rassurés. Au moins, ce public était sincère, il ne se cachait de rien, aimait la pornographie et le système de domination qui en découlait. Comme elle, il ne croyait pas à une pornocratie écologique ou respectueuse, libératrice ou érotique. C'était aussi absurde qu'un capitalisme vert. La pornographie restait ça, un point c'est tout, et rien ne marcherait autrement. Le public que ne supportait pas Jeanne : le public penaud, les regards parisiens des mecs gênés quand ils la reconnaissaient à une terrasse alors qu'ils prenaient un verre avec leur copine. Ceux qui utilisaient des véhicules avec chauffeur et discutaient de leur catégorie pornographique préférée pendant la période d'été des festivals de théâtre. Ceux qui exploitaient les enfants et les femmes, mais qui votaient pour une prétendue meilleure redistribution des richesses qu'ils accaparaient. Ceux qui lisaient *Le Monde diplomatique* en mangeant des crêpes Monoprix livrées à domicile. Bref, ceux qui aimaient le *Joker*. Personne du genre à l'horizon ? Apparemment pas. Elle se rassura, elle devait mentir, mais pas trop. On ment toujours, un peu. Elle était surtout fatiguée.

La journaliste continuait de manière très intelligente – elle était plutôt belle, mais Jeanne n'avait plus la tête à ça, ni le cœur, ni rien d'autre. "Pensez-vous que la femme est une victime dans l'industrie pornographique ?" Cette question, elle y avait déjà répondu mille fois, elle savait quoi dire : "Personne n'est mort de quelques bites dans le cul, enfin je crois." Le public explosa de rire et l'applaudit. Elle restait, évidemment, la victime, mais il n'y avait pas qu'elle. Les spectateurs qui ruinaient leur sexualité, les hommes qui, en humiliant, s'humiliaient. Dans la pornographie, tout était voué à l'effondrement, quel que soit le côté où l'on se trouvait. Même si elle le pensait, ce n'était pas complètement vrai.

Le métier d'actrice pornographique se trouve être un des seuls où on est obligé de sourire dans la douleur, consciemment bien sûr. Avoir mal, c'est une chose. Faire croire qu'on aime quand on souffre, c'en est une autre. Le corps devient une vaste surface plane et glissante, sans sensation, éteint, libéralisé. Comme notre esprit devant la télévision, il n'y a plus rien. Jeanne détestait ça, se rassurait en pensant que l'ordre nouveau du monde l'exigeait, que nous allions tous finir comme ça : humiliés mais sociables et accueillants. Elle était juste en avance, visionnaire. Et puis, elle avait l'expérience : quand une femme dure en moyenne un an dans ce milieu, son compteur en affichait cinq ; elle avait réussi à sortir de son cadre familial oppressant ; elle vivait une aventure hors du commun ; "Je crois qu'on peut le dire, oui : une véritable aventure humaine." Ce n'était pas faux non plus. "En plus, la pornographie reste le seul cadre professionnel où les femmes sont mieux payées que les hommes." Les apprenties actrices applaudirent à leur tour. "Il ne faut surtout pas qu'ils croient que vous êtes vulnérables." Voilà son conseil principal, et puis "Sucez, sucez, sucez, autant que vous pouvez." Encore des applaudissements. Elle savait y faire, niveau divertissement, c'était la meilleure ; le public s'accumulait depuis le début de la rencontre, fasciné par son aisance. Le mois dernier, un magazine cochon avait utilisé son corps dénudé pour sa une, le titre : "La reine des putes." Si elle en était fière ? Rien ne l'avait jamais rendue aussi fière ; dans cette société masculiniste, elle concentrait plus de pouvoir qu'aucune femme n'en posséda jamais. Elle était pute et fière de l'être. Elle utilisait un système oppressif pour se libérer ; maintenant, elle était reine. Les hommes résidaient à ses pieds. La vengeance n'était pas un plat qui se mange froid.

"T'as été géniale", lui dit Rico. Ils avaient bien évidemment eu une aventure ensemble, mais il y a fort longtemps. Il était encore amoureux d'elle, Jeanne le savait. Rico l'invita à déjeuner dans un restaurant luxueux. Les assiettes, couleur basalte, accueillaient une orthodoxie culinaire fastidieuse. Elle eut un peu de mal à mâcher, Rico la mit en garde contre sa consommation de drogue, elle évita le sujet avec une scélératesse farouche : elle faisait ce qu'elle voulait. Ils reprirent la route avec la décapotable du producteur. Les yeux grands fermés, humant les particules fines, les bras levés, orteils en éventail sur la boîte à gants : une étoile dans un monde de chiens. Rico la regardait, chemise à fleurs ouverte, gourmette et montre plaquée or, ses cheveux gominés peinaient à se soulever dans le vent. Jeanne était pleine de cette ferveur nonchalante dont les hommes raffolent. Le véhicule pulsait dans les odeurs de soufre, sa main glissa entre les cuisses de la jeune femme.

— Rico, laisse tomber.

Il se ravisa, fit vrombir le moteur et la pyrotechnie des turbines prit le dessus sur son désir immuable. Sa verge l'encombrait, veinée par les pulsations de la voiture et la féerie sexuelle qui se prélassait à la place du mort. Ils arrivèrent à la villa de Deuil-la-Barre où se concentrait la majorité du tournage de *Phèdre*. Lucile, une belle Franco-Québécoise de dix-huit ans, se préparait à la grande scène zoophile. Elle n'avait aucun scrupule à ce genre de pratique, à l'entendre, elle préférait même le bétail aux mecs. "Toujours à devoir se foutre leurs piqûres dans le gland pour rester durs et jamais à court de gifles sur le cul, ils m'emmerdent. Les animaux, eux, tu les attaches, tu accomplis ce que tu veux avec leurs bites, ils n'en ont rien à foutre. Mes plus gros orgasmes : un cheval et un boa." La scène se déroula à peu près selon ses dires. Le taureau avait l'air de s'ennuyer même si Lucile savait y faire. De cette union devait naître le Minotaure. Jeanne, elle, errait confusément dans le labyrinthe de ses pensées, elle fumait joint sur joint, prenait rail sur rail, buvait Cosmo sur Cosmo. Elle trouvait sa chaise longue confortable, l'alcool bon, la piscine chaude, la musique rythmée. Hormis le sexe du taureau, les choses étaient à leur place. En fin d'après-midi, le tournage d'un gros plan dégénéra quelque peu, Lucile finit à l'hôpital, six points de suture entre l'anus et le vagin. Pasiphaé manquait d'entraînement ; n'est pas mythologique qui veut.

Jeanne clôtura sa journée dans un sale état, ne sachant pas, comme tous les drogués, s'arrêter. La peur au ventre que ça se termine, systématiquement un dernier pour la route. Il faut sauter du train en marche, pas d'alternative. Après avoir vomi, elle appela son petit frère pendant quelques instants, pour lui dire qu'elle l'aimait, qu'il lui manquait. Depuis des lustres elle ne recevait ni ne prenait de nouvelles de ses parents, de riches industriels ardennais. Contrairement à la plupart des filles de son milieu, elle n'était pas devenue pornographe pour fuir la misère sociale, mais pour tourner le dos à la bourgeoisie et à la gangrène de leurs pathétiques survivances.

Le rêve qu'elle fit cette nuit-là faisait explicitement référence à son premier travail d'envergure : *La Plus Grande Garden-Party jamais faite*. Jeanne avait été débauchée par des producteurs tchécoslovaques qui réunissaient plus de deux cents figurants sur un tournage d'une semaine. Elle triompha dans le huitième chapitre. "Le déjeuner sur lèvres" mettait en scène plusieurs hommes se nourrissant à même son vagin, qu'elle remplissait d'une somme d'aliments en tout genre. La vidéo fit le tour du monde, l'extrait où, avec son sexe, elle aspergeait les fraises de chantilly dépassa même le million de vues. L'objectif de ce film était de pouvoir apparaître dans toutes les catégories existantes sur les sites pornographiques habituels : on y croisait donc des nains, des femmes enceintes, des vieux, des handicapés, des singes et des zombies. On y pissait, chiait, bouffait, vomissait. Au bout de sept jours de marathon sexuel orgiaque sur des nappes bigarrées ou à même la pelouse fraîche, chacun rentrait chez soi avec des souvenirs plein les mirettes et un film déjà culte. Deux semaines plus tard, son agenda était rempli, son carnet d'adresses dément et elle reçut sa première nomination aux nouveaux Hot d'Or dans la catégorie meilleur espoir et chatte excentrique. Au petit matin, elle se rendit compte qu'elle vieillissait.

Nathan se força à manger, un peu. C'est fou à quel point la cocaïne coupe l'appétit. Elle se substitue petit à petit à la nourriture, prend sa place, devient le carburant essentiel à votre survie. Il était dans un petit bistrot de la rue Thomas-Mann, juste à côté de l'université. Nathan aimait le coin. La voirie portait le nom d'écrivains et d'artistes du XXe siècle, il sentait ainsi une sorte de connexion entre ces endroits et son âge, comme si le quartier appartenait à son temps, à sa génération. Il ne marchait pas dans des rues célébrant d'obscurs botanistes ou des généraux inconnus de Napoléon, mais il flânait avec Primo Levi, James Joyce et Françoise Dolto, la classe. Ensuite, la bibliothèque, quand même. Dresser quatre livres ouverts au cœur d'une mégalopole annonçait la couleur : ici, on bouquine. En tout cas, on bouquinait. Et puis, l'avenue de France ne ressemblait pas à Paris, les innovations architecturales sans plan d'urbanisme très clair lui donnaient un aspect rétrofuturiste plaisant, comme une ville nouvelle que l'on aurait abandonnée sans même l'avoir habitée. Quand il était étudiant, il y venait souvent pour filmer la dignité du désastre occidental. Un geste plein d'une beauté suave et d'idéaux magnétiques habitait ces lieux : avant de sombrer dans l'engourdissement inaltérable, on pouvait encore s'y sentir enfant de la nécessité.

Le néo-quartier de la Bibliothèque François-Mitterrand restait en effet approximativement propre et bien fréquenté. C'était donc de loin l'endroit le moins bobo de la capitale : non, ce n'était pas un quartier *sympa*. Évidemment, c'était ce qui lui plaisait. On pouvait y voir l'azur, son horizon impénétrable. La roue du destin n'en demeurait que plus étrange, il avait l'impression d'être nulle part, au centre d'une histoire en marche. Seule l'architecture peut produire ce type d'ivresse.

En mâchant avec une lenteur vigoureuse sa salade, il se souvint du temps d'avant la drogue ou, plus précisément : d'avant cette drogue-là. Aujourd'hui, non seulement il ne mangeait plus, mais il avait cessé de cuisiner. C'était dommage, car il avait été un fin gourmet, de ce qu'il convient même d'appeler un vrai cordon-bleu. Comme le dit Ismaël (le héros de *Moby Dick*, pas le frère d'Isaac) : "Quiconque a déjà régalé ses amis sait ce que veut dire être César." Il se souvint de ce temps où il était César. Il n'en était plus question : Nathan avait cessé de gouverner sa vie et, de toute façon, il n'avait plus d'amis. Se nourrir était un calvaire. Il ruminait par instinct, sans envie ni raison. Il ne termina pas, mais se félicita de ce qu'il avait déjà mangé et, en récompense, s'octroya un rail et une bière. Le soleil venait de le lâcher. L'heure d'aller à la maison de retraite approchait.

À la mort de sa mère, il fut obligé de placer son père dans un établissement privé du 20e arrondissement : *Repotel*. Le nom lui avait plu. Il lui rappelait les années 1990 de sa jeunesse où l'imaginaire futuriste pré-années-2000 était foisonnant, pas encore cynique. Il ne se souvenait plus d'où il en avait entendu parler, mais, à un moment, il avait pris connaissance des "robotel", sortes d'hôtels entièrement robotisés où aucun contact avec les hominidés n'était nécessaire. Un monte-charge dans des chambres automatisées pouvait même apporter du linge propre et des repas complets. De plus, son père adorait Jacques Tati : cela demeurait définitivement un endroit convenable pour qu'il meure, s'il existait un tel lieu. À deux lettres près, cet ehpad semblait pas mal.

Il trouva porte close. En raison de l'arrivée en France d'un nouveau virus et de la contamination avérée d'un visiteur qui était venu la veille, l'ensemble de l'établissement était en cours de désinfection. Cela ne tombait ni mal ni bien. Lui aussi aurait aimé être en cours de désinfection.

En marchant longuement dans Paris, s'arrêtant çà et là dans des bars pour utiliser les toilettes et boire des anisettes, il se retrouva rue des Saints-Pères, devant le numéro 15. Cette porte lui disait quelque chose. Il leva la tête et aperçut la belle et brillante enseigne notariale et se souvint que c'était justement ici, ici qu'ils s'étaient occupés du testament de sa mère. C'était aussi exactement ici la dernière fois qu'il avait vu sa sœur. Il crut d'abord à une coïncidence, mais il pencha plutôt pour la cohérence narrative de sa vie. Contre toute attente, il poussa la porte. L'assistant, Martin, très bel homme, col roulé et veste de costume, classe accoutumée d'une certaine droite morale, l'accueillit.

— Que puis-je faire pour vous ?

— J'aimerais connaître les procédures pour pouvoir rédiger mon testament.

L'idée de faire son testament était un rêve d'enfant. Comme dans l'engagement militaire, il y voyait l'accomplissement d'un romantisme républicain désirable. Parce qu'il était tout sauf prêt à mourir : il fallait que quelque chose le fût. Le protocole paraissait assez simple bien qu'un peu coûteux. Sa ténébreuse ferveur l'avait sûrement égaré, il ne possédait rien à donner et n'avait personne à qui donner. Le clerc de notaire le consola rapidement, devait prendre un autre rendez-vous ; comme celui de tant d'autres *sapiens sapiens*, son après-midi était chargée. De retour dans la rue, il sentit son corps glaiseux trembler. Nathan l'eut mauvaise, mais, contrairement aux apparences, il voulait vivre. Alors, qu'est-ce que tu vas faire maintenant ?

Il opta humblement pour la bibliothèque Sainte-Geneviève, histoire de travailler cette intervention au colloque de Blois. Il avait quelque chose à faire, un projet, cela l'ennuyait. Tout compte fait, il pourrait par la même occasion gorger ses pupilles d'intrépides beautés estudiantines, d'autant qu'il lui restait pas mal de drogue dans les poches, mais le temps filait, les effets s'estompaient rapidement. Il en fallait plus, plus, plus pour toujours moins, moins, moins. Son corps semblait être à la limite de la saturation, moment critique où il était dans l'obligation de rentrer vite chez lui pour se gaver de somnifères, sinon, ça dégénérait, l'esprit s'emballait, le cœur s'enflammait. La paix.

Les filles sont belles à la bibliothèque, c'est vrai. Nathan était beaucoup trop défoncé pour travailler, c'était vrai aussi. L'unique décision qu'il put arrêter, ou plutôt confirmer, car il l'avait déjà prise quelques jours auparavant, fut d'interrompre son corpus filmographique autour de 2015, juste avant l'insalubrité marvelienne. Il écrirait sur les dernières heures d'Hollywood, les derniers moments de bravoure, le dernier souffle avant l'épuisement et la mort cérébrale. Il décida d'offrir au cinéma américain une disparition digne en analysant son crépuscule à la lumière de sa moralité. En effet, seule l'amoralité pouvait être à l'origine de telles stupidités. Il ne tenait pas en place : chaque fois qu'il revenait des toilettes, il ne pensait qu'à la prochaine fois où il y retournerait – absurde non ? –, mais rien ne pouvait l'arrêter. Personne n'est infaillible.

La gravité de ce qui lui arrivait n'avait d'égale que la vacuité de son quotidien. La réalité de sa situation s'entrelaçait inlassablement dans son crâne. Il ne se situait définitivement pas à la hauteur de ce que les autres pensaient de lui, même s'il ignorait que les autres ne pensaient plus rien de lui. Avant de se trouver dans la spirale de la consommation solitaire, il avait la drogue mondaine : il était celui qui en avait, celui qui en donnait. On aimait le voir arriver. Usine à rêves, il possédait un pouvoir. Il emmenait des filles aux toilettes, il emmenait ses amis aux toilettes, on passait de bonnes soirées avec lui : il régalait. Et puis, ensuite, tout le monde sortait danser en boîte de nuit, on variait les drogues, on s'amusait comme des fous, ensemble. Hollywood s'était éteint en même temps que lui. Maintenant, les films rejouent d'identiques scénarios en suites interminables où la présence des vieux acteurs rassure les producteurs peureux et les fanatiques vieillissants. Il fut un de ces étudiants en cinéma qui tournèrent au ridicule, un de ces fêtards qui pensaient qu'ils allaient pouvoir gérer et qu'ils ne se retrouveraient jamais seuls.

La fille d'en face, pas mal au demeurant, se photographiait avec son téléphone. Nathan se demanda où allaient toutes ces photos, ces milliards de clichés pris chaque jour. Ils devaient s'envoler nonchalamment dans le vide intersidéral laissé par un abandon divin, scotchés avec hâte dans l'abîme du néant. Pour un drogué, ce vide apparaît tangible quand la drogue ne fait plus son effet. Attendre que ça monte, vouloir que ça monte : rien de mieux pour que ça ne monte pas. Il n'est pas rare de croiser des héroïnomanes qui s'injectent quatre doses pour être sûrs de planer. Avoir peur de vomir et avoir la nausée, vouloir se détendre en thalassothérapie et en devenir anxieux, avoir peur de pisser et ne plus pouvoir se retenir, vouloir bander et ne pas y parvenir : tous ces phénomènes d'empêchement par une volonté effrénée ne sont rien en comparaison du drogué qui attend que la drogue fasse effet.

Et voilà à peu près la cinq millième fois qu'il s'allongeait sur son lit, en boule, dans le noir, ses pensées hurlant : "Faites que ça s'arrête, faites que ça s'arrête." Pourquoi rien ne peut servir de leçon à un drogué ? Peur de dormir. Mourir, peut-être. Ce qui l'en empêchait ? La peur qu'après sa mort les gens apprissent qui il était vraiment : pas seulement une merde, mais un imposteur. Encore les gens. Comme toutes les premières expériences, ce ne fut pas forcément un plaisir, mais plutôt un défi : en cinquième, il avait accepté de fumer du cannabis parce qu'il y avait des gens autour, des gens qui, s'il refusait, auraient pu penser quelque chose de ridicule le concernant. À l'heure de la modernité, il possédait ses trucs pour planer, ses trucs pour s'exciter, ses trucs pour oublier, ses trucs pour s'endormir. Rien ne se fait plus naturellement. La polytoxicomanie consiste à enchaîner les prises de drogues antagonistes pour équilibrer son état d'esprit. C'est le train de l'histoire. Quand les calmants commencent à faire effet, vous vous croyez sorti d'affaire et vous croyez que demain tout aura changé. Ce soir-là, Nathan doubla sa dose de somnifères.

51.

Elle regrettait d'avoir été encore trop défoncée la veille pour réussir à se rappeler la discussion avec son petit frère. Camille avait dix-sept ans maintenant, bientôt il quitterait Charleville-Mézières, comme elle. Jeanne l'attendait à Paris, tout était prêt pour lui, elle avait aménagé une chambre pour l'héberger dans son appartement. À la fin de l'année et "si tu arrives à avoir le baccalauréat !", il viendrait rejoindre la fille bannie. Elle souriait. Contrairement à Jeanne, Camille était très mauvais élève, de ceux qui font semblant de ne pas supporter l'école et tout. De ceux qui disent : "Je suis pas conçu pour le système scolaire, wesh." Tout ça pour masquer des problèmes, très souvent familiaux, sociaux mais surtout idéologiques. Les parents se rassurent en pensant qu'ils ne peuvent rien y faire, le nombre de symptômes de déficience enfantine grimpe chaque année, tout le monde devient, au choix, ou surdoué ou hyperactif ; aux États-Unis, les enfants sont déjà toxicomanes, complètement camés par leurs camés de parents. Soit pour qu'ils se détendent, soit pour qu'ils changent de sexe à six ans. Elle y réfléchissait. Le temps que ça débarque en France n'était pas loin. On imite souvent les Américains avec quelques décennies de retard, délai qui, récemment, venait à s'accélérer. Une fois qu'on aura interdit le stylo rouge, les claques et les notes, restera plus qu'à doper les mômes, se disait Jeanne. Et on pensera que le reste du monde est quand même très conservateur. Malgré leurs ironiques manies bourgeoises et leur gaullisme provincial, ses géniteurs n'étaient pas si méchants. Il y a ceux qui suivent la droite ligne de leurs parents, par principe, et il y a ceux qui s'y opposent, par principe encore. Elle appartenait tout simplement à la seconde catégorie. Pas d'oncle qui l'ait violée à huit ans, pas de père violent, pas de mère prostituée ou de sœur toxicomane. Non, oubliez tout cela. Peut-être un petit manque d'affection et ce besoin irrépressible d'être désirée, d'être aimée. Elle se souvint d'Olivier, dont elle était folle amoureuse pendant plus d'un an de la cinquième à la quatrième, elle se souvint du baiser, de cette délivrance, dans les buissons du collège, les langues qui tournèrent, le bonheur absolu, la légèreté des pas, les respirations apaisées, la journée de cours qui passa si vite, les retrouvailles devant le bahut, il la raccompagna un peu, ils marchèrent ensemble, s'arrêtèrent place Ducale et mangèrent une gaufre. Se tenant par la main. Et une dernière embrassade, profonde, langoureuse. Jeanne rentra chez elle, en sautillant. Coup de téléphone, une heure plus tard. C'était lui. Sa mère lui intima de ne pas trop utiliser la ligne. Délirante de joie.

— Olivier ?

— Oui, Jeanne… Il faut que je te parle…

— Dis-moi… Mon amour.

— J'ai bien réfléchi et ça ne va pas être possible qu'on sorte ensemble.

— Quoi ? Pourquoi ?

— Mes copains, ils disent que tu ressembles trop à un garçon.

Elle hurla toute la soirée, le souvenir de ses parents essayant de la consoler émergeait de plus en plus clairement. Affectueux, à l'écoute, ils n'y étaient pour rien. Les pauvres. Et, depuis, objectif accompli. Il n'y avait pas un mec – honnête évidemment – qui ne rêvât, à ce jour, d'être entre ses bras. Olivier lui-même devait se branler tous les soirs devant ses vidéos.

Après la découverte solitaire du plaisir clitoridien, l'accès à la pornographie et une envie d'être non conventionnelle dans une famille rigoureuse, emballé c'est pesé. Un nouveau mec prénommé Sylvain, son dépucelage, la vidéo qu'ils firent, les copains qui la montrèrent au lycée, le fait de devoir assumer et puis le fait d'aimer assumer.

Ses pensées avaient toujours la voix de la petite fille qu'elle était, juste avant cette première vidéo, précisément avant le premier pénis dans son vagin. Vous le remarquerez : votre voix intérieure n'a pas la même sonorité que celle que vous utilisez pour parler. Elle, c'était

explicites qui symbolisent sa toute-puissance, écrasement à l'iris pour ridiculiser ses efforts de grandeur : tout était construit, par l'agencement de l'image et du son, pour que les caractéristiques du protagoniste soient nettement identifiables.

"Comment peut-on savoir si le réalisateur a vraiment voulu dire ça ?" était une question qui revenait souvent parmi ses étudiants. Il fallait être pédagogue, mais ferme. Clairement, on s'en foutait. Le travail d'analyste ne relève pas de la véracité des volontés du cinéaste, mais de la construction infaillible du raisonnement de celui qui regarde. Peu importe ce qu'il a voulu dire, tout ce qui compte, c'est d'être capable de justifier ce que cela nous inspire, quelles émotions, même inconscientes, sont créées par la précision de la réalisation. Un artiste doit être dépassé par sa création et l'exercice d'analyse, si inutile soit-il, n'a que faire des considérations biographiques. Les étudiants n'étaient pas complètement convaincus par ce discours, mais semblaient tout de même apprécier la pureté de la démarche. Dans ce cours, Nathan n'analysait jamais les dialogues ou le scénario, et encore moins les conditions historiques de création, il ne voulait parler que de travellings, d'échelles de plans, de raccords, de focales. Bref, il voulait parler de cinéma et ce n'était paradoxalement pas la ligne universitaire des études cinématographiques. Il n'en avait que faire. Une contre-plongée après plusieurs plans fixes de plain-pied, une courte focale après plusieurs longues, un travelling après plusieurs panoramiques : tout était dans la rupture, Nathan en était convaincu. Un plan large, un zoom, un insert, rien de tout cela n'avait de sens en soi. Ce qui faisait sens, c'étaient les oppositions, savoir ce qui venait avant, savoir ce qui venait après ; tout ce que Nathan était incapable de concrétiser dans sa propre existence, il se tuait à la besogne pour le découvrir dans l'œuvre des autres. Une partie de son cerveau était consacrée à savoir comment filmer ce qu'il vivait, ce qu'il voyait. Il pensait ainsi prendre le recul nécessaire pour que sa réalité puisse être quelque chose d'intéressant à conter. En défendant la position de l'analyste-roi, c'est-à-dire qu'on peut tout raconter, que seule la manière compte et que la forme est réellement du fond qui remonte à la surface, sa vie était plus corpulente, malgré son insignifiance. L'absence de ligne collective dans l'enseignement supérieur posait un problème fondamental pour les étudiants qui ne préparaient leurs examens que par rapport à la subjectivité de celui qui allait les corriger. Il arriva à Nathan, lorsqu'il était lui-même étudiant, d'avoir d'excellentes notes à une dissertation sur un cinéaste sans avoir vu ses films. Il suffisait de maîtriser ce que le professeur voulait entendre, ce qui est souvent une tâche aisée.

S'il était devenu enseignant par hasard – ou plutôt par une succession de hasards –, il devait quand même y être pour quelque chose. Sa place était à l'université. Comme il ne pouvait plus rester élève (huit ans d'études, il faut savoir s'arrêter), il se changea en instituteur. Pour y rester. Pour ressasser constamment, pour revivre encore ses dix-huit ans. L'année de terminale fut pour lui l'apogée du bonheur. Il y découvrit le sexe, il estimait ce qu'il pensait du monde, il avait un avis sur tout, la drogue demeurait sans cesse euphorique et réconfortante, nullement solitaire. Il ne se sentait jamais coupable. À son âge, il rêvait juste de refaire une rentrée des classes. Son attachement à l'université relevait de l'ersatz de ces instants passés. C'était clair, il voulait retourner à l'école. Pour toujours. Se retrouver devant le bahut, devant la faculté, fumer sa clope, demander des nouvelles, avoir des devoirs en retard, rendre des dissertations, tenir à jour des cahiers, serrer des pinces, faire la bise, dire bonjour, au revoir, les visages, les corps, désirés ou moqués. Très jeune, si on lui apportait le menu enfant, il refusait de manger dans un restaurant ; il espérait être considéré comme un adulte. Il se vexait à tour de bras. Maintenant, il voulait être de l'autre côté du bureau, être celui qui écoutait le professeur et non celui qui donnait des leçons. Peut-être n'avait-il jamais vécu à la bonne période de sa vie.

50.

Jeanne voulait conserver "J'ai reconnu le fer", réplique de Racine dite par le père en voyant l'épée du fils qu'aurait pu dire Loren, l'acteur qui jouait Thésée, en apercevant l'énorme gode qui avait servi aux jeux sexuels entre sa femme et son fils. L'acteur ne comprenait même pas que le mot *fer* puisse être utilisé pour épée. Elle abandonna. "Vas-y, laisse tomber, dis ça comme tu veux." Même si c'était finalement assez drôle, il ne transpirait pas la crédibilité en disant "J'ai reconnu le gode." L'après-midi se déroula au rythme des cris millénaires de la femme oppressée sous l'homme ; elle ne choisissait pas la cadence, on lui imposait un rythme. L'empire pornographique est à l'image d'une partie de l'histoire de l'*Homo sapiens sapiens* : à savoir des hommes qui massacrent des femmes. Elle ne rendait pas au jour toute sa pureté. Elle était de moins en moins dedans, ses cris sonnaient de plus en plus faux. Elle était payée à sucer des bites : ça laisse des traces. Pourtant, elle n'avait aucune culpabilité. Les cicatrices qui commençaient à fendre son esprit, elles, ne faisaient que s'aggraver. Le pire : qu'elle eût été fière de ce qui, désormais, la détruisait.

Vint la scène avec sa servante. Un peu de répit. Les deux actrices, entre elles, essayaient de se donner du plaisir, ce qu'elles n'avaient pas éprouvé depuis longtemps. Les femmes se livraient une bataille désespérée. L'émancipation vaut-elle vraiment le prix de la mort du plaisir ? Dans ce métier, la confusion est telle que vous ne savez même plus quand votre corps fait semblant, vous ne savez plus où sont le rêve et la réalité. Très vite, un cauchemar s'installe et vous ne pouvez plus discerner le vrai du faux.

La folie ne doit pas être loin, se disait-elle. Ses talents d'actrice restaient, malgré tout, indéniables. Elle offrait au monde l'oubli du faux. À force de faire jouir en simulant, elle méritait tous les oscars possibles. Elle réussit quand même à placer une réplique qui lui tenait à cœur : "Je respire à la fois l'inceste et l'imposture." L'imposture… La cocaïne est étrange, si peu d'euphorie pour une détresse si longue. Et elle en redemandait. Parce que l'amour qu'elle éprouvait la persécutait, elle voulait devenir persécutrice. L'acteur, lui, ne se laissait jamais faire, à chaque geste, même évanescent, de domination féminine, il reprenait le dessus de plus belle : insultes, étranglements, défouraillage. Elle n'avait aucun espace pour jouer la déglingueuse tant attendue et que Phèdre vous permet, en tant qu'actrice, d'interpréter une fois dans votre vie. "Tu vois dans mon désir le tien pour Aricie que tu réprouves" : une ultime tentative de diriger un des interprètes. "Ferme-la et suce-moi bien profond." La dramaturgie n'était évidemment pas le point fort des tournages pornographiques.

Nathan sursauta. Il était aux toilettes avec encore le besoin de chier. Doucement avec le papier-toilette, ne pas trop saigner, gérer les selles demeure une priorité du cocaïnomane. Un éclair de lucidité : au lieu de radoter sur sa jeunesse, il écrirait un grand livre sartrien sur la défécation, cela s'appellerait *L'Étron le néant*. Il avait encore son humour. Il aimait se faire rire. Plus rien ne le faisait rire que lui-même – un autre problème avec la cocaïne. Il termina de se torcher, aspira un nouveau rail puis repartit finir son cours.

En guise de conclusion, il raconta une anecdote à ses étudiants. Celle de Steven Spielberg qui, après son premier entretien d'embauche, se vit proposer de rencontrer John Ford. Il voulait faire du cinéma, allait recevoir les conseils du maître, trépignait. Le cinéaste lui montra plusieurs tableaux accrochés aux murs de son bureau – que des images de cow-boys et de désert – et demanda au jeune juif intrépide quelque chose du genre : "Que remarques-tu dans ces plans ?" Spielberg essaya de décrire ce qu'il voyait. Ford se moqua de lui, le questionna à propos de l'horizon. Spielberg répondit que l'horizon était tantôt en bas, tantôt en haut. Ford lui répliqua donc que quand l'horizon était en haut, c'était bien, quand l'horizon était en bas, c'était bien. Mais quand il était au milieu, c'était chiant. Bref, l'horizon ne doit pas être au milieu. Sur ce, il le congédia. Nathan n'avait jamais saisi exactement la pertinence de ces propos, mais savait, comme quand on peut parfois savoir, qu'ils étaient fondamentaux dans l'histoire de l'art. Il se permit une dernière digression, toujours fordienne. Le réalisateur était interviewé pour la promotion d'un film qu'il allait tourner, il racontait le scénario au journaliste passionné, qui le questionna : "Et comment allez-vous filmer tout ça ?" L'artiste à l'œil unique lui répondit très clairement : "Avec une caméra." La classe rigola, Nathan vibra. À son tour, il les congédia ; malheureusement, il n'était pas John Ford.

En sortant de cours, quelques élèves audacieux portaient des sacoches contenant des caméras. Ils avaient l'air déterminé, sautillant, heureux de filer, sûrement pour aller filmer quelques scènes d'un court-métrage qu'ils venaient d'écrire et qu'ils monteraient la nuit suivante. Nathan en fut encore ému. Décidément. Il se souvint de tous les films qu'il avait tournés quand il avait leur âge, des logos inventés de sociétés de production imaginaires, des bandes noires ajoutées au logiciel Vidéodeluxe pour donner un aspect cinémascope aux films, des journées de tournage. Il avait mis en boîte : un polar, un film de guerre, un drame métaphysique, un film fantastique, une comédie bourgeoise, un film d'action et… et il en oubliait sûrement. À un moment, sa vie avait consisté à aller en cours pour apprendre l'histoire du cinéma, à aller au cinéma et à tourner des films. Sans aucun sens du temps, sans contrainte, sa clique d'amis laissait s'exprimer une créativité à toute épreuve, dépourvue d'égoïsme. S'il avait dû juger ces films aujourd'hui, il ne les aurait sûrement pas trouvés bons, mais qu'importe. Ils avaient la pertinence d'exister et de l'avoir rendu heureux pendant toutes ces années, sans anicroche. Qu'avait-il accompli depuis ? De mieux en tout cas ? Rien. Nathan pensait que cela avait mal tourné et, inlassablement, ça tournait mal. Il n'avait pas réussi à faire du cinéma, devait s'y résoudre. Peut-être n'avait-il jamais essayé ? En tout cas, il n'avait rien fait pour. Nathan n'avait jamais été bon pour se donner les moyens.

La veille, son ancienne amie Mathilde lui avait écrit un message. Elles s'étaient connues au lycée. Le classique du genre : "Comment vas-tu ? Je voulais prendre des nouvelles." Jeanne en fut très touchée, elle répondit, proposa un verre. Elles devaient se voir ce soir-là. Un apéritif, peut-être un dîner, du côté du théâtre de la Bastille, où Mathilde travaillait. Jeanne prit une douche, un filet de sang coulait sans discontinuer entre ses jambes, comme d'habitude. Elle n'avait pas consommé de drogue depuis deux heures, commençait presque à ressentir la faim, décida de se retenir : elle n'aurait le droit à sa came qu'après avoir mangé, au moins grignoté. La négociation prit fin. Petit défi à relever, un peu d'estime de soi à récupérer. Elle descendit des transports à la gare RER du Luxembourg pour marcher un peu ; avant de s'élancer vers la Bastille, elle s'arrêta quelques instants devant la Sorbonne.

Mathilde n'avait presque pas changé. Elle était d'une beauté pure, intacte, miraculeuse. Sa voix rocailleuse entretenait avec sa courte jupe en cuir une relation évoquant une femme libre et indépendante. Elle l'attendait à la terrasse du Café des Anges, un rade parisien immonde. Leurs sourires se répondant, leurs joues s'embrassant : elles étaient heureuses, joyeuses comme des amies qui se retrouvent. Jeanne commanda tout de suite de quoi manger, elle avait vraiment faim. "Pas de problème." La salade de tomates et le ceviche de daurade arrivèrent vite, avec la bouteille de blanc, très sec, très frais. En cette fin d'après-midi, le soleil pointait même le bout de son nez et éclairait patiemment les épaves de la rue de la Roquette. "Et bah, dis donc, tu avais faim." Ce rendez-vous la comblait de bonheur au point qu'elle dévorait goulûment sans s'en apercevoir. On avait pensé à elle. Jeanne possédait une pote en dehors du milieu, buvait un coup en terrasse : elle devenait presque une femme normale. Voyant bien que Mathilde n'osait pas trop engager la discussion, Jeanne lui posa plein de questions sur sa vie, son copain, son bébé, l'appartement, les concours, le master en gestion d'organisme culturel à Dauphine, les parents à la retraite, installés à l'île de Ré, son frère et sa sœur qui avaient ouvert un restaurant à Bordeaux, le théâtre de la Bastille, sa programmation audacieuse, le virus qui l'inquiétait, la politique, l'actualité. Jeanne se rendait compte qu'elle ne possédait rien de tout cela : pas d'amis, pas de famille, pas d'engagement. Elle caressait son chien, offrait sa chatte, vivait sa solitude. À ce moment, deux jeunes mecs la reconnurent, l'alpaguèrent, demandèrent un autographe. Elle le leur donna gentiment puis réclama qu'ils la laissassent tranquille ; en s'éloignant, ils mimèrent fellations et bruits d'animaux. Jeanne regarda Mathilde. Un silence. Mathilde se mit à ranger ses affaires rapidement.

— Je suis désolée, je ne peux pas, je ne sais pas ce qui m'a pris.

— Mathilde, attends.

Non seulement David avait le nom de celui qui vainquit le géant, mais il ressemblait aussi à la statue de Michel-Ange, un beau nez et une fine bouche, des cheveux épais et bouclés. Il regardait souvent de biais, bleu craquant. Évidemment, il n'avait pas la bite à l'air. Pas encore, pensa Nathan qui était sur le point de prendre un café avec le jeune étudiant pour l'aider à trouver un sujet de mémoire. Il avait accepté, ne s'en souvenait plus, ce qu'il évita de faire ressentir. "Bien sûr, bien sûr, allons-y, David" : c'est ce qu'il lui dit après qu'il l'eut attendu, le dernier, à la fin du cours, lui rappelant timidement leur rendez-vous.

David lui proposa d'aller manger à une brasserie de l'avenue de France, il dut décliner, ne pouvant pas vraiment s'alimenter à cause de la drogue ; d'ailleurs, il ne mangeait presque plus jamais en société. Il prétexta un déjeuner vers quatorze heures avec des collègues, il était midi, cela leur laissait deux heures. David avait l'air déçu, mais sans plus. Malgré sa position d'enseignant, Nathan était persuadé que chaque garçon ou que chaque fille qui l'approchait, qui lui donnait rendez-vous, qui lui posait même une question ou lui adressait la parole, le désirait. Jamais il ne put croire une seconde qu'il sollicitait un avis sur la poursuite de ses études, ce qui, pourtant, était le cas. Il le laissait causer : David voulait explorer Lars von Trier et Michael Haneke. Bien que ce ne fût pas son domaine, Nathan voyait l'idée. Comme à son habitude, il avait toujours quelques anecdotes à balancer, persuadé que ça le rendait craquant, comme s'il avait déjà mille ans. Lors de l'invention de la terminologie "faits alternatifs" par l'équipe de campagne de Donald Trump à propos d'un débat sur le nombre de personnes ayant assisté à l'investiture du président américain, un jeu se répandit sur les réseaux sociaux, celui de dire la plus grosse ânerie et d'y accoler le terme (par l'intermédiaire du désolant symbole #) : faits alternatifs. Ce jour-là, Lars von Trier fit une publication en ce sens : "Je suis meilleur cinéaste que Michael Haneke. #faitsalternatifs." Daniel Mesguich aurait pu chuchoter à l'oreille du cinéaste danois : "Ne te rabaisse pas autant, Lars, tu n'es pas si grand." Nathan venait de perdre un peu David, qui ne devait pas voir précisément qui était Daniel Mesguich et pourquoi il aurait dit ça à Lars von Trier. Il parlait trop vite, les connexions qu'il faisait étaient opaques bien que tout lui semblât limpide, voire génial. David n'arrivait pas du tout à avoir des conseils méthodiques et éclairants sur la démarche universitaire à suivre pour un élève sérieux qui espérait réussir ses études. Nathan ne savait d'ailleurs rien de ce qu'il fallait faire, ne parlementait plus avec ses collègues et, de toute façon, il s'en foutait éperdument ; il n'essayait que de le charmer vainement, pensant être dans l'accueil de sa proposition. Après un aller-retour rapide aux sanitaires, Nathan, prenant son courage à deux mains, persuadé que David attendait qu'il fasse le premier pas, lui dit : "Voulez-vous venir faire la sieste avec moi ?" Complètement désolé de la conjoncture, David ne put que lui rappeler qu'il avait un déjeuner à quatorze heures. Il avait oublié son excuse, la situation se corsa. Encore une fois, il était humilié, pas autant que David, bien sûr, mais il n'en avait que faire. "Je vais y aller", dit-il. "Évidemment", Nathan répondit. "Je comprends", il ajouta. "Laissez-moi au moins vous inviter." "Non merci", dit David avant de se lever pour payer son café et fuir le bistrot. Nathan se commanda une autre bière. Ce qu'il avait véritablement oublié, c'était la réunion de cette fin d'après-midi. L'équipe enseignante de la licence d'études cinématographiques devait se rassembler, il en faisait partie. Il lui restait cinq heures pour se préparer.

Sortant du Reflet Médicis où il venait de revoir *Les Amants du Capricorne*, un de ses Hitchcock préférés, il s'arrêta place de la Sorbonne où, se souvenait-il, Pasolini énonça une fameuse phrase pendant les événements de 68 : "Je suis avec les prolétaires, c'est-à-dire avec la police, évidemment." Au même moment, Jeanne vivait une banale journée de type fellation-pénétration-sodomie-faciale. Ils se croisèrent, mais ne se regardèrent pas. Le destin n'avait pas encore choisi de les réunir.

49.

Trop tard, Mathilde était partie. Jeanne fondit en larmes, la serveuse lui apporta des mouchoirs. Elle but la bouteille de blanc à une vitesse hallucinante, termina sa cocaïne aux toilettes, commanda d'autres drogues par téléphone, avala deux Valium. Déjà onze heures du soir, elle ne marchait plus très droit. Elle s'engagea dans la rue de Lappe et entra dans un bar de nuit au hasard. L'ambiance était moite, les éclairages sordides, l'odeur transpirante, quatre-vingt-dix pour cent de mâles. Elle saupoudra son verre de cristaux de MD qu'elle venait d'acheter et se mit à danser sur de la soupe contemporaine, genre R'n'B sous Auto-Tune. Elle passait de bras en bras, se collait, se frottait. Les hommes ayant la chance de l'approcher avaient le droit à un bout de sein, une caresse, une fesse mobile sur un sexe presque dur, un baiser, un souffle sur l'oreille. Elle gambillait au centre de la piste en soutien-gorge. Elle redevenait la reine. Jeanne offrait des coups à boire, donnait de la drogue à tout le monde, fit un strip-tease sur le podium. On se battait pour lui parler, pour l'approcher, beaucoup la reconnaissaient, d'autres pas. Jeanne rayonnait dans la déchéance. Elle avait repris le pouvoir, mais son corps l'abandonna peu à peu. Elle était fébrile, les stupéfiants ne faisaient plus vraiment d'effet, elle n'arrivait pas à se relancer, trop d'hommes tournaient autour d'elle, tous prêts à saisir leur chance dès que l'occasion se présenterait ; quand elle serait trop défoncée, ils feindraient de l'aider et puis ils abuseraient d'elle. Elle ne dirait pas non, elle ne dirait pas oui. Elle sentait le monde se refermer, les couleurs se mêlèrent, elle refusa. Prise d'un dernier instinct de survie, elle ne se laissa pas retenir par les dizaines de "reste, reste, Jeanne, tu veux que je te raccompagne, viens on va boire un dernier verre, tu veux un truc aux chiottes ?". Comme dans des sables mouvants, elle s'extirpa avec vigueur et autorité malgré le courant qui irrémédiablement l'emportait.

"Laisse tomber, c'est qu'une salope" furent les ultimes mots qu'elle entendit en sortant. Jeanne s'alluma une cigarette, la rue entière se mit à l'alpaguer "Mademoiselle, mademoiselle" ; elle tituba "Non, non, non." Elle était complètement défoncée, tomba deux fois, se releva. S'imaginant en pleine guerre, les hélicoptères sur le départ, le napalm allant se déverser incessamment, elle courut aussi vite qu'elle put, évitant de justesse les mines vietnamiennes. Un banc. Une autre cigarette. La guerre se suspendit. Discrètement, elle prit un peu de poudre, juste pour trouver la force de rentrer chez elle. Elle allait réussir, mais avant : il fallait traverser la rue de la Roquette.

Sous ses pieds, le béton l'attendrissait. Au premier abord, nulle vilenie ne semblait inéluctable à ce genre d'invention, elle y voyait d'ailleurs les traces encore nettes d'une proposition, certes un peu pompeuse, mais qui tenait plutôt la route. À force d'apercevoir tous les jours, sans plus aucun émerveillement, l'harmonie générale et la robustesse de ces cyclopéennes bâtisses, que l'on nomme si vulgairement immeubles, il était commun d'en oublier les plans millimétrés, conçus par des architectes minutieux, et qui permettaient à la construction manuelle de lutter à armes égales contre les puissances gravitationnelles. Les ponts aériens faits d'armatures métalliques puisaient leur force primordiale dans des structures mécanisées pleines d'angles savamment mesurés et stabilisés. Les plus infimes arcatures regorgeaient de détails complexes taillés à même la roche d'une main d'orfèvre. Rien n'était sans rappeler le miracle diligent des premiers bâtisseurs. Elle constata que même dans la régulation des feux de circulation résidait, quoique surannée, un phénomène étincelant d'innovation. Et puis elle regarda mieux.

Jeanne errait dans un paysage primitif, dans une crypte où les décombres s'entassaient, dans les catacombes de son espèce où les cadavres s'accumulaient, dans un monde désertique et indescriptible, dans un marécage perpétuel, dans une cité ensevelie au crépuscule permanent, où le chevauchement labyrinthique des intentions était pensé, par une entité malfaisante en proie à un entrain frénétique, pour son devenir-ruine. En observant une pile de déchets plantés à côté d'une poubelle vide et, plus loin, des sans-abris tentant vainement de dormir devant une vitrine de literie de luxe, elle se demanda où elle avait mis les pieds et quand ils avaient perdu la tête. À côté, dans une laverie, étaient entassées, au cœur d'une fange épaisse, dix gamines de quatorze ans au visage et aux bras scarifiés, bourrées de Rivotril, dont les seuls mots difficilement compréhensibles qui émanaient de leur bouche étaient des insultes ; pour le reste de la communication, elles utilisaient un téléphone. Jeanne avait beau retourner le puzzle dans son crâne, elle échouait à y trouver une quelconque sorte de cohérence : ces téléphones viendraient d'ailleurs à bout des Terriens bien avant le réchauffement climatique. Et puis, cinq rixes violentes eurent lieu simultanément sur le trottoir, juste devant une publicité pour bifteck sur laquelle des militants taguaient au marqueur dégueulasse : *consommation de viande = virus*. Le soupir rauque qui s'épancha alors de la gorge de Jeanne semblait questionner la nature de la folie qui les avait tous saisis pour que même les gens sobres eussent l'air d'être camés. Elle s'arrêta ensuite devant une affiche présentant un petit jardinet, construit entre quatre planches de bois, ayant pour but de *revégétaliser* la ville. Il ressemblait davantage à un bac à ordures qu'à une tentative d'herboriser la cité – malgré une pauvre courge qui pourrissait au milieu de déjections humaines, de plastique et d'un petit personnage souriant aux allures de soleil sûrement dessiné par un enfant du quartier. Elle sauta dans la zone dite verte et y arracha toutes les racines qu'elle put y trouver. Instinctivement, elle mit de la terre à sa bouche – c'était sec – et continua sa route après avoir enjambé, comme si de rien n'était, un représentant des *sapiens sapiens* qui, gisant à terre, poussait des gémissements à la fois tendres et cruels en tâchant vainement de se gratter le scrotum avec des doigts flétris de crasse. Elle regarda ses semblables, rien ne les dérangeait. Tout avait l'air très normal dans cette diaspora géante où plus personne n'appartenait à rien, où tout le monde n'était plus qu'un amas d'individualités similaires, comme si la vie devenait vraiment le cauchemar de ceux qui la rêvaient.

C'est en traversant le pont Charles-de-Gaulle cette nuit-là que Jeanne pensa pour la première fois à se faire soigner. Il devait bien exister des endroits pour les humains comme elle. Cela ne pouvait pas être pire que la pornographie. Ni que les mecs. Ni que la drogue. Ni que l'existence. Elle parvint à monter les deux étages qui séparaient le sol de son appartement, redescendit rapidement son chien et, après avoir dévoré quelques comprimés au hasard dans sa boîte d'anxiolytiques, tenta de s'endormir à ses côtés. Les lumières pailletées de son psychisme s'égaraient. Son corps sombrait peu à peu, s'enfonçant dans un canapé à la mollesse infinie. Ses pensées jaillirent hardiment ; elle divaguait dans ce qu'il convient d'appeler le néant. Sa main continuait à caresser son chien, délicatement. Elle le tenait, très fermement. Comme à un rocher, elle s'accrochait à lui et à lui seul, lui qui toujours la reconnaîtrait, même après dix ans d'errance dans des océans de douleur.

Sur le trajet de l'université, un jeune lui proposa d'adhérer à une quelconque organisation bienfaitrice, Nathan refusa d'un "Je suis contre les ONG et le prélèvement automatique." Il se drogua ensuite dans une ruelle. La prise de stupéfiant en plein air y adjoint un ingrédient non négligeable, celui du risque. Il venait d'ajouter à sa journée une péripétie. À l'entrée de la faculté était installé un stand à vocation indigéniste où les minorités pouvaient se réunir sans l'oppression de la majorité ; on y dénonçait évidemment l'appropriation culturelle. Les militants s'indignaient aussi de la venue de Georges Bensoussan pour une conférence et prévoyaient une action choc pour empêcher ce scandale. Un type aborda Nathan, se prenant déjà pour son pote. Il était grand, élancé, de larges lunettes à la mode dont les verres se teintaient en présence du soleil, mais ça ne marchait jamais et, du coup, il avait vraiment l'air d'un con. Un tatouage japonisant de poisson dépassait de son tee-shirt blanc à manches courtes qui cachait un demi-biceps superficiel ; dans le pli du coude, un autre dessin corporel permanent, genre structure rhizomique : le truc que vous faites pour avoir l'air intelligent en estimant qu'internet est l'expression pure de la liberté. Une montre connectée sino-californienne qui vibre pour vous indiquer un chemin. Barbe de trois jours, évidemment, chaussures bangladesho-orégonaises, chemise épaisse à carreaux pakistano-canadienne déposée sur son épaule, petit sac à dos vietnamo-suédois avec fermeture à ceinturon. À sa gueule, ça se voyait qu'il prônait la fin des différences de peur de la hiérarchisation, qu'il espérait un monde homogène, identique, en pensant qu'il allait ainsi être égalitaire, sans se rendre compte que cette uniformisation débouchait sur des désirs de consommation mondialisés. Sous couvert de diversité, il voulait sûrement faire de l'humain une seule et même sorte de consommateur, rayer les complexités historiques, les spécificités culturelles, entretenir toutes sortes de complots. Une vraie production infectée de la matrice, anticorps manipulé pour entretenir le système qu'il croit défendre, tellement persuadé qu'il est à contre-courant de la culture de masse alors qu'il est la culture de masse. Nathan ne lui adressa pas la parole, mais ne résista pas au besoin de récupérer un de ses prospectus pour le déchirer quelques mètres plus loin, en prenant un soin jouissif à être visible par l'armada fasciste des antifascistes. Pasolini ressurgit encore de sa mémoire, décidément, c'était une journée sous sa protection. Le poète italien nous avait prévenus, pensa-t-il : le seul fascisme qui est capable de revenir revêtira le nom d'antifascisme.

La salle de réunion se trouvait au douzième étage du bâtiment des Grands Moulins. Derrière les vitres, des éclairages rouges aux formes étranges trônaient, elles inspirèrent à Nathan l'appellation de "suppôts de Satan". Il n'y avait que du beau monde : une dizaine de professeurs dont la moitié devait porter des pantalons en velours côtelé ; six thésards, copains comme cochons, qui marmottaient ensemble à propos de leurs avancées de recherche respectives et de cinéma quart-monde. Au loin se mettait en place un crépuscule incertain. Le directeur du département prodigua un discours d'ouverture tonitruant, l'heure était aux bouleversements : il fallait changer le nom de la licence et diversifier les offres. Mais d'abord, Brigitte, une enseignante cinquantenaire qui ressemblait à Yasser Arafat en plus moche, voulait parler d'un sujet brûlant : les rideaux de la salle C432. Ils méritaient d'être changés, mais le protocole l'embourbait. Les gars de la technique renvoyaient la balle aux intendants. À qui s'adresser pour demander le changement de ces rideaux ? La question était posée, le silence magnanime, l'impasse formelle. Chacun y allait de ses propositions pour le nouveau nom du programme, les études cinématographiques étaient bien enterrées. Bientôt, ils seraient "Lettres et arts", "Cinéma et arts visuels" ou "Médias trans-image". Et les séries ? Et les jeux vidéo ? Que faire de tout cela ? S'adapter à la modernité pour oublier le décharnement idéologique du monde universitaire. Nathan regardait en jugeant.

Un tableau attira son attention, il ne l'avait jamais vu. Sur le mur de droite, juste avant la fenêtre. Il n'était pas à même de dire très franchement s'il relevait de l'art abstrait ou du naturalisme, cela faisait tout son charme. Des lignes caoutchouteuses semblaient dessiner une mer tempétueuse quand, sur une rive, un personnage agitait ce qui aurait pu être une baguette magique. Ce magicien n'avait pas de visage, juste une silhouette. Peut-être n'était-ce pas un homme, peut-être n'était-ce pas la mer. Nathan était obnubilé par cette lointaine guerre entre l'humanité et la nature. Un astre lunaire rayonnant de lumière noire était placé au centre du tableau, lui évoquant le sommeil hideux d'une nuit de biture. Cette peinture portait bel et bien en son sein la griffe de la mélancolie, annonciatrice du cataclysme pathétique à venir que les derviches insolents dans cette salle ruminaient.

— Nathan ?

— Nathan !

— Il n'écoute pas.

— Si, si. J'écoute. Bien sûr.

— Et tu en penses quoi alors ?

— Je n'en pense rien.

— Laisse-le, laisse-le.

— Non…

— Laisse tomber.

— Oui, c'est ça, laisse tomber.

— Nathan !

— Arrêtez maintenant !

— Ça ne va pas commencer !

— Bon, continuons.

— Je vous en prie, continuez.

— Pauvre mec.

Celui qui venait de déclarer “Pauvre mec”, c’était Fabrice, un pauvre mec lui aussi. Spécialiste du cinéma hongrois et polonais des années 1960. La dernière fois qu’il devait avoir été touché par une fille remontait sûrement à l’ultime claque de sa mère. La discussion continua. Après les rideaux, la commande de câbles HDMI, la concurrence avec la faculté de Paris III, le colloque sur le cinéma utilitaire brésilien, l’arrivée d’une collection complète de DVD de cinéma expérimental congolais. Nathan songea. Ça existe encore les dévédés ? Et puis tout le reste, tout : les sujets de recherche de chacun, la licence de lettres qui leur volait des salles et le pot du ciné-club (sandwichs triangles, radis et tomates cerises Sodebo). Évidemment, un soupçon de syndicalisme saupoudré d’une bien-pensance morbide. Un nouveau coup d’œil au tableau. Il venait de changer : il représentait maintenant la mère de toute chose. Elle avait six mamelles et l’humanité entière, brûlant de mille feux, buvait son lait de sang. Il avait peut-être un peu abusé sur la drogue avant la réunion. La kétamine avant minuit, ça ne lui réussissait pas toujours.

Le pseudo-congrès dura quatre heures. Un petit verre fut proposé pour se remettre de toutes ces émotions. Nathan se servit une bière après être passé aux toilettes. Il avait besoin d’un remontant, la kétamine l’avait totalement engourdi. Maintenant plus alerte, il se dirigea vers Pierre, son auguste directeur de thèse, et finalement, se dit-il, seul ami.

— Tu ne manques rien pour te faire remarquer, toi.

— Pardon, je suis très fatigué.

— Fatigué, fatigué. C’est ça. Nathan, dis-moi, tu as avancé pour le colloque à Blois ?

— Oui, j’ai commencé.

— Non, non, parce que j’y ai repensé. C’est très bien que tu le fasses, mais il faut que tu t’y mettes, hein.

— Je m’y mets, je m’y mets.

— Bon et sinon, la vie, ça va ?

— La quoi ?

— La vie.

— Non, mais j’avais compris. C’était… une blague.

— Ah oui.
— La vie, c'est cool.
— T'as une copine en ce moment ?
— Une quoi ?
— Ah ah. Sacré farceur. Je t'aime bien, tu sais.
— Je sais, je ne sais pas comment vous faites. Sinon, non, pas de copine.
— La chance, le célibataire. Ah. Ce que j'aimerais être célibataire ! Tu dois t'éclater.

Nathan avait toujours trouvé ça étrange, les gens qui semblaient envier les célibataires. Avec leurs phrases très rassurantes du genre : "T'as trop de chance, tu peux baiser qui tu veux !" Fréquemment, il leur répondait : "Bah file-moi ta meuf alors, je la baise." Fréquemment encore, la discussion était terminée. Malgré la drogue, il n'osa pas cet écart avec le seul humain qui daignait encore lui parler.

— Oui, oui. La chance. Je m'éclate.
— Bon, bon. C'est bien. Je dois y aller, moi. Envoie vite des bouts de textes pour Blois, qu'on puisse en discuter.
— Ça marche, merci.
— Pas de problème.
— Non vraiment, Pierre, merci.
— Prends soin de toi, mon grand.

Pierre s'en alla sans dire au revoir à personne. Nathan se retrouva seul. Son père l'appelait mon grand. D'une oreille distraite, il saisit la discussion entre deux chercheurs, juste à côté de lui, l'un d'eux venait de déclarer n'importe quoi, un truc du genre : "De toute façon, *The Big Lebowski* est un film sur la guerre du Viêtnam." Entendez : tous ceux qui le comprennent autrement ne sont que des arriérés. Il n'y a pas plus pédant qu'un spécialiste du cinéma. Ils ont tout vu, tout compris, leur pensée est la bonne, leur regard est unique et leurs voies sont inaccessibles. Nathan s'éclipsa discrètement de ce culte panthéiste, en essayant de ne pas se faire remarquer alors que tout le monde n'attendait qu'une chose : qu'il se casse.

Avant que sa mère ne décède, il ressentait de la jalousie pour les gens en deuil, nombre de ses amis étaient déjà orphelins, comme par hasard. Il voulait être un mec au parcours tortueux, difficile, un écorché, celui qui avait de vraies raisons de rester malheureux, celui que la vie n'avait pas épargné. À la place, il n'épargnait rien à la vie. Et puis sa mère y passa et rien ne changea. Cette pensée mortuaire, il l'eut en traversant le pont Charles-de-Gaulle, cinq heures plus tôt que Jeanne. Nathan dévia vers Bastille, juste à côté de la morgue. Plusieurs cadavres étaient en train d'être déchargés à l'Institut médicolégal. En les voyant, il envisagea pour la première fois la possibilité de se faire soigner. Il devait bien exister des lieux dédiés aux gens comme lui ; si jamais, cela aurait quand même une drôle d'allure. De toute façon, ce serait toujours mieux que l'Université française. C'était une idée désespérée, pour lui comme pour Jeanne, réelle, mais évanescente. Le hasard voulut qu'elle surgît le même soir, ou qu'on vous la raconte surgissant le même soir, mais qu'importe le soir. Dans ses yeux écarquillés, le kaléidoscope. Les lumières de la ville l'éblouirent et puis le noir. Il vomit. La journée avait été dense.

48.

Elle ne réussit pas à refuser. Rico l'avait suppliée, une jeune actrice venait de faire défection, elle était tombée malade, peut-être le virus, il espérait que ça ne se propage pas trop : comment tourner de la pornographie à l'heure de l'instauration des distances sociales ? Le monde ne tournait plus rond, la fellation ne saurait être un geste barrière. Jeanne avait pour son producteur, et ancien amant, une tendresse inexplicable ; il l'avait projetée dans sa vie et protégée de toutes ses affres. Il était à la fois son malheur et son bonheur, une force terrible la liait à lui, celle qui ne permet pas de dire non. Une dépendance malicieuse s'emparait d'elle quand il quémandait avec ses yeux de chien battu. "Tu me dois bien ça." Cette après-midi, elle le dépannerait avec un plaisir toutefois limité en tournant un bukkake, pratique qui consiste à ensevelir le visage d'une femme sous une fontaine de sperme. "Tu vas voir, ça sera sympa." Elle n'en doutait pas. Ils se rejoindraient après le tournage de ce matin qui était planifié depuis longtemps, un pilote de la série *Femme qui jouit*. Elle n'en savait rien de plus que le titre, mais redoutait quelque peu la véracité d'un tel projet. Qu'allaient-ils encore pouvoir inventer en vue de faire croire qu'ils avaient quelque chose à foutre du plaisir féminin ? Le porno l'emmerdait depuis que l'adage féministe s'en était emparé, elle était en première ligne face à l'absurdité d'une démarche pareille. La fin du tournage de *Phèdre* le mois dernier s'étant plutôt bien passée, elle en avait profité pour réviser toute sa mythologie et lire nombre d'ouvrages savants sur la question. Même si le film allait ressembler à une énième parodie pornographique, elle s'en était tenue au mythe, elle avait bien travaillé et comme tout labeur convenablement réalisé, il apportait saveur et satisfaction. La condescendance de toute la classe artistique pour le métier d'actrice pornographique, alors qu'elle est elle-même une fervente consommatrice illégitime de ce genre de production, ne lui faisait ni chaud ni froid : Jeanne savait qu'elle dépassait n'importe quelle actrice labellisée Théâtre public qui se jetait dans le rôle racinien. De toute façon, elle était une actrice, qu'on le veuille ou non, son pouvoir de simulation pénétrait les cœurs avec une âpreté rarement égalée sur les plateaux de théâtre. Elle n'avait pas besoin d'être rassurée. Jeanne était idéaliste et le revendiquait. Méprisez-la autant que vous le voudrez, la pornographie est la science de l'actorat par excellence, la construction du personnage y atteint son apogée.

Le train qui devait amener Nathan à Blois fut détourné pour des raisons obscures, propres à la Société nationale des chemins de fer. Il était parti la veille de son intervention, n'avait donc aucun argument pour paniquer, surtout qu'il était, contre toute attente avouons-le, préparé. Il prenait bien la chose ; l'occasion de découvrir quelques paysages inédits, de sortir d'une routine exécrable, de ne pas trop savoir où tout cela allait le mener. On peut s'en raconter beaucoup afin de ne pas trop s'énerver contre la nouvelle incompétence des services publics abandonnés. L'humeur du jour semblait plutôt paisible, molle, prompte au laisser-aller : il était bourré de Seresta, un anxiolytique qu'il appréciait beaucoup. Son nouveau train était un express régional qui devait le conduire à travers des bourgs jusqu'ici inconnus : Voves, Cloyes, Pezou, Fréteval. Il arriverait à Vendôme dans le Loir-et-Cher et devrait prendre – “si Dieu le veut” – un autocar. Il décida de faire confiance à son brave interlocuteur aux couleurs de l'entreprise et de la France moderne. Le train était spacieux, agréable, silencieux et vide. Il avait même gagné le prix du design ferroviaire en l'an de grâce 2010. La tête posée contre la grande fenêtre, seul dans un petit compartiment, il embrassait la France de tout son être. Le paysage défilait : la sordide périurbanité francilienne laissa vite place à une infinité de champs aux monochromes inconcevables. Dans les villages qu'il traversait, le temps avait patiné des antiquités enchanteresses, si bien que rien ne semblait pathétique. Comme des colosses, les châteaux d'eau, eux, survivraient à tous les cataclysmes. En quittant la gare qui répondait au nom de Fréteval-Morée, Nathan aperçut au loin une tour féodale. Seule, dressée sur un coteau, une rivière coulant à ses pieds. Le vestige était détruit, fissuré, cicatrice médiévale dans une province modernisée à court terme. Cette tour devait faire partie d'un ensemble plus vaste de ruines : elle en était la volonté de puissance, vigoureuse même blessée, cherchant à rejoindre la face épouvantée des cieux, luttant contre un monde toujours plus arasé. Nathan se rêva chevalier, fermier, jardinier, maraîcher – bref, un truc médiéval fantasmé. Il se voyait au cœur de ce château, bravant les effritements pour rebâtir un univers paré de nacre, loin de l'arraisonnement qui venait de s'engouffrer dans son wagon et qui l'exfiltra de sa fantaisie ardente : deux jeunes ingrats, parlant un français indigne, pieds sur la banquette, chips avalées gueule ouverte, écouteurs sur les oreilles, braillaient comme les porcs qu'ils étaient. C'était décidé : il reprendrait la tour de Fréteval pour lutter contre la médiocrité, serait un phare pour l'humanité, vitrail sous un soleil d'or. Il dresserait la dernière place forte, la résistance libre. Déjà Vendôme, terminus. La voix peu excitante d'un putride logiciel ferroviaire le réveilla. Malgré tous ses rêves de révolution, il avait bien dormi, était le seul dans son compartiment et pas de traces de chips. Bizarre. Il se frotta les yeux, but une gorgée d'eau, goba un comprimé et partit à la conquête de l'autobus. D'aucuns diront que c'était un bon voyage, Nathan le considérait déjà comme génial.

Le concept de *Femme qui jouit* valait le détour. Après être entrée dans la maison de Meudon, belle baraque, fin XVIIe, rosier grimpant et briques, où l'on commençait à déployer un matériel minimal pour la prise de vue, le réalisateur, Roger, un sexagénaire bedonnant qu'elle détestait, le lui expliqua. C'était un tournage professionnel qui espérait avoir une image amateur. Que voulez-vous : "On surfe sur la vague." Il lui donna l'objet qu'elle observa, main sur le cœur et regard baissé, comme une Madeleine repentante.

Elle devait s'introduire cet œuf en latex dans le vagin. Gonzague, l'acteur qui allait aujourd'hui "jouer avec elle", aurait, de son côté, une télécommande qui permettait de multiplier les compétences tactiles et vibrantes de cet objet haute technologie. Attention, on n'avait pas affaire à un vulgaire œuf de Pigalle, la structure moléculaire de ce dernier lui autorisait à prendre différentes formes. Les mutations étaient toutes administrées avec la télécommande de Gonzague qu'elle trouva, soit dit en passant, assez repoussant : le physique typique d'un mec qui ne percera jamais dans le porno et qui passera sa vie à gérer une télécommande dans les sous-produits diversitaires de la société d'addiction. L'œuf pouvait s'étirer en longueur, devenir plus dense, plus ferme, plus évanescent. Vibrer fort, vite, tendrement. La touche *septième ciel* ne sera utilisée qu'au septième orgasme, pour terminer le film.

— Au septième orgasme ?

— Oui, l'idée, Jeanne, c'est que la vidéo est divisée en sept orgasmes. Tu commenceras dans le jardin pour finir dans le lit de la chambre du haut avec le septième ciel.

— Plus exactement, je suis censée faire quoi ? C'est quoi l'histoire ?

— C'est très simple. Quand on commence le film, tu es devant la maison et tu te fous l'œuf. Il faut que le spectateur comprenne. Ensuite, tu sonnes. La porte s'ouvre. Tu entres dans la maison et tu vois, à la fenêtre de la chambre du haut, Gonzague. Tu fais un pas et, en montage parallèle, on le voit prendre la télécommande et enclencher un premier mode.

— Alterné. *Silence.* Bref. Un premier mode ?

— Oui, l'œuf va se mettre à vibrer, il peut prendre une certaine forme.

— J'ai oublié les œufs de caille !!

— Quoi ?

— Non, pardon. Un vieux truc.

— Donc : il va interrompre ta quête.

— Ma quête ?

— Jeanne, t'es défoncée ou quoi ?

— Quelle nouveauté.

— Bon, on peut faire ça ?

— On peut.

— Alors, à la première vibration, tu commences doucement à prendre du plaisir, et puis ça monte, ça monte…

— Ça monte.

— Arrête !

— Pardon, pardon. Ça monte ?

— Oui, ça monte jusqu'à t'allonger au sol, ou ce que tu veux, tu prends du plaisir quoi.

— Je gémis ?

— Oui, voilà, mais gardes-en sous la pédale.

— C'est toi la pédale.

— Jeanne !

— Pardon, pardon.

— Arrête de te marrer, putain, j'ai pas toute la journée, moi.

— Moi non plus. Alors on y va ?

— Mais t'as compris ?

— Mais oui j'ai compris. Il va m'interrompre six fois dans mon trajet, je vais devoir jouir un peu plus fort chaque fois et quand j'arrive dans la chambre j'imagine qu'on baise ?

— Non, pas besoin.

— Ah bon, on baise pas ?

— Non, non : c'est vraiment uniquement focalisé sur ton plaisir. Gonzague n'est là que pour toi.

— Mais il dirige la machine ?

— Oui, il dirige la machine et alors ?

— Non, rien. Et cette machine, c'est cool ?

— Je sais pas, tu veux essayer avant ?

— Non, on verra bien. Six stations avant la crucifixion, c'est une version courte.

— Pardon ?

— Laisse tomber, Roger.

— T'es vraiment chiante Jeanne, te fous pas de ma gueule, je fais ce que je peux.

— On fait tous ce qu'on peut.

— Je suis sûr que ça va être super en plus, si t'y mets un peu du tien.

— Tu m'as déjà vue ne pas tout donner ?

— Jamais, Jeannette.

— J'y mets toujours du mien.

— Toujours.
— Je préfère ça.
Elle lui appliqua un très sensible baiser sur la joue droite, assez proche de ses lèvres. Ce geste lui avait échappé, mais il était sincère : elle décida de le faire à ce moment-là. Roger méritait qu'on prenne soin de lui, Roger avait, comme nous tous, juste besoin de tendresse, Roger avait besoin d'un énorme câlin, Roger avait besoin d'une mère, d'une épouse, Roger avait besoin d'amour. Elle en avait les larmes aux yeux. Thibault, le cadreur-accessoiriste-éclairagiste-électricien-machiniste-script-régisseur, très fils à papa, bagues aux dents et encore boutonneux, lui donna de quoi désinfecter l'œuf, une lingette testée dermatologiquement. Il savait y faire ; elle n'avait pas à s'inquiéter. Jeanne prit quelques minutes dans la salle de bains pour se maquiller, se changer, expirer, inspirer son rail et puis elle descendit les escaliers, ignorant Gonzague qui lui adressait un signe de la main pour la saluer.
— Bon, moi, je suis prête, on y va ?

47.

Depuis la gare de Vendôme, on peut, en rejoignant le coin du boulevard de Trémault, apercevoir la beauté de cette ville médiévale. Il y fut très sensible – comme s'il savait d'avance – mais chaque chose en son temps. Les paysages prenaient doucement de l'importance, de la générosité. La reconquête humaniste qui imprégnait l'âme de Nathan lui évoquait un Moyen Âge beaucoup plus rayonnant que ce qu'on a toujours voulu faire croire. Peut-être que la mystification péremptoire qui entoure cette époque n'est là que pour mettre en avant le labyrinthe stérile des Lumières. Il n'y avait jamais pensé, la perspective de la rue principale de Vendôme et de ses deux clochers, au loin, était à l'origine de ce constat. Qu'on y songe ! Qu'on y songe ! Il se répéta cette phrase jusqu'au guichet de l'entreprise Rémi, transport en région Centre-Val de Loire. Il put se procurer un billet d'autocar pour se rendre à Blois, où il présenterait les grandes lignes de sa thèse à plus de deux cents charognards universitaires. Il avait presque oublié ce qu'il faisait ici et la rapacité des bras dans lesquels il allait se jeter. Heureusement, il était chargé comme un coureur cycliste. Son bon mot estompa sa tachycardie, la multiplicité des substances chimiques présentes dans son sac, au côté de ses quinze pages, tapées et imprimées s'il vous plaît, redora son sourire. Il avait même du LSD en réserve. Ce serait la cerise sur le gâteau, son opale dans un ciel d'azur. Les Printemps du savoir n'ont qu'à bien se tenir : il arrivait. Définitivement encore, il préférait le train à l'autocar.

Quand l'œuf vibra pour la première fois, la sensation se révéla très étonnante. Aucun plaisir ne fut conséquentiel au contact des doigts malhabiles de Gonzague sur la télécommande. Il ne s'en dégageait qu'une vulgaire vibration responsable, au mieux, d'une démangeaison. La présence d'un corps robotisé dans son propre corps produisait, chez Jeanne, une tangible perception d'impiété. Comme si son infaillibilité avait atteint ses limites. Elle pensait enfin toucher le fond. Sa vie dévalant la sinueuse pente de la déréliction, elle se demanda : sombré-je dans la barbarie ? En tout cas, elle brûlait en se consumant. Même si les mouvements qui se produisaient dans l'abîme de son vagin n'étaient pour elle que de médiocres chiquenaudes, la blessure qu'ils allaient léguer serait sans aucun doute profonde. Alors qu'elle était censée en voir "de toutes les couleurs" et y "vivre pleinement l'irisation du plaisir", cela ne lui provoqua qu'un dégoût immaculé à terrasser toutes les terreurs nocturnes. Errante sur la banquise au cœur du cristal polaire, elle aurait eu moins froid ; ardente des mille flammes d'un soleil désertique, elle aurait eu moins chaud. Son corps nu et décharné lui semblait s'échouer au fond d'un enlacement rocailleux quand la voix de Thibault, le jeune boutonneux, résonna :

— Vas-y, là, tu jouis. Jeannette, vas-y.

Par une subtilité physique inexplicable, Jeanne se jeta dans une bacchanale triomphante. Elle se roula à terre, gémit, saisie de convulsions tarabiscotées, elle hurla d'un plaisir aux sonorités profondes, incendiant l'image, laissant bouche bée le réalisateur, l'acteur et l'accessoiriste qui tentait de suivre ses mouvements avec la perche de prise de son. Ses ouiiiiii résonnaient jusqu'au ciel couleur d'acier.

— Putain, Jeanne, c'est génial, t'es la meilleure. C'est ça qu'on veut voir, du plaisir, du plaisir, rien que du plaisir.

— J'ai bien compris.

— Tu veux prendre une pause ou on enchaîne ?

— On enchaîne.

Jeanne avança vers la maison et, à chaque mouvement ridicule de l'étranger mécanique lové au creux de sa chatte, elle continua inlassablement sa transe pyromane. Dans ce qu'il convient d'appeler la vie, elle se sentait à l'extrême opposé. Elle simulait orgasme sur orgasme, jouissance sur jouissance ; et dire que cette vidéo allait devenir une des plus prisées de la toile. Elle hurlait méthodiquement, frémissait de convulsions grotesques : elle avait tout compris, montrait ce qui n'existait pas et, ainsi, s'élevait au sommet de son art.

"On en est à quel orgasme déjà ?" Jeanne réfléchit, elle ne savait plus. Elle ne savait pas non plus s'il allait être possible, au prochain, de crier encore plus fort. Elle se trouvait sur l'escalier : approximativement à la quinzième marche (sur une vingtaine). L'équipe n'osait l'interrompre, de toute façon ils en avaient le souffle coupé. Évidemment, elle ne ressentait rien, relevait à peine quand Gonzague faisait vibrer l'œuf et subodorait vaguement les changements de formes ; convaincue que la technologie et le plaisir ne font que rarement bon ménage, elle était guidée par une absurdité, celle de voir si c'était vraiment ça qu'elle devait jouer : cette ridicule et excentrique accumulation de jouissance féminine falsifiée, puits sans fond d'expressions sonores inconnues et de mouvements oscillant avec grande aisance entre la grâce et l'épilepsie.

Rien ne pouvait plus l'arrêter. Racine avait écrit *Phèdre* et, à son tour, elle s'attelait à son chef-d'œuvre. Comme l'écrivain de Port-Royal, elle dépassait les limites de l'audace. Comme lui, elle devrait peut-être se retirer après avoir fait ça. Comme lui, elle se rendait compte de ce qu'elle était et cela lui faisait peur. Comme lui, ce serait son dernier éclat avant une retraite rangée, un dernier voyage dans le péché, un aller simple dans la souillure. Jeanne ouvrirait même les sphincters les plus taciturnes, s'ébrouant sur l'herbe, ruminant dans l'escalier, exhortant les tapis bon marché à la frotter encore, mimant l'agonie d'un animal blessé ; errante au cœur du Canaan des pornographes, elle propulsa la série *Femme qui jouit* sur orbite.

Encore une vibration, elle se releva, chevaucha la rampe d'escalier, y frotta son sexe mécaniquement en répétant une phrase de La Rochefoucauld qu'elle avait lue dans la préface de *Phèdre* : "Le soleil ni la mort ne se peuvent regarder fixement." Le réalisateur ne comprenait pas, mais il faisait signe de laisser tourner ; ça donnerait inévitablement plus de cachet à la scène, peut-être même de l'exotisme. Et il avait raison. Elle venait de simuler le quatrième orgasme, plus que deux avant le septième ciel et la chambre à coucher où l'on ne couche plus.

Nathan venait de terminer sa conférence ; il avait parlé une heure, rempli son contrat. Il était dix heures. La salle était à moitié vide. Quelques applaudissements très diffus et disparates : il aurait mieux valu que personne ne l'applaudisse. Il remercia son auditoire et se dirigea vers les toilettes. La discussion qui suit, Nathan l'entendit malgré lui, cependant qu'il était en train de se préparer un rail d'amphétamines, plus communément nommé par l'anglicisme *speed*. Il venait de s'enfermer dans une cabine quand deux individus, des universitaires qui avaient assisté à la conférence, entrèrent. Ils ignoraient évidemment que Nathan fût ici. La première voix lui apparaissait familière, elle ressemblait à celle de Fabrice, un des autres étudiants chercheurs de son département, le spécialiste du cinéma hongrois et polonais – vous ne pouvez pas l'avoir oublié. Ils s'installèrent côte à côte aux urinoirs.

— T'as compris quelque chose, toi ?

— Ouais, vaguement.

— C'était ridicule, non ?

— Je te le fais pas dire.

— Qu'est-ce que c'est que ce sujet franchement ? Qui s'intéresse encore à la morale aujourd'hui ? On aurait dit de la philosophie de bas étage, genre fin XVIIIe.

— Exactement, ah ah. Et cette obsession du cinéma américain ?

— Non, mais attends, le mec, il va vraiment parler de *Matrix* et de Spielberg ?

— On aura tout vu, je vais te dire : ça ne mérite même pas d'être un sujet de cinéma. Peut-être une dissertation de philosophie niveau terminale.

— En plus, on comprend pas exactement de quels films il va traiter.

— C'est sûrement fait exprès… *Rires*. Non, mais tout ce que j'ai compris, c'est qu'il n'y aura pas d'auteurs.

— Le cinéma hollywoodien et la religion, je pensais qu'on avait définitivement tourné la page.

— Apparemment non.
— Quel désastre.
— Je sais pas ce qu'il fout là. Il n'y a aucune rigueur. Bon, on ne lui enlèvera pas l'énergie de la conviction, mais…
— De l'énergie gâchée surtout.
— Peut-être que son cinéaste préféré, c'est M. Night Shyamalan ?
— Ah ah. Si ça se trouve ! Au point où il en est ! *Rires gras.*
— Et puis tout ce truc sur l'Amérique, sans jamais évoquer Trump ou les violences policières subies par les Afro-Américains ?
— Il va finir obèse en conduisant un SUV au Texas, c'est évident.
— Mais, dis-moi, avec son nom, c'est le fils de… ?
— Ouais.
— Ah, tout s'explique alors.
Et ils quittèrent les toilettes. Nathan tremblait devant son téléphone portable plein de drogues à aspirer. Il avait l'impression de retourner en enfance, le souvenir de toutes ces petites humiliations remontait par bouffées étouffantes. Alors qu'il aimait revendiquer ses réflexions, qu'il jugeait non conventionnelles, et faire semblant que rien ne le touchait, voire qu'il appréciait être détesté, il venait bien de vivre son pire cauchemar : entendre ce qu'on pensait de lui et se rendre compte que tout ce qu'il avait cherché à devenir (un détesté) le détruisait. Il était seul et ils avaient raison : il était incompétent pour rester universitaire. Il aimait l'histoire et la culture occidentale, il aimait les humanités : il n'avait donc rien à faire ici. On se rassure comme on peut.

Si elle avait commencé sans aucune intention artistique (être actrice pornographique fut un rêve et un devoir qu'elle réalisa avec style), aujourd'hui Jeanne rêvait de cinéma, d'un cinéma nouveau, révolutionnaire, punk, postmoderne, avant-gardiste, qu'importe. Elle voulait que le spectateur ne s'en remette pas, qu'il oscille entre les émotions les plus extrêmes répertoriées par la psychologie humaine, elle aussi voulait qu'il jouisse devant les scènes de meurtre, qu'il soit terrifié devant les scènes d'amour ; elle imaginait un langage protopornographique écologique et métaphysique, désirait un film qui contienne toute l'histoire de l'humanité, nos origines philosophiques, retourner aux sources de notre civilisation, bref, un film sur Adam et Ève.

Dernièrement, elle ne pensait d'ailleurs plus qu'à ça et, comme cela arrivait très souvent, elle se convainquait que ce qu'elle faisait était bientôt fini, qu'elle allait abandonner, du genre : "l'année prochaine, j'arrête", oui, elle tournait toujours parce qu'il fallait du temps pour qu'elle se mette à autre chose, qu'elle devait se faire plus de contacts. Toutes ces excuses qui nous éloignent de notre vie, qui nous permettent de croire que notre travail a un sens et qui nous empêchent de confirmer le malheur qui nous berce. Alors elle se disait : je ne suis ici que pour ça. Elle se le répétait : tout ce que je fais, là, je le fais pour pouvoir réaliser cette œuvre que j'écris depuis des mois, qu'elle imaginait depuis des années. Elle pouvait bien se rouler encore un peu par terre, jambes levées, bras agités, en hurlant oh oui oui oui oui encore oui encore c'est bon putain oui oui aouhein hoiho houaho aaaaa. Jeanne avait l'air tellement conne, le savait, mais que voulez-vous, il faut bien limiter les viols collectifs dans les caves et que nos enfants se branlent.

46.

Nathan n'arrêtait plus. Pourquoi l'intellectuel français se tue-t-il, depuis des décennies, à définir qui est un *auteur* ou qui ne l'est pas ? Ce qu'il se demandait, et qui n'avait pas grand-chose à voir avec son intervention du matin ni la drogue qu'il venait de prendre ni le lit *king size* ni la position allongée qu'il ne quittait plus depuis le début d'après-midi – quoique –, ce qu'il se demandait, donc, et qui lui semblait être l'écueil pouvait se résumer en ces termes : pourquoi ceux qui veulent défendre la culture ne se rendent-ils pas compte qu'ils l'assassinent à force de supprimer les spécificités ? Pourquoi les puissances intellectuelles de ce pays mettent toutes leurs forces à détruire à la fois l'intellectualisme et leur pays ? Nathan n'en avait pas grand-chose à foutre de son pays, son sujet de thèse ne portait d'ailleurs pas sur le cinéma français, mais sur un courant artistique national, dans un pays qui n'était pas effrayé de lier ces deux mots. Néanmoins, il restait prudent, car il avait la sensation que de ce pays, le mal venait. Tout cela le contrariait : chaque fois qu'il ouvrait les yeux, devant lui ne se tenaient plus que des paradoxes ; il voyait tant de balles tirées dans tant de pieds. Il voyait tous ces universitaires, de bons gars, lettrés, bien élevés, qui réfléchissaient, et il voyait en eux tant de haine, tant de haine pour eux-mêmes, tant de culpabilité et tant d'acharnement à lustrer les bottes de leurs bourreaux, à vouloir disparaître, s'auto-annihiler. Il comprenait enfin clairement que dans les pathologies de l'addiction, l'ivresse de la destruction avait une part considérable. Et puis, pourquoi, après tout, devait-il subir, lui, tant de violences ? Qu'avait-il fait à part parler de quelque chose qu'il aimait ? Finalement, il ne pouvait pas se fondre dans le moule universitaire comme il n'avait pu s'introduire dans le monde artistique. Il se faisait encore recaler sur le pas de la porte par un videur intraitable. Alors qu'il n'était lui-même absolument pas politisé, la politique fasciste de ces deux institutions – en tant qu'elles écrasent tout courant de pensée alternative – venait d'achever de le broyer. Il justifiait ainsi ses échecs, peut-être était-il coupable, peut-être pas. Sur le lit du Novotel, on en pleurait à chaudes larmes.

Roger variait les plans avec un plaisir non dissimulé : contre-plongée radicale avec les barreaux de l'escalier en amorce, plongée extrême prise en hauteur, travelling électrisé qui s'élevait dans les marches avant de les descendre, plans subjectifs de Jeanne (ce qui revenait à s'asseoir sur l'escalier, caméra à l'épaule et à filmer le plafond en agitant l'appareil en tous sens). Elle lui confia qu'il faudrait "au moins Thelma Schoonmaker pour monter tout ça".

— Thelma qui ?

Évidemment, où avait-elle la tête ? Thibault lui apprit fièrement que les scènes étaient filmées à plus de cent images-seconde pour pouvoir, au montage, créer un ralenti digne d'un documentaire animalier : séquence du renard des neiges qui chasse les rongeurs en sautant dans près de cinquante centimètres de poudreuse (regardez, ça vaut le détour). Le doigt de Gonzague se rapprochait dangereusement du fameux bouton "septième ciel", l'œuf gisait bien en place, pas loin de l'endroit où elle rêvait, un jour, de porter un enfant. La comparaison animalière lui révéla la nature de ce qu'elle accomplissait : ce n'était pas un film pornographique, mais bel et bien un documentaire, un documentaire animalier sur le *sapiens sapiens*, ou ce qu'il en restait.

La raison égarée, Jeanne poussa la porte de la chambre avec une juste terreur. Dorénavant, la flamme obscure qui l'avait menée jusqu'ici lui échappait. Son épiderme était moucheté de rouge, marques de ses circonvolutions physiques contre le sol. Comme des aiguilles, partout sous sa peau, l'irritation montait. Sa longue traversée d'orgasmes incongrus, son marathon dédié à l'imaginaire masculin et la grande comédie humaine la rapprochaient encore plus de la finitude de la matière. Septième ciel. Depuis deux heures, elle jouait un bonheur irréel. Depuis plus de vingt ans déjà, elle vivait.

— C'était vraiment génial, Jeanne, bravo.

Elle cracha sur Roger, prit ses affaires et quitta la maison de Meudon.

45.

Jeanne tremblait dans le transport qui la ramenait vers Paris. Les images de l'œuf et le sourire de Gonzague la hantaient. Pour essayer de reprendre ses esprits, elle sortit un petit cahier et y inscrivit quelques mots disparates à propos du découpage qu'elle envisageait pour son projet de film porno-biblique. Redémarrer les notes à zéro, résumer tout ce qu'on rêve de faire pour avoir l'impression d'avancer.

Elle commençait à bien visualiser le film dont elle rêvait : il y aurait trois parties. D'abord, une performance visuelle expérimentale qu'elle avait longuement mûrie. Elle désirait montrer comment l'imaginaire biblique nous donnait à penser l'acte même de création. Dans la fiction religieuse monothéiste, Dieu ne part pas de rien pour créer, son souffle entoure une matière unique, ni solide ni liquide, ni lumineuse ni ténébreuse : ce fameux tohu-bohu ; et c'est en séparant les éléments que la création a lieu. Cela lui rappelait que l'on ne créait rien, que l'acte artistique consistait juste à trier, à distinguer, à assembler les choses déjà existantes en une nouvelle disposition. Ensuite, la création de l'humain qui n'était absolument pas un homme, mais un être homme ET femme et qui allait, à son tour, être scindé. Quand Adam connut Ève : voilà sa grande scène sexuelle. Elle voulait montrer à l'écran l'acte charnel premier, celui qui demeurait à l'origine de toutes les passions et de tous les désirs. Qu'on soit croyant ou non, un jour, il y a bien eu un premier coït. Un homme et une femme qui ne maîtrisaient pas la sexualité et qui la découvraient ensemble, qui essayaient, se cherchaient et en venaient à dévoiler l'étendue infinie des quêtes du plaisir.

La scène de sexe devait être très longue, hésitante et sensuelle. Il fallait qu'Adam et Ève soient entourés de toutes les espèces d'arbres, d'oiseaux et d'animaux qui furent précédemment nommés pour exister. Enfin, il faudrait penser au serpent, au fruit défendu (qui n'est pas une pomme) et, surtout, à la vie au paradis, cette existence uniquement consacrée au plaisir, au désir, à l'amour et à la protection de la jouissance. La vie d'avant l'asservissement au travail et le mythe de l'épanouissement. Invalides. Il fallait déjà qu'elle descende. Rico devait l'attendre dehors pour la conduire à ce fameux bukkake qu'elle s'apprêtait à faire. Pour dépanner.

Les Printemps du savoir étaient une nouvelle animation de la ville de Blois, petit frère des Rendez-vous de l'histoire qui avaient lieu à l'automne et qui étaient, depuis plusieurs années, un véritable succès. En lien avec différentes universités françaises – Blois en étant dépourvue laissait cela à ses grandes sœurs Tours et Orléans –, cette manifestation proposait, dans des domaines aussi variés que les sciences humaines, les mathématiques ou même l'astrophysique, une série de conférences spécialisées, ouvertes à tous, et qui devaient donner un instantané, chaque printemps, de l'avancée, de la richesse et de la diversité des recherches universitaires françaises. L'événement durait une semaine et se produisait dans plusieurs lieux historiques de la ville : la Halle aux Grains, magnifique bâtiment agraire reconverti en théâtre où Nathan venait de faire son intervention, le musée de la Magie, quelques salles municipales polyvalentes et, évidemment, le château royal où se déroulerait à partir de seize heures le cocktail de clôture. Il y avait encore des conférences qui s'enchaîneraient jusqu'au dernier moment, sans véritables connexions entre elles : après les études cinématographiques, des égyptologues présentaient un projet de nouvelle traduction hiéroglyphique avant que des biologistes ne dévoilent leurs ultimes résultats expérimentaux sur des végétaux synthétiques. Nathan n'y assista évidemment pas puisqu'il était retourné dans sa chambre d'hôtel pour pleurnicher sur son lit. Le faire venir jusqu'ici n'avait incontestablement qu'un seul but : terminer l'humiliation. Parachever son excommunication. Il en faisait trop, évidemment, ce n'était pas vrai, mais personne ne se souciait de rien, les universitaires ne s'intéressaient ni aux matières des autres, qu'ils méprisaient, ni à leur propre matière pour une raison plus complexe : les collègues sont des concurrents dans leurs luttes de pouvoir fantasmagoriques. Ce qui n'ôtait rien à la réalité de leur travail, souvent passionné et passionnant. Comme dans le cinéma français, le scandale n'est absolument pas dans le fond, mais dans la forme, se disait Nathan. Pire que l'échec, il y a le gâchis.

C'était décidé, il démissionnerait cette après-midi et profiterait du cocktail au château. Restait à savoir : comment le faire avec panache ?

Rico avait plus de quinze minutes de retard, ce qui ne lui ressemblait pas trop. Elle le sentait un peu gêné. Sa conduite était nerveuse, elle ne s'en inquiéta pas. Le tournage aurait lieu juste après la Porte de Châtillon, à Malakoff.

— C'était bien ton tournage, ce matin ?

— Bof, non, pas terrible.

— Tu ne prédis pas un grand avenir à *Femme qui jouit* ? Roger se fourre encore un doigt dans l'œil ?

— Ouais, je pense.

— Y a pas eu d'ennuis, dis-moi ? T'as l'air bizarre.

— Non, t'inquiète, je préfère pas en parler.

— OK, bébé, comme tu veux.

— Bon, c'est quoi le topo pour cette aprèm ?

— Ils devraient être une cinquantaine.

— Mmmm.

— Tous inscrits via mon site, pas mal de nouveaux, mais qui viennent toujours par l'intermédiaire de quelqu'un qui a déjà fait une vidéo, donc que des gens de confiance, quoi.

— Mmmm.

— T'auras un déguisement de collégienne, un truc un peu japonisant.

— Jupe, longues chaussettes, chemise à écusson et couettes ?

— Exactement.

— La base.

— Ne fume pas dans la voiture, s'il te plaît.
— Allez, steuple, sois pas chiant.
— Putain Jeanne, c'est toi qu'es chiante, j'ai arrêté. Ouvre bien la fenêtre au moins.

Dix minutes plus tard, ils arrivèrent devant le hangar de Malakoff qui allait servir de lieu de tournage. Il y avait déjà une vingtaine de mecs qui attendaient, certains finissaient leur kebab, d'autres buvaient des sodas, d'autres fumaient des joints. En sortant de la voiture, Rico leur fit un signe "Plus que trente minutes les gars !", ils hurlèrent tous en chœur une sorte de cri de guerre.
— Tu vois, ils sont chauds.
— Je vois.
— Au fait, Jeanne, juste, je sais que t'as plus trop l'habitude, mais comme, normalement, tu vois, je fais ça avec, enfin, des nouvelles, et que les mecs, ils cherchent…
— Oui ?
— Je peux parler un peu, tu vois, méchamment, comme quand on commence quoi.
— Tu t'excuses à l'avance des insultes que tu vas me balancer ?
— Ouais, enfin, sauf si, tu me dis, hein, si ça te dérange… Je voudrais pas, mais c'est que…
— Fais ce que tu veux Rico, j'en ai rien à foutre.
— OK, OK, t'es sûre ?
— Sûre.
— Merci Jeanne.
— De rien.

Le hangar se présenta sombre, froid et un brin humide. Rico la guidait dans un dédale immonde, plein de crasse, d'ordures, avant d'arriver à une grande salle, un poil plus propre, qui devait parfois servir pour organiser des événements ou des fêtes. Étienne, un cadreur qu'elle connaissait bien, se trouvait déjà sur place, sa présence l'apaisa à peine, trop longtemps qu'ils ne s'étaient pas vus. Il ne voulut pas l'embrasser : "Un peu malade, et avec ce virus qui traîne, on sait jamais." Rico avait apporté avec lui un gros sac en plastique, il en sortit le fameux costume, qu'il lui tendit.

— Y a un endroit où je peux me changer ?

— Jeanne…

— Bah ouais. N'oublie jamais que c'est un boulot Rico, dans la vie, t'as pas le droit de voir mon cul.

— Mais je sais pas, là-bas, tu dois pouvoir te changer, derrière un des poteaux.

— Ouah. La classe.

Elle partit se changer, et surtout se droguer : pour l'occasion, elle s'était prévu un buvard d'acide qu'elle fit fondre sur sa langue. Le souffle de Dieu commencerait bientôt à planer sur la face de Jeanne. Rico était resté avec Étienne.

— Elle est devenue chiante ou quoi ?

— Je te le fais pas dire.

— Elle fait sa diva ?

— Elle a des doutes, tu comprends, elle se questionne sur son métier, sur son avenir, sur sa féminité.

— Ah ah.

— Tu vas voir, dans deux mois elle voudra arrêter, et dans quatre elle me suppliera de sucer encore des kilomètres de bites pour que je lui file vingt balles et qu'elle s'achète sa came. Je te jure, j'en peux plus de tous ces caprices, toutes les mêmes, les actrices, elles savent très bien pourquoi elles sont là, mais elles veulent faire semblant de ne pas l'accepter.

— Les meufs…

— Ouais, enfin, les meufs… C'est plus vraiment des meufs.

— Mais t'avais personne d'autre de dispo ?

— Si, y en a tellement, mec, si tu savais. Des meufs qui sont d'accord pour que cinquante mecs leur giclent dessus pour cent balles, c'est pas ce qui manque. Mais avec Jeanne, c'est différent, si elle est encore là au bout de cinq ans, t'imagines, c'est parce qu'elle fait ce qu'elle veut, elle n'en à rien à battre, tu peux lui foutre un bras dans le cul, elle sera toujours pro. Les jeunettes, au bout de deux tournages, elles pleurent, y a systématiquement des emmerdes avec.

— Mais elle avait pas arrêté les bukkakes ?

— Si, mais je lui ai dit que j'avais personne d'autre, qu'elle devait bien me dépanner… Tu vois, en plus, je…

— Chut, elle revient…

— Jeannette, ma Jeannette ! C'est bon ?
— C'est bon, ouais.

Le château de Blois se situe dans le Loir-et-Cher, sur la rive droite de la Loire. Sa spécificité majeure, outre le fait d'avoir été une des résidences favorites des rois de France pendant la Renaissance, était d'offrir au visiteur une frise chronologique de l'architecture française du Moyen Âge à l'âge classique : ce panorama impressionnant s'appréciait dès l'entrée de la cour principale où l'on pouvait reconnaître les façades de style gothique, Renaissance et classique se succédant. Un coup d'œil en hauteur et la tour cylindrique du Foix (XIIIe siècle) venait s'ajouter au spectacle historique que Nathan affectionnait avec une joie certaine. Un prospectus touristique le fit pleurer sans crier gare, on y proposait de découvrir un son et lumière *Si Blois m'était conté*, avec les voix de Robert Hossein, Fabrice Luchini et Pierre Arditi ; il l'avait vu enfant, avec ses parents et sa sœur. Il s'en souvenait maintenant. Ils étaient là, en visite dans les châteaux de la Loire, assis dans une nuit étoilée estivale, à écouter les voix de la France, rythmées par la musique d'Éric Demarsan et sublimées par des projections lumineuses à même les différentes façades. Se tenaient-ils par la main ? L'histoire, comme les souvenirs, s'estompe. Peut-être pouvait-il encore retrouver l'odeur de sa mère dans cette cour ? Sûrement un espoir vain, plus de vingt ans étaient passés. Il se raisonna. L'escalier monumental est la pièce la plus célèbre de l'entrée extérieure, il s'y arrêta alors quelques minutes et versa une autre larme dont la nature ne se révéla pas, cette fois-ci, familiale. Patriotique, peut-être ? Cela le surprendrait quelque peu. Simplement esthétique ? Il préférait cette hypothèse. Nathan se souvint des mots de Balzac à propos de cet ouvrage "fouillé comme un ivoire de Chine" : l'escalier demeurait à l'évidence majestueux, recouvert de multiples sculptures Renaissance, le tout à la gloire de François Ier. La particularité de celui-ci consistait à être un des premiers escaliers à ne pas avoir qu'une fonction pratique (monter ou descendre), mais esthétique ; sa voûte hélicoïdale pouvait donner une vague idée de la perfection, si une telle chose existait. Lorsque le fond et la forme étaient traités avec la même rigueur, alors peut-être. Après cette considération sur l'élégance, Nathan monta les marches de l'escalier principal, plus classique celui-ci, avec sa rampe d'accès pour handicapés et ses normes européennes respectées au cordeau ; un truc moche, quoi. Il pista les panneaux mal imprimés et vulgairement scotchés "Les Printemps du savoir, cocktail". Avant de s'y engouffrer, il suivit tout naturellement un autre panneau, son préféré : "Toilettes".

La consommation récurrente de cocaïne donne une connaissance toute particulière des toilettes. Pour se droguer, le toxicomane est contraint de sortir son téléphone ou un semblable support plat, un sachet de poudre blanche, souvent un peu humide, qu'il doit couper avec une carte, souvent bancaire, Vitale pour les sacrés farceurs. Ensuite, il créera une tige ronde de type paille avec ce qu'il trouve sur lui, ticket de métro, bout de papier, mot d'amour, place de spectacle. Il va alors poser le support quelque part ; à défaut de tablette ou d'étagère, ce sera, à ses risques et périls, en équilibre sur le cylindre métallique qui contient le papier-toilette. Et puis, il va aspirer par le nez la substance. S'il veut être discret, il tire la chasse en même temps, le bruit d'aspiration frénétique ayant, ainsi, peu de chance de se faire remarquer par de potentiels prétendants à l'usage des cabinets. Ce rituel, qu'il répétera à peu près toutes les demi-heures, lui permettra donc de visiter nombre de ces lieux habituellement dédiés à l'urine ou aux selles. De manière certaine, Nathan pensait d'ailleurs que celui qui avait écrit le guide *Toilettes de Paris* en était un. Avec la cocaïne, les bons souvenirs se concentrent en un unique endroit aux multiples facettes, un endroit qui n'est encore ni tout à fait le même ni tout à fait un autre ; vous ne vous déplacez plus que de chiottes en chiottes et, parfois, puisque les chroniques du drogué sont bien souvent instables, quand vous arrivez dans les toilettes d'un bar que vous pensez ne pas connaître, c'est en vous retrouvant devant le trou que vous vous dites "Ça me dit quelque chose" et puis vous avez quelques bribes de réminiscences. La madeleine du camé : je me suis déjà drogué ici. Les toilettes du château de Blois, elles, lui demeuraient inconnues, il était assurément trop petit la dernière fois qu'il était venu ici, au temps où ses joyeux souvenirs ne se limitaient pas aux chiottes.

44.

C'est vrai que Jeanne restait une professionnelle et, malgré ce que pouvaient en dire les deux mecs, on la respectait. Sa force : elle voulait s'en foutre, jusqu'à un certain point, peut-être, sûrement – nous y venons –, mais elle y était parvenue, au moins pendant longtemps. Quand vous êtes arrivé à vous foutre de vous faire prendre par tous les trous devant la planète entière, qu'on peut vous pisser dessus, que vous repeignez les murs d'une chambre d'enfant avec vos sécrétions vaginales mélangées à du lait humain, qu'on peut vous tenir en laisse et vous gifler à coups de bite sur les réseaux sociaux aux sons tonitruants de commentaires typiques de la populace du Colisée – jour des jeux du cirque –, quand vous avez réussi ça, vous avez gagné : soit le respect, soit la honte. Dans le milieu, c'était le respect. D'autant plus que, loin de l'imaginaire collectif victimaire et culpabilisant de l'Occident agonisant, Jeanne s'était faite seule. Elle savait de quoi elle parlait, ce n'est au demeurant que très rarement le cas. Grâce aux discussions avec les autres actrices de son milieu, elle en vint à conclure que, peut-être, une certaine détresse affective avait eu la capacité d'influencer leur choix de métier ; souvent, c'étaient des femmes complexées – ou s'inventant l'être à cause de l'image que la société leur renvoyait d'elles (caricatural, mais pas faux) – qui se jetaient avec passion dans ce métier, des femmes qui n'avaient pas l'habitude qu'on les complimentât et qui, dans le vaste conglomérat des dépendances, restaient prêtes à baiser devant une caméra pour entendre qu'elles étaient belles, pour se rendre compte de la jouissance qu'elles pouvaient procurer ; parce que l'amour avait définitivement abandonné nos rives, chacun cherchait un navire.

Pour les hommes, c'était différent, bien sûr, elle le savait : ils étaient là pour vous traiter comme une pute, voilà tout. Dans la vie, ils ne doivent pas le faire trop vite, il faut d'abord qu'ils soient un peu romantiques, qu'ils vous invitent à la restauration rapide, au cinématographe, peut-être qu'ils doivent se farcir une balade, une glace ou un centre commercial avec le petit cadeau à débourser, pendentif ou barbe à papa pour les pauvres. Dans la pornographie, plus de fioritures, les masques tombent, le désir devient réalité : je ne te connais pas, mais tu vas pouvoir me traiter de pute tout de suite et je vais aimer ça, quand tu me fais mal, ça va me faire plaisir, et ça, rien ne t'a jamais autant excité que de me faire ce que tu sais que je n'aime pas parce que tu es sûr, tu es tellement sûr que je fais semblant que, finalement, j'aime ça, que je ne l'avoue pas, mais que j'aime ça, j'aime ça, comme la chienne que je suis.

Voilà ce que lui inspiraient les primo-arrivants. Tous des amateurs donc, qui s'inscrivaient sur le site de Rico pour collaborer à ce genre de pratique. Jeanne exigea mille euros et la production de son projet biblique. Il le lui avait promis, c'était d'accord. Elle eut l'impression de retourner des années en arrière. Le sac de cagoules et de masques était prêt : les participants ne montraient pas leur visage, on leur laissait à disposition de quoi le cacher, certains fidèles avaient leurs habitudes, apportaient leurs propres masques. Elle jeta un coup d'œil à ceux qui se trouvaient déjà sortis ; aujourd'hui, on avait Snoopy, six Joker, sept Tony Montana, quelques accessoires carnavalesques type Venise (l'influence inconsciente de Kubrick), un masque de Strauss-Kahn (celui-là, elle le trouvait marrant), deux Harvey Weinstein (elle ressentait moins de tendresse pour ceux-là), du Ku Klux Klan (très second degré) – et elle en passe. Rico l'interrompit dans son analyse visuelle des camouflages pour prendre la parole avec un inénarrable ton de gentil organisateur.

— On va encore attendre quelques minutes, que tout le monde soit là. N'oubliez pas les masques. Si vous en avez pas, vous avez le sac à disposition. Pour vos habits, vous les déposez au fond, là-bas, derrière le grand poteau, vous vous foutez à poil évidemment, mais gardez bien vos chaussures, si vous voulez pas barboter dans votre foutre. En tout cas : est-ce que vous êtes chauds ?

— Ouais !!!
— J'entends rien, est-ce que vous êtes chauds ?
— Ouais !!!!!!

La salle de réception du château de Blois, dite salle des États, plus ancienne salle civile gothique de France, était à la hauteur des prétentions de l'événement. Si l'Université devait être un royaume, nul doute que les mœurs seraient en tout point comparables à celles de la cour du roi ; en ce domaine, seule la Culture pouvait rivaliser. Les six mille sept cent vingt fleurs de lys peintes sur les deux voûtes du plafond (il ne les compta pas) semblaient veiller sur la centaine d'universitaires qui venaient d'arriver au cocktail, mais tout n'était qu'illusion, évidemment. Le décor peint impressionna beaucoup Nathan, qui se demandait s'il datait de la même époque que la salle ; après vérification : Félix Duban l'a restauré en 1886, mais en s'inspirant de la polychromie du XIIIe siècle. Comme d'habitude, Nathan n'était pas complètement à côté de la plaque, sans être complètement dans le coup pour autant. Le buffet fut déposé sur de grandes tables façonnées à l'aide de tréteaux et de planches, recouvertes de nappes en papier faussement brodées de similidorure. La bouffe excellait dans la dégueulasserie : amuse-bouches froids, petits-fours mous, verrines obsolètes. Du mousseux fut servi dans des coupes en plastoc. Nathan, confus, se ravisa ; on se trouvait bien loin du temps des rois.

Il restait à proximité du buffet pour attendre la fin du mousseux qui sonnerait l'arrivée des seaux en plastique pleins d'un planteur "fait maison". Les guillemets notés sur la pancarte éveillèrent son attention : pourquoi les restaurateurs entouraient-ils toujours de guillemets le "fait maison" ? Concrètement, cela les desservait, on pouvait comprendre le "fait maison" comme une sorte d'appellation, et que, donc, ce qui était souvent le cas, tout ce qui était "fait maison" n'était pas forcément fait maison. C'était fait *industriellement* mais avec une recette de type *traditionnelle*. Intrigué, il décida d'élucider cette énigme qui le rongeait depuis longtemps. La serveuse lui répondit comme une évidence qu'on écrivait "fait maison" entre guillemets pour mettre en valeur le terme. Nathan ne devait pas être assez renseigné sur l'évolution de la langue française, car il en était resté aux points au milieu des phrases pour lutter contre le patriarcat. Il essaya de lui expliquer que, techniquement, elle risquait le contraire de ses intentions.

— Excusez-moi, monsieur, j'ai du travail.

Le troupeau universitaire avait de la gueule, les pourparlers étaient variés, mais l'idiome constant ; on retrouvait majoritairement des individus qui, se pourléchant du buffet, musardaient en se plaignant du manque de moyens. Nathan traversait la foule, à la recherche de discussions qui pouvaient l'intéresser. Les gens l'ignoraient. Son oreille s'arrêta à moult endroits, un dialogue sur la physique quantique, sur le Moyen Âge, sur la reproduction cellulaire, sur le confinement à venir, sur la présence juive dans l'œuvre d'Albert Cohen. Il aurait pu écouter et apprendre, parmi ces gens, des heures durant. Nathan s'imagina quelques instants en prophète des universitaires, créateur d'une fraternité qui agirait dans l'ombre pour sauver ces grands esprits du désastre en cours. En plein milieu de sa énième considération de type j'ai-un-rôle-à-jouer-et-ça-sauvera-l'humanité, Nathan aperçut Pierre, qui paraissait le chercher. Le costume de son directeur de thèse l'intrigua fortement, le velours violet au reflet brillant lui semblait plutôt osé, une nouvelle coupe de cheveux venait s'ajouter au tableau, mèche droite, en arrière, dégradé, contour d'oreilles tondu : un homme neuf. Pierre avait l'air d'un yuppie en furie, heureusement qu'il gardait son éternelle allure circonspecte et sa carrure racée, sans ça, il ne l'eût peut-être même pas reconnu.

— Alors, mon petit, ça va ?

— Oui, Pierre, merci, et vous ?

— Écoute, ça va plutôt bien oui, bravo pour ce matin, c'était très clair.

— Ah ? J'ai eu l'impression de prendre un four, mais bon.

— C'est toujours comme ça, faut s'y faire tu sais, je te l'ai dit, se tenir proche de ses amis, mais encore plus proche de ses ennemis, ha ha.

Nathan ne comprenait pas les tenants et les aboutissants de la référence, son directeur de thèse semblait très excité, peut-être se droguait-il. Il se prit alors à rêver qu'il pût un jour se droguer avec lui. Pour en arriver là, Nathan devait vraiment bien l'aimer. Il voulait être ami avec lui. Il s'imagina que Pierre l'invitait à dîner, qu'il lui présentait sa femme, ses enfants, qu'ils iraient au cinéma, peut-être même qu'ils prépareraient ensemble des colloques, des livres, des publications. Pierre lui paraissait, d'un coup, la solution : Nathan allait peut-être réussir à devenir un universitaire, il lui suffisait de se reprendre un peu en main, de se prémunir contre les gens négatifs et de se plonger dans ses missions d'enseignement et de recherches, somme toute passionnantes. Il voyait les choses très clairement, l'épiphanie pouvait se formuler en ces termes : cet homme l'aimait et le protégerait. La vague de bonheur qui l'envahit à cet instant fut aussi inattendue qu'enchanteresse. Pierre renoua avec la parole.

— Tiens, viens Nathan, je dois te parler.

— Bien sûr.

Nathan le suivit vers un coin plus calme de la salle, près d'une large fenêtre qui donnait sur la cour du château. Pendant le court trajet qui les mena jusqu'à l'alcôve, la réflexion continua, l'affection de Nathan pour Pierre grandit et il se rendit compte que s'il n'avait pas les épaules pour être un sauveur, il fallait peut-être qu'on le sauve.

— Nathan ?

— Oui ?

— Tu m'écoutes ?

— Oui, pardon, j'étais dans mes pensées, je vous en parlerai d'ailleurs après, mais vous vouliez me dire quelque chose ?

— Nathan, alors, c'est un peu compliqué à dire, donc, je vais pas y aller par quatre chemins, l'École normale supérieure me propose un poste très important : diriger le département d'Histoire et Théorie des arts à Ulm.

— Ah, je connais bien. Jean-Loup Bourget prend sa retraite ?

— Ça fait des années qu'il a pris sa retraite, mais passons.

— Ah, bravo en tout cas, c'est une promotion alors ?

— C'est une promotion, sûr, mais... Voilà le problème, c'est que je ne peux pas emmener tous mes doctorants avec moi, je n'ai le droit d'en prendre que dix et... Le choix a été très difficile, mais... Je pense que... Il faut que tu te trouves un nouveau directeur de thèse, Nathan...

— Ah.

— Je vais t'aider, ne t'inquiète pas, je vais te présenter des gens et on pourra toujours parler et travailler ensemble ?

Depuis trois ans, à aucun moment Pierre ne l'avait appelé.

— Vous ne vous êtes jamais intéressé à moi.

Cela lui échappa.

— Tu peux pas dire ça, Nathan, je suis désolé de devoir faire ce choix, c'est dur, je sais, mais c'est comme ça, il faut savoir faire des choix dans la vie, des choix forts, compliqués.

— Le choix est une illusion créée par ceux qui ont le pouvoir.

— Pardon ?

Le tour de chauffe pouvait commencer. Jeanne se retrouva à genoux, à même la bâche déposée sur le sol âpre du hangar. Couettes, cheveux lissés, chaussures cirées, chaussettes montantes et jupe plissée, "le genre de quetru à éloigner de Michel Fourniret" (*dixit* Rico). Elle se souvint de la forêt ardennaise dont le calme et l'ampleur lui donnèrent du courage. Cinquante-six hommes, très exactement, l'entouraient, pénis dans la main. Ils commencèrent à se masturber cependant qu'elle prenait dans sa bouche les sexes d'autres participants. Pour les exciter un peu, à tour de rôle, quelques secondes, parce que "y en a beaucoup et on n'a pas toute la journée" (*dixit* Rico). Il ajouta : "Faites une belle file, s'il vous plaît, bien droite, voilà, comme votre bite." L'auditoire : "Ah ah !"

"Vas-y pompe, oh la grosse pute, bien profonde voilà, je te déchire la gueule, tu kiffes salope" et encore patin-couffin. Que ce soit la violence avec laquelle les hommes profitaient de ces trente secondes de fellation ou les mots qu'ils disaient ou les cheveux tirés, parfois par une couette dans chaque main – rien ! – pas même les régurgitations dues aux glands qui tapaient contre sa glotte, non, rien ne semblait atteindre Jeanne qui, l'air hagard, atone, ne se détournait point de sa fastidieuse tâche. Rien sauf l'irréductible voix de Rico.

— Allez-y, c'est la déglingue, je sais que vous êtes tous en chien, vous avez pas baisé depuis des mois, avouez-le, bourrez-lui la gueule, merde. En plus aujourd'hui, vous avez la chance d'avoir Jeannette, c'est pas n'importe quelle grosse pute de banlieue, c'est pas une de vos beurettes qui n'a pas de quoi acheter des chips à ses huit mômes, non, c'est vraiment elle, c'est vraiment Jeannette. Vous ne la méritez pas, mais je vous l'offre, alors saccagez-la-moi ! N'oubliez pas de dire vos dédicaces, si vous en avez, même si c'est à votre mère ou à votre meuf. Ah ah ah. Promis, on la coupera pas au montage ! Allez-y maintenant, les gars, je veux voir du sale : ambiance tournante, danse très bandante, sens d'où vient la chaleur !

Ils hurlèrent tous en secouant leurs queues :

— Gloire à l'art de rue !

Étienne filmait le tour de chauffe au plus près de l'action, la lumière était assurée par une torche fixée à la caméra, car les quelques néons qui marchaient encore dans l'immense salle ne suffisaient pas à capter une image correcte. Jeanne se laissait toujours prendre, face à cinquante-six pénis et autant de frustrés ultra-violents, il n'y avait pas grand-chose à faire ; petit à petit, son corps se dégradait en poupée désarticulée. Au bas mot, chaque participant passait trente secondes dans sa bouche, ce qui donnait déjà vingt-huit minutes à décompter pour les avoir tous sucés, un par un. Au passage, on lui tâtait la chatte, lui malaxait un sein, lui fourrait un doigt dans le cul. Ses habits d'écolière furent vite déchirés. L'air devenait moite. Et l'odeur, l'odeur… Rien n'aurait pu vous préparer à ça. Le pire n'était pas dans la vacuité ni dans la violence de l'acte, le pire était dans le succès rencontré par ces vidéos. Jeanne aurait préféré être une malheureuse exception. Elle, cela ne la gênait pas, mais que ça arrive aussi aux autres était le plus douloureux. Humains, vous qui aimez la beauté, fuyez tant qu'il en est encore temps.

Une bonne quinzaine de minutes étaient passées, il n'avait pas bougé depuis que Pierre avait conclu par "désolé, mon gars" et était retourné se fondre dans la masse. Juste après avoir repris ses esprits, Nathan se dirigea vers les toilettes, fit ce qu'il devait faire puis accrocha sa ceinture aux néons, s'y pendit par le cou, le néon craqua, il se retrouva sur le sol, hématome aux fesses assuré, allongé dans la pisse, retour à l'envoyeur. Rarement, on vit suicide plus manqué. Il resta au moins une demi-heure à terre, et puis l'effet escompté apparut. Il se releva, retourna là où tout se passait. Une ombre ironique semblait s'être saisie du peuple entier ; Nathan était détruit, saccagé, abandonné du monde des vivants. La beauté du château s'évanouit, le plafond descendit, il scrutait la foule de primates, ne saisissant plus un mot de ce qui émanait de leurs bouches. Les universitaires réunis parlaient un langage incompréhensible qu'il ne connut qu'en rêve, celui du temps où nos ancêtres se redressèrent, où nous sortîmes de la forêt impétueuse, juste avant de peindre Chauvet. Les voûtes du palais mutèrent en parois troglodytes ; un moment précis l'interpellait : celui où l'inutilité, enfin, triompha. Il n'était plus seulement question de chasser, de dormir, de manger, de chier, de mourir. Nous commencions à enterrer nos morts, à représenter, à prier. Quand le primate quitta les basses besognes de l'utilité pour se consacrer à des tâches sacrées, dont la beauté résidait dans leur incapacité à nourrir, le singe devint Homme. Dorénavant, Nathan ne voyait plus que des êtres guidés par l'utilité, l'efficacité, la productivité. Devant ses yeux, la rupture ontologique eut lieu, le singe signait son grand retour, le langage s'estompait : plus de lys aux murs, plus de mammouths, plus d'empreintes de mains ; le son existait comme une vaine stridence cosmique, une plainte animale. Les pierres s'enduisirent de hiéroglyphes incompréhensibles et le diable s'introduisit dans le château de Blois. Nathan n'y entendait plus rien, ne reconnaissant plus un seul visage, leurs formes délabraient la structure quantique de l'univers. Ce LSD était de très bonne qualité, il avait bien fait d'en glisser, discrètement, dans tous les seaux de planteur que la serveuse venait d'apporter.

Oubliez l'existence même de la suavité. La température du hangar venait d'augmenter, au minimum d'une dizaine de degrés. Les hommes suffoquaient sous leurs faces de Mickey. Les mains se fripaient, comme après les délices d'un bain. Les néons parfois cliquetaient, on n'y voyait presque plus rien. Une grande salle vide et chaude, les vapeurs, les odeurs de mâles, de la lumière froide et blanche, par intermittence, clair-obscur, une caméra, une torche et ces cinquante-six masques, cagoules ou simples sacs plastique, la nudité sans tête, les sexes rouges et tordus, les pattes pressées qui allaient et venaient, les bruits, les murmures, les insultes et le sperme qui entreprenait de couler. Une dizaine d'individus avaient déjà joui dans un râle sordide, le bout de leur sexe au plus près du visage de Jeanne, qui commençait à s'effacer dans l'opacité visqueuse de la semence. Même les fondations du monde auraient dû s'ébranler : pourquoi l'avez-vous abandonnée ? Jeanne n'en avait toujours rien à faire, elle se trouvait à genoux au centre du cercle, attendait. Plus que quarante-six. Parfois, quand elle en prenait trop dans les yeux, elle s'essuyait, délicatement. "Ne pas trop en enlever pour ne pas gâcher l'image finale" (*dixit* Rico). D'ailleurs, elle ne l'entendait plus. La couche de sperme sur son visage grossissait à vue d'œil, formant une gangue informe qui l'embrumait. Heureusement que Levinas ne voit pas ça : à la vingt-troisième éjaculation, c'est ce qu'elle aurait pu se dire. Son corps entier était presque recouvert, repeint, elle respirait doucement, par un léger filet d'oxygène qui se frayait un chemin entre ses lèvres embarrassées. Elle se dissolvait comme une lente coulée de cire à la chaleur des immondices ; même les Écritures ne pouvaient la sauver, chaque nouvelle douche de sperme l'enfonçait dans un péché qu'elle savait impardonnable. Elle serait définitivement consommée en sortant d'ici. Le repentir a parfois ses limites.

De plus en plus de gars venaient sur sa gueule, les sonorités qu'ils faisaient entendre au moment de l'éjaculation étaient ce qui les discernait de la masse, de leur masque ; le peu d'humanité qui leur survivait se trouvait concentré dans ce menu bruit, propre à chacun. Il y avait les aigus, les graves, les rauques, les libérateurs, les douloureux, mais toujours les "petite pute, je vais te noyer, avale grosse merde…" Du point de vue du langage, le vocabulaire était très limité, on tournait vite en rond : seuls leurs cris les différenciaient encore.

Et puis, elle le distingua, lui, sous son masque riant de théâtre grec, elle aurait reconnu sa respiration entre mille, voyait son sexe malgré la couche de sperme qui recouvrait ses yeux : il n'y avait pas de doute. "Tu vas prendre ça dans la gueule, tu vas voir", c'est lui qui venait de le dire, enflammé par la situation, il ne prit même pas la précaution de se taire ; en fait, il ne se cachait pas. Rico s'était incrusté discrètement dans le groupe et allait lui éjaculer sur le visage. Elle n'en revenait pas. Sans réfléchir, elle ouvrit la bouche, suça certains sexes proches d'elle – les quelques chanceux rugirent de plaisir en hurlant qu'elle resterait définitivement la seule et unique reine des putes –, et puis elle vit Rico s'avancer, balancer quelques insultes sous couvert d'un murmure de contentement et son sexe, dressé, avoisina sa bouche béante. Jeanne, fantôme dégoulinant, presque sans forme et sans couleur, écarquilla sa mâchoire, trou ébahi au cœur d'une montagne de sperme. Le gland approchait, le temps s'étirait. Sur son trajet vers le pénis de Rico, les éjaculations se faisaient de plus en plus fréquentes : au moins cinq, en pleine face. Elle n'esquivait pas les rafales, supportait les coups, les centilitres de sperme l'aspergeant donnaient à son corps un aspect flou et ondoyant, presque reptilien. Quelques jaloux essayèrent de lui fourrer une bite dans la bouche : il y eut la Reine d'Angleterre, Freezer, Albert Einstein et trois cagoules noires. Elle les évita, continuant toujours son chemin, incroyablement court, mais terriblement long, vers le sexe dressé de Rico qu'elle atteignit enfin ; sur fond de foule en délire et sous une pluie blanche, elle le suça de tout son soûl. Il hurla de plaisir quand son sperme partit de ses testicules, sortit de son gland et atterrit au fond de la gorge de Jeanne. C'est à ce moment-là que, rongée d'une haine bien connue, Dieu soit loué viens-nous en aide, Marie vertueuse, je vous salue, Électre-pleine-de-sperme, vous êtes bénie entre toutes les femmes ; à ce moment-là, elle serra les dents de toutes ses forces.

Rapidement, le cocktail de clôture des Printemps du savoir dégénéra. Le temps pour qu'apparaissent les premiers symptômes du LSD est assez court, subséquemment à l'ingestion de l'acide. Une heure après la répartition de la substance dans les différents seaux de planteur, le délire fut solidement installé. Ceux qui ne buvaient pas (et ils étaient très peu nombreux : nombre infime de musulmans et taux de grossesses très faible chez les universitaires, tout le reste, tout le monde, boit) avaient vite pris leurs jambes à leur cou, effrayés face à la situation et complètement dépassés par les événements. Être drogué à son insu est affolant, surtout quand la substance a la force et les répercussions hallucinogènes du LSD, bien que, grâce à la rigueur de l'acide et outrepassé le stade terrifiant du "Qu'est-ce qui m'arrive ?", on puisse, malgré l'absence de consentement, passer un bon moment. Attention, comme disent les circassiens : ceci n'est en aucun cas à reproduire chez soi. La souffrance, l'incompréhension et la détresse qui vous submergent lorsque des effets psychotropes font leur apparition dans votre corps – sans expliquer ni pourquoi ni comment – créent une panique inimaginable, à juste titre, au sein de l'être humain. Cette sensation reste tout à fait répugnante : vous vous mettez à perdre votre espoir, à vous échapper de vous-même, sans contrôle aucun. Nathan contemplait.

Antonietta Gonsalvus était une jeune fille atteinte d'une maladie génétique appelée hypertrichose qui se traduit par une pilosité anormale. De son vivant, elle fut invitée dans toutes les cours d'Europe où le goût pour les cabinets de curiosités atteignait son apogée. Son portrait datant de 1595 et peint par Lavinia Fontana trônait dans la sublime chambre de la Reine. C'était dans cette pièce qu'était morte Catherine de Médicis en 1589, les poutres y étaient dorées et le lit bleu émeraude. Le visage velu de la petite fille – rappelant Jean Marais dans *La Belle et la Bête* – se trouvait être à l'origine d'une fascination étrange, entre aversion et béatitude, propre au voyeurisme face à la violence. Devant la peinture, un groupe de plusieurs jeunes étudiants se dénudaient de concert, s'arrachant les poils, se caressant, se griffant, se mordant jusqu'à faire saigner leur tissu cutané. Ils se regardaient, appréciant la monstruosité des corps. Chaque centimètre de peau était sujet à une moquerie phénoménale, entraînant éclats de rire et roulades sur le sol. Sous l'influence de la drogue, la laideur et la pourriture de la chair humaine devenaient acceptables.

Dans la salle des Valois, sous l'égide protectrice de François Ier, l'huile sur bois de Jean Cousin *L'Enlèvement d'Europe* produisit un tout autre effet. Ce splendide tableau, représentant Jupiter transformé en taureau, sous le charme de la princesse Europe, avait transmuté un groupe de linguistes, majoritairement des femmes, en de véritables bêtes sauvages. Elles aboyaient, rugissaient, piaillaient, miaulaient, jacassaient. Abandonnées par leur bipédie, les linguistes se révélaient d'une authentique agilité sur quatre membres. L'heure était apparemment à une cérémonie amoureuse, et, laissant de côté les conventions sociales, les femelles se disputaient un mâle peu dominant. Sur les carreaux massifs du sol royal, chacune essayait de conserver, tant bien que mal, son territoire inviolé. Oubliant les accords de Schengen, les animaux politiques, par leurs danses alarmées, formaient, dans leurs sauvages différences, une espèce radicalement unie. Nathan ne pouvait pas vraiment dire si cette cérémonie déboucherait sur un conflit ou sur une paix, qu'importe : la beauté du rituel l'emportait.

Place à *Valentine de Milan pleurant son époux*. Peinte en 1822 par Marie-Philippe Coupin de La Couperie, la toile représentait Valentine Visconti au pied de la sépulture de son mari Louis d'Orléans. Elle réclama justice toute sa vie avant de crever de chagrin. Dans la salle du Conseil, qui avait été le théâtre de la mort du duc de Guise et donc lieu central des guerres de Religion, une masse d'illuminés s'installa. Chacun semblait y vénérer un dieu différent, hurlant vers les cieux ou s'étalant sur le dos, bras ouverts, comme Paul au chemin de Damas. L'adoration était fracassante, violente : concepteur unique ou immanence, les cultes se confondaient dans une joie destructrice pleine de passion. Nathan se souvint de la vieille ville de Jérusalem où à l'appel des muezzins, des juifs se rétractaient devant un mur quand des bus de chrétiens nigérians chantaient face au sépulcre du Christ : il se rappela son impression à l'époque, celle qui lui chuchotait à l'oreille qu'il avait bien dû se passer quelque chose ici. Sinon, l'inconscient collectif était véritablement une arme de soumission massive. Les dieux qu'on implorait dans la salle du Conseil avaient ceci de différent qu'ils étaient visiblement visibles. La joie se mêlait à la peur, les mains liées par la prière tremblaient d'une allégresse inébranlable et les lamentations, comme la fumée des holocaustes, chatouillaient sans aucun doute les narines de la transcendance. Dans un coin, quelques chimistes préparaient un bain rituel, respectant apparemment les traditions du premier Temple. Les universitaires retrouvaient un peu de sacré, la jubilation de Nathan se fit plus vive. Il continua son périple.

La chambre du Roi. L'armoire Sambin, un meuble imposant, à la frontière entre la commode et le cabinet, dévoilait huit sculptures à l'effigie de figures mythologiques. La grandeur de la

Grèce reprenait enfin ses droits sur les ersatz de la démocratie. L'aura d'Henri III et de ses mignons régnait encore dans cette pièce : Charlie Ramoni, un spinoziste, jouait avec son pénis sur le velours rouge du lit royal. Plusieurs élèves le regardaient, prosternés devant le sexe savant en récitant des extraits de l'*Éthique*. Comme une rose, aux pétales interminables qui se dévoilent alors que le printemps s'éveille, le château monarchique s'émancipait des lourdeurs administratives françaises pour rejoindre les fondamentaux d'un plaisir négligé. Le cœur du monde se dénichait dans l'antichambre des secrets de la cour. Outre la branlette des fanatiques de l'excommunié, les paysages primitifs étaient nombreux : des mathématiciens dansaient sur un rythme imaginaire, un savant biologiste persuadé d'être une choucroute cherchait en vain ses saucisses, des musicologues marchaient sur les mains, les informaticiens se jetaient à corps ouverts dans une immense partouze dépucelante, les historiens farfouillaient des sources, les psychanalystes se mettaient à parler, les chercheurs en sciences politiques restaient chiants et les sociologues découvrirent leur inutilité. Nathan s'arrêta quelques instants sur des corps en sueur et translucides qui s'enivraient au diapason d'un chef d'orchestre improvisé balbutiant pour battre la mesure, le pauvre homme brisa au passage le grand vase de faïence d'Ulysse Besnard. Le temps n'était plus aux vestiges du passé, mais aux vertiges du présent.

Quand Nathan sortit de la chambre du Roi, il croisa quelques carcasses prises de convulsions, la violence des gestes spasmodiques redoubla et les êtres ainsi touchés se mirent à muer, leur peau craquelante finit par se fendre et des larves visqueuses suintèrent de leurs pores. La vision fut effrayante, les couloirs du château se remplirent d'insectes à une vitesse folle, Nathan ne trouvait plus d'échappatoire : pour se venger de lui, les universitaires mutaient. Même les murs, qui n'étaient plus que d'immenses toiles tissées, se refermèrent. Il fut pris d'une nausée terrible, ferma les yeux, hurla. Il vomit sur un buste en terre cuite de Le Carpentier, auprès duquel il s'excusa platement. Il avait, lui-même, beaucoup trop abusé de la drogue. Nathan ne voyait plus rien, se démenant pour avancer au cœur d'un air devenu irrespirable. Son cœur battait si fort qu'il en était assourdi. Persuadé maintenant d'être à Soweto, en pleine révolte du bidonville, il s'échappa du château avant d'avoir fini ne fût-ce qu'un quart de la traversée du banquet orgiaque et libératoire dont il était à l'origine. En sortant, il aperçut Pierre, déguisé en grand mufti, qui déblatérait un allemand de mauvaise qualité pour passer en revue les troupes, heureusement invisibles, de la Waffen-SS. L'air frais de la rue ne fut pour Nathan d'aucun secours, il croisait des promeneurs en forme d'hirondelles, le trottoir semblait vert pomme, sa bouche, ouverte, traînait à ses pieds si bien qu'il tomba plusieurs fois en essayant de ramasser sa mâchoire. Par un miracle incongru, il réussit à rejoindre sa chambre d'hôtel pour réunir ses affaires et monter dans un train inconnu. Victime de crises d'angoisse à répétition dans le véhicule, il sortit en gare de Bezons et, au premier rond-point, pris de peur par la noirceur de la nuit, s'allongea pour s'endormir. Au petit matin, quand il se réveilla, sous les coups de jets de pierre lancés par un groupe de jeunes prépubères en route vers le collège, il s'était pissé dessus.

La plainte fut inattendue, bruyante, sauvage. En comparaison au cri de Rico quand elle enfonça ses dents dans son sexe, un porc que l'on égorge produit une bien douce berceuse. Le hurlement déconcerta quelque peu la masse de fripouilles, créant même un léger mouvement de foule ; certains glissèrent, ne réussissant que très difficilement à se relever face à la lubrification du sol. Les corps s'entassaient, se faisaient tomber, s'entrechoquaient. Radeau de la méduse sur une mer d'infertilité, une cinquantaine d'hommes nus et masqués se démenaient, tentaient de s'en sortir, les gémissements de Rico rythmaient le tableau et entretenaient la peur. Le sang giclait à flots et bientôt l'océan blanc crème devint rouge : les veaux baignaient dans l'hémoglobine du père. Alors que Rico se débattait au sol, plein d'une douleur inexplicable, Jeanne lui sourit, vermeille jusqu'aux oreilles, et lui tendit son sexe triomphalement, telle Judith la tête d'Holopherne. Sans visage, derrière un masque, elle ne pouvait pas le voir souffrir et découvrit le défaut de l'anonymat : aucune compassion n'est en capacité de s'y révéler. Laissant la terreur emplir la foule, elle eut la bonne idée, plutôt que d'essayer de se redresser, de faire glisser son corps sur le sperme à la manière d'un bobsleigh. Après avoir jeté le pénis coupé au centre de la meute, elle put très vite sortir de la pataugeoire mouvante, se faufilant entre les jambes affolées de l'agglomérat charnel en proie à une panique intense. Personne ne déchiffrait vraiment ce qui se passait, la déroute était totale, la nudité accentuant l'effroi, tous se sentaient enfin vulnérables. Au moment où elle put se relever, elle se mit à courir à l'endroit où elle avait laissé ses affaires et même si elle se répétait inlassablement qu'il ne fallait pas se retourner, prise de l'élan nostalgique d'Orphée, elle le fit. Jeanne observa quelques secondes la plaine embrasée, sous le crépitement des lumières : incompréhension des corps, tonalités ultraviolettes, panique, mer rouge et blanche et morte, cris de détresse, la gymnité, les masques. Elle aperçut alors Étienne qui essayait de venir en soutien à Rico en le tirant de l'imbroglio, ils s'écroulaient à chaque pas dans la boue rose, elle murmura, pour elle, pour Dieu, pour eux : "Salut les mecs." Le hangar et sa chaleur s'éloignaient. Quand elle sortit par une porte dérobée après s'être changée, elle remarqua le sang et le sperme qui la recouvraient. Sauf si on l'attendait au bal du diable, elle était contrainte de trouver une solution. La veille, il avait plu des cordes ; une mare dans le terrain vague d'à côté réglerait le litige, elle se débarbouilla, lava son visage, une partie de son corps, ses mains, ses crimes ; elle était à peu près sortie d'affaire, restait le goût du sang dans sa bouche, mais, tout compte fait, sans être vraiment désagréable, il lui tenait compagnie. La flaque devint à son tour rouge et blanche : qu'ils s'amusent à rechercher de l'ADN, il y en aurait, quoi, peut-être cinquante ? Elle fixait du regard l'eau empourprée et visualisait la tête de la police scientifique découvrant les résultats, essayant de s'imaginer, à leur tour, comment on pouvait en être arrivé là.

Jeanne courut sans s'arrêter, prit des bus au hasard. Errant dans une banlieue inconnue, les effets de l'acide commençaient à s'estomper. Elle se rendit compte qu'elle mourait de faim, entra dans un bistrot, commanda un hamburger, le dévora avidement. Le goût du sang disparut, l'odeur de sperme aussi, le contour de sa bouche était gras et cuivré, elle s'essuya comme une enfant, avec les doigts : ensuite, elle les lécha. Cela l'emplit d'un bonheur pur. Tout bien réfléchi, elle ne risquait pas grand-chose, Rico ne la dénoncerait pas ou il finirait en prison pour l'illégalité des tournages, sa déclaration d'impôts, ses trafics de drogue. Tous plus honteux les uns que les autres, les participants ne raconteraient rien, sinon ils devraient dire où, quand et pourquoi ils étaient présents, ce qu'aucun d'entre eux ne serait capable d'assumer. Il resterait peut-être Étienne, mais Rico allait sûrement le convaincre. Elle n'avait pas peur et sa joie fut grande : Jeanne savourait une victoire. Qu'allait-elle pouvoir faire maintenant ? D'abord, il fallait récupérer son chien et quelques affaires, le plus rapidement possible, en profitant du fait que Rico et Étienne devaient être sur la route de l'hôpital. Ils ne la rechercheraient pas encore. Qu'ils désirassent se venger, ça, elle n'en douta pas. Elle ne devait certainement plus fréquenter le milieu. Faire autre chose, quitter un peu Paris. Elle détenait pas mal d'argent, un problème de moins. Il lui restait une bonne amie, une actrice comme elle, qui se réjouirait de cette histoire et qui la protégerait. Elle appellerait Charlotte en temps voulu. Il était seize heures trente, il fallait qu'elle se drogue. Et puis lui vint l'idée lorsque, derrière la vitre du restaurant, elle lut un panneau routier qui indiquait la direction de Neuilly-sur-Seine, elle n'avait pas oublié ce nom, celui de la ville où se situait la clinique que la même Charlotte lui avait conseillée, sept semaines auparavant, quand Jeanne avait pris le temps de lui raconter les festivités de la rue de Lappe. C'était le moment ou jamais. Elle sortit du bistrot, fonça en taxi à Paris, récupéra Simba et un sac de fringues et puis se rendit à Neuilly. Devant l'établissement hospitalier, elle retint sa respiration, changea de chemin, partit dans le centre-ville. Elle passa une partie de la fin de journée dans un bar, à papoter avec les clients qui adoraient son chien, à se droguer allègrement jusqu'à ce qu'elle n'ait plus rien. Ce fut une belle soirée. Les gens paraissaient très anxieux d'en profiter. Elle se renseigna : à l'heure du crime, les bistrots fermeraient et la France commencerait à se confiner pour ralentir la propagation d'un virus. Elle avait complètement oublié, ou jamais elle ne le sut. Raison de plus. À minuit, l'heureuse brigade du bar de la mairie de Neuilly se dit au revoir. Jeanne se rendit dans un hôtel proche, qu'on venait de lui conseiller. Elle eut l'impression de prendre une douche éternelle, le sperme et le sang disparurent définitivement, elle jeta ses habits. Avec ses deux derniers Valium, elle dormit comme un bébé, bercée par l'idée de ne plus posséder aucune drogue et que, peut-être, sa vie allait changer. Le lendemain matin, elle retrouva son amie devant la clinique et lui raconta tout. Elles se serrèrent très fort et Charlotte lui promit de bien s'occuper de son chien.

La vision de soi plein d'urine face à la violence d'une jeunesse négligée : voilà ce qui le décida. Il ne devait pas être loin du centre de désintoxication dont son gastroentérologue lui avait un jour parlé. Son téléphone n'était pas perdu, il se rappelait comment on s'en servait, l'utilisa. Le microprocesseur indiquait deux heures de marche. Que ce fut long, très long. Les gens qu'ils croisaient, prêts à aller travailler et pleins d'une énergie débordante pour alimenter le système, l'évitaient. La tache sur le pantalon, au niveau de l'entrejambe, ça la foutait mal. Il arriva devant la grille, sonna, on lui ouvrit. Il restait des places en désintoxication, il détenait l'argent nécessaire. Quelle chance d'avoir oublié de démissionner ; il demanderait un congé maladie. L'affaire se conclut. Il était dix heures douze en cette délicieuse matinée quand il rejoignit sa nouvelle chambre, son nouveau jardin, sa nouvelle maison, ses nouveaux copains, sa nouvelle vie, Jeanne et de nouvelles aventures.

Elle lui sourit et dit :

— Bon courage ma Jeannette.

— Merci Charlotte. Au revoir, Simba. Je reviens bientôt, doudou d'amour.

Elle pleura quelques larmes en caressant l'animal, et puis elle les regarda s'éloigner : son amie et son chien. Jeanne sonna à la clinique, on lui ouvrit. Il restait des places en désintoxication, elle détenait l'argent nécessaire. Il demeurait possible de conserver un certain anonymat. Ils "avaient l'habitude", "Les stars, vous comprenez." L'affaire se conclut. Il était neuf heures trente-sept en cette délicieuse matinée quand elle rejoignit sa nouvelle chambre, son nouveau jardin, sa nouvelle maison, ses nouveaux copains, sa nouvelle vie, Nathan et de nouvelles aventures.

43.

Nous n'y sommes pas tout à fait. Avant que Jeanne et Nathan ne se rencontrent, il s'écoula trois jours.

La clinique Quito de Neuilly-sur-Seine les accueillit dans des conditions sanitaires exceptionnelles, au sens de peu ordinaires. Un nouveau virus s'étant répandu sur le territoire, un confinement avait été décrété la veille par le gouvernement pour désengorger les hôpitaux et ralentir sa propagation. Possédant son laboratoire particulier d'analyses (pour contrôler la consommation de ses patients) et grâce à des molécules qu'elle avait préalablement commandées, la clinique pouvait effectuer ses propres tests. Succédant à un entretien très rapide avec un des infirmiers coordinateurs, Nathan et Jeanne y furent aussitôt soumis (résultats le lendemain : les deux, négatifs). En attendant, ils durent porter un masque médical, se désinfecter les mains et enfiler des vêtements prêtés par la clinique – ce qui arrangea bien Nathan avec ses problèmes urinaires. Ensuite, le docteur en chef, François, bon-chic-bon-genre-ayant-eu-la-bonne-idée-qui-rapporte-plein-de-fric, autorisa, pour l'un comme pour l'autre, une hospitalisation immédiate sans passer par les inscriptions préalables. Sa décision fut amplement motivée par quatre raisons : la condition physique et mentale de nos deux héros, l'état d'urgence sanitaire nationale, la disponibilité des chambres qui ne se seraient peut-être pas remplies de sitôt (selon la durée des mesures gouvernementales) et la nécessité que l'histoire avance. En tant que bonne institution médicale privée, il fallait rester rentable. Pour tout vous dire, Jeanne et Nathan furent même considérés, par la direction de Quito, comme deux petits miracles successifs. Que, juste avant la fermeture de la clinique à toute personne venue de l'extérieur, les deux chambres subsistantes pour des hospitalisations en désintoxication volontaire soient réservées, cela en l'espace d'une demi-heure et pour une période de douze semaines, personne n'y croyait. Ces deux-là étaient déjà, quelque part, incroyables. Peut-être que ça n'existe pas, et alors ? Ici, on y croit.

Avant un entretien personnalisé avec leur psychiatre référent, des infirmiers leur exposèrent rapidement les lois principales régissant toute clinique de désintoxication. Ces lois, auxquelles il faut se soumettre immédiatement, bouleversent en profondeur le quotidien de tout toxicomane, de quelque nature que soient ses addictions. On appelle cela les engagements du patient.

Vu le peu de bagages qu'ils apportaient, la fouille fut, pour Nathan encore plus que pour Jeanne, très brève. L'objectif de celle-ci était bien évidemment de s'assurer que le patient ne faisait pas entrer de substances interdites au sein de l'établissement. Nathan remarqua à cette occasion qu'il avait paumé en route sa petite sacoche, peut-être dans le train ou sur le rond-point, qu'importe, il lui restait son portefeuille, ses clés et son téléphone. Rien de grave : deux caleçons et une thèse qu'il ne finirait jamais devaient s'être égarés. Néanmoins, dans ses poches, il possédait encore quelques doses diverses de sa pharmacie personnelle : il les offrit aussitôt aux infirmiers qui, devant lui, les détruisirent difficilement dans la cuvette des cabinets. Un petit pincement au cœur le saisit à la vue de ces substances si prisées qui, au lieu d'être consommées au-dessus des toilettes, furent irrémédiablement noyées dans les canalisations à coups de chasse d'eau répétée. À la grande surprise de Jeanne, on lui confisqua son parfum et son dissolvant : l'alcool présent dans ces produits de beauté était très apprécié par les patients en sevrage. Contrairement à la drogue de Nathan, elle pourrait les récupérer à sa sortie. Aucun objet dangereux ne devait se retrouver dans l'enceinte de la clinique, mais la dangerosité reste très subjective. Dans le cadre d'une cure de désintoxication, vous vous rendez compte que vous devenez, très rapidement, un danger. Pas de bougie, d'encens, de ciseaux, de coupe-ongles, de nourriture, voire de grille-pain ou de réchaud à gaz, mais ils n'en possédaient pas. Les objets précieux devaient être déposés dans un coffre mis à disposition des patients : Jeanne retira ses bijoux. Nathan, quant à lui, se rendit compte qu'il avait abandonné depuis longtemps la notion même de préciosité.

La clinique se divisait en quatre étages et un jardin. Le rez-de-chaussée comprenait les galeries communes : le réfectoire, divers lieux de réunion (télévision, jeux, repos) ainsi que les installations médicales, les bureaux du personnel, un jardin (où l'on pouvait fumer du tabac) et une salle de sport comprenant en outre une petite piscine dont les fenêtres donnaient sur des arbres fleurissants. Le premier étage abritait une dizaine de chambres réservées aux hospitalisations lourdes et aux sevrages intensifs. Le deuxième, réservé aux hommes, et le troisième, réservé aux femmes, comptaient aussi une dizaine de chambres chacun. Le quatrième, quant à lui, disposait de cinq suites plus luxueuses pour les clients riches et célèbres, public friand de cures "à l'américaine".

L'institution, moderne, réussissait, contre toute attente, à associer l'aseptisation avec un certain goût. On y retrouvait quand même la décoration insipide commune à la mondialisation suédoise, mais, sans que Jeanne puisse dire quoi, cela n'était encore pas *si pire*. D'après Nathan, le mot, très à la mode, qui semblait convenir à un tel état d'insignifiance s'écrivait en trois lettres : zen. C'était la moindre des choses pour sept mille cinq cents euros par mois.

Pour monter, le choix s'effectuait entre deux ascenseurs ou un escalier qui partaient tous de la salle principale. Le premier étage était inaccessible sans autorisation ou badge ; quand on s'en approchait, des cris stridents et insupportables, que les infirmiers semblaient ne plus entendre, résonnaient. Arrivé aux étages de ceux-qui-ne-hurlent-pas/plus/pas-encore, chacun avait une chambre ; Nathan habitait au deuxième et Jeanne au troisième – leurs genres respectifs ne furent pas remis en question. Modeste bureau, fleurs en plastique, table basse, fauteuil, télévision, serviettes de toilette, accès internet et pièce de douche personnelle. Comme le disait la brochure : un équipement complet. La visite continua au rez-de-chaussée avec les salles de *convivialité* (dont le grand hall principal faisait partie) : tennis de table, bébé-foot, jeux de société et bibliothèque. Le réfectoire était un vaste libre-service dont les formats des tables donnaient, apparemment, la possibilité de manger seul ou en petit groupe. La disposition du jardin et la taille imposante des fenêtres auraient pu, s'il n'avait pas été fréquenté de la sorte, accentuer la sensation d'apaisement du lieu. Les infirmiers insistèrent sur la qualité de la restauration et sur l'aménagement individuel des menus par Solange, la diététicienne. Régulièrement, des soupers à thème étaient organisés, pour le bien-être des personnes hospitalisées. Les trois repas par jour demeuraient obligatoires : entre huit et neuf heures pour le petit-déjeuner, midi trente et treize heures trente pour le déjeuner, dix-neuf heures et vingt heures trente pour le dîner. À part les trois premières journées, où le patient avait le droit de rester dans sa chambre pour les débuts difficiles du sevrage, il devait manger là. La visite continua par l'espace médical, où Jeanne puis Nathan virent pour la première fois la plupart de leurs coreligionnaires qui ne firent pas, de leur côté, trop attention à eux. Dans une première salle se tenait la sainte pharmacie, lieu le plus sacré de la clinique. Derrière une vitre pare-balles, une infirmière distribuait, trois fois par jour, des médicaments de manière individuelle et vérifiait le bon déroulement de chaque prise. Les toxicomanes en rémission respectaient la file plutôt strictement, avançant pas à pas, avec une rigueur mélancolique, vers le nouveau corps du Christ.

La deuxième partie de l'aile médicale comportait une succession de bureaux pour rencontrer les médecins et autres thérapeutes. Enfin, les ultimes pièces étaient dédiées aux activités psycho-éducatives de type prise de parole en groupe, art-thérapie ou création plastique. De l'autre côté du jardin, on trouvait la salle de sport avec plusieurs machines de dernière technologie, deux annexes (yoga-méditation et sport collectif genre Pilates), enfin la piscine, ouverte de neuf heures à dix-huit heures trente. "Quoi d'autre ? Oui, après les trois premiers jours d'acclimatation consacrés au bilan de santé, il vous sera attribué un parrain ou une marraine, c'est-à-dire un patient en fin de cure, qui vous servira de guide dans l'établissement. Un emploi du temps des activités et un menu de la semaine sont affichés dans le réfectoire, dans la plupart des couloirs et des locaux communs." La dernière précision donnée fut en lien avec l'actualité : avant que ne soit créée une salle spéciale où l'on pourrait recevoir les proches derrière une vitre, aucune visite de l'extérieur ne serait permise pendant le confinement, la majorité des employés volontaires seraient d'ailleurs logés sur place ou testés quotidiennement. Il fallait être attentif avec les gestes barrières, mais compte tenu de l'état des patients, l'établissement préférait opter pour une politique qui ne reposait pas sur l'hygiène des hospitalisés, mais plutôt du personnel.

Après cette exploration, somme toute agréable, Jeanne puis Nathan (quand elle s'installa dans ses appartements, il débuta sa visite) se retrouvèrent chacun dans leur chambre respective. Assis sur le lit, les yeux fixés sur un vide incessible, inconnu, mais identique, l'un à l'image de l'autre, le néant commença à émerger.

42.

Le hasard voulut que Jeanne et Nathan fussent suivis par le même psychiatre référent : Jacques Aubry. L'homme devait avoir une soixantaine d'années ; en dessous de sa blouse blanche, il portait toujours des costumes (sans cravate) aux matières nobles (velours, soie, laine), faisait un bon mètre quatre-vingts, très élancé, mince, la pâleur de son visage s'équilibrait par de belles lunettes en écailles sombres et ses longs cheveux combattaient une calvitie encore supportable. Un titre de psychanalyste (lacanien) venait compléter son diplôme de docteur en psychiatrie ; ce qui expliquait la gravité froide des tonalités de sa voix et ses silences qui arrivaient à être plus silencieux que les autres. Après qu'ils eurent visité la clinique et rencontré une majeure partie de l'équipe soignante, on apporta à Jeanne et Nathan, dans leur chambre respective, un déjeuner qu'ils n'honorèrent pas vraiment, malgré sa surprenante qualité. Jusqu'à leur entretien avec le psychiatre, ils purent s'allonger en regardant le plafond ; il somnola dans la torpeur d'une descente acidifiée quand elle sentait poindre de malfaisantes irritations sur l'épiderme de son visage. Le Dr Aubry les reçut successivement : quinze heures pour elle, seize pour lui. Lorsque Jeanne sortit de son rendez-vous, Nathan attendait juste à gauche de la porte, sur un siège prévu à cet effet ; elle ne le vit pas, il la vit de dos.

Après une présentation très rapide autour de son parcours, un discours sur l'histoire de la clinique – à la création de laquelle il avait participé – et un autre évoquant la difficulté et la nécessité d'une cure de désintoxication, le Dr Aubry commença par féliciter Jeanne puis Nathan de leur présence et de leur volonté dont “il ne doutait pas”.

— Le plus dur est fait, même si ce qui vous attend n'est pas du tout facile.

Quand il parlait du plus dur, le psychiatre faisait référence à quelque chose que Jeanne et Nathan n'avaient pas encore pris le temps d'apprécier à sa juste mesure, ils le vivaient sans en avoir pleinement conscience : ils avaient un grave problème avec la drogue. Cela peut paraître dérisoire, évident, mais le chemin pour se l'avouer s'avère très ardu, tendance chimérique, et le temps de s'en rendre compte, il est souvent trop tard.

Le bureau du Dr Aubry, très impersonnel, était encombré de dossiers, pas de photos de famille ou de souvenirs retraçant des voyages. Sur l'immense bibliothèque derrière lui, certains livres étaient plus visibles que d'autres : les changeait-il selon ses patients ? Fallait-il que Nathan lise quelque chose le concernant quant à l'agencement des ouvrages ? Les patients font ce qu'ils peuvent pour se persuader qu'ils sont uniques aux yeux de leur analyste. Une seule photographie, artistique, bien encadrée, trônait au mur : un désert, très certainement américain ; et l'horizon n'était pas au milieu. Nos deux protagonistes subirent le même questionnaire, qui servait aux médecins à dresser un premier profil rapide du patient pour savoir où, où commencer, où il en était : d'ordinaire loin, très loin, généralement profond, trop profond. Grâce à son austérité, la voix du Dr Aubry paraissait dépourvue de jugement.

AUBRY. – À quel âge avez-vous commencé à vous droguer (alcool compris) ?

JEANNE. – J'ai commencé à boire vers quinze ans, cannabis vers dix-sept, je dirais. Le reste dix-neuf.

AUBRY. – Le reste ?

NATHAN. – J'ai commencé par le shit à quatorze ans, je me suis mis à boire tard, vers dix-sept. Vous ne trouvez pas ça tard ?

AUBRY. – Pourquoi vous dites ça ?

JEANNE. – Oui, tout le reste.

AUBRY. – C'est quoi tout le reste ?

JEANNE. – Pas d'héro, pas de crack non plus, si c'est ça que vous voulez savoir.

AUBRY. – Pourquoi je voudrais savoir ça ?

JEANNE. – Pour savoir si je suis une vraie camée.

AUBRY. – Parce que vous pensez que les vrais camés sont ceux qui prennent de l'héro ou du crack ?

JEANNE. – Bah, c'est les plus durs, non ?

AUBRY. – Je ne crois pas. Quelle drogue consommez-vous le plus ?

JEANNE. – Cocaïne.

AUBRY. – Alors, laissez-moi vous dire quelque chose…

NATHAN. – Parce que vous avez noté quelque chose quand j'ai dit "tard".

AUBRY. – Je me pose la question, en effet.

NATHAN. – Quelle question ?

AUBRY. – De savoir si commencer à boire à dix-sept ans, c'est tard.

NATHAN. – Et vous en pensez quoi ?

AUBRY. – Et vous, vous en pensez quoi ?

NATHAN. – J'en sais rien.

AUBRY. – Mmm. Et pour les autres drogues ?

NATHAN. – Je sais pas, vingt…

AUBRY. – Oui, vous voulez dire ?

NATHAN. – Rien, c'est vrai que c'est peut-être un peu tôt.

AUBRY. – Tout ce qui compte, c'est qu'il n'est pas trop tard. La drogue que vous consommez le plus ?

NATHAN. – Cocaïne.

AUBRY. – Je ne vais pas y aller par quatre chemins : la cocaïne est la seule drogue pour laquelle nous n'avons aucun traitement de substitution pour la simple et bonne raison qu'elle ne génère, en soi, aucune dépendance physique. Cela peut sembler être une bonne nouvelle, mais détrompez-vous : nous avons un pourcentage de réussite beaucoup moins élevé pour les dépendances uniquement psychologiques. Si vous cherchiez qui, du corps ou de l'esprit, est le plus puissant, ne cherchez pas plus longtemps. Nous sommes le premier établissement à permettre une hospitalisation pour la cocaïne alors que c'est une des drogues les plus utilisées de nos jours, complètement démocratisée, mais je ne vous apprends rien. Vous vous êtes très bien rendu compte par vous-même que c'était fini : la cocaïne drogue de riche, drogue dure qui fait peur. Avec des chiffres hallucinants et qui ne cessent de croître, c'est la troisième drogue la plus consommée de France après l'alcool et le cannabis, à tout âge, toutes classes sociales confondues. La cocaïne a depuis longtemps quitté le cadre mondain et urbain, ce n'est plus une drogue de privilégiés, elle n'est pas chère, de bonne qualité et elle a inondé toute la société, sans qu'on s'en aperçoive ou sans qu'on veuille s'en apercevoir. L'Hôpital public se contente de cures ambulatoires qui n'ont aucune efficacité ou de traiter en psychiatrie les cas les plus graves. Je vous expliquerai tout cela en détail un peu plus tard, ne vous inquiétez pas, nous avons des procédures qui sont fonctionnelles, elles demandent juste une très grande volonté, il faut que vous vouliez en sortir : il faut que vous soyez

AUBRY. – prête à tout.	AUBRY. – prêt à tout.
JEANNE. – Avec mon métier, j'ai appris à l'être.	NATHAN. – On verra.

AUBRY. – De toute façon, chaque chose en son temps. Pour l'instant, je pose des questions. Quand avez-vous commencé à consommer des stupéfiants et à quelle régularité ?

JEANNE. – Je sais pas, à Charleville : deux, trois fois par semaine. Et puis quand je suis arrivée à Paris, j'ai vite commencé la coke, beaucoup, très souvent, tous les jours quoi. Disons à partir de dix-huit ans.

AUBRY. – Vous en avez vingt-quatre ?

JEANNE. – C'est ça.

AUBRY. – Autre chose ?

JEANNE. – Vraiment tous les jours, tous les jours, je dirais qu'alcool, coke et joints pour dormir. Et puis sinon, oui, la base : LSD, GHB, kétamine, MDMA, amphétamines.

AUBRY. – Rien d'autre ?

JEANNE. – Les médicaments, ça compte ?

AUBRY. – Oui.

JEANNE. – Alors Valium, Xanax, Prozac. Pas très régulièrement, quand j'ai la flemme de me droguer.

AUBRY. – La flemme ?

JEANNE. – Oui, c'est fatigant de se droguer, on ne croit pas comme ça.

NATHAN. – J'y croyais pas au truc qu'on nous disait au lycée, que la drogue douce, ça vous fait passer presque obligatoirement à la drogue dure et tout…

AUBRY. – Vous y croyez maintenant ?

NATHAN. – Force est de constater.

AUBRY. – Et ces drogues dures, alors, vous avez commencé quand ?

NATHAN. – Je sais pas, vers vingt ans genre, d'abord de temps en temps et puis plus vraiment de temps en temps et enfin tout le temps. Allez, à partir de vingt-trois ans. J'ai vraiment commencé quand le joint me rendait parano.

AUBRY. – Le cannabis vous rendait paranoïaque ?

NATHAN. – Oui.

AUBRY. – Et pas les autres drogues ?

NATHAN. – Si, mais autrement.

AUBRY. – Vous diriez que vous êtes paranoïaque ?

NATHAN. – Personne n'est parfait.

AUBRY. – Je vous crois.

JEANNE. – Je suis épuisée.

AUBRY. – Je sais.

JEANNE, *une larme*. – J'en peux plus.

AUBRY. – Je sais.

JEANNE, *deux larmes*. – Aidez-moi.

AUBRY. – Je vous promets que je vais tout faire pour.

AUBRY, *après un rire retenu*. – Donc pas de consommation quotidienne en dehors de la cocaïne, de l'alcool et des anxiolytiques ?

NATHAN. – C'est déjà pas mal.

AUBRY. – C'est vrai.

NATHAN. – Entre vingt-quatre et trente ans, je consommais beaucoup d'ecstasy et de MDMA, plusieurs fois par semaine.

AUBRY. – Accompagné ou seul ?

NATHAN. – Non, en soirée, j'aime pas la MDMA seul. Maintenant que je n'ai plus d'amis, pour varier, je privilégie la kétamine et le LSD. Et tout ce qui me tombe sous la main, en fait.

AUBRY. – Continuons un peu avec les questions, je vous évite "consommez-vous plusieurs drogues à la fois ?" Oui, voilà : avez-vous déjà eu des trous noirs ?

JEANNE. – Ma vie est un trou noir.

AUBRY. – Plus sérieusement ?

JEANNE. – Un trou noir, genre : ne plus se souvenir de rien ou par petites bribes décomposées ?

AUBRY. – Voilà.

JEANNE. – Au moins une fois par semaine.

NATHAN. – Bien sûr, pour qui me prenez-vous ?

AUBRY. – Pour qui voulez-vous que je vous prenne ?

NATHAN. – C'était une blague.

AUBRY. – Je vois.

AUBRY. – Votre consommation de drogue vous gêne-t-elle ou vous cause-t-elle de la culpabilité ?

JEANNE. – Cela va vous paraître bizarre, surtout que je viens de pleurer et tout. Mais je ne crois pas que je puisse dire que ma consommation me gêne, c'est un problème non ?

AUBRY. – C'est une partie du problème, en effet. Et vous sentez-vous coupable ?

JEANNE. – Jamais, j'ai arrêté.

NATHAN. – Oui.

AUBRY. – Vous arrive-t-il de penser au suicide ?

JEANNE. – Non.

NATHAN. – Raide la transition.

AUBRY. – Ma spécialité.

NATHAN. – Oui. Tous les jours.

AUBRY. – Avez-vous déjà essayé ?

NATHAN. – Hier encore.

AUBRY. – Vous êtes-vous déjà impliqué dans des activités illicites pour vous procurer de la drogue ?

JEANNE. – Non.

NATHAN. – J'ai vendu du shit pendant le lycée.

AUBRY. – Des problèmes avec la justice ?

NATHAN. – Non. Enfin, trois fois rien. Jamais pour de la vente.

AUBRY. – Pour de la consommation ?

NATHAN. – Oui.

AUBRY. – Comment financez-vous votre drogue ?

JEANNE. – Avec mon salaire.

AUBRY. – Avez-vous déjà eu des problèmes d'argent ?

JEANNE. – Jamais.

AUBRY. – Vous paraissez surprise quand je vous pose cette question, pourquoi ?

JEANNE. – Parce qu'il m'est difficile de concevoir qu'une jeune fille pas trop moche puisse avoir des problèmes d'argent.

AUBRY. – Tout le monde n'est pas prêt à tout.

JEANNE. – C'est faux. Tout le monde est prêt à tout.

NATHAN. – Avec un héritage.

AUBRY. – Vous reste-t-il de l'argent ?

NATHAN. – À part mon appartement, tout ce qu'il me reste, je vais vous le donner.

AUBRY. – Avez-vous des maladies ou des infections graves liées à votre consommation de drogue ?

JEANNE. – Pas à ma connaissance et, dans mon boulot, on fait des tests très souvent.

NATHAN. – J'espère.

AUBRY. – Voulez-vous vous désintoxiquer ?

JEANNE. – J'ai l'impression.

AUBRY. – Il faut être sûre.

JEANNE. – Je préfère être honnête.

AUBRY. – Ferez-vous tout pour ?

JEANNE. – Je ferai ce que je veux et, pour l'instant, ce que je veux, c'est être là.

NATHAN. – Je ne sais pas.

AUBRY. – Il faut savoir.

NATHAN. – Ce que je peux vous dire, c'est que je veux déjà voir si je peux m'arrêter.

AUBRY. – Ça ira pour cette fois.

41.

C'était un jour clair. Si sévère semblait-il être, le gardien le regardait tranquillement. Nathan fit un pas de plus et vit la rue de l'autre côté du sas d'entrée.

— Je dois juste vous prévenir que si vous sortez, vous ne pourrez plus revenir, surtout vu la situation sanitaire.

Un nouveau pas en avant. Comme s'ils combattaient la stérilité du désespoir, les rayons du soleil dardaient entre les branches solennelles d'un immense marronnier. Fixant, à travers la vitre, les arbres, Nathan réfléchissait à son sort : avait-il trop souvent défié les cieux pour appartenir à la race des malheureux ? Il songeait aux mots du Christ comme les rapporte l'Évangile de Matthieu : "Ne pensez pas que je vienne détruire la loi ou les prophètes. Je ne viens pas détruire, mais accomplir." L'idée même d'accomplissement le saisit au cœur et l'extirpa des ténèbres intérieures qui se refermaient sur lui depuis qu'il était sorti du bureau du Dr Aubry. Non pas que le médecin lui eût déplu, au contraire, mais, ce qu'il lui demanda, après le questionnaire, le fendit : "Parlez-moi de vous maintenant." D'avoir à se raconter, à devenir récit, la tâche était rude, embrumante. Il rechignait. À sa grande surprise, face à cette injonction, il ne fut pas muet. Il parla même. Dorénavant, le soleil vertical ne lui inspirait plus la destruction qu'il espérait en fuyant cet endroit ; toutes mesquines qu'elles fussent, ses pensées l'entraînèrent à faire un pas en arrière. Mais pas plus, pas encore. Où allons-nous ? Une bourrasque de vent assez brutale fit perdre à l'arbre quelques feuilles à peines écloses qui s'envolèrent vers le ciel avant de se déposer délicatement devant la porte, sur le trottoir luisant. Les pulsations de son cœur frappaient les trois coups d'un monde qui meurt : si, au prochain souffle de vent, une feuille du marronnier réussit à traverser la rue pour changer de trottoir, je reste. Il voulait offrir son sort à ce mal chronique qu'on nomme le hasard. Parfois, on se surprend d'une étrangeté inexplorée et c'est là qu'on se dit : qu'est-ce qui m'a pris ? La rafale de vent détacha Nathan du royaume de ses lamentations dans un fracas terrible, le marronnier frissonna d'un spasme vivifiant qui fit s'envoler de nouvelles feuilles vertes. Dans un travelling de cinéma, son regard suivait la trajectoire ubuesque des êtres photosynthétiques. Percussions (tambourins), cordes (violons), bois (clarinettes) : son orchestre intérieur se mettait en branle pour accompagner les mouvements folâtres des végétaux qui devaient, à ce moment précis, décider de sa vie. Quelques feuilles semblaient s'envoler assez loin pour accéder à l'autre rive, mais nombre de candidates échouaient sur la chaussée désertée du monde confiné. Il n'en subsistait que deux qui, par le retour d'un soupir délicat, n'avaient pas encore abandonné Nathan. Plus qu'une, virevoltante, à quelques centimètres du caniveau, un dernier souffle, inattendu et généreux, permit à la feuille de se hisser un peu plus haut, puis d'atteindre le trottoir d'en face. Nathan était idolâtre, mécréant, peut-être, mais il devait rester. La feuille le lui avait dit, le vent aussi. Il se retourna et marcha en direction de la salle commune pour demeurer parmi ses semblables.

La main de Jeanne se mit très vite à saigner, les fragments du miroir brisé jonchaient le sol de sa chambre. Même fracassé en dizaines d'éclats, son reflet ne cessa point de la hanter. À l'image de ces tableaux de Picasso qu'elle affectionnait tant, les ruptures géométriques gravées au cœur même de son visage, fracturé comme celui de Dora Maar, dévoilaient son âme au grand jour, sans colifichets. Sa peau craquelait, ses joues pourpres, de plus en plus nervurées, la chauffaient perpétuellement. Elle devenait impure. De petites croûtes fuligineuses apparaissaient à mesure qu'elle grattait les rougeurs qui avaient colonisé sa peau chatoyante et souillée. Elle peinait à garder les yeux ouverts. Pendant tout l'entretien avec le Dr Aubry, elle réussit tant bien que mal à camoufler cette douleur incommensurable et honteuse, bien que le médecin semblât voir son visage, petit à petit, se tapisser d'une rougeur purulente. Tout l'épiderme de sa figure hurlait maintenant d'un fardeau écrasant et la recouvrait d'une ombre qui lui rappela les hommes d'hier, leurs masques à eux, et leur semence qui, à retardement, la consumait. Sa langoureuse quiétude s'évanouit dans un déchaînement de violence. Juste à temps, l'infirmière qui entra dans la chambre l'interrompit, l'empêchant de porter à sa figure un bris de verre tranchant. Elle eut bien du mal à la calmer, demanda de l'aide. Deux infirmiers supplémentaires furent nécessaires. Jeanne était maintenant allongée, ses cris s'estompèrent.

— Respirez, madame, respirez.

Elle reprit son souffle, avala les cachets qu'on lui proposa. En ramassant les morceaux du miroir, un infirmier lui adressa la parole.

— Vous avez besoin d'autre chose ?

— Je veux de la came. Je veux un truc qui va me péter la tête, tu m'entends ? Je veux un rail, un taz, des gouttes, un spliff, un para, un fixe. De la colle, du speed, du GHB, m'en fous, tu m'écoutes ? Je veux une bouteille, un shot, je veux plus rien savoir, je veux me péter la tête. Tu m'entends ? Je veux me péter la tête.

— Ça va pas être possible, madame.

— Trou du cul.

Il sortit. Jeanne réfléchit à l'insulte qu'elle venait de proférer : trou du cul. Outre le côté désuet de la chose, elle pensa à son sens réel ; elle devenait obsédée par la signification, par la précision des mots à utiliser pour le bon fonctionnement général des civilisations ; elle vit alors un trou du cul. L'orifice, l'anus. Elle le voyait se contracter. Elle le voyait avec tous ses plis. Elle le voyait comme un soleil. Comme un gouffre sans fond. Comme un Narcisse contemporain. Le trou noir, le vrai. Et puis lui revinrent à l'esprit tous les gros plans très serrés de son cul qu'elle avait tournés : on lui demandait d'écarter le trou avec les doigts pour que la caméra puisse bien contempler l'intérieur, parfois on crachait dedans avec un entonnoir, d'autres fois, en fin de séance, on réussissait à y insérer une bite sans même qu'elle ne touche les parois. Elle conclut que ce n'était quand même pas terrible de se faire appeler comme ça.

Jeanne, dans la posture majestueuse d'un mort que l'on veille, semblait s'être calmée, quoique son incandescence reprît rapidement le dessus. Des larmes, des larmes placides s'écoulèrent sans discontinuer de ses yeux écarlates et le désespoir devint le potentat de ses humeurs. "Prends garde, mortelle, à ne pas mourir de tristesse." L'apparition archangélique qui venait de lui souffler ces mots à l'oreille l'apaisa quelque peu.

Les cachets (sûrement du diazépam) firent effet sous la douche cependant que l'eau municipale et ses larmes ensemble siphonnées lui délivrèrent une soulageante équanimité. De nouveaux habits bien pliés étaient posés sur un des prétentieux tabourets de la chambre, elle les revêtit ; la clinique lui avait fourni des chaussons fort douillets et de la crème cicatrisante : ses blessures n'étaient donc pas passées inaperçues. Elle vida quasiment l'intégralité du tube en se massant le visage, l'inflammation externe diminuait, les pilules s'étant déjà bien occupées de son feu intérieur. Refusant le confort, Jeanne s'allongea en boule sur le tapis aux allures mondriano-persanes. Elle atteignit rapidement les sources de l'éternité, vaste porte gardée par des chiens à trois têtes, un cyclope lui enseigna que le monde était inengendré, que la cabale n'était que badineries et qu'elle devait s'éloigner de toute recherche en signification cosmique. C'est ce qu'on appelle – médicalement parlant – une camisole chimique.

Qu'elle soit chimique ou pas, la camisole semble faire partie intégrante du système de la pensée humaine. Nathan et Jeanne commençaient à le ressentir – qu'ils étaient inguérissables. Une fois le toxicomane sevré, il apprend à exister avec le manque, mais le manque, lui, ne disparaît jamais. Chaque jour qui lui reste à vivre sera un jour de plus à surmonter, un trait sur un mur à rayer. Vous n'oubliez jamais le manque, vous venez le combler avec d'autres addictions moins morbides (groupes de parole, sport, antidépresseurs, bénévolat, métiers physiques, engagement politique, etc.), mais vous ne l'oubliez jamais. Il est là, il vous obnubile à chaque seconde : toute votre vie vous demeurez ce que vous avez été et vous passez votre existence à vous combattre. Vous vous promenez d'une dépendance à une autre. L'histoire continue. Le manque de drogue reste une métaphore de la vie, aggravée, accélérée. Tout le temps combattre. Gérer. Nathan et Jeanne étaient juste allés plus loin, plus vite, plus fort. Cobaye du laboratoire de la psyché humaine, le drogué est poussé dans ses retranchements les plus extrêmes. Il vit une expérience de l'existence exacerbée, il vous prouve par l'absurde que le train est en marche, il vous montre ce que vous êtes sans que vous ne vouliez le savoir, il fait la démonstration finale de l'évolution engagée : celle de l'*Homo sapiens sapiens* vers l'*Homo addictus*. Utilisé par le tribunal romain, *addictus* désignait un esclave mis à disposition et affecté à un maître ; par son corps, il devait payer sa dette : ce qu'il fallait démontrer. Restent trois questions ouvertes : quelle dette ? Quel corps ? Quel maître ?

40.

Cela sautait aux yeux : il était comme eux. Il avait voulu croire qu'il était différent, qu'il gérait, qu'il était beau, mais il n'était que l'un d'eux. Assurément. Non, ce n'est pas possible, ce n'est pas vrai. Nathan se ravisa. Je n'ai rien à voir avec eux. Il le pensa. La grande salle commune de la clinique méritait le détour. Insultes, bave et chutes rythmaient les minutes, mais le pire, le pire, c'étaient les cris, les cris du drogué en manque. Des hurlements incessants, des plaintes constantes. La douleur solennelle du Jugement dernier. Prostré sur sa chaise, Nathan se serrait si fort les oreilles qu'il s'en tuméfiait les tempes. Il ne pouvait, ne voulait pas entendre. "Je n'ai aucun lien logique avec ces gens-là." Cause toujours. Il regarda l'horloge de la salle commune, douze minutes s'étaient écoulées depuis qu'il était venu s'asseoir, temps ressenti : cinq heures. Il faisait l'expérience réelle du vide, pas celui qui apparaît quand il n'y a rien, mais celui qui reste quand on a tout enlevé. La vie sans drogue débutait. Bienvenue en enfer.

Avant, il pensait qu'il n'était pas toxicomane – je peux arrêter quand je veux –, que la drogue ne représentait en fin de compte pas quelque chose d'important dans sa vie, qu'il contrôlait tout, tout à fait. Il découvrait simplement qu'il était un drogué parmi les autres, malgré le fait que pour eux, cela semblait plus grave. Quoique. La veille, au premier étage, une femme s'était crevé un œil pour que la douleur lui fasse oublier le manque. D'autres s'arrachaient les ongles avec les dents pour ne pas penser au crack. Le grand inquisiteur restait préférable au sevrage. Quand tout s'interrompait, la souffrance, la mort semblaient des issues guillerettes et ravissantes. Ce dont Nathan ne se rendait pas compte, c'était que la drogue constituait son mode de réalité, sa façon d'exister, de dépendre, de vaincre cet ennui où séjournait l'essence même de la vie et qu'il ne devait peut-être pas chercher à fuir. En étant toxicomane, puisque les débouchés collectifs l'avaient abandonné, il essayait juste d'être quelque chose. Il faut bien essayer de vivre quand on n'a plus rien à raconter.

La drogue vous évite de penser à autre chose. Soit vous êtes en manque, soit vous êtes défoncé. Plus rarement vous dormez, vous attendez la prochaine prise ou vous faites un mauvais voyage. La drogue représente logiquement l'aboutissement d'une société de consommation. C'est le divertissement idéal. Celui qui transforme le fameux ennui en lointain souvenir. Il n'y a plus de temps mort. Une course après la vie. Cela lui paraissait pour l'instant peu probant, car il était de notoriété publique que sans ennui, pas de pensée, sans pensée, pas de philosophie, sans philosophie, pas d'humanité et sans humanité, pas de littérature et sans littérature, pas de roman et sans roman, pas de Nathan et sans Nathan, pas de

À ce moment-là, il eut une idée étrange ; il songea à l'égalité des chances. Il se disait : on nous bassine avec l'égalité des chances, mais quelle que soit son origine, on terminera tous au même endroit, ici, dans cette vaste métaphore du système. La clinique lui inspirait un traitement universel, tout le monde devrait y passer. Qu'on s'en foute plein les naseaux ou pas.

Nathan croisa le Dr Aubry du regard, il inclina son menton pour le saluer, se souvenant d'un dialogue qu'ils avaient eu.

— Finalement, suis-je vraiment drogué ? Ou ai-je besoin de ça pour exister, pour me défier ? Vous voyez : être malheureux pour simplement avoir quelque chose à dire. Être drogué, tout bonnement pour pouvoir s'en sortir. Peut-être que si je me droguais c'était pour, inconsciemment, arriver ici… On doit trouver ce genre de trucs chez les gnostiques…

Le psychiatre esquissa un sourire. Non pas que ce fût drôle, mais parce qu'il se demandait comment on pouvait s'aveugler à ce point. Comment pouvait-on être sûr de soi au point de prétendre que sa toxicomanie n'était en fait qu'un désir d'influencer sa propre vie ? Comment pouvait-on imaginer qu'on était toxicomane pour une autre raison que la toxicomanie ? Nathan était heureux de l'avoir fait sourire, ne se doutant absolument pas de la pensée du médecin. Il croyait d'ailleurs que ce sourire venait acquiescer à la sienne. Que son psychiatre pouvait même être fier de lui ! Encore une fois, il voulait de l'amour, tout de suite, sans contrepartie, sans équivoque ; il n'était pas préparé à la psychanalyse.

S'il y avait bien un endroit où la fin du monde approchait, c'était à la clinique des camés : cela expliquait le bonheur qu'il put temporairement ressentir. Il errait dans une grand-messe, au cœur d'un culte exalté parmi ses plus fidèles dévoués. Nathan avait toujours pensé que, jeté de-ci de-là par tous les faussaires intellectuels, le "Dieu est mort" de Nietzsche perdait toute sa substance. La jeunesse méprisante voyait cela comme une fête, qu'il fallait célébrer. Mais la mort de Dieu sonnait un glas terrible. Ce Dieu-là, le Dieu chrétien, était contraint de mourir, mais il était alors *ipso facto* nécessaire de le remplacer, et urgemment. Tel était, pour Nathan, l'axiome du philologue allemand : un constat triste, une injonction à repenser la théologie, un appel à une concertation générale, et non pas à une minable joie. Parce que la cure de désintoxication était bien la preuve que la mort de Dieu n'est pas une fête, si Zarathoustra existait, il devait se trouver là, parmi eux. Cela n'était pas qu'une bêtise de croire que la solution était la drogue. Elle lui avait malgré tout permis de réinjecter de l'infini dans une époque médiocrement périssable. En tout cas, Nathan le pensait. Plus nous allions détruire le sacré, plus nous allions devoir nous droguer, et, ainsi, tout allait devenir drogue. Nonobstant cette obsession intarissable qui l'habitait, il était loin de s'imaginer quel (qu'elle ?) serait le véritable remède pour vivre d'ontologie et d'eau fraîche. Même si vous vous en doutez déjà, lui demeurait à mille lieues de le concevoir. Il pensait plutôt finir dans le charnier des carcasses à la recherche d'infini avant que l'être ne vende les dividendes de la métaphysique. L'une des patientes, Eva, une commerciale folle de méthamphétamines, cherchait quelque chose au sol, comme le soldat son bras dans l'ouverture d'*Il faut sauver le soldat Ryan*. Guillaume, un grand avocat accro au Xanax et aux amphétamines, penchait frénétiquement son corps d'avant en arrière en marmonnant dans sa barbe inexistante les bribes d'un langage inconnu. Peut-être priait-il et peut-être était-ce cette vision qui avait glissé à Nathan une idée loufoque, tellement classique qu'elle pourrait en paraître révolutionnaire : et si, moi aussi, je priais ? Il traversa le long couloir froid pour atteindre l'ascenseur puis sa chambre, il ferma la porte, se mit à genoux. L'infini venait de le retrouver même s'il n'avait rien à dire, rien à prier. Il demeura là. Seul. Silencieux. Calme. Enfin conscient que la grandeur des hommes résidait dans leur capacité à plier les genoux.

Jeanne revint de sa somnolence, fixant les restes de son plateau-repas qu'elle entreprit de dévorer. La cocaïne n'enlève pas la faim, elle empêche simplement de s'alimenter. C'était quand même assez étrange d'aimer tant quelque chose qui proscrit la nourriture. Comme si elle voulait être la seule. Si vous la choisissez comme promise, vous n'avez le droit d'ingérer rien d'autre.

Telle une climatisation que l'on remarque quand elle s'arrête, Jeanne fut surprise par le silence qui s'installa dans sa chambre, un changement était notable ; pendant quelques instants, il n'y eut plus de cris. Avant que ça ne reprenne de plus belle. Elle se leva dans le but de quitter la pièce, même si l'idée de descendre dans les locaux communs lui était, pour l'instant, tout à fait inimaginable ; elle décida donc de faire une promenade à travers les corridors de son étage. Dans la salle de bains, elle put revoir son reflet, la crème l'avait bien apaisée, sa peau, toutefois irritée, serait sauvée : elle ne perdrait pas son visage.

Elle marchait doucement, s'aidant parfois du mur ou des rampes prévues à cet usage. L'effet des médicaments ne s'était pas encore complètement estompé, ses jambes balbutiaient, écrivant au hasard une trajectoire errante dans le grand couloir blanc. Jeanne regardait les numéros de chambre, les noms notés, les portes décorées : photos de famille, films préférés, animaux, paysages ; les patients semblaient se livrer une compétition de cadavres exquis visuels pour refléter leurs personnalités. Jeanne eut un élan mélancolique en voyant ces découpages minutieux et ces collages enfantins dont l'aspect matériel et bricolé humanisait leur créateur, loin des fils d'actualités numériques de nos réseaux de solitude. Ici, la réalité reprenait doucement ses droits, exigeait réparation.

Une des portes s'ouvrit, Jeanne, par réflexe, se cacha le visage. Une très jeune femme lui faisait face : elle aussi, défigurée. Pas seulement irritée, nervurée, purulente : complètement brûlée. Jeanne se sentit honteuse d'avoir honte, retira les mains de ses joues et s'excusa. Elle fixa l'inconnue sans détourner le regard de peur de la vexer. La fille lui sourit.

— T'es nouvelle ?

— Oui.

— T'inquiète pour ton visage, il va guérir. Moi non.

— Désolée.

— Tu veux boire un truc ?

— Boire un truc ?

— Non, mais j'ai du sirop de gentiane.

— Du sirop de gentiane ?

— Ouais, c'est la fête.

— Okay.

Jeanne entra dans les appartements de l'inconnue, la décoration était un peu moins impersonnelle que la sienne, mais toujours révoltante et uniformisée. Elle s'assit timidement sur le matelas, sa consœur alla chercher du sirop dans le frigidaire.

— Ça vient de chez moi, ça vient de Corse.

— Cool.

Les verres furent servis, les deux filles, côte à côte sur le lit, semblaient tout droit sorties d'une après-midi de lycée où l'absence d'un professeur permet aux élèves de rentrer chez eux – c'est souvent l'occasion d'inviter un ami et, au début de l'année scolaire, cela donne lieu à des scènes équivalentes : lorsque vous découvrez la chambre d'un autre adolescent, que vous voyez le ravissement qu'il ressent en vous montrant son antre et que vous, jaloux et honoré, vous auscultez la zone dans ses moindres recoins. Elles portèrent un toast. Le coucher de soleil offrait à la pièce une délicieuse couleur rose.

— J'ai pas d'amis ici.

— Moi non plus.

— On pourrait être copines ?

— Oui. T'as quel âge ?

— Dix-neuf.

— Et tu t'appelles ?

— Aurore.

39.

Je vais te raconter, ce sera fait. Ouais, j'étais si jeune. Ma mère m'avait emmenée faire les boutiques dans le nouveau centre commercial de l'île. J'étais si heureuse. Des belles boutiques, de nouvelles collections. J'étais absolument fascinée par les nouvelles collections. Je ne jurais que par les nouvelles collections. Il y en a vingt fois plus qu'il y a dix ans, tu le sais, ça ? Mes enseignes préférées ont une nouvelle collection par semaine. Cinquante tonnes de vêtements jetées par mois pour laisser place aux nouvelles collections. Je n'ai jamais porté la moitié des vêtements de mon placard. Je suis la première à visiter ce nouveau centre commercial. Le plus grand de l'île. Je suis belle, sexy et intelligente. J'ai seize ans et demi. J'étais si jeune. Rien de bien effrayant.

— Mademoiselle ? dit la femme à la belle robe verte devant la cabine d'essayage.

— Oui.

— Vous êtes magnifique.

— Merci.

— Vous avez déjà pensé à faire du mannequinat ?

Ma mère :

— Elle n'est pas intéressée.

— Maman !

— Je lui pose la question à elle. Ne vous énervez pas, madame.

La femme à la robe verte sort sa carte. Ma mère se détend. Ce n'est pas une blague. C'était une agence.

— Votre fille a un incroyable talent.

Vu le contrat, ma mère est contente, de mon côté, mon rêve se réalisait : j'allais devenir mannequin. Un modèle de beauté.

Mon premier défilé sur l'île se prépare, suivront une cinquantaine d'autres dans les plus belles villes du monde, pour les plus grandes marques du monde. On m'annonce quelques mois avant le premier défilé que les habits que je vais devoir porter tailleront entre 32 et 34. C'est pareil pour toutes les autres filles, je ne suis pas une exception. Je mesure un mètre soixante-dix-huit pour cinquante-cinq kilos. Comme toutes les autres, ce n'est pas assez. Comme toutes les autres, il faut que je maigrisse. Le directeur de l'agence me conseille, il est formel là-dessus.

— Trois pommes par jour et beaucoup d'eau gazeuse, beaucoup beaucoup d'eau gazeuse. Ça cale, vous verrez.

Je m'exécute.

— Vous pouvez vous permettre un peu de poisson ou de poulet, une fois par semaine.

Je m'exécute.

Et puis, par la terreur qu'elle a réussi à m'inspirer, j'oublie la faim. Chaque aliment, chaque substance comestible devient une angoisse. À force de maigrir, je me trouve de plus en plus énorme. Une grosse truie, une vache, une baleine. J'arrive à 47 kilos. La tant attendue taille 32.

Maintenant il faut la tenir. 47 kilos, ça se mérite. Et l'illusion, petit à petit, l'oubli, la machine, l'usine. L'aliénation par le travail au mépris de son propre corps et de la morale. C'est partout pareil de toute façon. On se résigne et on se fait baiser, on se résigne et on avale. Toujours trois pommes. Parfois des poires. Et dès qu'il faut manger, un dîner, avec des journalistes, avec des invités, pour les galas de promotion. On se force à se faire vomir. Tout de suite après le repas, il faut courir aux toilettes, s'enfoncer les doigts dans la bouche, plusieurs fois, car le corps résiste, il a besoin de cette nourriture, jusqu'à saigner de la gorge, mes ongles agressent le fond de ma bouche, et ça dégueule et ça dégueule. J'aimais ce goût acide qui remontait dans ma trachée, c'était le goût de la beauté. Je suis l'image même de la beauté, je deviens ce que nos enfants vont rêver d'être. Mon indice de masse corporelle est de quinze, un état scientifiquement nommé de véritable famine, seulement trois points de plus que la moyenne à la sortie de Treblinka. Et on fantasme sur moi, on me paye, on m'invite partout dans le monde, je suis de toutes les affiches, de tous les magazines, on me prend en photo, on m'adule, on m'adore. Mon histoire est la même que celle de milliers de femmes anonymes sur les affiches, dans les magazines de lingerie, sur les photos de mode, sur les réseaux sociaux ou dans les défilés. Nous sommes des cintres de 47 kilos.

Le rythme de travail est infernal, les cadences s'accélèrent, la cocaïne aide à couper la faim et à me tenir éveillée. Je te rappelle que j'ai dix-sept ans. J'écris des cartes postales à ma mère. Toutes les mannequins écrivent des cartes postales à leur mère, mais on ne leur dit jamais, on ne dit jamais ce qu'est finalement devenu notre rêve. Qu'au fond, il n'existe pas. On n'écrit que des cartes postales du bonheur. Ma mère est heureuse. Elle voit sa petite fille de dix-sept ans en train de la regarder de manière coquine, en train de – comme disent les photographes en te prenant en photo – vouloir bouffer de la bite avec les yeux. Toujours retouchée, chaque image de moi est surnaturelle. Jamais de boutons, jamais de cernes, toujours pimpante : tu pourrais mourir pour me ressembler. Je suis partout sur l'île, j'inonde les vitrines, même au bord de l'autoroute ; ma mère doit être fière, avec mon argent, elle s'achète des voitures, des écrans plats et part en croisière. Elle m'envoie aussi des cartes postales du bonheur. Je m'effondre une après-midi, dans la rue, avant un défilé. On m'insulte parce que je n'ai pas pu honorer le contrat.

Je suis à l'hôpital. Mon état est, paraît-il, inquiétant. Le directeur de l'agence passe me voir et s'arrange avec les médecins, je sors de l'hôpital. Je rentre à l'hôtel, j'ai une semaine pour me reposer et être prête pour le prochain voyage. Je prends une douche, je tousse du sang. Je me coiffe, des cheveux restent sur la brosse et, en mangeant ma pomme, je me casse une dent. Je n'ai plus assez de forces, mon corps ne se régénère plus. Je pleure toute la nuit. J'appelle mon directeur. Je lui explique que je suis fatiguée. Rien à faire. Je dois honorer le contrat. Il me reste encore un peu de force, je vais l'épuiser. Je décolle. Des journalistes sont dans l'avion, je dois manger. Je n'y arrive même pas, mes gencives saignent, mais je me force puis je vais me faire vomir. Un geyser de sang sort de ma bouche à dix mille pieds d'altitude. Je sors avec le sourire. Je le vois dans leurs yeux que je les fais encore tous bander. Je te sucerais que je perdrais toutes mes dents, c'est ça qui te plaît ? Ça t'excite vraiment, l'ostéoporose ?

Toujours la tête qui tourne, les dents qui bougent, je suis grise. On me tartine de fond de teint, j'ai une perruque parce que mes cheveux trop secs ont perdu de la masse. Je défile trois fois par jour, on se lève pour applaudir les vêtements que je porte. Je sors dans la rue et une horde de passants me demandent des autographes. Une petite me dit :

— Si seulement, je pouvais être vous.

Nouveau défilé puis nouveau gala, je m'effondre encore. L'agence m'évacue discrètement, ils décident que je suis trop vieille, dix-neuf ans maintenant. Ils me donnent un peu de liquide et me payent un avion pour mon île natale. Mais je n'ai plus rien, pas d'argent, pas d'affaires et il n'est plus question que l'on touche à mon corps. Si on était si dégueulasse que ça, on les dégoûterait et on n'aurait plus de travail, mais on a toujours plus de travail parce qu'en fait, on les excite et ce qui les dégoûte vraiment c'est qu'on les excite. Je reviens chez moi, pour y retrouver un goût perdu. Mes parents ont une nouvelle maison, très grande, achetée à crédit, je leur dis que je n'ai plus de travail, ma mère m'engueule.

— Comment je vais rembourser, maintenant ?

Elle ne remarque même pas mon état. J'ai perdu un ongle dans l'avion. Dans le salon, plein d'affiches de moi. Je me trouve hideuse. Je vais me coucher. La nuit, je me lève et vais prendre le fusil de chasse de mon père. Je me tire une balle en pleine tête. Même pas morte. Dieu n'a sûrement pas voulu de moi. Je suis quand même bien brûlée, et j'ai encore perdu des dents. Ouf, enfin, je suis défigurée. Je pars pour Paris, direction la clinique.

Et tu sais quoi ? Le pire, c'est pas ma gueule cassée, c'est pas d'avoir dû arrêter la drogue, non, c'est d'apprendre à ne pas vomir.

38.

Sans préméditation aucune, Jeanne la prit dans ses bras et la serra très fort. Non seulement elle voulait la consoler, mais, plus précisément, elle voulait lui montrer qu'elle était consolable. Aurore ne fut pas surprise de cette réaction, peut-être la cherchait-elle, peut-être pas, l'essentiel n'était pas là. Le soleil se coucha.

À son tour, Jeanne s'énonça, ce qu'elle n'avait pas vraiment réussi à faire avec le Dr Aubry. Elle avait juste répondu à quelques questions, mais quand était venu le temps de parler d'elle, d'autant que la fulguration de ses démangeaisons s'aggrava, les choses dégénérèrent. Elle pleura, beaucoup. "C'est déjà très bien, lui dit le psychiatre magnanime, peu de gens savent pleurer." Il avait l'air franc, mais surtout gentil, authentiquement gentil : la crise de larmes se changea en torrent.

Pour qu'elle se confesse, il fallait donc enseigner à Jeanne ce geste de confession, ce qu'Aurore fit admirablement ; elle lui avait montré le chemin du dire en l'empruntant elle-même. Depuis bien longtemps Jeanne avait oublié le sens même de la sincérité. Tout n'était plus qu'un vaste simulacre où l'attente des autres devenait la finalité et le moyen de sa propre survivance.

Ce qu'elle put lui dire, elle le lui dit, ainsi les deux femmes se rencontrèrent. Après avoir sommairement raconté son histoire telle que vous la connaissez, Jeanne parla de ses premières années dans le métier, qui l'avaient amenée, au même titre que tant de filles, à travailler dans les spectacles de caméra en direct : devant son ordinateur, elle répondait au désir de clients qui étaient, eux aussi, dans l'ombre de leur écran. Sans savoir quel lien tisser avec le récit d'Aurore, Jeanne regardait cette expérience comme une corrélation claire à nouer entre leurs deux vies, elle s'y attarda donc longuement. Elle avait vu passer des centaines, si ce n'est des milliers d'hommes : derrière les machines, il y avait souvent les oubliés de la sexualité, ceux que l'exigence drastique du caractère arbitrairement esthétique avait laissés loin derrière elle, ceux dont la timidité n'avait guère de limites, ceux qui avaient été moqués, raillés, traumatisés, ceux qui ne correspondaient pas, de près ou de loin, à l'idéal que l'homme imposait à l'Homme, ceux qui n'osaient pas, ceux qui se haïssaient, ceux qui n'assumaient pas l'existence du fantasme, ceux qui n'avaient pas résisté aux normes du libre-échange. Qu'importe, tous ceux-là quoi : les hommes de demain. La consommation de vidéos pornographiques traditionnelles où le spectateur devait prendre virtuellement la place d'un autre, plus fort, plus beau, plus grand, en s'imaginant, à sa place donc, fourrer une meuf toujours plus bonne, plus belle, plus salope, demandait un petit peu de créativité à celui qui contemplait ; d'ailleurs ceux qui n'avaient pas assez d'inspiration se contentaient des vidéos à la première personne, c'est-à-dire filmées avec une caméra entièrement soumise au regard de l'homme : le spectateur voyait ce que le mec voyait, plus besoin de faire preuve de trop d'inventivité, la vue subjective vous tenait par la main. Le procédé fantasmagorique de se mettre à la place de n'existait pas dans les caméras en direct, où vous vous trouviez directement en lien avec l'actrice qui s'assujettit à tous vos ordres contre de l'argent. Il n'y a jamais eu de problème d'érection face à un ordinateur, ce qui justifiait aussi la réussite d'un tel procédé. Jeanne se perdait dans ses explications, mais ce qu'elle cherchait à dire, malgré tout, c'était que devant ces machines il y avait une misère incommensurable et, malgré tout encore, tant de beauté potentielle, comme si les deux vivaient intimement liées. Face à son écran, elle permettait aux autres de ne pas devoir affronter la complexe réalité des corps et des mots. Aurore intervint plusieurs fois dans leur discussion, elles évoquèrent la pornographie pour public féminin dont le succès restait non moins fantaisiste qu'une Europe à vingt-sept. Elles parlèrent ensuite de ces couples qui filmaient leurs ébats pour les diffuser en espérant sauver leur ménage. Les deux femmes avaient en commun de ne pas connaître l'amour tout en demeurant les ultimes objets de fantasme. Et puis, Jeanne y revenait, à ce kaléidoscope d'hommes derrière leurs écrans : celui qui me faisait jouer avec des légumes, celui qui voulait que je défèque sur des posters de Vladimir Poutine, celui qui voulait que je lui dise qu'il était merveilleux, celui qui voulait que je lui chante *À la claire fontaine* en prenant ma douche, les centaines de déguisements endossés, les jeux de rôles à répétition, ceux qui voulaient que je me touche avec un doigt, deux doigts, trois doigts, un tuyau d'arrosage, un autocuiseur, tous ceux encore qui voulaient que je jouisse et enfin ceux, tous ceux qui voulaient juste que je les regarde se branler, jusqu'à ce qu'ils éjaculent ; ils voulaient que je sois *témoin*, que leur jouissance existe, qu'elle ne soit pas omise et qu'il y ait eu, au moins une fois dans leur vie, un spectateur à leur droit au bonheur.

— Tu étais un pansement quand j'étais une bombe.

— On a fait ce qu'on pouvait.

La nuit tomba véritablement, Aurore se sut en retard au dîner, Jeanne refusa de descendre ; elle profiterait de ses trois jours possiblement solitaires. Aurore ne la força pas, lui dit qu'elle revenait bientôt et que, de toute façon, elles étaient voisines. Elle, il fallait qu'elle y aille, pour leur montrer qu'elle pouvait manger : ils vérifiaient très strictement son alimentation.

— Il paraît qu'après le crack, la cocaïne et les jeux d'argent, l'anorexie est une des addictions les plus complexes.

— Une addiction ?

— Je suis une accro moi aussi : accro au vide, au rien.

Il restait plein de béances à leurs histoires, elles projetèrent d'y remédier rapidement. Aurore descendit, Jeanne rejoignit sa chambre, encore vaporeuse des effets des médicaments qui, malgré tout, s'estompaient. Un nouveau plateau-repas avait été posé sur son bureau, meuble appartenant sûrement à la même collection que les abat-jours, gamme tout à fait insolente de laideur qui ambitionnait, comme tant d'autres, l'épuration des lignes. À côté, écrit d'une main pleine de bonté, ce petit mot de rappel : "Interdiction de se réunir dans les chambres." Les infirmiers avaient quand même fermé les yeux, ils ne semblaient pas méchants, tant s'en faut. Encore une surprise pour Jeanne : que cela existe toujours, pas la gentillesse, non, juste la non-méchanceté. Tout de suite, elle aurait pu tuer quelqu'un pour avoir de la drogue. Tout de suite. Après s'être assise, en croquant un radis, Jeanne pensa avec joie au moment où elle allait mourir. Quand la peur de la mort rejaillit, c'est qu'il fait presque bon vivre.

Après leur discussion, Aurore se dépêcha de rejoindre le réfectoire où la plupart des patients s'étaient déjà munis de leur plateau-repas qu'ils avaient eux-mêmes composé avant d'intégrer une table choisie au gré de leur désir, mais en adéquation avec les disponibilités selon cette tradition pionnière du libre-service qui a conquis tout un pan de l'alimentation collective, des aires d'autoroute aux clubs de vacances en passant par les cantines d'entreprises. Elle décida rapidement : radis, soupe, macédoine de légumes "maison", salade verte. Un des infirmiers qui la connaissait bien, et qui devait être un peu amoureux d'elle comme la moitié des Terriens, fit quelques pas discrets pour surveiller ce qu'elle venait de prendre ; Aurore le vit, s'arrêta, lui tendit le plateau pour qu'il puisse mieux voir, il opéra un signe de la main, gêné, pour lui dire que c'était bien, elle lui adressa un sourire qui le mit très mal à l'aise. Il retourna illico surveiller d'autres drogués, on ne pouvait pas dire que ça manquait. Aurore ausculta la salle, très peu de places libres ; si, une, sur la table de six, là-bas. Elle la rejoignit et demanda à un visage qu'elle ne connaissait guère si elle pouvait s'asseoir.

"Bien sûr", lui répondit Nathan. Si surprenant que cela pût paraître, il s'était, de lui-même, intégré à un petit groupe. Malgré tous ses défauts évidents, Nathan progressait, apprenait à se connaître, plusieurs années qu'il s'y attelait et, s'il y avait quelque chose qu'il avait pu comprendre, c'était que sa détestation hâtive et ses jugements à l'emporte-pièce à propos des humains qu'il rencontrait venaient souvent de problématiques qu'il entretenait avec lui-même. Quand quelqu'un l'insupportait, il savait pertinemment que cette chose qui l'horripilait était, la plupart du temps, quelque chose qui l'horripilait chez lui, mais qu'il ne voulait ni avouer ni accepter. Il était méchant parce qu'il ne pouvait rien faire d'autre, tétanisé par son propre dégoût. Il jugeait les individus sur le compte de ses névroses spécifiques, qu'il refusait lui-même de voir ; haïr est plus simple que de se haïr, mais un jour, il faut bien passer à la caisse. D'ailleurs, Nathan le sentait : il était en train de passer à la caisse.

Devant lui, au cœur de ces cris, de cette peau grattée à vif, charcutée, au milieu des yeux fous, de la bave, des larmes, il apparaissait là, alternant toujours de manière obsessionnelle entre je-n'ai-rien-en-commun-avec-eux et enfin-des-gens-comme-moi. En début de soirée, et après l'épisode hasardeux de la feuille volante, il pencha plutôt pour la seconde proposition et se mit au défi de vivre paisiblement parmi ses congénères. Autour des distributeurs de friandises il discuta, face à la télévision il bava, sur les fauteuils il écouta, au bébé-foot il joua. Son ministre de l'Intérieur en convenait : voilà une intégration au poil.

Pour ce qui est de la présence ministérielle dans l'esprit de Nathan, il serait de circonstance de préciser. Depuis qu'il était petit, et sur les conseils de son père qui faisait de même, il avait pris l'habitude de faire ce qu'on appelle ordinairement *le point*. Se réserver quelques minutes pour soi, réfléchir : où en est-on dans la vie, peser le pour et le contre, se souvenir des joies et des tristesses, jauger du bien et du mal, ce qu'il faut encore faire, ce qu'on avait déjà fait, ce qu'on espérait faire, ce qu'on voulait éviter. La rédaction de listes peut souvent aider l'humanité à de tels objectifs. Mais, même s'il affectionnait les listes, Nathan aimait mettre en scène, le plus souvent dans la solitude de sa chambre – mais parfois, si jamais il devait tenir un conseil des ministres urgent, dans des lieux aussi inhospitaliers que les toilettes du collège –, une réunion gouvernementale imaginaire où, prenant plusieurs voix différentes, il laissait discuter entre eux les divers organes de gestion de son moi. Ministre de l'amour, ministre de la Santé, ministre du Futur, ministre des Amitiés, ministre du Travail et ministre de l'Intendance, entre autres, se croisaient autour d'une table fantasmée, pour bavarder. À l'occasion de circonstances exceptionnelles liées à des climats de crise, des ministères s'inventaient à titre provisoire. Pendant très longtemps, et jusqu'à ce que la drogue fasse complètement disparaître toute tentative de gestion du soi, il tenait au moins quotidiennement une telle assemblée. C'étaient des moments privilégiés qu'il entretenait avec lui-même, lui permettant de dialoguer et d'argumenter vers des questions qui lui paraissaient centrales dans la noble perspective, aujourd'hui lointaine, de ne pas rater sa vie.

Comme quand vous retrouvez un être cher que vous aviez volontairement (et bêtement) délaissé et que, lors des retrouvailles, et avant même de se serrer dans les bras, celui-ci, au loin, esquisse un sourire qui vous pardonne déjà, la réapparition de son ministre de l'Intérieur, tandis qu'il venait de se mettre à table, oignit Nathan d'un bonheur cristallin.

Si d'habitude les conversations tournaient autour des activités de la clinique (hier yoga, aujourd'hui art-thérapie, demain gymnastique), des perspectives d'avenir du type ce que je ferai en sortant et, dernièrement, du virus qui sévissait à l'extérieur et qui avait comme conséquence d'annuler visites et sorties, ce soir-là, de manière tout à fait naturelle, l'arrivée d'un nouveau patient occupa, aux abords de cette table, toutes les discussions. Nathan réussit à être un peu évasif – une timidité toute pardonnée pour un premier jour de cure – et s'employa plutôt à connaître les gens.

Léo parlait à une vitesse hallucinante. Après avoir été rejeté par sa famille bretonne et sa banlieue natale à cause de son homosexualité, à l'âge de seize ans il rejoignit Paris, où il fut aidé par une association pour se loger, s'habiller et reprendre ses études. Rapidement, il décrocha, se drogua dans un cadre festif (surtout GHB, GBL, 3-MMC, NRG-2, MDPV, parfois miaou miaou et meth : renseignez-vous, ceci n'est pas un guide touristique) et il se mit à se prostituer. C'était il y a cinq ans. Petit à petit, il devint l'organisateur de soirées très prisées où le sexe et la drogue se mêlaient. La pratique porte le nom de *chemsex* (pour *chemical sex*) et la plupart des cliniques de désintoxication, dont celle-ci, ont des traitements spécifiques – voire des départements – tant les ravages d'une telle pratique augmentent. Pendant des heures – voire des jours –, des individus, dont une écrasante majorité masculine, procèdent à des orgies tout en ingérant diverses drogues, surtout synthétiques. Érections interminables, endurance illimitée, plaisir amplifié : le rêve à portée de main. Le rôle de

Léo se résumait à réunir les gens, choisir des lieux insolites, mais solennels, et fournir les drogues qui, pour la plupart, se consommaient en injection, immédiateté de l'effet obligeant. Plus rarement, les objets destinés à pénétrer l'anus des participants, et Dieu sait qu'il y en avait (des anus et des objets), étaient enduits de substances psychotropes. Les tissus sanguins du rectum, par leur finesse, proposent de bons résultats en termes d'efficacité et d'instantanéité. La grande difficulté de la gestion de ces pratiques, surtout au niveau des pouvoirs publics, réside dans la légalité des matières consommées : en effet, les laboratoires mondiaux qui créent les drogues de synthèse réinventent toujours d'inédites molécules, souvent très proches des anciennes, mais, grâce à une très légère modification de la formule chimique, il ne peut y avoir, juridiquement, de prohibition. Dès qu'une drogue devient interdite, et il faut du temps pour l'identifier puis légiférer, une nouvelle émerge, tout à fait la même, mais différente, licite, et livrée chez vous en moins de vingt-quatre heures. Nombre de nouvelles substances aux effets très variés font ainsi leur apparition. Léo les goûtait toutes, choisissait, pensait des mélanges intéressants, un circuit à la carte, un menu gastronomique et, tous les week-ends, proposait un voyage bien cohérent dans un délire psychotrope et sexuel. Il n'avait aucun regret et cela était légitime. Nathan non plus n'en avait aucun. En cela, ils se ressemblaient et se distinguaient ; la drogue était une machine à regrets, mais c'était trop simple d'y succomber. Deux ans passèrent pour Léo, ses fêtes continuèrent d'enflammer le Tout-Paris, on l'invitait dans les plus grandes capitales européennes, on lui prêtait des villas, des centres d'art, des théâtres, des entrepôts ; il organisa même une soirée dans un avion privé qui fit le tour du monde pendant que vingt-trois personnes y partouzaient. L'originalité du trajet était de proposer un voyage temporel puisque, volant contre la rotation de la Terre à la date du 31 décembre, le véhicule traversait les fuseaux horaires pour que chaque heure eût lieu un nouveau Nouvel An. Quelques overdoses plus tard, des cas d'infections de VIH – lui-même l'avait contracté avec la syphilis, l'hépatite C, une gonorrhée rectale et de l'herpès –, les réceptions perdirent de leur éclat, d'innovantes initiatives arrivaient sur le marché très concurrentiel de la drogue et de l'événementiel. Il s'essaya simple dealer, mais, encore une fois, la compétition économique devenait trop rude : centres d'appels, livraison à domicile, promotions en tout genre, vente de carnets d'adresses ; il ne pouvait pas rivaliser avec les réseaux modernes et, surtout, il ne faisait pas un métier illégal pour revêtir les tristes habits de la légalité. Léo fatiguait. Il était maigre, ne possédait plus aucune sensibilité, et s'était engagé dans tant de relations sexuelles qu'il se terrorisait lui-même. Supérieurement terrible : la drogue ne lui faisait presque plus aucun effet. Même les nouvelles molécules ne l'impressionnaient pas. Il cherchait à retrouver le goût de ses quelques années de bonheur indescriptible, n'y arrivait plus, força trop. L'overdose fatale, la semaine de coma, les reins sauvés de justesse, les deux mois d'hospitalisation et tous les muscles à reconstruire le décidèrent à tenter de changer. Mais que faire ? Que faire désormais ? Il n'avait pas d'argent, pas de diplôme et, surtout, il ne savait rien du monde. Bien qu'ils fussent sûrement tous au fait de son histoire, à la table on écoutait Léo avec une très grande attention, il détenait ce don-là : celui de figer chacun à ses lèvres et à son visage émacié d'une beauté révoltante. Après un documentaire sur le sujet, visionné à l'hôpital la veille de son départ, Léo prit connaissance de la sempiternelle résurgence de la résistance kurde à la frontière turco-syrienne et décida de s'y consacrer. Le peu d'argent qui lui restait paya son billet d'avion. Pendant deux ans et demi, après une formation militaire proposée par les forces dites de la coalition et de l'armée kurde, il prit les armes et, à mille lieues de sa Bretagne natale, s'engagea auprès de ceux qu'il appelait maintenant ses frères et ses sœurs. La drogue était loin : l'euphorie de la lutte armée nationale la remplaçait aisément. Il vit tomber des amis et des amants, tua de nombreux ennemis, reprit des villes, perdit des villes, rêvant d'une indépendance tant méritée et puis, encore une fois, on l'abandonna. Lors d'un combat acharné où il sauva un soldat français volontaire, une balle russe lui fractura l'épaule et, la mort frôlée, il décida de rentrer au pays. À son retour, il reçut même une médaille discrète et une petite pension : l'homme qu'il avait soustrait au trépas possédait les bonnes relations. La désintoxication de cette ferveur métaphysique et guerrière fut désespérante au point qu'il reprit très vite la drogue. Après un nouveau passage à l'hôpital et ses soucis de santé s'aggravant, grâce à la mutuelle de l'armée et au dévouement du soldat miraculé, Léo put atterrir ici et le voilà qui racontait sa vie en terminant sa soupe. Nathan reconsidéra le caractère trépidant de sa propre existence.

Vint le tour de Johanna, une quinquagénaire au visage boursouflé et au nez imbibé d'alcool, qui n'était pas là "comme tu peux te l'imaginer" à cause de l'alcool, mais à cause de son addiction aux jeux d'argent, une terreur quotidienne, elle aussi inguérissable. Elle ne voyait plus ni ses enfants ni son mari. Son entreprise de lingerie marchait encore et lui assurait un bon revenu : comme quoi, l'argent n'était pas le seul problème dans cette maladie, bien que la plupart du temps ceux qui en pâtissaient se retrouvassent surendettés auprès des mêmes organismes qui possédaient et les jeux et les sociétés de crédit. Sa vie était entièrement dévouée aux paris qui, contrairement aux drogues, ne déstabilisaient pas forcément la santé physique, mais dévoraient plus brutalement les âmes en détresse.

Mathieu parla à son tour, il exerçait le métier peu probable de commandant de bord sur un navire de croisière (Nathan nota qu'il ressemblait d'ailleurs comme deux gouttes d'eau à Bernard Hill, l'acteur qui interprète le capitaine du *Titanic* dans le film de James Cameron), toute sa vie il s'était désespérément drogué à la cocaïne et aux amphétamines : un rescapé de la solitude des océans et des voyages tout compris.

Lucie-Lou, plus classique, beauté ancienne qui se devinait sur visage ravagé, bras maigres entaillés, voix délicieusement cassée, souffrait d'une addiction au crack et à l'héroïne. Son père, un aristocrate en fin de règne, payait le traitement de sa fille après l'avoir violée méthodiquement depuis ses cinq ans.

Enfin, Aurore raconta ce que vous savez déjà.

En cure de désintoxication, la parole est un liant lent. Les médicaments et le sevrage de la drogue provoquent, quand ce ne sont pas des crises hystériques, une respiration molle, baveuse. Les yeux tombent, les gestes ralentissent, l'attention devient complexe à maîtriser – tout ce qui attend les enfants gavés aux écrans. On trébuche, on tâtonne, on réapprend à marcher, à parler, à vivre, à respirer. Vitesse réelle, liquide amniotique en moins. La matière devient intrigante, chacun touche les murs, les plantes (dont l'intérieur de la clinique se trouvait plutôt bien fourni) ; tous mâchent avec difficulté, leurs sens si mal en point tentent de se réparer. Le goût, les odeurs : tout demeure source de surprise ; dégoût et extase rythment des journées interminables. Après n'avoir vécu qu'avec des mots disparates, il faut réapprendre à utiliser des adjectifs. Discuter sur le sexe des anges pour oublier le siège à venir, la prochaine crise de manque. Tous pareils, même Nathan ; qu'il le veuille ou non. Il n'était pas comme eux, mais il était comme eux.

37.

En 270 avant Jésus-Christ, le fondateur de la bibliothèque d'Alexandrie, Démétrios de Phalère, proposa au souverain Ptolémée II de traduire la Bible hébraïque en grec. Depuis sa création par Alexandre le Grand en -331, la ville égyptienne accueillait une diaspora très importante de ceux qu'on appelait les descendants d'Abraham, avec lesquels Alexandre avait beaucoup d'affinités. Soucieux de connaître les multiples peuples qui vivaient en son royaume, passionné d'histoire et de littérature, projetant également de réunir tous les ouvrages jamais écrits en un seul et même lieu, Ptolémée II ordonna donc l'entreprise. Pour ce faire, il contacta le souverain sacrificateur de Jérusalem et roi d'Israël, Éléazar, pour qu'il lui envoie ses plus illustres sages en vue d'exécuter le travail, ce qu'Éléazar accepta. Aussi, soixante-douze intellectuels hébreux, dix de chaque tribu, voyagèrent d'Israël en Égypte, où ils furent invités à séjourner dans le quartier royal, près de la grande bibliothèque, chacun dans une chambre différente, où ils traduisirent de manière indépendante le texte sacré de l'hébreu vers le grec, sans possibilité de communiquer entre eux jusqu'à la fin de la tâche.

(Nathan se souvint des doux mots d'Edmond Fleg : "Et là, dans le palais aux septante demeures / Que les murs maçonnaient d'un silence attentif, / Pour traduire le Livre où l'Éternel demeure, / Séparés l'un de l'autre, ils œuvrèrent captifs.")

Sans nécessairement qu'on doive y prêter une attention autre que métaphorique, une légende raconte que les soixante-douze traductions se révélèrent identiques à la lettre près, miracle peu probable, mais important pour défendre la sacralité du texte. Restons dans l'histoire : après que chaque sage eut terminé sa traduction personnelle – la première pour le texte cofondateur de l'Occident (l'autre étant l'œuvre d'Homère) –, Ptolémée II les réunit pour qu'ils puissent comparer leurs traductions et se mettre d'accord sur une version définitive. On peut se l'imaginer aisément : il y eut beaucoup d'accords et de désaccords (soixante-douze pré-talmudistes ça doit papoter). Parfois, ils glissèrent des erreurs volontaires dans la traduction, qui était, déjà à l'époque, et surtout pour ce genre de texte, une interprétation, une trahison fidèle. Oui, il fallait faire attention à ce que le texte ne puisse pas, dépourvu de la tradition orale qui l'accompagnait, être mésinterprété. Démétrios de Phalère avait donc déjà compris que si la traduction avait toujours l'air de se poser comme un problème dans l'histoire et dans l'approche de la littérature, on devait savoir embrasser sa beauté. Pouvoir offrir à chaque lecture d'un même texte : un nouveau souffle, une nouvelle langue. Au fond, la traduction serait là pour servir la poésie ; pour un seul texte, un nombre illimité de textes. Bref, le manuscrit fut rendu, survivant jusqu'à aujourd'hui (vous le trouverez édité chez Folio Essai sous le titre *Le Pentateuque*, traduction de la Septante). C'est d'ailleurs, dans cet état de complétude, le plus ancien manuscrit de la poésie biblique à subsister. Bien qu'il sût que ce point de vue avait ses limites, Nathan, en se rappelant cette légende de son enfance, se disait qu'il préférait peut-être les traductions aux textes originaux. Elles forcent à interpréter. En tout cas pour le théâtre, rien de plus certain. Dans la grande salle commune, pièce d'un blanc immaculé à la décoration ludique qui lui rappelait les nouvelles ambiances de la chaîne d'hôtellerie Ibis, sur un fauteuil un peu à l'écart, il regardait les patients errer, avec leur soumission chimique comme nourriture spirituelle. Ils se départageaient entre jeux (cartes, dominos), télévision (émission culinaire au montage agressif inspiré par Michael Bay), discussions (famille, virus, cure), disputes (tu m'as piqué ma place ! suivi de l'intercession d'un infirmier) et apathie profonde (bras ballants, filet de bave, tête penchée). Malgré leur nombre, Nathan voyait une même âme, il voyait un chœur chantant d'une seule voix, il voyait plusieurs rayons de lumière diffractée dont l'origine demeurait unique : il voyait soixante-douze versions d'un même texte.

Elle s'était assoupie quand quelqu'un frappa à la porte. Les chocs surgissaient, timides, peu invasifs, mais déterminés. Toc toc. Toc-toc-toc. Un temps. Toc toc. Toc-toc-toc. Un temps. Et ainsi de suite. Doucement, Jeanne sortit de son sommeil superficiel, les tapages répétitifs avaient d'abord colonisé ses rêves avant de la réveiller peu à peu, par à-coups, comme la corde d'une descente en rappel que l'on maîtriserait mal. L'exfiltration réussie, elle eut besoin de quelques secondes pour se remémorer l'endroit où elle se trouvait, ce qu'elle y faisait, et, enfin, quel pouvait être ce tumulte. Le ralentissement des deux hémisphères de son cerveau était flagrant au point qu'après avoir compris que la nuisance sonore provenait de la porte, elle mit du temps à émettre une hypothèse sur ses origines. Pourquoi ma porte produirait-elle de pareils bruits ? Il lui fallut encore plusieurs secondes supplémentaires (peut-être des dizaines) pour trouver la réponse : un être humain devait se situer de l'autre côté et accomplissait volontairement ces bruits dans le but de la prévenir de sa présence et qu'elle vienne lui ouvrir. Toquez et il vous sera ouvert ; elle avait eu vent d'une telle pratique, peut-être dans une vie antérieure.

— Mademoiselle Jeannette ?

C'est ce qu'elle entendit, chuchoté vigoureusement : un son émanait effectivement de derrière la porte. Qui pouvait bien la convoquer comme ça ? L'alliance entre ce titre féminin obsolète et son pseudo pornographique sonnait si étrangement qu'elle eut besoin d'un nouvel instant pour faire le lien entre cette dénomination et elle-même. Il n'y avait plus aucun doute, on frappait et c'était elle qu'on cherchait. Elle entreprit de se lever ; complexe, mais faisable. Il avait bien fallu attendre une minute pour qu'elle atteigne son objectif, toutefois le visiteur secret fut prévenu de la bonne réception de son appel : elle réussit à produire quelques sons, à la suite de plusieurs tentatives, et ce malgré l'aridité désertique de sa bouche. La porte s'ouvrit, toujours doucement, le temps qu'elle remette au clair dans son crâne le concept de serrure. Geignant jovialement, un jeune homme gêné qu'elle n'avait jamais considéré gisait devant elle. Timidement, il demanda :

— Excusez-moi, je suis vraiment désolé, vous êtes bien Jeanne ?

Elle avait du mal à garder son équilibre, s'appuyant à la porte entrouverte, les deux mains tenaces. Après avoir avalé difficilement par deux fois sa salive, cligné au moins sept fois de ses yeux secs, elle put répondre :

— Oui, et vous êtes ?

— Je suis désolé, vraiment, encore, de vous importuner, c'est que je vous ai vue tout à l'heure, à votre arrivée, et je me suis démené pour vous trouver et venir ici, discrètement, il faut pas que je me fasse prendre, ils vont sûrement bientôt me rechercher, vous croyez que je peux… Que vous pouvez, me faire…

Un bruit. Il sursauta, son chuchotement devint plus pressant.

— S'il vous plaît, je vous en supplie, il faut que je rentre, il faut que je vous parle, cachez-moi.

Du boucan se rapprocha. Jeanne eut le temps d'analyser son congénère : aucune sorte de danger ne pouvait émaner de cet adolescent candide. De plus, elle trouvait la situation cocasse, trépidante, et décida d'emprunter, comme si elle transgressait des lois immémoriales, les voies de l'aventure.

— Viens, cache-toi.

— Merci !

Tout tremblant, le gamin entra. Jeanne referma la porte et mit un doigt sur ses lèvres pour demander le silence. Elle fit un rapide tour visuel de sa chambre pour dénicher des idées. Son téléphone ! S'en saisit, lança de la musique. Pas assez fort. La télévision ! Bien sûr. Elle trouva la télécommande sur le bureau hypocrite et, après l'avoir fait tomber, réussit à illuminer la boîte à troubadours. Du gris à l'écran. Pas moyen de trouver une chaîne. Le garçon s'approcha d'elle, sur la pointe des pieds, tendit la main vers l'objet qu'elle terrassait d'insultes innovantes et lui présenta un regard qui semblait vouloir dire "Je peux ?". Jeanne lui donna la télécommande et, comme un enfant aiderait sa grand-mère incapable d'allumer un appareil électronique, en quelques secondes il déclencha l'hystérie des programmes. Jeanne, après avoir levé son pouce (toujours rester dans le coup), reprit la télécommande, changea de chaîne et trouva ce qu'elle cherchait : une station de courts-métrages musicaux, format couramment appelé *clip*. À l'écran, il y avait des billets de banque, des mâles violents, des femmes battues et des voitures polluantes. La base. Elle monta le son, ni trop fort ni trop faible.

— Je t'écoute.

— Bonsoir, je-je, m'appelle Antoine.

— Je m'appelle Jeanne.

Des gouttes de sueur perlaient sur le crâne de l'adolescent, il paniquait.

— Tu veux t'asseoir ?

— Je veux bien, merci.

Il prit place sur le lit, ses yeux écarquillés ne quittaient pas Jeanne, elle s'empara d'un fauteuil désabusé et le positionna en face du jeune garçon dont les mains assemblées se blottissaient entre les genoux dans l'espoir de faire fléchir ses tremblements. Il était visiblement tendu, très tendu.

— Tu peux me parler, maintenant.

— C'est que, vous comprenez, je n'en reviens pas, de vous voir, en vrai : je suis votre plus grand fan.

— Raconte-moi depuis le début, qu'est-ce que tu fais ici ?

Antoine reprit ses esprits et lui raconta tout.

— Je suis ici parce que je suis accro à vous.

— À moi ?

— Oui, à la pornographie. Au sexe, en général.

— Mais tu as quel âge ?

— Vingt et un ans.

Antoine entreprit de lui raconter comment il commença, dès l'âge de onze ans, à regarder de la pornographie et puis comment, dès quinze ans, il achetait le service de prostituées, de masseuses chinoises et comment il partait en soirée pour draguer, plusieurs fois par semaine, ramenant éternellement plus de filles dans son studio parisien, aux frais de ses parents, de riches catholiques qui ne se doutaient de rien. Il avait été reçu dans une grande université pour ses études de médecine, s'y connaissait en hormones et en procédés moléculaires ; il rêvait de devenir biologiste. L'addiction au sexe – utilisant les mêmes schèmes physiques et intellectuels que l'addiction à la drogue – fut pour lui une solution puis une nécessité puis une obsession. Il ne considéra jamais ça comme un problème, parvenait, lui aussi, à remplir son rôle dans la société, accomplissait, lui aussi, ce qu'on attendait de lui. Il mentait sans cesse à ses copines, n'arrivait pas à se passer de la pornographie, même quand il couchait avec trois filles différentes dans la journée. Il revenait perpétuellement à Jeanne, préférait le sexe en vidéo, incapable de prendre du plaisir dans l'acte réel, seulement dans la prédation et la consommation. Il choisissait les filles souvent sur des critères de ressemblance, aucun cheveu rouge qu'il croisa ne lui avait résisté. Il faut dire qu'il était beau comme un sextuor de Brahms. Pour lui, le sexe devint un objet d'exécutions furieuses, les applications de rencontre lui permettaient d'accumuler conquête sur conquête, mais, surtout, déception sur déception. L'histoire s'accéléra : la pornographie nécessitant toujours plus, pour un désappointement exponentiel. Tel le chien affamé qui n'a pas conscience qu'un ver consume toute la nourriture qu'il ingère, il dévorait. Et puis l'amour arriva, le vrai, le terrible, le fracassant. Il la perdit. Tromperie et pornographie ne peuvent passer inaperçues, surtout avec l'évidente sincérité du couple. Elle l'insulta, le laissa tomber, ne répondit plus jamais à ses appels, le considéra comme un pauvre mec, et elle avait raison. Antoine pleura. Jeanne lui saisit une pince et la serra fermement. Il ne séjournait pas ici pour ne vaincre que ses addictions, mais aussi pour se soigner de l'amour gâché.

— Je peux ?

Il lui posa cette question, les bras ouverts.

— Bien sûr.

Le câlin fut tendre, fort et dévoué. Jeanne, au même titre que lui, en avait un besoin fou. Comme le Saint Calice à portée de main du père d'Indiana Jones, face à lui se tenait son plus grand désir et, contre toute attente, l'unique émotion qui traversa Antoine se manifestait par une ambition de reconnaissance. Elle reconnut ses larmes, adouba son chagrin et lui pardonna ses péchés.

— Je suis fatiguée maintenant, on se reverra demain.

— Merci, merci pour tout mademoiselle Jeannette…

— Arrête avec ça, appelle-moi Jeanne.

Elle le raccompagna à la porte.

— Merci.

Après un dernier câlin terriblement serré, il quitta sa chambre. D'actrice pornographique à prêtre, il n'y avait qu'un pas. Pourquoi venaient-ils tous s'absoudre devant elle ? Elle, dont le corps seul avait été la source de tous les fantasmes. Peut-être qu'ainsi son âme leur semblait vierge de toute souillure. Que celui qui n'a jamais péché. Jeanne s'endormit avec un sourire aussi mélancolique que sa commode.

Il était vingt-deux heures trente quand Nathan se mit à hurler, fait récurrent dans une telle institution, mais rarement éprouvé avec autant d'intensité. Quatre infirmiers furent nécessaires pour ne fût-ce que le contenir physiquement, un cinquième arriva pour lui administrer une piqûre. Toute la salle commune le contemplait. Les insectes étaient revenus : ils se glissaient sous sa peau, le dévoraient de l'intérieur. Son regard halluciné s'emplit d'une terreur noire. Une souffrance inimaginable – n'essayez même pas. Nathan tenta de s'arracher la langue pour oublier le feu morbide qui le rongeait, on dut l'attacher fermement pour le transporter : direction, le premier étage. Les cris continuèrent toute la nuit, Jeanne les entendit dans ses rêves.

36.

— Excusez-moi, vous pouvez ouvrir la fenêtre s'il vous plaît ?

L'infirmier qui la réveilla pour sa prise de médicaments s'exécuta. Un vent frais s'infiltra dans la chambre, quelques rais de lumière, et l'odeur des fleurs naissantes du jardin. Elle se souvint des dimanches matin à Charleville, au troisième étage de la maison familiale, quand son frère la rejoignait très tôt et qu'ils se recouchaient ensemble après avoir ouvert la fenêtre du toit. Sous l'immensité blanche des draps, ils inventaient, avec le seul pouvoir de la parole et la complicité du regard, un monde où leurs personnages imaginaires évoluaient librement, parfois en paix, parfois en guerre, mais toujours emplis du magnétisme des féeries enfantines, avant que l'adulte sans mystère ne vienne tout gâter.

Elle ne l'avait encore jamais vu ou ne s'en souvenait guère, ce qui était fort probable, car c'était un homme quelconque, ni gros ni maigre, ni grand ni petit, ni brun ni blond, ni beau ni moche, très gentil par contre : un second rôle dans les règles de l'art. Sa blouse d'infirmier empêchait toute description vestimentaire supplémentaire. Il tenait à la main un mince dossier, la concernant sûrement, qu'il consulta avant de sélectionner des médicaments dans un tiroir de la modeste mais audacieuse desserte roulante qui l'accompagnait.

— Votre dossier sur moi, il vous dit quoi me donner ?

— Grosso modo, oui, mais on change tous les jours ! Tenez, il faut les prendre avant de manger, je dois y veiller. Vous déjeunerez en bas ?

— Je peux rester ici ?

— Oui, encore quarante-huit heures si vous voulez. Je viendrai trois fois par jour dans la chambre, pour m'entretenir avec vous, faire un petit bilan. Les infirmiers de l'étage peuvent passer à leur guise, ils le font à peu près toutes les heures, question de sécurité. Et vous descendrez pour voir le Dr Aubry quotidiennement, je vous dirai à midi l'heure à laquelle il vous attend.

Il lui tendit les médicaments, un verre d'eau. Elle se redressa sur son lit, les avala. Pour vérifier qu'elle ne le trompât point, il ouvrit sa bouche pour l'inviter à faire de même. Elle procéda en tirant la langue avec la joie enfantine de celle qui simule la maladie pour ne pas aller à l'école et dont la mère vient d'accepter qu'elle reste à la maison.

— Vous avez eu mon mot hier soir ?

— Oui, désolée... Je ne savais pas.

— Pas de problème. Si vous voulez voir d'autres patients, et nous vous encourageons vivement à le faire, vous avez des salles à disposition au rez-de-chaussée, à côté du grand espace commun, il y a quatre petites pièces, plus intimes, avec des salons, des bureaux, des jeux. Le jardin est ouvert en journée pour vous accueillir... Si c'est juste pour échanger quelques mots, vous pouvez le faire dans le couloir ou sur le pas de la porte, mais il ne faut jamais que vous soyez avec un ou plusieurs patients dans une chambre fermée. Nous sommes très stricts là-dessus.

— Je comprends. Dans le jardin, on peut fumer ?

— Oui, vous êtes fumeuse ?

— Je vais peut-être pas tout arrêter d'un coup, si ?

— Non, vaut mieux pas. *Un sourire.* Il vous reste des cigarettes ?

— Quelques-unes, oui.

— Si vous avez besoin, je peux vous en acheter, exceptionnellement.

— Je vous remercie.

— C'est normal, mangez maintenant et reposez-vous bien.

Sa voix était agréable à écouter, ses accents toniques précis fournissaient un phrasé impeccablement compréhensible, même pour l'esprit peu matinal de Jeanne. Il lui donna son plateau-repas, qu'il déposa ensuite sur la table inquiète.

— À tout à l'heure, Jeanne.

— À tout à l'heure...

— Bob.
— …
— C'est un surnom.
— Ah. D'acc.

La deuxième journée fut pour Nathan d'une inexistence rare ; elle pouvait se résumer à rien. À cause de son métabolisme doté d'une force hors pair, sa résistance aux drogues n'était pas une sinécure pour les infirmiers. Une vigueur à la rudesse antédiluvienne le posséda toute la nuit : son corps s'était épuisé à force de cris et de contractions musculaires, de haine et d'insoumission chimique. Comme Job, il refusait tout en bloc. Il avait éreinté la moitié du service, provoqué des heures supplémentaires, empêché de dormir la moitié de l'établissement, mais, enfin, depuis sept heures du matin, chevilles et poignets solidement attachés, il semblait roupiller sur un lit aux souvenirs tourmentés : celui de la chambre d'isolement et de ses parois molletonnées.

Il n'était pas encore question de rêver, la profondeur du noir qui entourait l'esprit de Nathan n'avait d'égale que la blancheur immaculée de son périmètre physique. Les murs, le sol, le plafond, la porte, les rideaux, les volets, le lit, les draps, l'oreiller, sa tunique, sa peau, ses yeux : blancs comme neige. Sous ses airs de vastitude, rien d'autre qu'une prison aveuglante et juste cet appareil aux bruits réguliers qui, relié à son pouce, contrôlait qu'il demeurait une âme dans l'animal sauvage paisiblement endormi.

Après le petit-déjeuner, Jeanne alluma son téléphone portable. Elle essaya de joindre son petit frère, il ne répondit pas. Elle lui laissa un message, lui dit où elle était. Il n'y avait plus de lycée avec le confinement, il se trouvait donc sûrement à la maison, surveillé, et ne voulait pas décrocher pour avoir à rendre des comptes aux parents. Même s'ils savaient très bien que Camille continuait de communiquer avec sa sœur, il était de bon ton de ne pas en parler, de se comporter comme si, de ne pas appuyer là où ça faisait mal, de ne pas accentuer une douleur réelle malgré des erreurs terrifiantes, des deux côtés ; Jeanne en avait pleinement conscience. Elle s'interrogea sur ses parents : en avaient-ils, eux, conscience ? Conscience que le mal qu'ils avaient fait se situait à la hauteur du mal qu'elle avait fait ? Elle regarda par la fenêtre et aperçut le sourire de sa mère dessiné dans le ciel. Lui avaient-ils vraiment fait du mal ? Elle n'en était plus sûre. Depuis qu'elle n'avait plus la haine, elle n'était plus sûre de rien ; cela avait ses désavantages, elle devrait y remédier, retrouver la haine et redevenir sûre de tout. Patience. Le père ayant perpétué quelque temps son aide, il devait mieux s'en sortir niveau conscience. Quant à sa mère, elle avait été plus sévère, mais restait une mère voyant le corps de sa fille ravagé par les bites des mecs du quartier, puis de la région, puis du pays, puis du continent, puis du monde entier. Ne parlons pas du trou de balle. Le tout avec le sourire. Même si les mères n'ont pas invariablement raison, c'était *sa* fille. Jeanne avait toujours redouté cette notion idéaliste de mauvaise conscience, un tel bidule la barbait d'avance. La vie est trop compliquée. Je vais me faire un petit truc. Elle quitta le ciel des yeux et se retourna puis se souvint de cette chambre, de l'hospice et, surtout, qu'elle ne pouvait pas se faire de petit truc.

Trop tard, elle y avait pensé. Son rythme cardiaque s'accéléra, elle entreprit de respirer doucement, il fallait y remédier. Elle alluma la télévision, impossible de se concentrer, son téléphone plein de numéros de vendeurs de drogue pour qui le confinement ne changeait rien : elle le jeta aux toilettes. Zut, son frère, elle n'y pensait plus. Pas grave. Elle connaissait son numéro et il y avait un téléphone en bas. Très bien. Elle prit une douche. Toujours pas passé. Quand est-ce que ça passe ? Jamais. Quand est-ce que je vais arrêter d'y penser ? Jamais. Même pas l'année prochaine à Jérusalem ? Non. Elle prit connaissance de la réponse : il fallait vivre avec jamais.

Sa chair se détendit, les médicaments du matin devaient commencer à faire effet. N'ayant pas envie de s'allonger, ni de s'asseoir, elle envisagea l'inenvisageable : descendre. Mais oui Jeanne, pourquoi pas une visite, une promenade, une cigarette dans le jardin ? Elle avait oublié son visage. Devant le miroir de la salle de bains, elle constata une réelle amélioration – seule une rougeur générale persistait –, mais elle ne ressemblait plus à rien, ni complètement à quelque chose ; bref, c'était vivable. Rapidement, elle prit une nouvelle douche (besoin de se frotter, besoin d'eau sur le visage, besoin de chaleur sur un corps froid), s'habilla et remarqua qu'elle tremblait, sans discontinuer, très légèrement, mais très concrètement. Le couloir, l'ascenseur. Le carillon synthétique sonna l'arrivée, portes à ouverture latérale, un pas en avant : une entrée de cinéma.

Dans l'urgence de cacher son visage, Jeanne n'avait pas vraiment levé les yeux sur l'intérieur de la clinique. Pour effectuer le trajet de sa chambre au bureau du psychiatre, le regard rivé au sol, elle s'était contentée de suivre l'infirmière pas à pas, espérant devenir invisible. Cela n'avait pas été le cas : puisqu'il était venu la voir jusque dans sa chambre, quand Antoine l'avait observée, il l'avait reconnue. Qui d'autre ? Cela l'inquiétait. Quels hommes, ici, allaient la reconnaître ? Dans les patients, sûr qu'ils étaient nombreux, oui, la drogue et la pornographie se promènent souvent main dans la main. Parmi l'équipe médicale, peut-être un peu moins, mais quand même. Pour ce qui est du docteur, la pensée ne lui effleura même pas l'esprit, un bon analyste sait s'imposer, dès la première séance, comme un être parfaitement intègre, mais dépourvu de jugement, et donc de sexualité. Jacques Aubry était de cette race.

Elle aurait déjà voulu être oubliée, mais elle savait pertinemment que la notion même d'oubli s'éloignait peu à peu de la réalité ; bientôt, le mot tomberait en désuétude et le monde se résumerait à un vaste réseau de câbles sous-marins, de gigantesques centres de données et d'avatars numériques dont le moindre souffle, le moindre geste, la moindre erreur, la moindre idée seraient à tout jamais scellés au grand jour. Pour éviter une telle issue, la justice planchait toujours sur le concept de "droit à l'oubli". Elle en eut un petit soupir d'exaspération et une légère ambition de vomir, tous ces nouveaux droits la faisaient sourire. De loin en loin, parfois, il y avait quelques progrès, mais, sinon, elle observait la réalité s'effondrer, c'était limpide, devant ses yeux, une évidence, claire comme une épiphanie d'ascenseur. Avant que les portes ne se referment, elle prit le temps de penser à l'appropriation culturelle et cela lui donna instantanément envie de chier. Elle aperçut le panneau adéquat, accéléra le pas, l'impression qu'elle allait exploser, pardon, excusez-moi, lumière, cadenas, porte, culotte, lunettes, dans cet ordre ou un autre, et puis cette sensation que les tripes s'arrachaient, que ses fesses geignaient d'une douleur fatale, aspirées par le siphon blanc. Jeanne se vida avec une force inattendue et, une fois passé le flux tendu, couverte de sueur, elle respira doucement ; c'était très surprenant. Sûrement un effet du sevrage ou des médicaments. Elle avait raison. L'estomac, le côlon, l'intestin : tout le système digestif, lui aussi, se retrouvait en manque, il ne comprenait simplement pas. Le corps du drogué est un organisme génétiquement modifié pétri de nouvelles habitudes, avec son nouveau rythme, ses nouvelles routes. L'arrêt des drogues, et particulièrement de la cocaïne, se retrouvait à l'origine d'une tornade d'erreurs mécaniques même pour la plus parfaite des machines vivantes, à savoir l'humaine.

Jeanne sortit des toilettes allégée, certes, mais surtout confondue, se remettant discrètement de la férocité d'une telle expulsion. Elle claudiqua vers la première chaise libre que ses yeux lui avaient signalée, posa une main sur son ventre et ferma les paupières pendant un instant. On l'interrompit.

— Ça va, Jeanne ?

C'était Aurore. Jeanne lui sourit très poliment et, par un ajustement improvisé des lèvres, des mains, des épaules et des yeux, elle lui annonça qu'elle avait juste besoin d'être un peu tranquille. Aurore, sans signe de vexation aucune, se retira après lui avoir très calmement dit :

— N'hésite pas, si jamais tu as besoin, je suis là.

Jeanne réitéra un sourire sincèrement gracieux. Aurore, quant à elle, continua son chemin. Une profonde respiration. Intérieur. Matin. Clinique de désintoxication. D'abord, la qualité des néons la surprit, ils pendaient depuis le plafond par de petits fils en nylon quasiment invisibles. Leur éclairage n'apparaissait pas blanc, aveuglant, industriel ni jaune, glauque, garage de campagne. Ils étaient constitués d'une infinité de maigres ampoules qui offraient des radiations lumineuses brutes, mais apaisantes, uniformes, mais authentiques. Si, dans un tel établissement, on pouvait s'attendre au faux plafond quadrillé et modulable, emblématique des hôpitaux ou des aires d'autoroute, rien de cela ici : un lambris en bois, ou peut-être une imitation (c'était plus probable, mais l'illusion était au rendez-vous), recouvrait la voûte de la caverne. Une première fausse note à son goût : les tableaux. Pas de galets mal imprimés en

Chine, de roseaux pixélisés ou de vue macroscopique d'un bouquet Interflora, encore une fois, on flairait le désir d'une certaine pompe, mais un manque évident de cohérence éclatait, ou, comme dans un premier roman, une envie débordante de tout mettre, en cela la décoration de cette salle rappelait à Jeanne sa chambre d'adolescente : des peintures amateurs (plutôt naturalistes : barques, ponts et natures mortes), quelques dessins (sûrement l'œuvre de patients), des photographies mêlant portraits (fermière népalaise, ouvrier américain, guerrier africain) et paysages (Kilimandjaro, Amazonie, Yellowstone). Une importante baie vitrée fermée donnait sur le jardin qui s'épanouissait en ce printemps précoce ; plus discrète et lointaine, une porte dérobée permettait d'y accéder. Un grand écran éteint servait de télévision quand les horaires l'autorisaient. À l'opposé, un aquarium géant garni de poissons polychromes remplissait, le reste du temps, son office abrutissant. Enfin, le sol était un béton ciré de première qualité, Jeanne admirait son homogénéité en fixant ses pieds tremblants qui s'y appuyaient. Cette surface vierge lui rappelait une autre chose qu'elle avait lue en travaillant *Phèdre*, une maxime de Maurice Denis : "Se rappeler qu'un tableau, avant d'être un cheval de bataille, une femme nue ou une quelconque anecdote, est essentiellement une surface plane couverte de couleurs en un certain ordre assemblées." Jeanne, à s'y méprendre, ressemblait d'ailleurs dans sa posture et son regard à la religieuse assise dans *Le Mystère catholique* du même peintre. L'importante fenêtre et l'hébétude généralisée des corps face à la lourdeur de la vie pouvaient également faire songer à Edward Hopper. Ce que Jeanne ne savait pas encore, c'est que la passion des représentations artistiques servait régulièrement à Nathan, dans le seul but de percevoir davantage la beauté au cœur du long tunnel de la laideur institutionnalisée.

Elle eut l'impression que la clinique n'était qu'une seule chair, qu'un seul corps, chaque organe ayant une existence particulière, les tâches individuelles suppléant encore à la survie d'un tout. Dans ce grand laboratoire des histoires, la perfection de la création se révélait à elle sous l'image du mystère organisé de la vie dont le rhizome à la vaste complexité se désorganisait parfois et, tels des globules ou des droïdes réparateurs qui ne cherchaient toujours et partout que des dysfonctionnements, le prolétariat dévoué que formait la masse infirmière réparait çà et là, avec dévouement, les courroies mal huilées, les turbines emmêlées et les synapses désorientées. La finalité de cette structure organico-mécanique était, au premier abord, floue, mais Jeanne suivit très instinctivement une piste : pour fusionner parmi eux et avoir sa place dans la chimère infernale, il fallait échouer à vaincre l'excentricité de la vie, c'est-à-dire qu'il fallait enfin échouer à vaincre la mélancolie. Comme un explorateur indélicat et affamé découvrirait ébahi un peuple autochtone sachant cultiver une terre qui, pour lui, restait infertile et, même si elle ne détenait pas encore toutes les clés de la fertilité, elle aussi pouvait encore espérer être touchée par la grâce. Nos rêveries ont des mots que nous ne connaissons pas.

35.

Un son étrange émana de quelque part – Jeanne imagina un grelot –, le tintement s'intensifiant, la salle commune se réorganisa, les corps hésitants évoluèrent de manière chaotique pour former une masse informe et piétinante. Des blouses blanches firent leur apparition pour mettre un peu d'ordre là-dedans, les vivants désœuvrés, n'ayant ni force ni équilibre, déplaçaient les chaises et les tables dans un boucan terrible. Il se passait évidemment quelque chose. Antoine lui apporta la réponse.

— Ah, salut, Jeanne, ça va ?

— Ah, salut. Oui, oui…

— Tu viens à la rencontre, super !

— La rencontre, quelle rencontre ?

— Je ne sais plus comment il s'appelle, un mec qui est passé par la clinique et qui vient nous parler.

— Non, je ne savais pas, en fait, je suis là par hasard, enfin… par hasard… J'allais m'en aller d'ailleurs.

— Chipote pas, reste.

— Merci, peut-être après, mais là…

Elle vit le jardin et les feuilles agitées par un vent délicieux.

— Je vais aller dans le jardin, tiens, fumer une cigarette.

— OK, mais reviens après.

— Peut-être, peut-être.

Quand Antoine apercevait Jeanne, son cœur doublait la cadence, sa température intérieure augmentait d'un degré et son rythme de parole redevenait normal (un effort surhumain à la lumière des doses de cheval qu'ils lui faisaient ingérer). Après un signe sévère néanmoins délicat de la main adressé au jeune hurluberlu, Jeanne se dirigea vers la porte. Elle eut le temps de repérer celui qui devait être l'intervenant. Les mesures de protection sanitaire (masque, gants, surchaussures et charlotte) évitaient de révéler l'affreux costume qu'il portait, typique de la décadence collet monté du nouveau riche et du prêt-à-porter abusant du cintré ; en tout cas, elles décalaient le regard d'un ridicule à l'autre. Le brouhaha continuait bon train malgré l'affairement du personnel, l'arrivée du Dr Aubry dans la pièce accorda les violons et l'installation put prendre fin. C'est à ce moment-là que Jeanne referma la porte et que, instantanément, la cacophonie d'intérieur muta en ambiance étouffée d'extérieur.

La première bouffée de sa cigarette fut délicieuse. Une merlette s'envola. Au son des essais du micro derrière la vitre et du grabuge, délectable celui-ci, des bruits de la nature – si encagée fût-elle – Jeanne se perdit dans ses pensées. Le jardin lui fit très solide impression : celle que sa vie était incommencée et que, entre ces quatre murs bétonnés, quelque chose émergerait à l'image de cet îlot de résistance, de ce bout de verdure et de cet arbre, central, trapu où, lui semblait-il, ne poussait aucun fruit. Elle ne réussit pas à deviner quelle fenêtre était la sienne. C'est alors que, sa cigarette terminée, la tête encore flottante, elle la sentit : la goutte du début de la pluie. Tout en ne sachant pas exactement d'où provenaient des brises au nom si poétique, un vent frais qu'elle imaginait volontiers alizé la vivifia. Bien que le cadre de ciel qu'elle pouvait voir entre les quatre façades de l'immeuble fût d'un bleu parfait, l'eau continuait de chuter, inondant son visage : les nuages devaient être ailleurs. La magistrale canopée pleurait sans stratocumulus. Elle assistait bel et bien à un miracle – ou à ce qu'elle devait prendre comme tel – mais commençait surtout à être mouillée. Si j'étais la pluie, je ne tomberais jamais sur un monde mauvais. Il était temps de rentrer.

Pour ne pas trop perturber la conférence, elle ferma la porte très discrètement. Antoine l'entendit tout de même et l'invita à s'asseoir à côté de lui. Elle lui fit comprendre sans vergogne qu'elle ne préférait pas. Son sourire l'excusa. Elle devait traverser la salle pour atteindre les ascenseurs, entreprit le chemin pas à pas en se faufilant derrière le synode, sans déranger le dernier rang de fidèles jalousement accrochés aux lèvres du sauveur, comme autant de petits Lazare attendant résurrection. De ce qu'elle put déchiffrer pendant son périple évasif, le jeune homme au visage rembruni par l'artificialité de rayons ultraviolets bon marché, typique de l'expert en addictologie qu'aurait pu dégoter France Télévisions pour ses journaux, était un ancien drogué, mais les doses qu'il évoquait lui semblaient ridicules : il embellissait sa vie comme on corroie le cuir. Sa voix infatuée était bonne à vendre des voitures ou des mousses à raser. Gagné ! L'idole stéréotypée qui piaillait au micro devant un public de loqueteux était devenue une sorte d'agent de Bourse qui avait fait fortune. Il avait même fondé une famille ; la drogue et l'alcool étaient loin : nous avions tous à y gagner. Jeanne n'avait rien à voir avec ce type, n'avait rien à apprendre de ce type, ne voulait plus jamais voir ce type. Franchement, qu'advenait-il de l'amour-propre ? Quant aux portes de l'ascenseur, elles se refermèrent dignement.

Dans sa chambre, Bob lui avait laissé un nouveau mot d'une écriture désenchantée pour lui signaler que son rendez-vous avec le Dr Aubry était à seize heures. Il était midi, dans une demi-heure, on lui apporterait à manger et des médicaments. Elle n'arrivait plus à contenir ses tremblements. Honteuse, elle s'allongea sur son lit, rapprochant au plus près ses genoux de son buste et le pensa fort, très fort, très très fort : faites que ça s'arrête.

Quand Dominique, une infirmière à la voix singulière et aux jambes élancées, la découvrit sur le lit, Jeanne ne ressemblait pas à grand-chose.

— Mademoiselle, mademoiselle… Ça va ? Vous m'entendez ?

Dominique fut rassurée quand elle perçut de la bouche de Jeanne une très faible plainte, celle d'un sanglot minuscule que seule une oreille attentive pouvait discerner. Toujours prostrée, Jeanne ne s'était pas arrêtée de pleurer. Ses membres étaient d'une rigidité surprenante, tétanisés, chaque mouvement lui demandait une force herculéenne, car ses articulations, censées offrir à ses muscles une mobilité fluide, se retrouvaient sujettes à de vives douleurs. Chaque geste était une lame de rasoir de trop dans son corps. Avec la chair, c'était le sens qui devenait plus lourd.

Laissant de côté l'immémorial chariot, et après avoir prévenu l'équipe soignante depuis le couloir, Dominique entreprit de masser Jeanne qui, finalement, se détendit. Malgré sa légère tendance pharaon momifié, elle retrouva une position allongée plus naturelle. Plaçant délicatement un oreiller derrière son dos et l'aidant à tenir le verre, Dominique lui donna quelques médicaments.

— Pour vous détendre… Je vous laisse quand même votre repas…

Jeanne n'eut pas la force de répondre, ni même d'esquisser un sourire trop douloureux.

— Essayez de vous reposer, le docteur va passer vous voir.

Gracieusement, l'infirmière sortit et laissa la porte entrouverte. Le Dr Aubry arriva une dizaine de minutes plus tard. Jeanne avait repris ses esprits.

— Bonjour Jeanne.

— Bonjour docteur.

— Comment ça va ce matin ?

— *Petit sourire.* Au top.

— *Un temps.* Au moins, vous n'avez pas perdu votre sens de l'humour.

— Qu'est-ce que je vais faire docteur ?

Voilà.

— C'est-à-dire ?

Jeanne émergeait quelque peu malgré ce miasme nerveux qui lui servait de corps. Ses désirs exigeaient qu'on leur pose des mots. Au débotté, elle parla de son métier ; mêlée à une écoute attentionnée, le visage du Dr Aubry s'emplissait d'une grande tendresse. Il se déplaça lentement, avec concentration pour n'émettre aucun bruit qui aurait pu embarrasser la jeune femme, saisit une chaise vulgaire et la rapprocha chaleureusement du lit où elle était allongée.

— Continuez, je vous en prie.

Jeanne ne savait réellement pas ce qu'elle allait faire.

— Le sait-on un jour ?

Si les réponses insolentes d'un psychanalyste peuvent parfois créer un malaise chez les personnes qui conçoivent la caricature comme une incompétence, Jeanne, au contraire, les reçut très agréablement. Elles touchaient là où ça faisait du bien. L'obsession mentale qu'elle venait de fonder inconsciemment sur son monde d'après l'emplit de gêne, au point qu'elle évoqua l'écriture de son curriculum vitae et les béances qu'elle serait contrainte d'y laisser.

— Votre curriculum vitae !?

— Où finissent les pornographes ?

— C'est une bonne question.

Dans les premiers jours du sevrage, il est courant de voir émerger chez les patients de telles problématiques ridiculement concrètes (typiquement "comment je vais faire mon CV" en est une). On s'accroche à elles comme à une barque frêle dépassée par l'immensité de la tempête.

— Que vous pensiez à après n'est pas forcément une mauvaise chose.

— Pourquoi ?

— Y aviez-vous pensé avant ?

— *Un temps.* Non, jamais.

— Alors c'est que vous commencez à imaginer que cet après va exister, que vous prenez conscience qu'il y a donc un avant. Le CV, c'est peut-être juste une excuse platement administrative pour faire émerger cette problématique, vous ne pensez pas ?

— Peut-être… Mais s'il y avait un avant et qu'il y aura un après, maintenant qu'est-ce que c'est ?

— C'est maintenant.

En parlant doucement de certaines sensations pendant l'entretien, toujours habilement mené par un Dr Aubry en bonne forme, Jeanne en vint à la conclusion que le problème n'avait pas été seulement la drogue, mais sa manière d'aborder toutes les réalités de son existence, comme si elle ne pouvait qu'être accro et qu'un *maintenant* lui était tout bonnement insupportable. Elle traversa en diagonale l'ensemble de ses souvenirs et n'y dénicha presque rien qui lui semblait mesuré, rien de normal. Et puis :

— La drogue vous a peut-être aidée à vous en sortir.

Il eut le mot juste pour l'inviter à ne pas considérer son problème d'addiction comme un phénomène propre à une ou plusieurs substances, mais comme une façon d'être plus générale qui, c'était évident, l'avait consumée. La drogue n'était pas syndrome, elle était symptôme. Elle se revit provoquer les circonstances, à toujours vouloir qu'il se passe quelque chose, elle se revit défier, mettre en branle, cultiver le secret, se distinguer, mais, surtout, préférer l'événement à l'effet. Chez elle, seule la prise comptait, telle une eau salée qui ne désaltère pas, elle revoyait ces milliers de rails de coke qui n'eurent d'intérêt que d'être inhalés, consommés. Une seconde avant l'aspiration, l'aspiration, une seconde après. Le reste n'était que vent.

— Personne ne veut se l'avouer.

— Qu'est-ce que les gens ne veulent pas s'avouer ?

— Ce que vous savez, mais que vous ne voulez pas dire. Qu'après que votre gamin a fini son poisson pané, il remonte dans sa chambre mater une double anale.

Elle comprit sur le visage du Dr Aubry qu'après avoir analysé sémantiquement l'expression, il était en train de visualiser deux verges dans un anus, et peut-être son fils qui regardait.

— Mmm.

— Pardon pour la vulgarité, mais, parfois, c'est nécessaire. Plus que nécessaire, c'est objectif.

— Dites-moi, vous parlez de la pornographie, je vous comprends, ça vous concerne, ça nous concerne tous même, c'est ce que vous dites, ce que vous semblez dire en tout cas. Mais à propos de la drogue, à vous entendre, on s'imaginerait que tout le monde est drogué.

— Ce n'est pas le cas ?

— À vous de me dire.

— Vous pensez que je dis ça pour me déculpabiliser, pour me dire que ça arrive à tout le monde.

— C'est vous qui le dites.

— Je vous accorde que les moyens changent peut-être, mais la finalité reste la même. *Un temps.* Comme si nous passions notre temps à refuser la possibilité qu'il ne se passe rien.

— *Un temps.* Qui a dit que la vie devait être facile ?

— *Sourire.* Moi, mais je ne veux plus le penser. *Un temps.* J'avais oublié que je pouvais avoir une influence sur le réel.

— C'est quoi cette histoire de réel ? Ça sort d'où ?

— Je ne sais pas. *Un temps.* Les médicaments, c'est des nouveaux ? *Pas de réponse.* J'ai l'impression… Non mais pourquoi avoir peur du silence ?

— Pourquoi pas.

— Sommes-nous encore dans la réalité ?

Jacques Aubry repensa à un film qu'il avait vu il y a longtemps, accompagnant son fils à une avant-première au Gaumont

Kinopanorama (ce cinéma avait fermé depuis). Une scène particulière, avec une pilule bleue, une pilule rouge et le désert du réel. Il avait bien aimé, le souvenir fut plaisant, c'était en 1998, déjà ! Bizarrement, elle lui rappelait son fils. Reprends-toi, voyons. Bien que complètement défoncée aux médicaments, Jeanne était coriace, il adorait ça. Quand il renoua avec son souffle pour parler, Bob entra précipitamment dans la chambre.

— Excusez-moi docteur…

— Oui ? Que se passe-t-il ? Je suis en consultation.

— Le patient en isolement, Nathan…

— Oui, eh bien ?

— Il commence à se réveiller. Ça s'agite.

— Je suis désolé, Jeanne, je vais devoir m'occuper d'une urgence, mais nous pourrons continuer à parler… Cette après-midi, vous trouverez la force de venir dans mon bureau ?

— J'essaierai.

— Sinon je repasserai.

— Merci, docteur.

— Essayez de manger.

Jacques Aubry quitta la chambre en passant devant Bob qui, avant de fermer la porte, salua Jeanne rapidement de la tête. Elle se sentait entre de bonnes mains, ferma les yeux, se mit à la recherche si ce n'est du réel, au moins d'un réel.

34.

Nathan donna des coups secs. D'abord aux poignets. Et puis aux chevilles. Et puis des coups virulents de plus en plus fréquents. Et puis la gorge nouée par le souffle, le cou qui se dressait jusqu'à se déchirer, le corps entier raide et saccadé : du très mauvais travail. Et puis ce cri, à réchauffer les morts, à tuer les vivants, à ouvrir un portail dans l'immensité blanche de l'esprit et du temps.

— Monsieur, monsieur, calmez-vous.

Nathan n'arrivait pas à répondre, le monde autour de lui apparaissait flou, il ne voyait que des silhouettes inquiétantes et mal dessinées errer dans une éblouissante blancheur. Il avait l'impression d'être attaqué par une horde d'enfants-robots capables d'aimer. Il ne saisissait rien de ce qu'on lui disait, sa mâchoire était comprimée, baveuse.

— Monsieur, s'il vous plaît. Calmez-vous, calmez-vous.

La voix s'était approchée de son oreille, ne sonnait pas indélicatement et peut-être pouvait-elle l'éclairer sur la situation ; il décida donc de l'écouter dans l'espoir de comprendre au plus vite ce qu'il se passait ou, mieux encore, de se réveiller, serein, hors de ce qui semblait n'être qu'un cauchemar. Raté, c'était la vie.

Très vite, il se souvint du quand et du où et de qui était la personne devant lui et du motif des circonstances physiques dans lesquelles il se trouvait.

— Je suis vraiment désolé.

— Vous nous en avez causé, des problèmes.

— Je crois.

— Est-ce que vous allez être calme maintenant, Nathan ?

— Je ne sais pas ce qui m'a pris.

— Vous ne savez pas ?

Pas question pour le Dr Aubry de se laisser faire, il savait très bien que Nathan n'était pas bête et, au moindre mensonge, au moindre signe d'escroquerie ou même d'absence quelconque de sincérité, il renoncerait à le détacher.

— Si, je sais.

— Qu'est-ce que vous savez alors ?

— Mais je ne faisais pas exprès.

— Pas complètement, disons.

— Pas complètement exprès, c'est ça.

— Et qu'est-ce que vous savez alors ?

— Que je suis en manque.

— Est-ce que vous voulez vous battre, Nathan ?

— Je le veux.

— Est-ce que vous vous êtes battu hier ?

— Oui, mais pas assez.

— Pas assez, d'accord. *Un temps.* Nous ne prendrons pas de risques inconsidérés, vous comprenez ? Vous avez blessé un infirmier, cela aurait pu être grave. Vous êtes ici sur la base du volontariat et nous ne pouvons pas vous contraindre indéfiniment, nous le faisons parce que vous nous l'avez demandé et que nous jugeons que votre sollicitation et votre détermination sont sincères. Maintenant : est-ce que je peux vous faire confiance, Nathan ?

— Oui.

Nathan avait réellement envie qu'on lui fasse confiance, personne ne lui faisait plus confiance depuis bien longtemps et qu'on désirât qu'il le fît, qu'on le lui proposât, qu'il eût le choix de pouvoir recommencer à en être digne, cela le touchait profondément. Quelques larmes coulèrent de ses yeux.

— Je vous assure qu'on peut me faire confiance, c'est que…

Impossible de terminer sa phrase.

— Je vais vous raconter quelque chose, Nathan, je vais vous raconter une expérience que l'on a engagée en laboratoire et qui nous a entraînés, la communauté scientifique et moi-même, à repenser complètement la nature même de l'addiction du toxicomane. Les premières expériences, menées depuis les années 1960 et qui continuent jusqu'à aujourd'hui, sont très simples : vous placez un rat en cage avec deux biberons, l'un contenant de l'eau pure, l'autre contenant de l'eau avec de la cocaïne. Ou une autre drogue, qu'importe, dans mon cas je travaille sur la cocaïne. Systématiquement, le rat se focalise sur le biberon plein de drogues et en consomme tellement qu'il meurt. Simple, je vous l'avais dit. Il n'y a aucune exception. Sauf qu'en y réfléchissant bien, il y a quelque chose qui ne colle pas, quelque chose qui cloche, même. Les rats restent seuls en cage et ils n'ont donc rien d'autre à faire que de se droguer. Vous me suivez ? Qu'est-ce que nous avons tenté de faire, alors ? Je vous explique. Nous avons agrandi les cages des rats, nous leur avons installé des parcours de jeux, des tunnels, des roues, des balles de toutes les couleurs, nous les avons fait vivre en société, ils avaient des amis rats. Et puis, nous avons mis les biberons, de l'eau et de l'eau avec de l'héroïne, et un autre avec de la cocaïne, tout le nécessaire pour faire la fête. De l'autre côté, mêmes biberons, rat en cage, à l'ancienne. Le rat seul dans sa cage : il meurt très vite, il se drogue jusqu'à crever. Il faut le voir pour le croire, cela est étonnant. Les autres rats, à votre avis ?

— Ils ne touchent pas à la drogue ?

— Je n'irais pas jusque-là, Nathan, mais ils en consomment quatre fois moins, ne semblent pas dépendants, s'en lassent vite et, surtout, ils ne meurent pas.

— La dépendance ne serait pour vous qu'une forme d'adaptation à notre environnement ?

— Bingo.

— Et le contraire de l'addiction, ce n'est pas l'abstinence alors ?

— Non, c'est quoi ?

— Le bonheur ?

— Pourquoi pas.

— L'altérité ?

— Pourquoi pas.

— La réalité ?

— Pourquoi pas.

— Finalement, nous sommes bien des rats ?

— Finalement.

Le Dr Aubry le détacha, lui dit qu'on allait bientôt le ramener dans sa chambre. Un infirmier passerait pour un examen médical.

Pour l'instant, il lui laissait de l'eau. Juste avant de sortir de la pièce blanche, le docteur fut interpellé par Nathan.

— Docteur ?

— Oui ?

— J'ai fait un rêve cette nuit, enfin, aujourd'hui, là, avant de me réveiller. Je m'en souviens maintenant.

Le Dr Aubry fit demi-tour et se rapprocha de Nathan.

— Je vous écoute.

— Je marchais dans les rues de Paris, elles n'étaient pas vraiment cohérentes, je sautais d'un quartier à un autre, la ville semblait étrangement propre. Paris me paraissait habitable, j'y étais bien. Des cris et des applaudissements retentissaient dans la ville, je pensais que c'était pour moi, je souriais. Et puis, les gens se sont mis à descendre dans la rue, très excités, ils commençaient à se déshabiller. Tous finirent nus. Les rues se retrouvèrent pleines de gens dénudés, beaux, fiers et heureux. Je ne sais pas exactement comment, mais j'ai fini par comprendre la raison de cette joie collective. On venait de trouver un vaccin efficace contre le sida. Complètement efficace, c'était fini cette histoire. Et les gens hurlaient de plus en plus fort, toujours nus, et ils commencèrent à se toucher, à s'exciter, à se caresser. Les bites étaient dressées, les chattes étaient mouillées. Le sol commençait lui aussi à ruisseler d'un mélange de sueur, de mouille et de sperme. La ville devint très rapidement une orgie gigantesque, tout le monde fêtait, tout le monde jouissait. La délivrance, le bonheur. On aurait dit qu'une guerre se terminait, ce qui était le cas. Parfois – je me souviens précisément de la place de la Bastille –, les corps humains entassés et baisant à n'en plus pouvoir devaient se compter par milliers. Des tas énormes, mouvants, mobiles, bestiaux. C'est alors que je me suis décidé. J'enlève mon pantalon, tout ce que je vois m'excite follement, sexuellement je veux dire. Je veux y participer, il n'y a pas un être humain qui ne baise pas. Je voulais en être, mais je n'y arrivais pas.

— Vous n'y arriviez pas ?

— Je ne bandais pas.

— Vous ne bandiez pas ?

— Je n'arrivais pas à bander. Ils baisaient tous, tout, partout, le sida n'existait plus, et moi je ne bandais pas. Je me touchais un peu tout en me baladant, mais rien à faire. J'étais seul, et je ne bandais pas. Je n'y arrivais pas. Et je me suis réveillé.

— Qu'est-ce que vous en pensez ?

— Et vous ?

— C'est votre rêve.

— Je ne sais pas.

— Il n'y a pas de vaccin contre ce que vous avez, mais vous allez y arriver, ne vous inquiétez pas.

Le Dr Aubry lui toucha très légèrement la main, se retourna et disparut. Au moment où la porte claquait, Nathan se demanda ce que devenait son père ; il l'avait complètement oublié.

Malgré l'état comateux dû aux médicaments, sa voix enrouée des cris de la nuit, les tiraillements des liens aux chevilles et aux poignets, lorsqu'il remonta dans sa chambre, Nathan se sentit bizarrement bien. Sur son bureau innocent trônait un petit fascicule : l'emploi du temps des activités du centre. Il s'imagina la main du Dr Aubry le déposer, le déchiffra. Il pouvait consulter une psychomotricienne, un éducateur sportif, une diététicienne, un assistant social, une kinésithérapeute et une pharmacienne gérante. Pour ce qui était des activités, dans les jours à venir, il avait le choix : plusieurs groupes d'expression à thèmes (gestion des émotions, affirmation et jeu de soi), des activités sportives (piscine, Pilates, yoga, gymnastique suédoise et zumba), des activités corporelles (relaxation, qi gong, conscience corporelle et pleine conscience), des activités artistiques (écriture, création plastique et art-thérapie), enfin un atelier autour du chemsex et un groupe de parole "libre". Encore des guillemets. Un trait de stylo assez autoritaire entourait cette dernière activité, l'encre paraissait fraîche. C'était après-demain matin, il irait donc. D'ailleurs, il irait aussi à la relaxation et au qi gong, après il ferait de la création plastique et une heure de piscine, enfin yoga et Pilates, pourquoi pas. Il voulait commencer un régime alimentaire sain, joindre Solange la diététicienne. Il mit au propre son programme, prit soin de bien le rédiger : cela ressemblait même au début d'une nouvelle existence. Il se demanda s'il y avait un paradis pour les résolutions qui meurent ou des cercles infernaux pour ce qui était prévu et qui n'était pas fait.

Ensuite, il écrivit plein d'autres choses qu'il ne ferait pas et se souvint de Schindler : cette liste, c'est la vie. Comme d'habitude, il en faisait trop.

33.

Quand Jeanne revit le Dr Aubry dans l'après-midi, elle était encore très fatiguée, mais les médicaments la perdirent moins dans les spasmes vertigineux d'une phénoménologie à l'emporte-pièce. Tout de même, après qu'elle eut éclaté de rire à la question "Pourquoi vous droguez-vous, Jeanne ?", elle parla rapidement de "tout ça".

— Tout ça quoi ?

— Vous ne voyez pas ?

— Je ne vois pas quoi, Jeanne ?

— Dehors, là ? Tout ça ?

— Dehors quoi ? Tout ça quoi ?

— Vous me faites marcher. La grande comédie ! La vaste blague, quoi. Tout le monde sait pertinemment que c'est faux mais continue à faire comme si c'était vrai. C'est plus possible.

Le Dr Aubry ne la diagnostiqua pas paranoïaque. D'après ses notes, il considéra juste qu'elle avait "son style à elle", identifiable sémantiquement par tous ses "c'est" et ses "c'était" qui s'étalaient.

Ils parlèrent du déroulement de la cure, la critique qu'on lui faisait d'être une institution *à l'américaine*. Jeanne ne comprenait pas que cela pût devenir une insulte (cela en était bizarrement une), elle trouvait ça presque raciste, mais comme on parlait de l'Occident, on pouvait cracher dessus en toute sérénité, une quelconque ligue contre les discriminations ne se manifesterait sûrement jamais. Elle évoqua ces gens qui, en sortant d'un film, disent "j'ai pas aimé la fin, c'était vraiment trop américain". Elle les haïssait. Non pas qu'elle aimât particulièrement l'Amérique, elle n'en avait d'ailleurs pas grand-chose à foutre, mais ceux qui disaient ça, ceux qui étaient obsédés par le souci de vraisemblance et de crédibilité, elle ne savait pas trop pourquoi, elle les haïssait. Le docteur lui fit remarquer qu'elle haïssait beaucoup. Très juste, elle essayait de s'y remettre. En tout cas, sa clinique n'était pas vraiment *à l'américaine*, on n'y pratiquait absolument pas les douze étapes ou les méthodes de type Minnesota, il ne supportait ni les doléances ni les plaintes, il ne voulait pas remplacer un dieu par un autre, surtout ce genre de dieu. Il lui proposa alors de participer à un groupe de parole "libre". Qu'elle ne s'inquiète pas, ce ne serait pas américain. En quoi cela consistait-il ? C'est très simple, chacun parle de ses expériences, de sa vision du monde, des raisons qui l'ont fait venir ici, on y discute de choses aussi variées que l'actualité ou les livres qu'on lit. "À quoi ça sert ?" Savoir qu'on n'est pas seul et, surtout, savoir que pour continuer de vivre, il va falloir se mêler à d'autres êtres humains. Apprendre à les aimer. Sinon, tout est perdu. Si jusqu'alors le Dr Aubry lui avait fait bonne impression, sur ce point, il laissait Jeanne assez perplexe, mais elle y assisterait, cela allait de soi. Quand elle sortit du bureau, elle n'éprouvait qu'une envie : remonter se coucher. Sur le trajet de sa chambre, elle croisa Aurore puis Antoine. Pas le goût de parler, mais elle fut très heureuse de pouvoir embrasser des visages familiers. Elle se demanda quand même ce qu'elle allait bien pouvoir faire si elle ne se droguait plus. Le monde lui paraissait si vide. Je sais. Elle deviendrait présidente de la République : Jeanne eut l'idée en remontant les draps à son nez, prise du délicieux frisson qui précède l'endormissement.

Même si c'était dur de faire du sport – il n'était pas en forme et n'avait jamais été souple – le lendemain, Nathan respecta son horaire chargé. Le yoga l'intéressa, il flâna ensuite avec ses nouveaux amis (Léo, Johanna, Lucie-Lou), il dut s'absenter plus de deux heures pour vaincre une crise de manque d'une violence inouïe. Il n'y eut pas de cris, mais il y avait des bas et des hauts ; rien n'était certain, tout était fébrile. Jeanne, quant à elle, resta une grande partie de la journée dans sa chambre, attablée au bureau méprisant. Elle confronta ses possibilités de carrière aux exigences de la narration, hésitant encore entre son désir de cinéma porno-punk et sa nouvelle ambition politique. Plus tard, elle prit deux heures pour aller jouer aux dominos avec Aurore et Antoine, fuma quelques cigarettes dans le jardin. Tout n'était pas parfait, mais rien n'était mauvais. C'était banal, bancal. Jeanne et Nathan se croisèrent une fois, mais ils ne se virent pas. Le lendemain, lors du groupe de parole, la rencontre eut lieu. Enfin.

32.

L'obsession des mots justes ne saurait être une quête vaine. D'aussi loin que je me souvienne, j'ai toujours été un drogué. Quand vous avez vécu les cercles de parole en clinique de désintoxication, vous savez qu'il est rare de commencer par quelque chose d'aussi pertinent. Jeanne n'éprouvait pas de culpabilité non plus, mais, ça, il n'en avait pas conscience. L'histoire d'amour n'est pas encore commencée. On ne vit pas d'histoire d'amour avec la drogue, c'est faux, c'est un mythe. La drogue est un projet politique comme un autre. Il consiste à être moins malheureux. Au contraire, l'amour, lui, consiste à rendre un autre heureux. Il fallait se présenter. Je suis venu ici pour m'amuser. Il avait peur de faire son malin. À dire vrai, c'était son obsession. Peut-être était-ce d'ailleurs pour cela qu'il se droguait, qu'importe. Il fallait faire un cercle, se sentir égaux, ce que nous ne sommes pas. Le Dr Aubry y prit part, essayant tant bien que mal d'abolir toute hiérarchie. C'était agréable. Ils parlèrent à tour de rôle. Tout le monde se présenta, tout le monde était drogué. Voilà la réalité et c'était censé être un problème. Dangereux pour la santé et il faut vivre vieux. Oui, on ne sait jamais : il pourrait se passer quelque chose d'intéressant. Contrairement à la plupart des autres, il n'avait jamais eu de problème de travail. Il avait obtenu son baccalauréat défoncé, avait été admis aux concours défoncé, faisait ses déjeuners de famille défoncé, gagnait sa vie défoncé. Globalement, il était tout le temps défoncé et cela ne l'empêchait pas de faire tout ce qu'il fallait bien faire ou, plutôt, faire bien. Malgré la drogue, on peut dire qu'il avait tout réussi, au sens usuellement répandu du terme. On dit *défoncé* quand votre conscience est altérée par une substance prohibée. L'alcool ou les médicaments n'ont pas le droit à ce mot, car l'hypocrisie n'a pas de limites quand il est question de morale. Ce n'est pas un joli mot, *défoncé*, pourtant c'est celui qui sonne le plus juste. Il avait peut-être choisi la drogue par facilité. Elle l'aidait à voir le monde de manière plus claire, plus pertinente et il préférait la pertinence au bonheur, ou à la santé d'ailleurs. Il était jeune et beau, c'était suffisant. Vous n'aviez jamais remarqué qu'il se droguait. Il se remémora le collège où il avait enseigné. Les réunions parents-professeurs ? Notre fils m'a dit tellement de bien de vous, merci pour tout ce que vous faites. Auriez-vous prononcé ces mots si vous aviez su à quel point il se défonçait ? La parole circulait. Certains étaient là depuis longtemps. D'autres, comme lui, venaient d'arriver. Un seul objectif : s'en sortir. Ils étaient quelque part et ils devaient s'en sortir. *Nous* sommes quelque part, pardon. Il n'y arrivait décidément pas, mais il fallait essayer de se sentir concerné, essayer d'être avec les autres. Il n'avait aucune compassion ; c'est le propre des héros. Il pensa aux esclaves en Égypte, cela le fit sourire, ils s'en sont bien sortis, *eux*. Lui ne voulait pas, il cherchait juste à se prouver qu'il pouvait arrêter pour mieux recommencer. Cause toujours. Il était quand même là. Parce que ces derniers jours, j'ai vraiment déconné. On ne le répète pas assez : être drogué, c'est exigeant parce que ce n'est pas facile d'avoir décidé d'être drogué et, en même temps, de vivre. Ceux qui sont seulement drogués n'ont rien compris. Tous ceux-là ne se droguaient pas pour les mêmes raisons que lui. En tout cas, il s'en persuadait et ne se noyait pas totalement dans l'illusion. Il avait réellement décidé de vivre drogué.

À elle de parler. Jeanne est un ange, cela se remarque tout de suite. C'est très simple : Nathan tomba amoureux. La drogue aide à croire au coup de foudre ; l'amour est une autre réponse possible à la mort de Dieu. Au moment où il pensa cela, où le nom de Dieu lui vint à l'esprit, il était sûr qu'il l'avait déjà vue quelque part. Jeanne, pas Dieu. Mais alors où ? La mémoire fureta, les souvenirs défilèrent : ils sont nombreux, même à trente-deux ans. Nous vivons tellement de choses. C'est long. Il se sentit vieux, chercha. Quand est-ce que cette femme avait croisé sa route ? Difficile. Ce qu'il aimerait, à cet instant ? Être défoncé. Il la remettrait, certain. Le sevrage, trois jours déjà – compliqué –, il tiendrait. Nathan pouvait être capable de tout, surtout après avoir vu Jeanne, mais, là, il ne voyait vraiment pas. *Je ne vois pas* dit-on lorsqu'on ne se souvient pas, comme si voir était ce qui rendait la chose concrète, vécue. Pauvres aveugles. Il sut que ses yeux l'avaient déjà regardée, qu'il la connaissait même intimement. Jeanne cachait quelque chose. Quoi ? Il le découvrirait bien assez tôt. Il sentait qu'elle avait, elle aussi, une pointe près du cœur. C'est alors qu'elle osa le dire, tellement gênée, la pauvre. Elle est tombée dedans à cause de son travail. Quel travail ? demanda le thérapeute. Je suis actrice pornographique. À ce moment, il se détesta, car il se revit au cœur de sa solitude contemporaine, ne pouvant s'endormir, pénis à la main, devant les films de Jeanne. C'était tout simplement ça. Quelle horreur. Le romantisme sera ailleurs. Il songea à faire semblant de ne pas savoir : qu'allaient-ils penser ? Que je regarde de la pornographie ? Jamais. Déjà, j'ai eu la force d'admettre que je suis un drogué, je n'irai pas plus loin aujourd'hui.

C'est donc l'histoire d'un professeur d'université toxicomane qui tomba fol amoureux d'une actrice pornographique, elle aussi toxicomane. Et inversement.

Par bribes, son histoire émergea. Il écoutait. L'amour est la seule chose intrinsèquement intéressante. Il voulut la connaître entière : l'histoire, elle, tout. C'était dément. Quelle bonne idée de venir ici. Jeanne, je vais t'aimer comme jamais on a aimé. Il le pensa sans penser à la chanson, et c'était beau. La splendeur d'une rencontre réside dans ce qui vous y amena. Quand vous n'avez pas encore fait l'expérience de l'autre, quand l'autre vit encore de son côté. Parfois, pour se rassurer, lorsqu'il était seul, Nathan s'imaginait qu'une personne pût le voir et, alors, il exécutait ses gestes en fonction. Il faut préciser, ce n'est pas clair : supposons que vous êtes amoureux, mais que l'autre est loin. À un moment, vous allez penser à lui et vos gestes vont changer, car vous présumez son regard. C'est là que vous savez que vous aimez vraiment : quand, en l'absence de l'autre, vous vous comportez comme si l'autre était là. Vous vous dites : si jamais il a une machine capable de me voir maintenant, il doit me voir désirable et intelligent. Alors vous le faites. Il faudrait continûment agir comme si quelqu'un avait la capacité de nous regarder, cela nous empêcherait d'être vulgaire dans notre solitude. Donc : il n'y a jamais personne car il y a toujours quelqu'un, oui, elle peut me voir même quand elle n'est pas là. En d'autres termes, comme l'affirmait bonne-maman, ne jamais se dire que le Bon Dieu n'en saura rien, c'est pire. Sa pensée était désormais limpide : il avait l'impression d'avoir toujours vécu pour le regard de Jeanne. L'ensemble de son existence, tout ce qu'il avait accompli, depuis sa naissance, depuis qu'il essayait d'être un humain correct, c'était pour elle, pour qu'elle l'aime. Une évidence. Enfin sa vie avait un sens – rétrospectivement, certes, mais c'était déjà pas mal. Voilà un coup de foudre dans les règles de l'art : je n'ai jamais vécu que pour toi. Cette cure de désintoxication allait peut-être avoir du bon.

Il n'écoutait plus rien. Les conseils, le pourquoi des règles de l'hospice, les histoires minables de chacun, la déchéance, la santé, la drogue : tout cela lui était bien égal puisque Jeanne existait et qu'il l'avait rencontrée. Que faisait-elle avant qu'ils ne se rejoignent ? Il voulait tout savoir. À vue de nez, ils avaient presque le même âge, étaient de la même génération ; ils vivaient donc, en parallèle, deux vies différentes qui les avaient chacune portés ici. Quand il respirait, elle respirait aussi. La mémoire vint. Chaque fois qu'elle évoquait, dans sa prise de parole au sein du groupe, ses propres souvenirs, il savait précisément où il se trouvait, ce qu'il accomplissait à ce moment-là, en tout cas se l'imaginait-il et c'est comme si c'était vrai. Leurs passés se rejoignirent. Elle ne nourrissait pas le cercle, elle n'était plus en pleine thérapie : elle voulait l'invoquer, lui, et lui seul devait y répondre. Leurs vies ne formaient plus qu'une seule ligne claire ; nous pouvons être à un endroit et, simultanément, à un autre. Il avait bien suivi ses cours de physique. Leurs sorts étaient dorénavant inséparables, encore fallait-il qu'elle tombât amoureuse de lui ; il ne préférait pas penser à la possibilité d'échouer. Toute sa vie, il avait essayé de se délivrer de la peur de l'échec. Il ignorait que ce coup de foudre fut réciproque, qu'au même instant ils s'aimèrent. Il voulait maintenant se souvenir, connaître la connexion intime de leurs vies. Le montage parallèle n'existe pas, il l'a assez dit et redit à ses élèves.

Le mot n'est pas le bon. S'il le lisait dans une copie, il enlevait deux points. Pour qu'il y ait montage parallèle, il faut que les deux actions montées en alternance n'aient aucun rapport entre elles. Aucun. Il n'y a que Griffith qui ait osé. Tomber amoureux, c'est quand un montage parallèle devient, enfin, alterné. C'est-à-dire quand on comprend ce qui réunissait deux histoires, apparemment sans connexion. C'est quand deux vies passées, souvent à se battre, font la paix. La logique veut que nous existions en même temps que les autres, chacun dans une temporalité différente, mais similaire. Nathan et Jeanne vivaient simultanément à la surface de la Terre. De leur rencontre naît ce livre.

31.

On a beau l'intellectualiser, la drogue gagne toujours. Pour Jeanne, la défonce avait été désespérée, néanmoins elle lui avait permis de se construire. Se construire, certes, mais dans un monde où l'individu était séparé du collectif. Pour recréer du lien, si artificiel fût-il, il fallait de la drogue. Ou TikTok. Ou le jihad, à la rigueur. Malheureusement, nul ne lui semblait très efficace pour changer la société, et, quand elle ne pensait pas à Nathan, c'était sa nouvelle lubie. Dans cette clinique, et contre toute attente, elle avait l'impression de se réintégrer à une destinée manifeste, à une communauté politique. Frères humains, membres de l'hospice – nous, décharnés et obsolètes –, ensemble nous aurons la force de faire fleurir le désert. De toutes origines, venus de tout bord, ils avaient muté vers une identité commune grâce à quelque chose qui forgeait leurs existences à chaque instant : la drogue. Ils n'avaient pas trouvé mieux, qu'importe, c'était déjà pas mal. Leur socle culturel était unanime, sans exception, elle partageait enfin quelque chose avec tous les gens présents dans un lieu géographique aux frontières bien délimitées. Jeanne, comme Nathan, avait déjà éprouvé cette communion, cet amour. Oui, avant de sombrer dans le néant qui vous a été décrit, ils avaient connu la résurgence de la fête parisienne. Les temps de l'espoir. Ce moment où, à travers les soirées, l'amour incommensurable d'une collectivité heureuse prenait forme. La musique, la tendresse, la drogue. Quelque chose, enfin, les réunissait, eux, citadins : la fête et l'ethnocratie de la techno. Ils ne passaient à côté de rien : ils étaient drogués et debout. Ils acceptaient primitivement l'absurdité de la vie et l'absolutisme de la mort. Jeanne percevait dans ce lieu l'espérance de s'inventer en tant que peuple. Et, pour la première fois de sa vie, elle le ressentait sobre. Cette perspective du bonheur l'enchantait. De nouveau, le possible existait. Elle savait bien qu'un jour elle se lèverait et se révolterait. Le beau visage de Nathan lui avait sûrement inspiré cette pensée. En discutant avec Léo, devant le distributeur de sodas, il faisait exprès de faire semblant de ne pas la voir.

La cocaïne et la pornographie sont assez similaires. Ce sont des plaisirs solitaires, secrets, qui viennent combler le manque d'intérêt que le monde nous porte et le peu de confiance en soi qui nous reste. Nathan avait toujours été un peu jaloux. Pas de bol pour un mec qui tombait amoureux d'une actrice pornographique. Il se disait : "Mais justement !" Il allait évoluer et reprendrait peu à peu le chemin du progrès qu'il avait abandonné depuis longtemps. La nouvelle version de lui-même devait être désirable. Avec l'aide de Léo, il se convainquit : plus deux êtres en couple se sentiraient désirables, plus le couple se porterait bien. Pour vaincre sa stupide jalousie (par exemple ici : Jeanne se trouvait assise à côté d'Antoine), il fallait que ce soit elle. C'était une évidence. Elle était tellement désirée à travers le monde. D'un désir vil et moche et obscène. Qu'importe. Elle plaisait, voilà le plus important. Il tenta de se persuader : quand on ne plaît pas, on ne peut pas tenir un couple, en tout cas sans se disputer, sans pousser l'autre vers la rupture ou l'adultère. Un individu à qui l'on empêche de plaire, un individu que l'on veut cacher, un individu que l'on ne supporte pas désirable est la résultante d'un problème de confiance et de virilité, certes, mais c'est surtout synonyme d'un égoïsme addictif dans lequel l'humanité a sombré. Il n'y a que moi qui dois plaire. Attention, il parlait juste de plaire, d'être désiré. Pas de cette vulgaire appellation morbide que concentre l'appellation décadente de *couple libre*. Nathan était définitivement assez chanceux, lui qui cherchait à être aimé ; peut-être qu'une actrice pornographique demeurait l'être humain le plus capable d'amour, parce que le plus désiré. Voilà où en était sa discussion devant le distributeur de sodas. Et ça repartit de plus belle : comment ne pas avoir la pression après tout ce qu'elle a vécu sexuellement ? Comment se soucier de rentabilité, de virilité et de performance quand on sait qu'on n'arrivera jamais à la cheville du passé ? Il fallait donc se réinventer et savoir ce qu'on pouvait apporter de nouveau, de frais. Jeanne allait être amusée par cet étalage de névroses effectué dans le seul but de s'autorassurer. Elle allait rire quand Nathan dirait, triste de ne pas avoir apporté à la clinique son sac de pique-nique : "Un cadeau de mon père pour ma première coloscopie." S'imaginer le nombre de coloscopies qui suivirent restait, pour elle, le plus rigolo. Certes, il demeurait confiant mais, comme le lui dit Léo : "Il faut te détendre." De toute évidence, ils allaient être un couple exceptionnel.

Très simplement, comme on se réveille le matin, avec une bribe de soulagement d'être encore vivant et la lourde charge de devoir en profiter, Jeanne et Nathan tombèrent en amour.

Lorsque, samedi, la réunion se termina, ils n'eurent point de mots. Jeanne sortit fumer une cigarette dont elle n'avait pas envie. Nathan la rejoignit, à une allure délibérément lente. Quand il referma la porte du jardin, Jeanne se tenait dans le secret. Suivant toujours une mesure languissante *(andante con moto)*, il apparut devant elle. Elle éteignit sa cigarette. Tête baissée, yeux levés, elle lui sourit, tendit ses deux mains vers lui. Il les saisit délicatement, les porta à sa bouche et les embrassa. Elle rougit, lui prit les siennes, les porta à sa bouche et les embrassa. Un pas en avant, elle glissa son bras dans le creux de son dos, elle serra, il serra, ils serrèrent. L'accolade fut tendre et vigoureuse. Étrangement, les mots de son directeur de thèse lui échappèrent, un très frêle "Ça va le faire". Ce n'était pas à elle qu'il disait ça, mais à lui-même. Jeanne ne réagit même pas, pensant que sa propre voix le lui chuchotait. Un seul corps, deux bouches. Le baiser fut rapide, simple, sans langue. Il n'y avait rien à dire. De l'amour pur. Dans le labyrinthe de la clinique, Jeanne et Nathan passèrent la journée à se chercher, se cacher, s'éviter : comme deux adolescents dans la cour de récréation qui attendent de croiser le regard du désiré. Ils ne mangèrent pas ensemble, ne se parlèrent pas. Ils patientaient, savaient. Parfois un petit signe, une main hésitante, un sourire convenu, une rougeur extatique. Le soir, avant de se coucher, ils se rejoignirent dans le jardin pour se serrer très fort d'une étreinte utopique. Main dans la main : bonne nuit. Les médicaments continuaient de faire leur effet ; le manque, les crises n'étaient plus que des problèmes mineurs. Le cœur devient très vite une pensée majeure ou n'est pas. Finie la parodie du monde. On pensait à un autre que soi, on ne pensait qu'à ça. Le miracle de la réalité prenait forme.

Pour Jeanne et Nathan, les quelques jours qui suivirent furent à l'origine de l'installation d'une certaine routine, ce qui, dans le cadre d'une cure de désintoxication, reste un moment plutôt agréable, quand on commence à se dire que c'est peut-être possible, qu'il y a des chances pour qu'on y arrive, pour qu'on s'en sorte. Ils définirent bien leurs immuables habitudes, piliers très importants lors d'une errance désertique non moins épuisante que la guerre contre nos addictions. Il y avait évidemment les entretiens avec le Dr Aubry, les parties de cartes, la gymnastique, le jardin, les cigarettes, les émissions de télévision que tout le monde attend, les longues siestes à regarder le plafond, les promenades le long des couloirs blancs. Il y avait toutes les activités, la liste est longue et pourrait offrir une bonne idée en vue de créer un feuilleton comique, Nathan imaginait déjà le titre du premier épisode : *Zombies à l'aquagym*. Il fallait le voir pour le croire, les toxicomanes tombaient comme des mouches, s'emmêlaient les pinceaux, trébuchaient, piétinaient, bavaient. Les scènes les plus marquantes comportaient leur lot de déjections ; ça chiait sans le faire exprès pendant les étirements, ça vomissait pendant les sessions de méditation ou ça se pissait dessus pendant l'art-thérapie. Il n'y a pas plus mauvais sportif qu'un drogué : il est raide, maigre, tout le temps essoufflé et manque de se noyer après deux brasses, le cataclysme. À la piscine, les séances "réappropriation de son corps" étaient assez indescriptibles. Et puis il y avait les crises délirantes, où ça hurlait, où ça rampait, où ça se débattait et puis ça s'interrompait pendant des heures. Les rendez-vous chez l'assistant social se résumaient très clairement à rien, impossible pour le drogué en cure de s'imaginer sortir de là, il fallait que ça ne s'arrête jamais. Au sein de la clinique, il était presque facile de tenir, mais quand on pensait à la sortie on avait peur, une peur terrible au point que personne ne voulait sortir. Et très peu, d'ailleurs, en sortant, s'en sortiront.

Il y avait les dominos, les mots fléchés, la pharmacie, les bébés-foot avec les autres, ceux-là qui, en l'espace de quelques jours, passèrent de parfaits inconnus à meilleurs amis, avant de sombrer, plus tard, dans un profond oubli. Si trente pour cent des humains qui commencent une cure de désintoxication restent vivants plus de cinq ans après, c'est déjà pas mal, alors que vous y arriviez ou que vous n'y arriviez pas, vous n'avez aucune envie de savoir où sont passés les autres. Il y avait les groupes de parole, ceux dont il était facile de se moquer, mais qui, au fond, faisaient du bien, les visites du personnel dans les chambres, les analyses sanguines, les bagarres, les repas, les essais thérapeutiques, l'innovante recette médicamenteuse quotidienne fomentée par les médecins et Catherine, la grosse pharmacienne, qui adaptait le souverain traitement pour arriver à ce qu'on ne soit pas trop défoncé, mais assez pour ne pas avoir le désir d'être encore plus défoncé. Il n'y avait toujours pas de sorties à cause des règles sanitaires, l'hospice était une forteresse, fermée sur elle-même, une bordure protectrice à l'allure bienveillante. Les patients pouvaient malgré tout se faire livrer des commandes que les employés examinaient préalablement. Jeanne s'était donc acheté quelques pièces de Racine et un nouveau téléphone. Et puis il y avait les histoires, celle-ci et tant d'autres (comme dans le premier plan de *Psychose*, la caméra aurait pu choisir une autre fenêtre). Toutes celles qui se racontaient entre congénères, les espérances des uns, les crises des autres, les peurs de tous. Que des vies bancales et fatiguées qui essayaient tant bien que mal de retrouver les pièces manquantes du puzzle de l'espoir. Ça s'entraidait plutôt. Il restait des animosités, des clans, des haines, des dissidences. Il y avait des règles sous-jacentes, des compromis, des traités de non-agression. C'était un tout, un peuple, une fourmilière, une taule. Les infirmiers et les médecins en faisaient entièrement partie, tous les connaissaient, chacun avait ses préférences. Si elles s'espaçaient de plus en plus, il subsistait toujours les crises. Les cloches de vos responsabilités doivent bien sonner. Nathan y était plus sujet que Jeanne : trois à quatre fois par jour pour lui contre une à deux pour elle. À ce moment-là, ce n'était pas que rien n'existait, c'était que rien ne pouvait ni ne devait exister. Il fallait être seul, dans le noir et attendre d'une terrifiante attente. Une sensation indescriptible, épuisante, à se tailler les veines, à se casser le cou, à s'enfoncer le crâne contre le mur. Ça s'arrête comme c'est venu, vous le savez, c'est juste fini. Et vous vous en sortez un tout petit peu plus fort, comme si vous aviez frôlé la mort et que la colère mêlée à la joie mêlée à la peur faisait de vous un meilleur guerrier. La prochaine fois sera dans plus longtemps et durera un peu moins longtemps. Vous y gagnez juste du temps, de la conditionnelle, un peu d'espérance de vie, un peu plus de vide et d'ennui. Et puis il y avait les cris, les cris, les cris.

Dans ce long chemin, Nathan et Jeanne se voyaient assez peu pour se désirer et assez pour ne pas se manquer, ils prirent l'habitude de ne faire qu'un unique baiser par jour, sortant ainsi les corps passionnés du routinier déferlement de tendresse buccale qui animait les premiers rendez-vous amoureux. Dehors, le soir, avant la fermeture du jardin, sous la lumière blanche de la lune qui annonce les minuits d'encre, ils se retrouvaient. Hormis cet instant silencieux, ils n'étaient jamais seuls, n'excluant pas l'amour naissant du collectif, au contraire. Après leur rencontre, ils s'intégrèrent tous les deux très facilement à la vie de l'hôpital, partageant les mêmes amis et les mêmes activités, et si parfois les yeux ne se connectaient plus, ils ne se lâchaient jamais de la pensée. Au yoga, ils riaient en se toisant ; lors des discussions, ils s'écoutaient attentivement ; quand l'autre gagnait au Monopoly, ils se gonflaient de joie. Un regard et l'autre le savait, un sourire et l'autre jubilait. Ils ne posèrent aucune question sur le passé. Leur amour théorique ne venait combler ni un vide ni un plein, il réinitialisait de manière surprenante leurs deux êtres affamés.

30.

Le Dr Aubry les convoqua cinq jours après leur premier baiser. Le simple fait qu'ils se retrouvent tous les deux dans le bureau du psychiatre était riche de sens. Il n'eut pas besoin de leur donner le motif de leur injonction commune, il n'invoquait aucune loi, il insista : ils n'avaient rien fait de mal, au contraire. Il voulait juste connaître leurs sentiments, maîtriser ce qui se tramait, les encourager, bien sûr, mais aussi les mettre en garde, leur rappeler la raison première de leur présence ici, et qui ne devait en aucun cas être secondarisée.

— Vous êtes ici pour vous désintoxiquer de la drogue.

Nathan répondit :

— D'un côté il y a la molécule et de l'autre il y a l'Homme. Si nous savons que la drogue est une molécule, elle nous démontre que nous ne sommes, de notre côté, qu'un amas de molécules. Oui, pour qu'une molécule puisse nous bouleverser autant, qu'il y ait réaction chimique, c'est bien que nous sommes faits de la même matière, mais si nous sommes le résultat d'une évolution scientifique dont une seule molécule serait à l'origine : alors comment pouvons-nous aimer ?

— Peut-être que l'amour est un prodige moléculaire sans précédent.

Le Dr Aubry avait pesé ses mots, qui résonnèrent avec une bonté inégalée. Jeanne et Nathan étaient satisfaits de sa réponse, pleine d'espoir. Leur existence méritait d'être vécue, juste pour ces mots. Parfois la poésie vous sauve une journée.

— Quand ce n'est pas la vie.

Ils se tenaient très fort par la main en sortant du bureau du docteur qui n'oublia pas de leur rappeler que, pour continuer leur histoire, il fallait continuer, ce qu'ils faisaient jusqu'à maintenant, à suivre très sérieusement tout le protocole clinique et respecter les règles de l'établissement. Pour Jeanne et Nathan, il n'était pas question de faire autrement, ils avaient conscience que, grâce à ce rapport à la loi, leur amour naissait pur.

Au cours de cette journée, merveilleusement amorcée dans le bureau de celui qu'ils nommaient, rires complices à l'appui, l'architecte, il se déroula un double moment décisif. Tout d'abord, cela commença par un infirmier qui, cependant que Nathan mangeait avec Jeanne et comparses des émincés de poulet marinés au thym et au citron, l'interrompit.

— Nathan, quand vous aurez terminé, vous pourrez venir me voir à l'infirmerie ?

Le ton était solennel, précautionneux et alarmant. Léo le sentit.

— Qu'est-ce qu'il peut bien te vouloir ?

— J'en sais rien, mais ça a l'air sérieux.

Nathan avait raison et s'empressa de terminer son repas pour rejoindre l'infirmier. Il en omit même de manger un yaourt, c'était dire son état de nervosité.

— Votre sœur va passer vous voir dans l'après-midi.

— *Un temps. Long, très long.* Ma sœur !?

Parce qu'il avait complètement oublié son existence, il fut très surpris de cette annonce.

— Comment m'a-t-elle retrouvé ?

— Vous n'avez pas de téléphone ?

— Si, si... mais il est éteint, je ne l'ai pas allumé depuis que je suis ici, j'essaie d'arrêter, vous comprenez.

L'infirmier esquissa un sourire face à son espièglerie.

— Comme vous ne répondiez pas depuis une semaine, que vous n'étiez ni chez vous ni à l'université, elle a contacté la police, qui lui a indiqué que vous étiez ici.

— Et comment la police peut savoir que je suis ici ?

— Nous lui communiquons toutes les admissions, dans le but de vérifier que les patients ne sont pas recherchés et qu'ils ne se servent pas de la clinique pour disparaître.

— Que je me serve de la clinique pour disparaître n'implique pas forcément que je suis recherché.

— Je suis désolé, Nathan, c'est le protocole. Vous n'avez jamais évoqué votre sœur.

— Il n'y a aucune raison de l'évoquer.

— Vous avez le droit de refuser cette visite, nous devons l'en tenir informée.

— Il n'y a aucune raison de la refuser.

— Alors elle viendra à seize heures.

— C'est où ?

— Nous avons aménagé la salle spéciale, juste après la loge d'accueil. Par contre, vous ne pourrez que vous parler, il y aura une vitre séparatrice. Raisons sanitaires, vous comprenez.

— Je ne comptais pas faire autre chose.

Jeanne fut très surprise d'apprendre qu'il avait une sœur, elle ne l'imaginait pas, le voyait plutôt avec un frère, ou fils unique à la rigueur, mais une sœur ? Cela ne faisait rien. Fidèle à leurs habitudes, elle ne posa aucune question.

Deuxième moment décisif. Ce qui lui mit la puce à l'oreille fut son histoire de visite. Jeanne prit son nouveau téléphone et appela son petit frère pour lui demander le numéro de son amie Charlotte. Par la même occasion, elle prit des nouvelles. Ici, l'affaire se corsa : Camille, après avoir écouté son message, jugea bon d'informer leur père de son hospitalisation, ils voulaient venir la voir. Jeanne se mit hors d'elle, mais le hasard faisait décidément bien les choses. Ils n'avaient pas le droit de se rendre à la clinique à cause des dernières restrictions de déplacement en vigueur sur le territoire, en lien avec l'urgence sanitaire. Elle en fut rassurée et pria pour que cette période où elle n'avait jamais été si peu productive, mais n'avait, paradoxalement, jamais produit autant, durât éternellement. Jeanne prit quand même le temps de parler très longuement à son petit frère et accepta qu'ils puissent se voir, il viendrait quand cela serait possible, quitte à ce que le paternel l'accompagne. En quoi cela pouvait-il la déranger de voir son père ? Étrangement, elle en ressentit même l'envie et remercia Camille.

— Tu me manques.

— Toi aussi.

— Et quand tout sera fini et que le monde redeviendra comme avant, je pourrai encore venir vivre avec toi à Paris ?

— Je te le promets.

— Je t'aime.

— Je t'aime aussi.

Ils raccrochèrent. Jeanne retint ses larmes, composa le numéro de Charlotte et lui proposa de venir lui rendre visite. Charlotte en fut ravie : elle viendrait cette après-midi, il y avait un créneau disponible dans la salle des rendez-vous flambant neuve, à dix-sept heures, juste après Nathan et sa sœur.

— Tu amèneras Simba ?

— Évidemment ma chérie.

Elles raccrochèrent. Jeanne ne retint pas son sourire.

29.

Nathan, adolescent, était rongé de peurs. Au lycée, il vendait de la drogue, du haschich et de l'herbe, dans le seul but de pouvoir payer sa consommation et, globalement, s'acheter des films. Son ami Bertrand avait les contacts. Il demanda à Nathan si cela l'intéressait d'être son associé : ce qu'il accepta. À l'époque, les douze grammes se marchandaient autour de quarante euros, eux arrivaient même à les vendre trente-cinq (oui, les prix ont vraiment augmenté). Leur établissement bourgeois se situait dans le 17e arrondissement de Paris et la clientèle était friande de leur entreprise : aucun risque, drogue de qualité livrée au lycée, pas besoin d'aller faire un tour dans une banlieue sordide. Leur affaire prospéra vite. Bertrand s'occupait de l'achat et de la négociation avec les grossistes. Quand celui-ci revenait avec quelques kilos sous le bras, les deux amis se retrouvaient dans un appartement prêté par un client contre quelques grammes gratuits, traçaient des lignes sur les pavés de hasch, chauffaient des couteaux, passaient parfois le matos au micro-ondes. Ils pesaient, emballaient dans de la cellophane et triaient par prix de vente. Du cinquante meuj à cent trente euros jusqu'à la petite barrette de dix. Ces moments-là étaient doux et profanes. Ils fumaient joint sur joint en écoutant du ska, sorte de rock avec trompettes à la mode de l'époque. Ils étaient des *dealers* et ils étaient heureux. Leur scolarité se déroulait sans aucune embûche : ils choisirent la filière scientifique, passionnés par la physique et les mathématiques, surtout quand le cannabis leur enfumait les neurones. Si étrange que cela puisse paraître, il n'y eut aucun problème : tout était bien exécuté, Nathan savait y faire avec l'organisation.

Il apprit bien plus tard que Bertrand avait été arrêté un an après leur séparation professionnelle. La nouvelle fut valorisante : sans lui, les choses n'advenaient pas comme prévu. Pour ce qui est de la séparation, Nathan le décida alors qu'il dut remplacer Bertrand sur un achat en gros. Quand, au début de l'année de terminale, il lui proposa, avec raison, de s'occuper également des transactions importantes, partie la plus risquée de leur commerce et qu'il ne voulait plus assumer seul, Nathan accepta. Il se retrouva avec plus de quatre mille euros dans les poches à devoir aller acheter trois kilos à un certain DD dans une cité de la Porte de Vanves. Au demeurant, tout se passa très bien, le type fut même plutôt sympathique bien que Nathan sentît que c'était le genre à pouvoir vous tirer une balle dans la tête en cas de différend – ce qui n'est pas forcément très agréable –, mais c'était le jeu. Il se fit conduire dans une cave, gardée par un autre individu. Il avait donné l'argent, DD ne le compta pas : "Bertrand est un type bien." Ne pas compter l'argent n'est pas seulement une démonstration de confiance, c'est une manière de vous mettre la pression : tu sais que de toute façon si tu m'arnaques, tu crèves. Il reçut les trois kilos qu'il déposa dans son sac à dos avant de repartir : eux, par contre, étaient pesés. Le trajet du retour fut un calvaire paranoïaque. À quel jeu jouait-il ? Malgré tous les films qu'il avait vus, il n'avait pas les épaules pour être un truand, c'était évident, il ne faisait pas vraiment ça pour l'argent – mais pourquoi alors ? Pourquoi, à dix-sept ans, se retrouvait-il à arpenter la ville avec, sur le dos, de quoi l'emprisonner pour cinq ans ou, dans le cas où il aurait dénoncé les vendeurs, mourir. Il n'aurait jamais pu supporter un interrogatoire de police, il aurait dénoncé n'importe qui. Il ne voulait pas mourir, mais ne manquait jamais une occasion de risquer sa vie. Un jour, quand on essaya de lui voler son téléphone portable dans la rue, il avait demandé de l'aide à un passant qui l'avait gentiment aidé et lui s'était enfui en courant, laissant le bon Samaritain dans de beaux draps, seul face à son agresseur. Nathan était lâche et l'effroi faisait éternellement partie de son existence. Il n'y pouvait pas grand-chose. Cela ne servait à rien de faire semblant, de vendre de la drogue pour être quelqu'un, de croire qu'à force d'organisation il n'y aurait jamais de problème :

tout cela n'avait aucun sens. Une fois les trois kilos arrivés chez lui, tremblant, transpirant, il rechercha un endroit de sa chambre pour les cacher. La peur que ses parents ne les découvrissent prit alors le pas sur l'arrestation. Le souvenir qu'il avait de cette peur se rangeait parmi les bons moments de sa vie. Plus tard, il s'essaya à l'escalade et à la haute montagne, passa quelques années à tenter de pratiquer ces sports, pourchassant des sensations qu'il n'aimait pas, tout ça parce qu'une connaissance de connaissance était morte en escaladant une cascade de glace. Cherchait-il la même issue ? S'il pensait vouloir qu'on pleurât sa mort, il voulait surtout que l'on considérât sa vie ou, plutôt, qu'on la lui expliquât. Il n'avait pas eu le mode d'emploi. Dans sa tête, s'il avait vraiment peur une bonne fois pour toutes, il s'arrêterait définitivement, par une sorte de réaction épiphanique, d'avoir peur. Ce fut un échec. Il y avait un trou dans son âme, dans son corps et, comme un ciment périmé, seule la drogue avait été tant bien que mal capable de le reboucher. Il n'approuvait pas que ce trou soit fourni à la naissance, qu'il vienne avec la vie. Si la circoncision était censée démontrer l'incomplétude de l'homme en lui retirant de la matière, lui avait l'impression d'être né incomplet. Sa sœur ressemblait à la *Marie-Madeleine* de Donatello, la sculpture était un art qu'il appréciait pour son essence fondamentalement singulière : pour créer, le sculpteur n'ajoute rien, il enlève. Nous ne pouvons rien faire de la mort et nous n'avons pas choisi de vivre. Il nous manque une moitié. Nathan était loin d'être unique. Voilà ce qu'il pensa quand elle lui annonça la mort de son père.

Le virus avait eu raison de lui et d'une partie de sa maison de retraite. La mort ne fut pas violente, il était sous sédatifs. Le père décéda la nuit de l'arrivée de son fils à la clinique. Nathan se revit hurler. Sa sœur continua de parler.

— Tu aurais pu me prévenir que tu étais ici.

— On ne se parle plus depuis cinq ans.

— C'est vrai, mais bon. L'enterrement aura lieu lundi. Avec le virus, ça sera petit comité.

— C'est foutu pour les obsèques nationales dont il rêvait.

— *Sourire*. Tu viendras ?

— Je ne peux pas sortir d'ici.
— Ah bon ?
— Si je sors, je ne peux pas revenir en tout cas.
— Mais je vais être toute seule.
— Je suis désolé, je ne dois pas partir d'ici.
— C'est si grave que ça ?
— Je crois.

Rébecca déposa sa main sur la vitre qui les séparait, Nathan fit de même. Malgré la frontière, il sentait sa chaleur. La transparence du verre serait perméable aux sentiments.

— Peut-être que je ne vais pas y aller non plus, alors.
— On l'enterre où ?
— Au cimetière de Pantin.
— Sinon, tu peux le faire incinérer.
— T'es bête.
— Après la mort, il n'y a pas rien, mais il n'y a pas non plus quelque chose.
— Ah ah, je le revois très bien répéter ça sans cesse. *Un temps.* Tu lui en voulais encore ?
— Je ne lui en ai jamais voulu. C'est lui. Lui qui nous en a toujours voulu.
— Pas faux.
— Ça va sinon, toi, la vie ?
— J'ai eu deux enfants.
— Ah, c'est bien.
— Je suis en instance de divorce.
— Ah.
— Sinon, je suis toujours avocate.
— D'accord.
— Et toi ?
— Bah moi j'enseigne oui, enfin j'y vais plus, je suis toujours en thèse quoi, ah non, j'ai plus de directeur, c'est vrai.
— Pierre te passe le bonjour d'ailleurs, il est très content que tu sois ici.
— Tu as eu Pierre ?
— Oui, en te cherchant sur internet, j'ai vu que c'était ton directeur, je lui ai envoyé un mail.
— Il t'a dit quoi ?

— Rien de spécial, il m'a dit qu'il regrettait de t'avoir laissé tomber, mais qu'il n'avait pas le choix, et que la dernière fois qu'il t'avait vu c'était à Blois.

— Il n'a rien dit sur Blois ?

— Non.

— Rien sur un cocktail ?

— Un cocktail, non ?

— Il n'a rien évoqué de spécial par rapport à cette dernière fois où je l'avais vu ?

— Non, rien du tout. Il m'a dit qu'il t'avait annoncé qu'il ne pourrait plus être ton directeur, puis qu'il t'avait perdu de vue.

— Rien d'autre ?

— Mais non, quoi d'autre ?

— Laisse tomber. C'est bizarre.

— Tu vas sortir quand ?

— Je ne sais pas. Dans douze semaines normalement, mais avec le virus et tout, on peut demander des prolongations spéciales. Je verrai. Tu continues le travail, toi ?

— Non, les tribunaux sont presque tous fermés.

— Merci d'être venue en tout cas.

— T'es sûr que tu veux pas venir demain ?

— Non, désolé.

— Il y a des choses qui ne changent pas.

— Mais d'autres changeront, t'inquiète.

— Je suis contente.

— Moi aussi.

Il ne pensait plus à son père, peut-être était-ce pour cela qu'il se sentait mieux. Nathan fut très surpris que sa sœur Rébecca ne lui en veuille pas de ne pas aller à l'enterrement. Elle avait grandi, semblait plus mûre, était très belle. Il n'avait aucun souvenir des raisons pour lesquelles ils ne se parlaient plus. Toutes ces choses ont si peu d'importance. Quand elle lui tourna le dos pour marcher vers la sortie de la clinique, il se sentit fier d'être son frère.

Alors qu'il était assis sur une des chaises du jardin à regarder le vent, le vert et le vide, le choc de la nouvelle vint d'un coup, comme une montée de drogue très forte : on fait avec les références qu'on a.

— Papa !

28.

Jeanne, enfant, avait eu comme cadeau une petite chienne, un coton de Tuléar que sa mère nomma Zoé. Elle se trouvait dans la baignoire de leur maison de Charleville à prendre conventionnellement un bain quand elle la vit pour la première fois. Elle se souviendra toujours du petit chiot peureux qui l'attendait couché sur le tapis de bain, elle manqua de tomber à la renverse. Il n'y a pas plus heureux qu'un enfant qui découvre un animal, *son* animal. Il est à moi ? Oui, lui dit sa mère. Tel Elliot et son petit extraterrestre, Jeanne passait ses journées à l'école en ne pensant qu'à rentrer chez elle pour retrouver sa chienne, jouer avec elle, la câliner et lui parler, surtout, lui parler. Est-elle en train de vider le réfrigérateur pendant que je dissèque des grenouilles ? L'extraterrestre du film l'avait toujours terrifiée d'une peur inexplicable, elle ne put d'ailleurs jamais le revoir. Elle avait tout dit à Zoé, c'était sa meilleure copine, elles furent complices, au sens noble. La capacité d'écoute d'un chien est surprenante, car, sans comprendre les mots, il en saisit, au-delà de l'étroitesse du langage, un sens caché ô combien plus pertinent, et capte l'endroit des besoins de son maître. À cette époque-là, elle déchiffra la notion de pureté et la puissance de l'amour : inconditionnellement, le chien vous aimera toujours, sans rien demander en échange et quoi qu'il arrive. Elle était surprise qu'on puisse éprouver tant d'amour envers l'humanité, les yeux canins ne connaissent pas la mesure. À son tour, elle se mit à juger les civilisations sur la manière de traiter les chiens. Que d'escapades, que de joie, que d'espoir dans cette petite boule de poils blancs, chasseuse de sangliers à Madagascar. Sur ce dernier point, elle se permettait d'en douter : comment un être si petit, si frêle, si pataud et flemmard pouvait-il bien servir à chasser des bêtes aussi féroces que les sangliers ? Peut-être que ses parents lui avaient dit ça pour l'impressionner ou que les sangliers n'étaient pas les mêmes à Madagascar. Cela resta une énigme, mais Zoé était la définition même du possible. Et puis Jeanne grandit et devint, inexorablement, mais temporairement, bête. Elle laissa tomber le petit chien qui lui avait tant donné, ses parents s'en occupèrent tant bien que mal. Jeanne n'avait "pas que ça à faire", quel dommage l'adolescence. Zoé, j'ai raté tant de choses avec toi, pardonne-moi. Elle se le disait souvent. Alors qu'elle festoyait avec des copines à l'âge de seize ans, sa mère l'appela dans la nuit pour lui dire que Zoé approchait de la fin. Jeanne, trop absorbée à se saouler la gueule, n'était pas venue. Le lendemain, il n'y avait plus de chien et Jeanne l'oublia. Quand elle acheta Simba pour combler le vide solitaire de la vie pornographique, elle eut une pensée pour sa mère et Zoé : le nouveau petit chiot en était une sorte de fusion. Dans l'amour que son chien lui portait résidait celui que sa mère n'avait plus.

— Donne la patte.

Simba s'exécuta et posa contre la vitre ses petits coussinets. Jeanne glissa sa main contre le verre pour que le chien s'amuse à suivre le mouvement. Et puis il aboya, et puis il couina. De ce son si alarmant que sont les pleurs d'un chien. Ne pouvant supporter cette vision, Jeanne se releva et parla à Charlotte.

— Merci de t'en occuper, vraiment.

— C'est un plaisir Jeannette, il est trop mignon.

— Sinon, toi ça va ?

— C'est dur en ce moment, tous les tournages sont annulés, on est la dernière roue du carrosse.

— C'est pas comme si on avait déjà été autre chose.

— Pas faux, mais bon, moi ça va, j'avais un peu d'argent de côté. La plupart des autres actrices, elles vivent en flux tendu. Il n'y a pas d'aides, les producteurs s'en foutent. Certaines sont dans la rue à faire la pute. La routine quoi. Et toi alors ?

— Bah c'est bizarre. Différemment, mais tout s'est aussi arrêté de mon côté : je te conseille la vie sans drogue. C'est un trip.

— Tu tiens le coup ?

— Je tiens. On tient.
— On ?
— J'ai rencontré un mec.
— Non, toi ?
— Bah oui, moi. Pourquoi ?
— Non, comme ça. T'es amoureuse ?
— Je crois.
— Mais vous avez le droit d'avoir des relations, ici ?
— Ce n'est pas interdit, mais on ne peut pas aller dans la chambre de l'autre…
— Alors tu n'as pas encore couché avec lui ?
— Non.
Charlotte haussa les sourcils : il n'y eut pas de jugement, ce n'était pas de l'admiration, mais de l'ébahissement. Comme Howard Carter quand il fit la découverte du tombeau de Toutankhamon, elle se trouvait face à un inconnu qu'elle cherchait depuis toujours sans jamais avoir réellement espéré le découvrir, encore moins aussi fastueusement. Les pensées de Charlotte la ramenèrent étrangement vers Romain, son premier petit ami de l'école primaire : ils ne se touchaient pas, ne se parlaient pas, ne se voyaient jamais en dehors de la salle de classe, mais ils avaient bel et bien décidé de *sortir ensemble*. Ils étaient les seuls à le savoir, c'était un secret, une promesse et une décision : ce fut son premier amour. Peut-être le seul. Sa comparaison apparaissait très pertinente, Jeanne enchaîna :
— Et toi, un copain ?
— Toujours la même chose.
— Il y a des choses qui changent.
— Tu as bonne mine en tout cas.
— Merci. Je te conseille de venir ici quand tout sera fini.
— Si tout finit un jour…
— Oui, c'est bizarre comme expression.
— Il fallait que je te parle d'un truc, Jeannette.
— Oui ?
— Je sais pas trop comment te le dire, mais il faut que je le fasse.
— Vas-y.
— C'est au sujet de Rico.
— Ah merde, il est mort ?

— Non, pas du tout. Il est en vie, il va très bien.

— Comment ça, il va très bien ?

— Juste après que tu es entrée ici, j'ai eu mon dernier tournage, il fallait finir une scène et on l'a fait. Et donc, après le tournage, comme d'habitude, il y a eu une petite fête, surtout qu'on ne savait pas du tout quand allaient reprendre nos activités et tout. Et c'est là que Rico s'est pointé. *Un long temps.* Et il allait très bien, Jeanne.

— Comment ça, il allait très bien ?

— Tout allait très bien, je l'ai même vu coucher avec Marguerite, la jeune actrice belge, tu sais.

— Merde, mais j'ai bouffé quelle bite ?

— Justement, c'est là où je voulais en venir. Je lui ai parlé discrètement du tournage par rapport à ce que tu m'avais dit, mais sans trop en révéler et, apparemment, tout s'est bien passé. Tu n'aurais bouffé la bite de personne. Tu serais juste partie sans dire au revoir.

27.

Après avoir pleuré son père, Nathan se rendit compte qu'il avait déjà oublié ce que lui avait dit sa sœur à propos de Blois. Il lui paraissait très curieux que Pierre n'ait signalé aucune étrangeté à propos de l'événement final, celui-là même qui l'amena ici. Ne voulant monter dans sa chambre pour prendre son téléphone, il entra dans la salle commune de la clinique pour rejoindre Antoine, qui somnolait sur un des fauteuils. Il le réveilla.

— Eh, Antoine ! Antoine !

— Pardon, je dormais pas, je dormais pas.

— Euh, c'est pas grave, tu sais. Puis, c'est moi qui m'excuse de te réveiller.

— Qu'est-ce qui se passe ? Jeanne n'est pas là ?

— Pas touche petit.

— Oh ça va. T'as trop de chance. Tu sais ?

— Je sais. Tu peux me prêter ton téléphone, je dois juste chercher quelque chose sur l'internet.

— Oui, bien sûr, bien sûr.

Tremblant, il retira l'appareil de sa poche et le lui tendit. Ils ne devaient vraiment pas y être allés de main morte sur les médicaments. Le pauvre. Il fit un petit signe à Antoine, lui montrant le bord de ses lèvres. Le jeune homme amena tant bien que mal ses doigts à sa bouche pour y soustraire le long filet de bave qui en coulait.

— Merci.

Nathan s'assit à côté de lui, le téléphone était bloqué par un mot de passe. Antoine, lui, s'était déjà rendormi. Il dut le réveiller à nouveau et réussit, après l'avoir aidé à se souvenir, à récupérer le fameux code.

— Ta date de naissance ?

— Non, celle de Jeanne.

Sourires complices. Il commença à chercher : journaux locaux, site internet du colloque ; il consulta ses courriers électroniques très superficiellement. Rien. Rien. Rien. Aucun signe, aucune nouvelle, rien qui ne semblât évoquer un cocktail dégénérant en prise collective et non consentie de stupéfiants. Impossible que personne n'en ait parlé. En tout cas, si cela était réellement réel.

À ce moment, Jeanne traversa la salle commune d'un pas dilettante. Elle ne regarda jamais Nathan, ce qui équivalait à le regarder toujours. Elle sortit dans le jardin, alluma une cigarette. Ne voulant pas réveiller Antoine encore une fois, Nathan plaça lui-même son téléphone dans sa poche. Il pensa encore mon pauvre puis rejoignit Jeanne. Elle sentit tout de suite qu'il n'était pas dans son assiette. Pareil pour lui. Ils n'osèrent pas trop évoquer la distorsion de la réalité face à laquelle ils se trouvaient simultanément, persuadés d'avoir vécu quelque chose qui se nichait dans un autre univers, qui ne se trouvait peut-être pas vrai dans ce monde-là. Nathan entreprit donc d'aborder un autre sujet.

— Mon père est mort.

Jeanne toussa la fumée qu'elle venait d'avaler, alla éteindre sa cigarette dans le cendrier sans dire un mot et revint le serrer dans ses bras. Doucement, elle s'écarta et déposa un vif baiser sur ses lèvres.

— Fils d'un si glorieux père…

— Tu connaissais mon père ?

— Non, c'est une réplique d'Hippolyte.

— Je t'aime.

Le mot lui avait étrangement échappé. Elle ne releva pas, le serrant encore une fois pour y répondre sans équivoque. Dans le jardin, ils firent ce qu'il convient d'appeler une balade. Jeanne reprit la parole.

— T'étais plutôt dans le respect écrasant ou la haine intrépide ?

— Comment ça ?

— À propos de ton père.

— Haine intrépide, je crois.

— Moi j'ai bien réfléchi et je me dis qu'on a changé d'époque à partir du moment où les pères sont passés de héros à minables. J'explique : avant, les pères étaient impossibles à dépasser ; on voulait être comme eux. Mais, aujourd'hui, comme on n'a rien fait pour être à la hauteur, qu'on n'a rien fait tout court, on ne pourra pas dire à nos enfants – même si c'est vrai que nos parents nous bassinaient en nous le radotant – qu'ils n'ont pas vécu telle ou telle chose. Eux, ils se sont sacrifiés, ils ont fait la guerre ou Mai 68 ou que sais-je encore, et nous, on n'a rien fait et on ne fait rien. Tu vois, c'est Hippolyte : il n'a pas tué de monstres comme son père, alors ça le tracasse. Mais nous, ça ne nous tracasse pas et, à la fin, on ne va pas tuer un dragon envoyé par Neptune et puis mourir en héros dans le seul but d'avoir été à la hauteur de nos pères. À la place de ça, et parce que nous n'arriverons plus jamais à être des modèles pour nos enfants, on méprise nos parents, du début à la fin. On considère, je sais pas, qu'ils ont détruit la planète, qu'ils nous laissent un monde en ruine, qu'ils étaient racistes et misogynes, qu'ils se sont bien gavés. On dit que c'est la catastrophe – et ça l'est –, mais on dit que c'est leur faute pour éviter d'être coupables. *Un temps.* Il faut que tu pardonnes à ton père et il faut que je pardonne à mes parents. Pas pour ce qu'ils ont fait, leur culpabilité les regarde (et ce n'est pas de leur faute si j'ai sucé des kilomètres de queues pour que des gens comme toi se branlent), mais pour leur en avoir voulu alors que c'est entièrement notre faute si nous ne sommes pas à la hauteur de nos rêves. C'est comme quand on veut changer l'être aimé, le façonner à notre image pour qu'il soit ce qu'on pense désirer. Cette honte du passé, quel qu'il soit, c'est ça qui va nous détruire, te laisse pas détruire, mon Nathan, et ne nous détruis pas.

La fébrilité avec laquelle Jeanne termina sa réplique l'époustoufla. Spécifiquement, la tonalité utilisée pour conclure sa phrase et la rupture dans l'énonciation semblait lui annoncer que de grandes choses allaient venir et qu'il fallait donc tenir le coup. La transition entre le deuil du père et leur relation lui semblait virtuose. En ce qui les concerne, elle avait raison ; et si c'était ça l'amour, alors il ne l'avait jamais connu. D'où est-ce qu'elle pouvait bien venir ? Qui dit ce genre de réplique ? Et comment une fille comme ça peut s'intéresser à moi ?

— Arrête.

Elle lui caressa le visage et il se passa quelque chose d'extraordinaire.

26.

C'était une journée idéale. Le ciel salivait quelques nuages doux, l'air semblait tiède comme la peau de Jeanne, les pâquerettes pleuraient sous un vent ingénu. Nathan parcourut subtilement ses épaules musclées avec un doigt juvénile et hésitant. Il considéra ses cheveux rouges et soyeux dont les racines commençaient doucement à renaître immaculées de leur noirceur originelle. La main de Jeanne se perdit dans la coiffe d'un adolescent terrifié qui devait abandonner toute fierté, sinon rien ne pourrait arriver. Avec une délicatesse féerique, elle plia les genoux et l'invita à faire de même. Ils s'allongèrent dans le jardin de la clinique, véritable prairie de leurs imaginaires. La dentelle des jeunes fougères les zébrait d'ombrageuses arabesques, d'invisibles oiseaux entamèrent leurs chants : surgirent la grive, le corbeau et la merlette. Les mains devinrent légèrement plus rapides, chacune découvrant le corps de l'autre qui leur demeurait jusque-là obscurci. Les yeux se virent pour la première fois. Il était maladroit, qu'importe ; elle était indélicate. Des baisers onctueux se déposèrent réciproquement sur les pores de leurs peaux flamboyantes, leurs organes s'effeuillaient les uns après les autres à mesure qu'ils ressentaient la caresse d'une lèvre, le cœur impartial frappa aux portes de leurs seins, les reins rigoureux filtraient de leur mieux, le foie s'enivrait d'un alcool liturgique et leurs hanches semblaient se sculpter dans un marbre doré. Qu'ils étaient beaux à l'abri des noisetiers. Les nivéoles se mêlaient à leurs rires, les jonquilles se pliaient à leurs chironomies, les anémones s'incorporaient à leur danse rituelle et le jasmin absent, souverain des odorats, infusait l'air comme rarement il le fit. Il n'y avait pas d'épines au sol. Mouvementée et douce comme une tapisserie, l'herbe était fraîche, prête à voir surgir des bosquets une licorne ailée : ce rôle serait joué par une primevère à peine éclose de la terre épuisée. Les articulations s'assouplirent ; au cœur de la verdeur des feuilles naissantes, une bête à quatre jambes et quatre bras germait dans la clairière. Ils s'appelaient amour chaton bébé chéri louve, leurs deux dos enlacés dessinaient des ailes d'anges qui luisaient d'une sueur étincelante. Leur pouls éclaboussait les flancs d'un rythme effréné, leurs cuisses emmêlées jouissaient de se frotter, le soleil reflétait leurs muqueuses délicates. Dans le vert pâturage où les désirs peuvent inventer la musique d'un ruisseau qui divague, l'alchimie de l'amour fit naître un monstre aux formes illimitées et aux couleurs inouïes. Le nom des végétaux et des insectes était nouveau, inviolé, comme s'ils venaient tout juste d'être nommés. Aux bruits de leurs baisers effarouchés, tout était redécouvert. Les langues se mirent à sortir pour entamer la phase subtile de la toilette câline et avec l'ardeur des délices, ils se léchèrent hardiment pour qu'il ne reste à l'autre aucun bout de peau dont le goût ne lui fût inconnu. Les costumes avaient été enlevés avec une maladresse naïve. Nathan s'était débarrassé de son pantalon à coups de pied ridicules, Jeanne s'emmêla souvent pour retirer son chandail et dans leur danse burlesque à se rougir les genoux, ils tombèrent plusieurs fois du pas pressé des amants qui se dévêtissent. Elle crut même bon de déchirer sa chemise, car fréquemment les boutons sont d'une complexité qui n'est point compatible avec l'excitation. Si le deuil avait pour l'instant laissé intacts ses habits, c'est l'amour finalement qui les déchiqueta. Une perruche verte égarée par l'absurdité humaine se posa tranquillement sur la branche d'un magnolia et teinta la scène d'un chromatisme exotique. Comme les fissures géantes de l'Arizona, les omoplates transpiraient en de larges fleuves dont la source ne pouvait être clairement située. Le liquide s'écoulait selon le relief accidenté des coudes, des fosses poplitées, des côtes, des lobes, des paupières, des phalanges, des fesses, des nuques. Sans qu'ils puissent le voir, au sol, un serpent glissait sans siffler. Il ne les importuna pas, préférant retrouver le contact du sang froid avec la terre humide. Son repaire se situait derrière le figuier. Il disparut. Plus elle gagnait en habileté, plus la délicieuse créature protohumaine prenait un malin plaisir à être malhabile, le rire de leurs enfantillages striait le ciel d'euphoriques éclats, l'heure fut aux mordillages. Petits spasmes, légers murmures : douce mélodie de l'effet des dents à peine serrées. Jeanne fit saigner la lèvre supérieure de Nathan, elle s'excusa. Le goût du sang s'ajouta à la salive, à l'haleine et à la sueur, pour leur plus grande joie. Ils s'aspiraient. Les lèvres et les langues qui continuaient à parcourir les corps peignaient maintenant sur la peau des lignes aléatoires d'un rouge écarlate ; leurs émois ainsi transfigurés, ils ne tenaient plus en place, ne savaient pas comment s'y prendre, ce qu'il fallait faire, chaque trouvaille novatrice du doigt, de la langue, de la bouche, des lèvres, du pied, de la cuisse était source de plaisir et entraînait à essayer encore, expérimenter toujours, doigts de pied gauche dans oreille droite, auriculaire derrière genou, langue goûteuse sous aisselles, nez dans fesses rougies, coude pour masser l'aine. Ils se connurent. Pour l'être aimé, ils ne voulaient renoncer à aucun plaisir, juste en accueillir de nouveaux, sinon quel intérêt ? L'expérience continua, la clinique n'existait plus, dans leur tanière à l'abri des regards, les deux bipèdes n'étaient pas près de se relever. Doucement, avec une pudeur fiévreuse, les organes sexuels se mêlèrent à l'affaire. Les poils pubiens renaissants de Jeanne devenaient ce feuillage de l'enfance où l'on grimpe, celui à qui on doit payer la dette au gamin que l'on fuit. Nathan se pétrifia, mais la volupté de Jeanne lui fit oublier tout sentiment d'infériorité. S'il eût été peut-être plus réaliste que l'érection n'eût pas lieu, les dieux immortels ne virent pas les choses de cette manière : à bas le réalisme ! Ce ne fut pas pour autant une grande réussite, loin de là. Tout ce que Jeanne faisait était étrange et limpide à la fois, tout ce qu'elle faisait elle le faisait, si ce n'est *pour* la première fois, *comme* la première fois. Nathan, de son côté, semblait découvrir qu'il avait un bout de chair qui pendait entre les cuisses. Jeanne admirait la figure joyeuse et laissa glisser une de ses mains entre ses propres jambes. En observant cette sirène le boire du regard et faire flâner ses doigts à l'orée des champs Élysées, le sexe de Nathan se durcit quelque peu. Elle lui prit la main et l'emmena profaner, lui proposant ainsi de se toucher à son tour, lui rappelant délicatement le sens qu'il fallait donner aux doigts et puis le laissa seul se débrouiller. Il se retrouva sur les genoux, émouvant délicatement son sexe alors qu'elle, allongée sur le dos, se conduisait de même. Par la complicité du regard, leurs plaisirs solitaires devenaient réciproques. Quand Nathan touchait son propre sexe, Jeanne avait l'impression qu'il la touchait. Leurs mains s'échangèrent mentalement ; deux solitudes n'en faisaient plus qu'une. Cependant qu'elle se masturbait de plus en plus vivement, Nathan n'avait d'autre choix que de l'imiter, il était loin le temps où l'on avait peur, il était loin le temps où l'on n'était pas amoureux. Ses lèvres coincées entre les dents, Jeanne jouit silencieusement. Elle venait de reprendre possession de son corps. Nathan, qui d'ordinaire aurait été vexé de ne pas être l'origine d'un tel plaisir, se mit à pleurer de joie : il comprit tout de suite ce qui était en train de se jouer. Son sexe toujours dressé, il continua de se toucher, mais lentement. Jeanne le regardait, gênée et fière, éprise du caprice dense des corps désirés. Cela faisait longtemps qu'elle n'avait pas vu un si petit sexe, un peu mou, un peu tordu, un peu timide : cette vision l'enchantait. Elle demanda à Nathan d'arrêter, voyant bien qu'il n'allait plus pouvoir se retenir, et l'attira vers elle, le retourna contre le sol et l'étala sur le dos. Très doucement, après l'avoir chevauché, elle inséra le sexe tremblant dans son vagin. Au premier contact avec son intérieur, Nathan jouit.

Quel bonheur d'échouer quand c'est un succès. Un baiser. Ils se serraient fort, très fort. Les derniers rayons du soleil étincelaient et, enlacés sur le dos à même l'herbe fraîche, les deux amants regardaient le ciel à travers la voûte des feuilles, constellée d'éclats dorés. Ils redescendaient doucement, par paliers, s'enfonçant toujours plus confortablement dans le sol naturel, ils avaient maintenant plongé : le son des insectes et des oiseaux, le bruit du vent et l'ombre rafraîchissante semblaient tout droit sortis du cœur des océans. Immortels, ils atterrissaient au centre de l'abîme terrestre, dans les ténèbres des fractures du sous-sol, oui le petit parc était devenu un fond marin aux phosphorescences soyeuses où le plancton lumineux les guiderait dans l'obscurité à venir.

Leurs hallucinations avaient permis que les amours naissent. La vengeance n'existe pas. Une seule certitude : ici et maintenant, cela existait. C'était *vrai*. Oui, ce qui se passait là était, sans aucun doute, *réel* même si, comme le disait monsieur de La Fontaine, les fables sont *mensonges*.

25.

Ce soir-là, c'était soirée mexicaine. Impossible de reconnaître Bob l'infirmier sous son sombrero et son poncho. Luc, le chef, s'affolait en cuisine pour finir son chili con carne et ses tacos. En atelier d'épanouissement musical, on avait prêté à Guillaume, l'avocat-prieur, une guitare dont il jouait assez bien et qui l'avait sorti de sa léthargie cyclique. À ce moment, dans le grand réfectoire décoré pour l'occasion, il exécutait quelques accords. Aurore, la mannequin, dansait langoureusement avec Mathieu, le vieux commandant de bord. Son sourire en disait long : il semblait n'avoir rien vécu de tel depuis des décennies. Johanna, l'éternelle joueuse, applaudissait en rythme et poussait même parfois des petits *hé*. Lucie-Lou, l'héroïnomane, tentait de battre la mesure avec son pied, et sa joie, quoique forcée, partait d'une bonne volonté. Léo, lui, les yeux fermés, retrouvait dans ses pensées la jubilation des danses profanes et des soleils levants sur le visage ouvert d'imperturbables fêtards. Certaines drogues ont un avantage formidable : celui d'imprimer l'effet si profondément en vous qu'il transfigure à jamais votre manière d'écouter de la musique. Jeanne se leva de son siège et invita Nathan à danser. Il ne maîtrisait pas, elle non plus, mais ils improvisèrent ce qu'ils imaginaient être un tango. Antoine, l'étudiant, filmait le tout. En le voyant, Jeanne eut une mauvaise pensée à son égard, elle se dit : peut-être que l'humanité n'est pas faite pour donner de belles choses, qu'il y a eu des tentatives, certes, quelques exceptions même, mais que l'absurdité n'est pas, comme elle put le penser, venue tout gâcher à un moment donné. Non, elle serait plutôt intrinsèque à notre race. Les écrans détruisent tout. Le réfectoire se remplissait progressivement, les patients se mirent à danser avec leurs orangeades. La majorité piétinaient vaguement le sol avec ce qu'il leur restait de force et d'équilibre, mais l'intention y était. Une joie profonde s'efforçait maladroitement de les saisir, quand bien même il n'y avait déjà presque plus rien pour qu'elle s'accroche. Contrairement à la tristesse, la joie est une petite joueuse, elle baisse très vite les bras. Du fond de la pièce, le Dr Aubry fit un modeste signe de la main à Jeanne et Nathan, ils lui répondirent, se regardèrent, sourirent et puis se remirent à danser. Quelque chose dans l'air se tramait, se fêtait. Le gouvernement venait de décider de prolonger le confinement d'au moins trois semaines, pas de panique à la clinique Quito, on savait prendre son mal en patience : tacos pour tout le monde ! Et puis d'abord, d'où sort cette manie des dîners à thèmes ? Avec leurs gobelets en plastique et leur humeur bavante, ces patients-là n'étaient guère réceptifs à ce genre d'initiative, mais il fallait bien, coûte que coûte, prouver que nous restions humains et, pour citer Alberti, garder ouverte une fenêtre par laquelle nous pouvions contempler l'histoire. Comme dans ces comédies américaines où les couples ne se forment pas mais se déforment pour ensuite se reformer : au cours d'une cure, il est question de vivre une expérience de la transformation en vue de retourner vers la vie. On la quitte, on prend une décision et on la retrouve. Jeanne eut cette sensation avec Nathan : elle ne l'avait pas trouvé, mais retrouvé. Ce qui exigeait d'elle de savoir pourquoi, tout de suite, et de se rapprocher de l'autre, du monde, en toute connaissance de cause. La danse existait pour ça. Cela n'avait pas exactement l'aspect d'une fête d'anniversaire de l'école maternelle ni celui d'un Nouvel An de la maison de retraite. C'était quelque part entre les deux, un club de vacances d'un nouveau genre. Le drogué en rémission n'a pas d'âge, il existe à côté de la chronologie, à côté de la vie, néanmoins, comme il peut, il s'accroche aux temps qui se mêlent : il compte chaque seconde, chaque minute, chaque heure, chaque jour, chaque semaine, chaque mois, chaque année sans drogue, et ce, jusqu'à la fin du sablier. Aujourd'hui, pour Jeanne et Nathan, ça faisait vingt-deux jours et demain, ils partiraient.

Pour comprendre d'où naît ce rebondissement, il faut revenir quelques semaines en arrière, retourner aux fonds marins phosphorescents, quand Nathan connut Jeanne dans toute sa fureur. Là-bas, après avoir fait l'amour sur le gazon de leurs incertitudes, elle entama une longue tirade. En gros, elle raconta à Nathan que quelqu'un les avait fait se trouver, se rencontrer et que, maintenant, ils étaient revenus au début et que tout pouvait se jouer. Maintenant, elle désirait vivre, vraiment, déborder de la fiction qui s'écrit, décider enfin quelque chose pour elle, et non pour eux. Ce qu'elle voulait plus que tout ? Fuir ces corps d'encre et de papier, être au-delà des espoirs, être les toxicomanes les plus rapidement sevrés de l'ère moderne, être les amoureux les plus amoureux de l'histoire humaine, ou au moins un truc comme ça, un truc avec plus, avec toujours, avec infini, avec amour. Un truc si énorme qu'ils pouvaient espérer remplacer la drogue avec. Elle voulait aussi que cette journée soit différente des autres parce qu'elle inclurait une promesse dans le langage. Pour conclure, elle parla en disant :

— Nathan, ici et maintenant, page 219, et contre toute attente, je te le demande tout simplement : veux-tu m'épouser ?

24.

La célébration eut lieu dans le bureau du Dr Aubry, le lendemain de la soirée mexicaine. Le médecin accepta finalement de diriger la cérémonie. Jeanne lui avait expliqué que si un capitaine de navire en pleine mer possédait l'autorité pour célébrer un mariage, alors dans sa clinique de désintoxication en temps de pandémie mondiale, il devait aussi l'avoir. S'il était honnête avec lui-même et puisqu'il n'avait jamais rien fait de tel, Jacques s'avouerait heureux de célébrer un tel office. Par souci d'ascendance, il n'en montra évidemment rien, déformation professionnelle : les mots qu'il prononça pour marier Jeanne et Nathan, il les prononça avec sa tonalité glaciale habituelle, rendant la chose très sérieuse, une sorte d'union heideggerienne, fuyant l'arraisonnement et délivrant chaque mot du simple bavardage. Pour vous marier, pensez aux psychanalystes.

Ceux qui avaient été leurs parrains pendant les vingt-deux jours d'hospitalisation furent les témoins. Aurore et Léo se tenaient derrière eux alors que le docteur énumérait ses injonctions maritales. Aurore était rayonnante. Elle avait dû prendre deux cents grammes. C'est elle qui confectionna la couronne de fleurs du jardin ainsi que les bagues, alliance inventive de fils de métal et de fougères. Avec le matériel de l'atelier couture, elle créa la robe de Jeanne à partir des draps blancs de la clinique. Nathan, quant à lui, avait commandé un costume sur l'internet. Comme s'il gelait à pierre fendre, Léo trembla pendant toute la cérémonie. Nathan ne le remercierait jamais assez, Léo avait illuminé son séjour.

Sous ses allures sérieuses, le mariage est une chose simple ; il n'y est d'ailleurs pas question de poser les problèmes fondamentaux (du genre immortalité de l'âme) ou d'y envisager des projets supranationaux (de type dictature du prolétariat). Le Dr Aubry continuait de lire avec préciosité les engagements des futurs époux dont l'immense majorité concernait les enfants à venir. Tiens, Nathan n'y avait pas pensé. Jeanne, quand fut évoquée la possibilité de cette progéniture, serra doublement plus fort la main de son fiancé.

— Oui.
— Oui.

Les mots ont rarement une influence aussi directe sur le réel, ils ne le modifient que très peu, alors quand ils le font, c'est énorme. Elle en avait eu l'intuition, il lui avait fait confiance ; ensemble, Nathan et Jeanne le ressentaient. Grâce à cette valeur performative du langage et leur promesse en public, ils devenaient effectivement un. "Putain, c'est quand même pas mal foutu les traditions", glissa Léo à Nathan. Somme toute. Le Dr Aubry souhaita bonne chance aux jeunes mariés et leur rappela leur engagement vis-à-vis de la drogue. Il insista pour qu'ils restent achever complètement leur cure, mais Nathan et Jeanne refusèrent, ils l'avaient déjà écouté en séjournant une semaine de plus. C'était un compromis, mais il pouvait garder l'argent.

— Ce n'est pas une question d'argent.

Ils firent un arrangement financier avec le docteur et ne payèrent pas, comme ils auraient dû le faire, l'intégralité du séjour. "Pour avoir de quoi voir venir." Leur analyste prenait définitivement soin d'eux.

Sur le pas de la porte d'entrée qui devint pour de bon une sortie, chacun leur tour, ils serrèrent très fort Aurore et Léo. Et puis une poignée de main sérieuse avec le docteur.

— Vous avez tout ?

Nathan n'avait rien. Jeanne, son petit sac. Ils se regardèrent alors dans les yeux, dirent encore une fois ce si beau mot

— Oui
et s'en allèrent.

Aurore, Léo et le Dr Aubry leur faisaient de grands signes depuis le porche. La clinique s'éloignait. Quelques feuilles immobiles traînaient encore sur le trottoir d'en face. Nathan les regarda avec reconnaissance. Le soleil du matin dorait leurs visages amoureux ; aucun vent, aucun nuage, aucune eau ne profanait ni la pureté de l'air ni leurs promesses. Ils étaient timides, parfois elle frottait son front contre son oreille. La senteur d'un printemps moite d'espérances voletait sur leurs rires gênés. À chaque pas, ils poussaient de petits gémissements extatiques. Ils n'avaient plus de mots. L'atmosphère qui conduisait leurs bruits d'amour, comme du cristal, scintillait. Le mince voile de la pudeur des jeunes mariés flottait contre leur peau tremblante et hérissée. Junon les tenait par la main. On les avait prévenus des règles sanitaires en vigueur, ils devaient être discrets, ne pouvant pas légalement parcourir plus d'un kilomètre. Les rues de Neuilly étaient vides, ils n'emprunteraient pas les grands axes, se cacheraient quand adviendrait au loin une voiture de police. Pour l'instant, ils avaient un papier de la clinique, officiellement : ils rentraient chez eux. Mais où était-ce ?

23.

Sans encombre, ils arrivèrent chez Nathan. Il fut un peu gêné de voir le visage rond de Jeanne scruter minutieusement son appartement, le passé inconnu, la honte ; mais c'était le contrat. Rapidement, il réunit quelques affaires. Ils se douchèrent ensemble puis mangèrent une conserve de haricots blancs à la sauce tomate, seul vestige comestible d'une existence abandonnée. Elle l'aida à faire un ménage rapide et à jeter ce qui avait pourri et ce qui risquait de pourrir. Ce ne fut pas un tri très compliqué. Laisser derrière soi un peu d'ordre contribue souvent à embaumer les projets d'avenir. Ils ne savaient pas combien de temps ils partiraient. Dans l'esprit de Nathan, c'était la dernière fois qu'il voyait cet endroit, un bric-à-brac de bons et de mauvais souvenirs, huit ans de vie tout de même. Après un repos bien mérité sur le lit poussiéreux, Jeanne proposa d'aller chez elle. Son sac de randonnée sur le dos, il ferma la porte à clé.

Les rues abandonnées de la ville apportaient une saveur exceptionnelle à leur fuite en avant et l'éventail neuf des sensations urbaines serties par le vide convenait à l'abstraction de leurs désirs. Des oiseaux jusqu'alors inconnus chantaient çà et là. Jeanne et Nathan étaient envahis d'une plénitude sacrée, se sentant connectés à cette jungle dépeuplée : enfin déserté, le monde leur paraissait habitable. Le virus était leur allié, il les aidait à recombiner leurs êtres pour apercevoir, au bout du tunnel noir, une vérité. Quand ils poussaient de longs gémissements, la verticalité des immeubles renvoyait, avec une limpidité exemplaire, l'écho de leurs deux voix. Nathan et Jeanne ricochaient dans la ville avec cette légèreté mystique propre à la vitesse du son. À leurs balcons, les Parisiens confinés les regardaient de haut, et eux, avec le privilège des amoureux, les saluaient dédaigneusement d'un geste papal.

L'appartement de Jeanne dégageait une odeur doucement nauséabonde, ce qui ne manqua pas de la gêner. Nathan tenta de calmer ses ardeurs, il n'y avait pas de problème : quelque chose devait être gâté. En effet, sur le comptoir de la cuisine américaine, posée en déséquilibre, une corbeille tressée où des fruits périssaient. Un ver vivait dans une pomme. Les feuilles étaient desséchées, une poire jonchée de champignons.

— Ce n'est plus une nature morte, c'est une vanité !

Nathan embrassa Jeanne et il évoqua rapidement le génie indescriptible du Caravage. Après avoir ouvert les fenêtres, ils décidèrent de laisser pour l'instant en l'état la corbeille, obnubilés par le gouffre philosophique qui jaillissait de la notion même de pourriture. Nathan découvrit la chambre de Jeanne avec un contentement très dissimulé, voire inexistant. Doucement, il toucha le drap rose qui recouvrait son lit ; avec une main hésitante et des yeux incertains, il inspecta la pièce dans ses moindres recoins.

— T'inquiète, t'es un des seuls mecs à être entrés ici.

Elle ne le regardait pas, lui tournant le dos pour tirer les habits de sa grande armoire fin XIXe. Comment pouvait-elle savoir que c'était exactement à ça qu'il pensait ? Pour la première fois, Nathan douta de Jeanne et de sa sincérité, ou, plutôt, de ses intentions – exactement – de ses intentions. Qu'attendaient-ils l'un de l'autre ? Elle la chrétienne et lui le juif. Il n'avait aucun doute sur son propre amour, nous n'en avons que rarement, sauf quand nous voulons dissimuler le fait que nous n'en avons plus (d'amour, pas de doute), mais sur le désir de Jeanne, peut-être pas un doute, non, des questions. Personne ne pourra jamais le savoir, car à la question est-ce que tu m'aimes, il n'y a aucune réponse satisfaisante.

— Même un "oui" au mariage ?

Elle n'avait pas tort. Nathan oscillait entre la confiance et le doute, il hésitait, recherchait un signe, au moins une explication, mais quel signe pouvait-on donner ? Et quelle explication ? Elle se contenta de le serrer dans ses bras et, doucement, de l'allonger sur le lit. Après avoir fait l'amour, ils discutèrent de la différence entre Jésus et Abraham. Nathan défendait que Jésus ne fût pas un prophète, car un prophète, lui, transforme une vérité en loi…

— Et Jésus, lui, il a transformé une loi en vérité.

— Bah oui, c'est pour ça que c'est pas un prophète, mais le messie.

— Tais-toi.

— T'aimes pas ça, hein ? Messie, messie, messie !

Pour la faire rire, il lui dit :

— Lionel ?

Elle bondit sur le lit. Il se cacha le visage avec les draps. Il lui envoya un oreiller à la figure. Elle le plaqua sur le matelas, les deux mains fermement serrées. Elle avait plus de force que lui, quoi de plus charmant.

Jeanne fumait une cigarette. Nathan resta quelque temps les yeux fixés sur le mur où trônait une affiche géante de Neymar Junior et qui lui avait inspiré son précédent calembour. Elle aimait sa vision du jeu, son émotivité, son âme à vif, ses larmes, mais aussi ses erreurs. “Le grand gâchis qui nous éloigne de celui qu'on peut être”, elle le disait, persuadée qu'il aurait pu devenir le meilleur joueur de tous les temps. Elle continua :

— Ça me manque trop de le voir jouer.

— C'est un bon joueur ?

Nathan en avait évidemment entendu parler, surtout lors de son transfert retentissant au Paris-Saint-Germain. Comme elle en faisait un peu trop pour faire son intéressante (elle n'aimait pas le foot tant que ça), à son tour il en faisait un peu trop pour faire son intéressant (il ne s'y connaissait évidemment pas si peu). Bref, c'était un couple.

La fin d'après-midi approcha et de rougeoyantes couleurs commençaient à surgir dans le salon de l'appartement. La peur arriva, leur peur à eux, la peur terriblement contemporaine, pas la peur de la faim ou de la mort, mais celle inébranlable du temps. Il était l'heure de l'apéritif.

Toujours allongés sur le lit, les mains de plus en plus crispées sur le corps de l'aimé, la mâchoire contractée, chez l'un comme chez l'autre, de petits tremblements pointaient le bout de leur nez. C'est à celui qui proposerait le premier. Jeanne assuma sa descendance biblique et osa lui dire :

— Je crois que j'ai un petit truc.

Nathan ne savait pas comment le prendre, l'envie le démangeait, était-elle sérieuse ou était-ce un test ? Qu'attendait-elle qu'il dise ? Toutes ces questions commençaient à lui taper sur les nerfs, il fallait une réponse ! Elle fut toute trouvée.

— Oui.

Ils se rhabillèrent et s'installèrent sur le canapé du salon. Jeanne alla fouiller dans un minuscule tiroir de sa commode et en sortit un pochon de cocaïne qu'elle posa devant eux, sur la table basse. Elle vint s'asseoir à ses côtés et ils observèrent les gros cristaux blancs emballés.

— Je regarde juste.

— Vas-y.

Nathan ouvrit alors le petit sachet et déversa sur la table la substance, il la huma avant de la dévisager sous tous les angles.

— Tu veux une carte ?

Jeanne lui tendit une carte de fidélité de supermarché et il entreprit de casser la marchandise, pour la rendre bien poudreuse.

— J'aime pas les cailloux.

— Moi non plus.

Ils ne s'étaient encore jamais drogués ensemble. Il y en a qui trouvent ça romantique. Pendant de longues minutes et avec une fervente méticulosité, Nathan continua son œuvre. Il traça deux belles lignes qui brillaient d'une lumière crépusculaire et puis il découpa, dans du papier cartonné qui traînait, une paille. Elle était fine, allongée, bien roulée : un accessoire parfait. Il la porta à son nez, se pencha sur la table et prit une grande inspiration avant de

— Attends, attends un peu.

Il laissa tomber la paille et retourna se blottir contre elle. Ils restèrent presque une heure, sans mot dire, à regarder la chose. En effet, ce n'était pas une nature morte, c'était une vanité. La nuit tombait. Jeanne se redressa, se saisit de la paille, la porta à son nez, se pencha sur la table et prit une grande inspiration avant de

— Attends, attends un peu.

À son tour, elle laissa tomber la paille et retourna se blottir contre lui.

— Tu veux pas qu'on mange avant ?

— Oui, tu as raison, ce sera mieux.

Il lui restait une brique de soupe et des boîtes de thon. Ils se nourrirent sans appétit, avec ce nœud dans l'estomac caractéristique des moments qui précèdent la première prise de la journée. Sans avoir encore consommé, ils redécouvraient ces sensations propres à leur vie passée qui hurlait pour redevenir présente. Une nouvelle heure passa, dans un silence noir et une immobilité tenace où nos deux protagonistes gisaient face à leur destin. Devant ce totem cristallin, ils expérimentaient le libre arbitre. Et puisque nous ne sommes apparemment pas dans un roman dont vous êtes le héros, nous sommes, à l'heure qu'il est, tous dépendants de leur décision.

22.

Jeanne s'était endormie sur son épaule. Nathan n'osa pas bouger, de peur de la réveiller. Il lui paraissait inconcevable de se lever, elle était trop belle. Petit à petit, ses yeux quittèrent la cocaïne pour regarder le visage florentin de sa dulcinée ensommeillée. Combien de temps resta-t-il ainsi ? Mystère. Tout ce qu'elle sut, c'est qu'en se réveillant, le soleil commençait avec peine à éclaircir le ciel noir et Nathan dormait encore. Elle se redressa très délicatement, prit la drogue dans les mains et se dirigea vers la fenêtre. Au moment où elle lança par-dessus bord l'entièreté de la substance, les portes de l'Orient laissaient poindre le grand astre du jour. Le pochon volait, indépendant de ce qu'il devait protéger ; la poudre blanche, elle, flottait et se propageait dans l'air parisien. Insaisissable, elle voyageait sous le vent avec l'aisance d'une danseuse, le nuage de poussière se tendait et se distendait ; comme des oiseaux en pleine migration, les effluves de drogue parcoururent l'atmosphère avec allégresse avant de retomber sur la ville. Elle la perdit des yeux, Nathan ouvrit les siens. Il regarda Jeanne, la table basse, la fenêtre ouverte, il comprit tout de suite, se releva pour s'installer près d'elle. Ils contemplèrent ensemble l'aube purpurine. Ils ne s'excuseraient plus jamais ni ne se mettraient à genoux. La drogue était derrière eux, en tout cas le pensaient-ils.

Comme ils l'avaient fait pour l'appartement de Nathan, ils rangèrent celui de Jeanne. Elle n'oublia pas de fourrer dans ses affaires quelques jouets pour son chien. Ils devaient passer chez Charlotte pour le récupérer.

— T'as quelqu'un à voir, toi ?

— Je passerais bien voir ma sœur, il paraît que j'ai des neveux.

Cette perspective enchanta Jeanne. Même si leur passé était pour l'instant occulté, il ne devait pas être inexistant, il ne serait pas question de faire comme si. Elle ne voulait plus jamais entendre des phrases du genre "Tu ne le connais pas, il est différent avec moi", ou pire encore "Tu le connais, il est comme ça". La sœur de Nathan était d'accord, ils pourraient passer pour prendre le café dans son appartement des Invalides. D'ici là, il leur restait quelques heures. Ils iraient à pied pour s'enorgueillir un peu de l'air de cette ville abandonnée qu'ils envisageaient de quitter. Il fallait qu'ils trouvent un véhicule pour permettre leur fuite. Chaque chose en son temps. Ils jugèrent que les affaires étaient trop lourdes pour profiter pleinement des prévisions erratiques de la journée, laissèrent donc les bagages et partirent, légers comme la brise matinale. Ils reviendraient ici. De toute manière, rien ne pressait.

Ils décidèrent de longer la Seine ; en s'engouffrant sur les quais de Jussieu, Nathan s'arrêta quelques instants, il y avait aussi étudié, au début, quand le site des Grands Moulins n'était pas opérationnel. Quelques souvenirs se mêlaient dans son cœur. Il demanda à Jeanne :

— Ça t'embête si on fait un petit détour ?

— Si ça te fait plaisir.

Ils changèrent de direction, se mirent à parcourir le fleuve vers l'est. Dans ce Paris déserté, quelque chose insignifiante qu'on fasse prenait un sens nouveau. Sans agitation, sans pollution, sans bruit, leurs gestes et leurs paroles revêtaient plus d'importance, ils fuyaient l'utilité, pesaient leurs mots, leurs mouvements, comme si à chaque instant Dieu leur en était témoin. Jeanne et Nathan profitaient pleinement, se savaient chanceux, quelle drôle d'histoire leur arrivait, étonnamment dépourvue de cynisme et en cela, avec raison, ils se sentaient exceptionnels. Pour l'instant, ils ne demandaient rien d'autre à la vie que d'essayer de ne plus trouver ce qu'ils voulaient fuir, ni de fuir ce qu'ils avaient trouvé. Et ce serait déjà pas mal. Si une ville vide peut, à la rigueur, nous sembler vaine, certains, et ils sont nombreux, ajouteront, sans exagération, que ce qu'ils aiment dans la ville, et particulièrement dans celle-ci, c'est l'odeur nauséabonde, le bruit assourdissant, la tension fiévreuse, les prix exorbitants, l'insécurité objective, la saleté fétide ; on s'entend : ils n'utiliseront pas les mêmes adjectifs, ils diront sympa, popu, dans son jus, typique, ça grouille, c'est la vie. "J'ai failli me faire agresser hier, j'adore cette ville ; on a volé mon vélo, ça m'avait tellement manqué ; rien de mieux que l'odeur de pisse ; tous ces gens qui s'insultent, ça donne une énergie de dingue." Bref, Nathan et Jeanne marchaient sur les quais, ils étaient vides (Nathan, Jeanne et les quais) et, en blaguant, ils se souvinrent ensemble de cette ville qu'ils redécouvraient sous un angle tout à fait incongru, pleine de la grâce et de la beauté intrinsèquement liées au vide. Cela ne fait aucun doute : Paris est la plus belle ville du monde. Ils avaient oublié, c'est tout. Pire, ils s'y étaient faits.

Le bâtiment de l'université Denis-Diderot est un ancien moulin reconverti. Les murs sont d'une pierre noble, la rénovation fut effectuée avec goût, d'ordinaire c'est le genre de chose devant laquelle on peut utiliser l'expression : "Ça a de la gueule." Tout était évidemment fermé, barricadé, de nombreux panneaux érigés à la va-vite semblaient prévenir d'un risque imminent et létal, comme si, à l'intérieur de ce bâtiment, un réacteur radioactif était fêlé, que la douleur, la souffrance et la rapidité du décès qui succéderait à une quelconque intrusion ne sauraient être imaginables par le commun des mortels. Nathan et Jeanne se dirent qu'il existait peut-être une possibilité que les autorités en fassent trop. Ils ne s'étaient absolument pas renseignés sur la nature de ce nouveau virus, ils savaient juste ce qu'il fallait savoir, s'en contentaient, ne pensant pas qu'on leur cachait quelque chose parce qu'ils savaient qu'il n'y avait rien à cacher. Que le monde était ainsi fait, que ça continuerait, et que chercher le coupable, c'était encore chercher à se déculpabiliser, à croire qu'on n'était pas responsable de son propre malheur. Dorénavant, Nathan et Jeanne refuseraient la facilité, oui, ils voulaient que ce soit compliqué ; et rien ne l'est plus que la simplicité. Ah ! Si. On leur taisait peut-être l'incompétence. Ils se mirent donc d'accord pour dire que le seul complot qui méritait d'être démasqué était celui de l'incompétence. Ils la définirent : l'incompétence, c'est tout ce qu'on met en œuvre pour dissimuler et son manque de connaissances dans un domaine et ses erreurs passées et ses peurs et ses doutes et, finalement, l'incompétence elle-même. La béance ruisselle de beauté, oui, Jeanne le pensait : "Comme ça, il nous restera toujours des choses à apprendre."

— Regarde-nous, nous sommes des incompétents de l'amour.

Nathan lui raconta ensuite à quel point il avait adoré être étudiant. C'était ici. Il n'y a pas si longtemps. Ils venaient d'entrer à l'instant dans le bâtiment principal de l'université grâce à une porte dont il détenait encore la clé et que Nathan avait bien évidemment sur lui. L'alarme ne semblait pas avoir été mise (cela tombait bien : il ne se souvenait pas du code). Ils montèrent au dernier étage. Jeanne le suivait dans le dédale de la connaissance. Devant chaque salle, un souvenir. Étrangement, la majorité d'entre eux emplissaient Nathan de bonheur. Il n'aurait rien imaginé de tel, comme quoi, le plaisir du présent donne une toute nouvelle perspective sur le passé. C'étaient toujours des moments simples, des œuvres découvertes, parfois un baiser volé sur du John Williams, une bêtise ou une blague faite avec un ami blond aux cheveux longs. Avec un sourire béat, il courait dans les couloirs, narrant toutes ces anecdotes. Encore une fois, le vide du bâtiment lui servirait pour en exhumer la beauté. Jeanne riait à satiété et son être atteint par l'amour ne manquait jamais d'enthousiasme. Pourtant, dans ce tumulte de l'histoire, à remonter les couloirs du temps de la vie de son mari, elle prenait conscience que cette fin de non-recevoir qu'ils avaient imposée au passé ne pouvait qu'être de courte durée ; Nathan prenait un plaisir légitime à se raconter, à redécouvrir que sa vie n'avait pas été qu'erreurs et désespoir. Jeanne en frissonnait d'une joie sincère. Pour lui évidemment, mais aussi pour elle qui se trouvait à l'origine de ce revirement. Seule ombre au tableau : elle comprit que cette peur du passé était la sienne, et que si elle avait théorisé et proposé un couple sans passé, c'était parce qu'elle ne pouvait rien raconter. Il y avait ce fameux trou dans le CV.

— Jeannette, ça ne va pas ?

— Si, si. Pardon.

— Qu'est-ce qui se passe ?

— Ne m'appelle pas comme ça s'il te plaît.

Elle se jeta dans ses bras et ils se serrèrent encore et toujours, si fort, si forts. Quelques larmes coulèrent sur les joues de Jeanne, elle reprit sa respiration dans un bruit sourd avant de dire :

— Si je n'ai pas de passé, tu m'aimeras quand même ?

Nathan comprit tout de suite ce qui se tramait.

— Je t'aimerai quoi qu'il arrive. En plus, je suis sûr que tu as un passé, je peux tout entendre.

— Tu ne sais pas ce que tu dis.

— Alors un passé encore plus lointain.

— L'enfance ?

— Pourquoi pas ?

— Tu m'accompagnerais à Charleville-Mézières ?

Nathan se mit à hurler dans les grands couloirs vides.

— Prochain arrêt : Charleville-Mézières ! Je répète, prochain arrêt : Charleville-Mézières !

— Arrête de crier comme ça. Roh. Tu m'embêtes.

— Et tu sais quoi ?

— Non.

— Si jamais tu n'as vraiment pas de passé, je te propose une chose : tu pourrais venir du futur ?

Jeanne y réfléchit sérieusement. Beaucoup se jouait dans cette phrase de rien.

— Toi, tu t'occupes du passé et moi du futur ?

— Un truc comme ça. L'avant et l'après.

— Tope là.

Jeanne serait donc le futur. Nathan savait remonter le moral. Lui qui n'avait pas été foutu de se le remonter pendant plus de dix ans, il se découvrit doué pour ce genre de choses.

— Et par la même occasion, je me remonte aussi le moral.

— Comme quoi.

— Viens voir, je vais te montrer quelque chose.

Nathan prit la main de Jeanne et ils coururent encore d'un couloir à l'autre jusqu'à grimper un petit escalier derrière une porte dérobée. Encore une nouvelle porte. Et puis la lumière du jour éblouit Jeanne ; ils avaient atteint les toits. Surplombant une importante partie de Paris, les ponts et au milieu coulait la Seine, le tableau était stupéfiant. Leurs mains enlacées, ils jouèrent au Moyen Âge. Au loin, les armées de l'ombre approchaient. Pour l'instant, ils se sentaient protégés, au sommet de leur donjon. Essoufflés par le jeu, les sauts et les cris, ils s'assirent sur une grande bouche d'aération, plus confortable que ce sol jonché de petits gravillons. Ils reprirent leur souffle. Nathan fouillait sa mémoire.

— Tu penses à quoi ?

— J'essaie de me souvenir du nom d'un village.

— Un village, quel village ?

— C'était une gare, je l'ai traversée en allant à Blois, entre Vendôme et Paris.

— Qu'est-ce qu'il avait de particulier, ce village ?

— Rien de très impressionnant au premier abord, un village quoi, très classique. Mais il y avait cette tour, là, je m'en souviens, une tour fissurée, une tour médiévale, en haut d'un petit coteau.

— Et qu'est-ce qu'elle avait de particulier cette tour ?

— Je ne sais pas, je la vois parfois, elle reste en moi puis disparaît, mais elle me revient très clairement, là, maintenant, avec toi. Il faudrait qu'on aille voir cette tour.

— Il y a un trésor ?

— Je ne sais pas, peut-être. En tout cas, il y a quelque chose.

— Alors, on ira !

— Fréteval, c'est ça.

— Fréteval ?

— Oui, c'est le nom du village !

Elle se mit à hurler, debout, face à la ville illuminée.

— Prochain arrêt : Fréteval ! Prochain arrêt : Fréteval !

— Arrête, t'es bête. Tu vas nous faire remarquer.

Avec son air studieux, mais coquin, elle lui répondit :

— Et alors ?

Sans préméditation aucune, il se jeta sur elle. Il faut dire que ce “et alors” était terriblement bandant. Sur la cime de la ville, au zénith de midi, ils laissèrent leurs corps vagabonder au plaisir de la chair. Jonchés sur un nuage, une myriade d'espoirs se dessinaient dans leur sensualité, ils se dévoraient avec la force tumultueuse du vent et de la mer quand ils luttent. Collés l'un à l'autre, ils braillèrent aux Terriens le bonheur qu'ils se refusaient depuis si longtemps. Leur connivence était totale. Les nuages et le ciel étaient tout ce qu'ils voyaient. Tout pouvait, devait, repartir à zéro. Un baiser éclipsa la vanité du monde.

21.

L'appartement de la sœur de Nathan était situé avenue Rapp, au dernier étage d'un très bel immeuble bourgeois. Il se divisait en trois niveaux agrémentés d'un toit-terrasse construit au cœur d'un ancien beffroi. Évidemment, il était aménagé avec goût, les meubles aux matériaux nobles semblaient denses, lourds ; ce genre d'objets ne trompent pas, surtout depuis que nous sommes habitués au contre-plaqué chinois. Jeanne se demandait si en achetant une fois dans sa vie un meuble comme ça (car disons-le, il tient une vie, voire deux ou trois) cela n'équivaudrait pas, pécuniairement parlant, à l'ensemble des meubles bon marché qu'elle avait achetés au cours de son existence. En plus d'éviter une catastrophe écologique, de conserver des emplois et des compétences en France, elle laisserait des meubles à ses enfants. Aujourd'hui, dans les héritages, on ne voit plus aucun meuble, plus d'armoires imposantes en bois avec les initiales de la famille, plus de soupière en argent. Il n'y a plus de vaisselle, il n'y a plus de torchons, il n'y a plus de draps. Tout est à balancer, on a les mêmes à la maison. Il n'y a plus rien dans les héritages, que du fric. Jeanne repensait aux pères et à la délocalisation. De plus en plus fréquemment, son destin politique lui faisait du pied.

— Enchantée, Rébecca.

— Pardon, bonjour, Jeanne.

Les deux femmes hésitèrent puis se serrèrent la main. La sœur de Nathan avait une longue chevelure brune et bouclée. Comme toutes les femmes aux cheveux lisses, Jeanne rêvait d'avoir les cheveux bouclés. Comme toutes les femmes aux cheveux bouclés, Rébecca rêvait d'avoir les cheveux lisses. Jeanne rêvait donc d'être Rébecca, mais Rébecca ne rêvait pas d'être Jeanne. En effet, la coiffure de Jeanne ne ressemblait pas à grand-chose, terreur des cheveux courts qui repoussent. Elle avait les cheveux moitié-moitié rouges-noirs, plutôt sales, pointes sèches. Au premier abord, Rébecca estima Jeanne vulgaire, ce qu'elle était peut-être. Et ça ne l'étonna guère de son frère, enfin honnête le petit, il se l'avouait, qu'il aimât les filles vulgaires ; elle faillit le lui notifier mais ne le fit pas. Cela aurait peut-être été malvenu. Rébecca ne savait pas, Rébecca ne savait plus grand-chose. Elle était clairement bourrée, des boîtes d'antidépresseurs traînaient çà et là dans son grand appartement.

— Venez, installez-vous dans le salon.

Les hauteurs sous plafond étaient impressionnantes, chaque porte racontait une histoire. L'une d'elles était d'ailleurs défoncée, comme si on lui avait porté un important coup de masse. Nathan essayait de s'imaginer ce qui s'y était déroulé. Rébecca nota son regard.

— Ouais, je sais, je me la suis faite quand Jonathan s'est barré. Il aimait bien les trucs comme ça, les trucs balinais quoi. On allait souvent à Bali. Il vient de se barrer avec sa prof de yoga. Faut faire gaffe.

Cette dernière phrase, elle l'avait adressée à Jeanne.

— On peut rien faire, on vieillit, on devient moche, grosse, flasque et eux ils deviennent sexys.

— Je ferai gaffe.

— C'est bien. Quoiqu'avec Nathan, bon, vous ne risquez pas grand-chose, il est inoffensif. Hein le frère ?

— Rébecca, s'il te plaît.

Rébecca était assez envahissante, elle parlait fort, faisait des gestes brusques et mal coordonnés. Elle leur proposa à boire, ils demandèrent de l'eau. Elle eut un fou rire quand elle apprit qu'ils ne buvaient plus d'alcool pour le moment, s'en excusa. Jeanne et Nathan s'assirent dans les immenses canapés du salon cependant que Rébecca était partie chercher de l'eau. Un boucan pas possible de vaisselle se fit entendre au loin, ponctué de jurons de type “merde, putain, la barbe”. Au son de cette dernière expression, Jeanne sourit en regardant Nathan.

— C'est de famille.

— Qui disait “la barbe” dans votre famille ?

— Bon-papa.

Rébecca revint avec un mixeur de Margarita, deux verres vides et les posa sur la table basse.

— Merde, j’ai oublié l’eau.

— Pas grave, je vais y aller.

— Merci.

Rébecca but une grande gorgée de son cocktail à même le mixeur. Nathan se leva et prit les deux verres. Il alla dans la cuisine dont la fenêtre ronde donnait sur la tour Eiffel, se servit de l’eau au robinet. L’évier était plein à craquer de vaisselle pourrissante. Pendant ce temps, au salon, Rébecca fixa Jeanne dans les yeux avant de dire :

— Ne commencez pas à me juger.

— Je ne commence rien.

Nathan revint avec les verres remplis. Il en fournit un à son épouse et puis s’assit à ses côtés, en face de sa sœur. Un long silence avant :

— Bon, alors, quoi de neuf ?

Un autre très long silence. Rébecca haussa les épaules puis :

— Pas grand-chose, à vrai dire rien du tout. On s’emmerde quoi, c’est dingue, ce confinement, mais c’est l’horreur. En plus, la nounou s’est barrée, enfin, je l’ai virée la conne. Putain d’Indonésienne.

Une nouvelle gorgée de Margarita, énorme. Nathan avait complètement oublié ce détail : elle avait deux enfants. Mais où étaient-ils ? Son inquiétude le fit bondir.

— Rébecca, les enfants, où sont les enfants ?

— T’inquiète, oh, ils sont là-haut.

— Je, on, peut les voir ?

— Bien sûr.

En tremblant, Rébecca s’alluma une cigarette et leur demanda de la suivre. Elle hurla :

— Les morveux, on arrive !

Jeanne et Nathan faisaient tout pour ne plus se croiser du regard, elle lui prit la main en la serrant très fort. L’escalier semblait incroyablement long à monter, qu’allaient-ils découvrir au-delà de cette porte ? Pour Nathan, cela ne faisait aucun doute :

elle les avait butés. Que faire si c'était le cas ? Qu'il était con, stupide, rien n'avait changé. Rien ne changerait jamais, rien ne change. Peu à peu, il contestait la véracité de ce qu'il voyait, de ce qu'il touchait. Jeanne, elle-même : existait-elle ? Ne pas faire de crise, pas maintenant. Quatre jours depuis la dernière, il fallait tenir bon. Jeanne existe. Elle est réelle et tu es heureux. En boucle, il se répétait ces mots. Jeanne écrasait sa main de plus en plus fort, elle sentait, savait. Quoi qu'il arrive, elle le protégerait.

La porte de ce qui semblait être une chambre s'ouvrit, pas de cadavres à l'horizon. Juste deux enfants enrobés, trois et cinq ans, nageant dans les paquets de chips et les bonbons, chacun une tablette numérique dans la main. Ils la manipulaient très adroitement, sans mot dire, à peine un petit rot de temps en temps, quelques rires. Une télévision allumée à fond trônait au mur. Les enfants étaient sales, les joues couvertes d'une substance non identifiée, type pâte à tartiner.

— Sarah, Raphaël, venez rencontrer votre oncle. Lui, c'est Nathan, c'est mon frère.

Aucune réaction, les enfants ne bougèrent pas. Rébecca gueula. Nathan sursauta.

— Rébecca, s'il te plaît. Ne crie pas comme ça.

Brusquement, Rébecca se mit à hausser le ton, elle avait une voix très aiguë qui, quand elle prenait du coffre, se cassait à la fin des phrases.

— Je fais ce que je veux, je suis chez moi, tu es encore venu me dire quoi faire, chez moi en plus, et comment éduquer mes enfants ? C'est ça ? J'en étais sûre, avec ta pute, là.

Jeanne ne réagit pas. Les enfants hurlèrent sadiquement en chœur :

— Pute ! Pute ! Pute !

Nathan eut un haut-le-cœur, il tenta de s'empêcher de vomir en mettant la main devant sa bouche, rien à faire, un peu de bile s'écoula du coin de ses lèvres. Il trébucha, manqua de tomber dans l'escalier et descendit en trombe. Jeanne le suivit en l'appelant.

— Nathan, Nathan, ça va ?

Il était allongé au pied de l'escalier, les yeux fermés, tremblait. Les enfants commencèrent à s'approcher du palier.

— Qu'est-ce qu'il a le monsieur, maman ?

Rébecca s'alluma une nouvelle cigarette puis, regardant son frère du haut de l'escalier, répondit :

— Il a rien, il fait son intéressant, a toujours fait semblant.

Nathan continuait d'être parcouru par des spasmes douloureux. Les enfants descendirent l'escalier et se mirent à vociférer autour de lui. Jeanne hurla vers Rébecca, restée en haut.

— Vous pouvez rappeler vos mômes, là ? Vous voyez pas qu'il a besoin d'air ?

— Moi aussi j'ai besoin d'air.

Rébecca descendit l'escalier et enjamba son frère sans le regarder.

— Allez, les enfants, venez, on va jouer.

Les enfants la suivirent. Ils disparurent dans le salon, de gros bruits et des rires fracassants ne tardèrent pas à se faire entendre. Jeanne, agenouillée près de Nathan, parla.

— Respire Nathan, ça va aller. Respire, respire. Voilà, voilà.

Nathan se calma très doucement, il essayait de dire quelque chose, mais rien ne sortait de sa bouche. Jeanne s'approcha de son visage, elle tendit l'oreille, il chuchota :

— Fais-moi sortir d'ici.

Jeanne le releva à grand-peine, il ne pouvait que très douloureusement marcher, la faute aux spasmes de la crise, au manque. Ils passèrent dans le salon, les deux enfants jouaient au ballon avec leur mère, ils frappaient si fort contre les murs qu'ils brisaient tout ce qu'ils touchaient. Cela semblait faire rire Rébecca. Jeanne lui dit très sereinement :

— On va y aller nous, hein.

— C'est ça, bon vent.

Effrayée, Jeanne sortit Nathan tant bien que mal du logement. Une fois la porte fermée, elle l'allongea dans le couloir, sur le tapis doux et rouge qui jonche les escaliers des immeubles haussmanniens. Derrière le mur, aux cris retentissant encore et encore s'ajoutèrent des fracas de verre, de céramique, de bois. La partie de balle au pied devait s'être étendue à tout l'appartement, le fracassant en tous sens. La cage d'escalier faisait résonner les gémissements et autres hilarités de Rébecca. Il fallut une quinzaine de minutes pour que Nathan renoue avec ses esprits. Jeanne lui dit tranquillement :

— C’est normal, après si longtemps, que ça continue, comme ça, les crises ?

— Le docteur me l’a dit, parfois, ça reste, ça reste toute la vie.

— Il l’explique ?

— Pas vraiment.

— Donc c’est psychologique ?

— Comme tout ce qu’on n’explique pas, oui.

20.

Une vieille, très vieille dame ouvrit la porte de son appartement. Le peu de cheveux qui lui restaient s'éparpillaient sur un crâne tacheté. Une dent trônait au milieu de sa bouche. Elle se déplaçait par à-coups très faibles, comme une souris mécanique que l'on a oublié de remonter et qui parcourt encore, entre la fin du mouvement fluide et l'arrêt complet, quelques misérables centimètres. Son dos la rabougrissait étonnamment, une allégeance forcenée à la vie devait l'avoir voûtée. Elle ressemblait à une cathédrale. Sa voix ne correspondait pas du tout au corps soumis qui la logeait, elle était fluette, presque légère, et jurait avec les insultes qu'elle proféra immédiatement, avant même que sa porte ne fût entièrement ouverte et que cette description n'eût été possible. La vieille n'avait pas vu les deux amants couchés sur le palier de sa voisine. Elle sembla désolée.

— Ah bah m'sieu-dame, bonjour, je savais pas que vous étiez là moi, sinon j'aurais pas juré, que non, voyons. Mais qu'est-ce que vous faites là ? Un problème avec l'autre ?

Jeanne lui répondit :

— On peut dire ça comme ça.

— Et il a pas l'air bien du tout votre ami, faut se reposer hein, vous voulez entrer ? Je vous fais un jus, un thé, un café ? Venez donc !

Nathan et Jeanne validèrent la proposition. Il se releva tant bien que mal, se retenant au mur.

— Avec plaisir, merci.

— Bah dis donc à votre âge quand même, vous pourriez marcher mieux, regardez-moi, cent deux ans, hein. Vous allez pas vous rendre bien loin vous, ah, les jeunes. Ça s'agite, ça s'agite et puis quand ça s'arrête, y a plus rien. Allez, entrez, entrez.

— Merci encore, madame, c'est très gentil.

— Arrêtez avec madame, moi c'est Françoise.

— Merci, Françoise.

Le logement de Françoise était moins atypique que celui de Rébecca qui avait été construit récemment sur les derniers étages de l'immeuble. Un immense salon, une salle à manger, un grand et profond couloir, sûrement des chambres, et une petite cuisine tout en longueur. Parquet, moulures, terrasse. Tout plein de bibelots, de tableaux, des tonnes de photos de famille bien ordonnées au mur, une odeur de naphtaline. Des appareils ménagers et électroniques d'une autre époque. Jeanne et Nathan suivirent Françoise dans la cuisine, elle les fit asseoir autour d'une table en formica blanc, sortit de son frigidaire des pâtisseries, proposa des jus, du café, du thé. Les mots sont trop vifs et trop courts pour donner une juste impression du temps qu'il lui fallut pour préparer le tout, refusant toutes les dix secondes l'aide de Nathan ou de Jeanne qui devaient "rester assis". Ce fut très lent, mais délicat, plein de bravoure et de noblesse. Quinze minutes plus tard, Françoise put s'asseoir avec eux, ils dégustèrent jus de pomme avec tartes et autres gâteaux. Ils se gavèrent comme les enfants à la fin de *Jurassic Park* quand ils découvrent le buffet du petit-déjeuner, avant que les vélociraptors ne viennent les déranger. Même visage, même regard, même contentement, même âge.

Françoise était heureuse qu'ils se régalent de ses gâteaux. Elle le dit très fièrement :

— C'est Picard. *Un temps.* Alors, racontez-moi tout.

Jeanne et Nathan se regardèrent, chacun voulant laisser la parole à l'autre, finalement Jeanne se jeta :

— Eh bah moi c'est Jeanne, lui c'est Nathan. On s'est rencontrés il y a une vingtaine de jours à l'hôpital…

— Le virus ?

— Non, non, ne vous inquiétez pas. Pas le virus. *Une hésitation et puis merde.* La drogue.

— Ah, je préfère.

— *Le temps d'apprécier la réponse.* Pour tout vous dire, on était en cure de désintoxication, on est entrés le même jour à l'hôpital, au tout début du confinement. Et puis on a décidé de s'en aller.

— Pour reprendre la drogue ?

— Non, pour vivre ensemble.

— Moi j'ai fumé un peu d'opium, à mon époque, il y a longtemps. J'en garde un bon souvenir.

— On s'est mariés aussi !

C'est Nathan qui venait de reprendre la parole.

— Vous êtes mariés ? Félicitations !

— Enfin, c'est pas encore officiel, c'est le médecin de la clinique qui nous a mariés.

— C'est pas important, vous avez fait l'échange des vœux et des bagues ?

— Oui.

— Et vous vous aimez ?

— Oui.

— Alors c'est tout ce qui compte. Mon mari est parti, moi, il y a plus de trente ans, vous vous rendez compte, trente ans que je suis toute seule. Moi, je voudrais bien mourir, mais bon, je meurs pas. C'est comme ça, hein, on décide pas. Quoique maintenant, je suis contente d'être en vie, parce qu'ils veulent tuer tous les vieux dehors, ils commencent à fixer une date limite. Mais attention, le virus, si vous l'avez, je m'en fiche, si vous me le filez, moi, ça me tuera pas. Il faudra plus que ça pour me tuer, j'ai toujours eu envie de choisir quand j'y passerais. Oui, j'ai envie de mourir en beauté, pas qu'on me trie à l'entrée de l'hôpital, ça jamais, même si faut trier, je comprends, je suis pour, toutes ces bêtises pour protéger les vieux, alors que c'est vous les jeunes qui devez vivre, de toute façon, je vais plus à l'hôpital, même si je suis dépendante, c'est comme ça qu'ils disent, mais dès qu'on naît, tout de suite, on est dépendants, hein. Et puis ça continue, regardez-vous. Bon, et vous allez faire quoi alors, les jeunes, maintenant que vous êtes mariés ?

— On veut partir d'ici.

— Partir d'où ? De France ?

— Ah non, pas de France, de Paris.

— D'abord dans les Ardennes, je suis née là-bas, après on veut visiter un château dans le Loir-et-Cher, et après on sait pas, on verra.

— Ah oui, l'aventure quoi. Dire qu'il y en a qui partent en vacances à Bali, suivez pas mon regard, alors qu'il y a les Ardennes et le Loir-et-Cher. La chance, ça donne envie, j'aimerais pouvoir faire ça encore, main dans la main avec un gars que je traite comme un prince, avec le vent dans les cheveux, et la liberté, hein, la liberté. Vous vous aimez tellement, ça se voit dans vos yeux, c'est évident. *Un temps*. Encore quelque chose à boire, à manger ?

— *En chœur*. Non, merci, ça ira.

C'est Nathan qui proposa :

— Est-ce qu'on peut faire quelque chose pour vous, pour vous remercier, je veux dire ?

— *Après avoir bien réfléchi*. Maintenant que vous le dites, j'ai mon aide de vie, franchement, quel nom pourri, non ? Donc elle vient demain, mais d'ici là, dans la salle de bains, j'ai une ampoule cassée, je n'en ai pas de neuve et on n'y voit plus rien, et si jamais je dois m'apprêter, me maquiller, me coiffer, si jamais j'ai un rendez-vous galant, si mon mari revient, on sait jamais, ou si un homme frappe à ma morte, à ma porte, pardon, vous voyez. Ah ah. À ma morte. Un garçon à ma morte. C'est le professeur Freud, hein, qui serait content. Vous aimez bien Freud ?

— Oui, oui.

— Bien sûr.

— Bon, c'est bien, je vous fais confiance alors, hein. Ne les écoutez pas, ceux qui se moquent de lui… Ils n'ont rien compris. Bon, qu'est-ce que je disais ? Un garçon ? Me maquiller ? Mon mari ? Ah, oui. L'ampoule. Alors : est-ce que vous pourriez aller m'en acheter une au magasin et me la remplacer ensuite ?

— Évidemment.

— Ce serait si gentil, merci, de tout cœur, vraiment. Je vais vous donner de l'argent.

— Mais non Françoise, laissez tomber, ça nous fait plaisir. Je dois juste aller dans la salle de bains voir quelle ampoule il faut.

— Allez-y, c'est par là.

En quittant la cuisine, Nathan découvrit dans le couloir un portrait perforé de Greta Thunberg qui servait de cible à un jeu de fléchettes. Il pensa à la phosphorescence des fonds marins, sourit. Après avoir regardé la lampe de la salle de bains, Nathan et Jeanne descendirent de chez la vieille Françoise en quête d'un magasin pour remplacer l'ampoule.

19.

Leur quête ne les mena pas bien loin. À quelques numéros de là, sur le même trottoir, il y avait une petite épicerie de quartier, récemment reprise par une grande enseigne. Les citoyens faisaient la queue à l'extérieur, ce qui ne manqua pas de rappeler à Jeanne et à Nathan celle de la pharmacie de la clinique. Ils jugèrent que le monde était fait d'un nombre interminable de queues où les humains, dociles, attendaient de se procurer les éléments qu'ils considéraient comme essentiels à leur survie ou, plus précisément, les éléments dont on avait décidé à leur place qu'ils étaient indispensables à leur survie. Le monde ne changeait pas, les emplettes se résumaient principalement à acheter du plastique d'emballage à l'intérieur duquel étaient conservés des produits ridiculement chers. La voix du ciel gueulait pour offrir un paquet de je-ne-sais-quoi à l'achat de deux paquets de ce même je-ne-sais-quoi, en tout cas il semblait question de dépenser de l'argent pour en gagner ; tout existait gras, emballé, les aliments avaient des couleurs incréées, les productions venaient toutes de faire le tour de la planète avant de finir ici, plus aucune forme naturelle n'existait sur un quelconque étalage, tout apparaissait rond, carré, rectangle, losange, les listes d'ingrédients ressemblaient à des formules mathématiques interminables ; tout était poison, grotesque, absurde ; tout était drogue. Ils trouvèrent facilement les ampoules adéquates puis rejoignirent les caisses où, derrière d'immenses murs de plastique qu'on n'enlèverait plus jamais, des caissières répétaient leurs gestes mécaniques. Mais, au fond : qui étaient-ils pour juger ? Le mot *croissance*, qui lui vint à l'esprit, provoqua en Jeanne une terrible envie de déféquer. Elle se retint et n'en parla pas à Nathan.

Ils n'avaient pas encore traité la problématique fécale au sein de leur couple, conservant ainsi une certaine noblesse bienveillante qui, si elle est vue comme une faiblesse par certains, leur paraissait une élégance nécessaire à l'élaboration d'un amour digne. Devant la boutique, un attroupement agité se formait sous l'impulsion d'un homme qui était entièrement protégé par une combinaison en plastique. Deux policiers discutaient avec lui. Quand Jeanne et Nathan sortirent, il les pointa du doigt en criant :

— C'est eux, là, eux !

Les policiers s'avancèrent vers le jeune couple, l'homme continuait de gémir :

— Regardez-les, ils n'ont pas de masque, ils ont parlé à côté de moi, ils ne respectent pas les distances de sécurité, mais arrêtez-les ! Je suis contaminé, c'est sûr. Je vais mourir, je suis diabétique, je fais de l'hypertension. Je suis une comorbidité ambulante, ils s'en foutent, c'est eux, c'est à cause d'eux, arrêtez-les, arrêtez-les !

Les deux policiers se retournèrent vers l'homme.

— S'il vous plaît, monsieur, calmez-vous. *À Jeanne et Nathan.* Madame, monsieur, s'il vous plaît, veuillez nous suivre, juste là, voilà, ne gênons pas l'entrée.

Jeanne et Nathan suivirent les policiers à quelques mètres de l'entrée du magasin, l'homme les regardait d'un peu plus loin en grommelant quelques insultes. Il enduisait ses mains de litres de gel hydroalcoolique. Une nouvelle dispute parut éclater, la queue se désordonna ; derrière leurs masques en tissu offerts par la municipalité, les gens commençaient à paniquer, à hausser le ton. Les policiers essayaient tant bien que mal de raisonner la foule tout en entamant leur contrôle de routine.

— Je vais vous demander vos papiers d'identité, un justificatif de domicile et votre attestation de sortie, s'il vous plaît.

Jeanne et Nathan ne possédaient rien de tout cela. L'homme en rajouta une couche.

— Je vous l'avais dit, des traîtres, encore ! Arrêtez-les, merde, faites votre boulot, je vous appelle vingt fois par jour pour en dénoncer d'autres, vous ne faites jamais rien.

Les policiers rétorquèrent à nouveau, un ton au-dessus.

— Monsieur, s'il vous plaît, taisez-vous maintenant, et laissez-nous faire notre travail. Bon, donc : papiers d'identité, attestation de sortie, justificatif de domicile, allez, je n'ai pas que ça à faire, vous voyez bien.

Nathan répondit :

— On n'a rien de tout ça, monsieur, on est juste allés chercher cette ampoule pour une vieille dame de cent deux ans qui habite juste là.

— Mais bien sûr, une dame de cent deux ans que vous aidez gentiment. Qu'est-ce que t'en penses, Jean-Charles ?

Son collègue enchaîna :

— Bon, vous avez de quoi payer immédiatement cent trente-cinq euros chacun ?

Jeanne rit très fort. Celui qui s'appelait donc Jean-Charles dévisagea Jeanne, éclair de lucidité. Il dit quelque chose à l'oreille de l'autre flic, qui rétorqua :

— Ah, mais oui. On vous connaît vous. *Regard complice avec l'autre policier.* Y a peut-être un moyen de s'arranger finalement. *Rires gras.*

Sa vie durant, Nathan n'avait pas supporté les humiliations, mais il n'avait jamais rien fait. Allait-il demeurer celui qui ne fait jamais rien, celui qui est lâche, celui qui ne vaut rien, celui qui a peur ? Toutes ces questions, il se les posa en un instant. La rage montait.

— Laisse tomber, Nathan.

Malgré les mots de Jeanne, il prit son destin en main et son âme vira à cent quatre-vingts degrés. Il n'avait pas fait ça pour rien, ils n'étaient pas ensemble pour qu'il reste celui qu'il a éternellement été. Avant, s'il ne réagissait pas, c'était par peur et non par choix. Nathan avait conscience que ne pas réagir sans avoir peur pouvait être la meilleure des solutions, la plus noble, le dernier stade de l'évolution. Ne pas manger un gâteau alors qu'on est en surpoids, ne pas frapper alors qu'on sait frapper, ne pas tuer alors qu'on peut tuer, pouvoir torturer et ne pas le faire : tout ça, c'était toujours et encore son but ultime, mais pour y arriver, il savait pertinemment qu'il devait, au moins une fois, se jeter, aller à l'encontre de la terreur, protéger ceux à qui il tenait. Le choc, la peur, l'épiphanie : elle était là, à portée de main, de poings. Il ne pouvait pas la laisser passer et…

À cet instant, les talkies-walkies des policiers se mirent à hurler des ordres incompréhensibles. Avant de déguerpir vers leur véhicule, ils dirent à Jeanne et Nathan :

— Vous avez de la chance. La prochaine fois, vous ne vous en sortirez pas comme ça.

18.

Les adieux avec Françoise furent chaleureux. Elle les remercia pour l'ampoule et les serra dans ses bras avec une tendresse vigoureuse. Quand ils quittèrent l'immeuble, la dispute devant le supermarché semblait avoir dégénéré. Jeanne et Nathan, pour se faire discrets, entreprirent de traverser la rue. C'est à ce moment-là qu'ils la remarquèrent. Une vieille Citroën ZX grise des années 1990. Les feux de détresse allumés. Plusieurs flacons de gel hydroalcoolique trônaient sur la plage arrière : sans aucun doute, elle appartenait au délateur qui continuait à s'engueuler avec tout le monde. Sans se concerter, ils jetèrent un coup d'œil rapide au tableau de bord. Ils avaient bien vu : les clés étaient sur le contact.

— Non ?

— Allez.

— Vraiment ?

— Et pourquoi pas ?

Jeanne ouvrit la portière avant, Nathan se précipita à la place du passager. Le véhicule démarra au quart de tour, ils grillèrent un feu rouge. Le sourire si fortement dessiné sur leurs visages y creuserait à jamais des rides, comme les hurlements du propriétaire tentant vainement de les poursuivre et qu'ils pouvaient voir rétrécir dans les rétroviseurs, jusqu'à disparaître.

Sans aucune possibilité de dire un mot entier avant quelques virages, les deux amoureux tremblaient d'une joie pure et délicieuse. Le geste qu'ils venaient d'accomplir était à la hauteur de leur amour. En voulant lui promettre que, dorénavant, tout ce qu'ils entreprendraient serait de la même veine, Nathan caressait la main de Jeanne chaque fois qu'elle passait une vitesse. Une fois calmés, ils se persuadèrent qu'ils ne seraient pas poursuivis immédiatement, la société devait avoir bien d'autres priorités, ce qui les arrangeait, car ils n'avaient aucune intention de déposer les armes, même si remplacer la drogue par l'amour ne pouvait pas être une solution satisfaisante. Ils allaient devoir faire attention collectivement, si deux suffit pour être collectif. Nus face à leurs aventures picaresques, Jeanne et Nathan attendaient la suite avec impatience.

17.

Ils traversèrent Paris avec une conduite souple, apaisante, mais, surtout, peu prompte à la suspicion. Ils trouvèrent facilement de quoi stationner devant chez Charlotte. Une fois le moteur éteint, ils soufflèrent de concert, se contemplèrent, s'embrassèrent, se rassurèrent. Reprendre ses esprits. La brève discussion qui s'ensuivit se résumait à : on reparlera de tout ça plus tard, mais pour l'instant finissons-en. Jeanne et Nathan devinrent des êtres d'instincts, se faisant une confiance aveugle, évoluant à tâtons dans la grande immensité absurde du monde. La violence s'y mêlerait, c'était inévitable. Plus le temps de penser. Encore, ne pas savoir où on va, mais y aller. Tout ça. Se rappeler que ce tout ça partit d'une intuition. Un nouveau baiser. Un nouveau paragraphe.

Charlotte les accueillit dans une espèce de peignoir satiné. Sous la couleur orangée typique des tatouages au henné, un eczéma purulent recouvrait ses mains, un petit point de velours trônait au centre de son front, le salon puait l'encens. C'est alors qu'il aboya.

— Simba !

Le petit carlin se jeta sur Jeanne qui le rejoignit à terre, il aboyait, gémissait, elle le caressait, l'embrassait. Les retrouvailles furent intenses, aimantes, miraculeuses. Nathan et Charlotte restaient debout à se regarder, un peu gênés, en attendant que le cirque finisse. Jeanne se releva en s'excusant, le chien continua à s'exciter.

— Calme-toi Simba, voilà, voilà.

Nathan sourit et présenta délicatement sa main devant le museau du chien qui la lécha hardiment.

— Venez, prenez place.

Charlotte les invita au salon, il n'y avait pas vraiment de fauteuils ou de canapés pour s'asseoir, tous les anciens meubles étaient entassés sur le balconnet qui servait de grenier. Sur un tapis oriental, autour de quelques plantes vertes assoiffées, étaient posés trois poufs en cuir. Jeanne lui dit :

— Ça a changé ici.

— Oui, tu peux pas savoir Jeanne, c'est le confinement, ça m'a bouleversée, sur internet j'ai suivi un stage en Inde, j'ai complètement bouleversé mon mode de vie. C'était bouleversant.

— Je vois. Je vous ai pas présentés au fait, pardon, Nathan, Charlotte, Charlotte, Nathan.

— Enchanté. Un stage en Inde alors ?

Nathan ne voulait pas forcément en savoir plus mais demeurait poli. Les deux convives s'assirent, Charlotte alla vers le coin-cuisine.

— Je vous prépare un kombucha et je vous raconte tout.

Charlotte rapporta une bouteille pleine de champignons gris et d'un liquide jaune, accompagnée de trois minuscules tasses en céramique bas de gamme dont l'étiquette *"Made in India"* restait collée en dessous. Merci, merci. Jeanne et Nathan burent rapidement, mais vaillamment, le breuvage, ils posèrent à terre leur tasse et refusèrent un deuxième service. Simba s'était couché contre Jeanne, elle le caressait voluptueusement, lui souriant parfois. À son tour, elle usa de politesse :

— Donc, un stage un Inde, tu disais ?

— Oui, enfin, c'était pas que ça, tout est parti d'une bêtise, tu peux pas savoir, en fait, j'ai acheté un petit projecteur pour plafond, de quoi regarder des séries en restant allongée, et j'ai vu des choses très bien, c'est formidable ce qu'on fait en ce moment, la série est devenue un lieu de qualité incroyable.

— Il paraît, oui.

Nathan était définitivement très poli.

— Enfin bon, vous savez comment c'est, chaque fois que je terminais un truc, le site me proposait toujours de nouvelles choses, j'ai dû passer le premier mois à rattraper tout le retard que j'avais accumulé, tu sais, quand les gens parlent tout le temps d'une série, d'une autre, et que toi tu n'as rien vu, je me sentais mal, mais maintenant ça va, je suis à jour, même s'il y en aura certainement toujours de nouvelles et puis de nouvelles encore, enfin bon, de toute façon, j'ai arrêté les séries, parce que, ce que je disais, c'est qu'un jour, le site m'a proposé un documentaire sur les ovnis, allons bon, je me suis dit ça, allons bon, pourquoi pas Charlotte, tu vois, je voulais plus garder mes préjugés sur les choses, je voulais m'engager dans l'ouverture en fait, j'étais déjà sur la voie, c'était évident, c'est quelque chose qui se passait, c'était déjà dans mon corps à moi, enfin, là je regarde ce documentaire, *OVNI, l'incroyable vérité*, alors, on peut croire comme ça, si on n'est pas dans une perspective d'enrichissement, si on reste bloqué avec ses barrières, le problème c'est nos croyances limitantes, et les miennes commençaient à s'effondrer, donc je regarde le documentaire avec les ovnis, et là, c'est un truc très sérieux, avec le directeur de la CIA, des ministres canadiens, tout est démontré, c'est sans faille, non que j'y croyais pas, mais je ne me posais juste pas la question de la croyance, ça n'existait pas, c'était tout, et là, je vous assure, j'ai flippé, pas particulièrement sur les extraterrestres, parce qu'ils sont sûrement pacifiques, non, j'ai flippé sur ma manière d'être, d'exister, et j'ai compris que je ne vivais pas ma vie normalement, que j'étais pétrie de ces croyances limitantes dont je vous parlais, que mon être ne s'exprimait pas, que j'étais conditionnée par un système qui asservissait les âmes, et puis, de fil en aiguille, je suis tombée sur ce documentaire à propos d'un mage indien qui nous apprend à découvrir le rapport entre notre corps et l'espace-temps qui accueille notre existence, et puis j'ai vu qu'il proposait une série de stages en ligne, que j'ai tous suivis et j'ai compris, je l'ai senti, je vous assure, je l'ai senti, le grand organisme, la connexion qui traverse le flux naturel, en me nourrissant d'air et de lumière, je suis enfin devenue la créature multisensorielle que je me destinais à être, chose encore plus surprenante, j'ai réussi à communiquer avec mes ancêtres…

Inconfortable sur son pouf, Nathan, en tentant de changer de position, renversa la fin de sa tasse (il en restait très peu) dans une plante verte. Il semblait très gêné. Charlotte reprit la parole en marchant à quatre pattes vers le pot.

— Ne t'inquiète pas, c'est pas grave. Tu peux juste t'excuser, elle ne t'en voudra pas.

Nathan ne saisit pas. Il s'excusa en regardant Charlotte.

— Mais pas à moi, voyons, à la plante !

— Bien sûr, à la plante, pardon. Excusez-moi.

— Caresse-lui quelques feuilles, vas-y. Console-la.

— *En caressant quelques feuilles*. Pardon, vraiment, j'espère que ça va aller.

— Tu vois, ça fait du bien ?

— Oui, oui.

— Donc, j'en étais où ?

Jeanne la secourut.

— Tu communiquais avec tes ancêtres.

— Roh oui, tu peux pas savoir, mais pas que mes ancêtres, ceux de Simba aussi, je l'ai aidé à les retrouver.

Jeanne regarda Simba, qui se blottissait toujours plus près du creux de sa cuisse.

— On a vu l'arbre ensemble, l'arbre du monde, le procréateur de toute chose. C'était ici. Juste où tu es assis, Nathan. On s'est connectés au grand tout. Et, depuis, j'ai un pouvoir sensitif illimité.

Charlotte ouvrit délicatement son peignoir et se présenta nue face à Jeanne et Nathan, assise sur le tapis, elle écarta ses jambes.

— Il faut que vous me preniez, que vous me preniez très fort, je vous attendais, c'était écrit, cela doit être vous. Je vous laisse profiter de mon énergie. Allez, venez. Viens Nathan, viens.

— Et oh, ça va pas non.

Jeanne se surprit elle-même à cette réaction, quelque peu jalouse, Nathan en fut ému. Charlotte continua.

— Venez avec moi, venez dans le grand tout. Allez.

Jeanne prit Simba dans les bras et dit à Nathan :

— Il faut quitter cette ville.

16.

Le ciel impalpable s'obscurcit, l'air lourd et soufré narguait les nuages et dans un tonnerre industrieux, juste après qu'ils eurent quitté le domicile de Charlotte dans leur vieille automobile grise, une pluie vengeresse se mit à tomber. "Pas un gramme d'électronique, ça c'est une bonne bagnole", aimait répéter Jeanne qui conduisait. Avant de déserter la région et de prendre le chemin des Ardennes, ils firent un petit crochet par Pantin, au cimetière où venait d'être enterré le père de Nathan. Le sanctuaire était malheureusement fermé, sauf en cas de cérémonie. Ils se décidèrent à escalader le portail quand ils aperçurent un gardien sur le point de repartir après s'être visiblement occupé de préparer quelques caveaux pour les enterrements à venir. Ils lui parlèrent. Dans un premier temps, il ne voulut pas les laisser entrer et puis, après avoir pris conscience de leur détermination, il se ravisa.

— Merci, on en a pour cinq minutes, je veux juste voir la tombe de mon père.

Il demanda le nom du défunt et les accompagna.

— Je reviens dans quinze minutes et vous dégagez.

— Merci monsieur.

— Merci.

Le vieux gardien aux épaules nobles, sûrement un prince en son pays, disparut dans la brume. La pluie ne s'arrêtait pas. Perfectionniste et de plus en plus fleur bleue, Nathan tomba à genoux devant le tombeau mordoré, regarda le ciel ; les gouttes chutaient avec une force telle que ses yeux ne purent rester longtemps ouverts. Par intermittence, il devait les fermer pour supporter le poids de l'eau sur ses pupilles, le paroxysme esthétisant de l'image perdait ainsi en pathétique, il condescendit alors à baisser les yeux de la face de Dieu et scruta la pierre tombale. L'épitaphe lui sembla saugrenue : "Mon ami, abstiens-toi de creuser la poussière déposée sur moi. Béni soit l'homme qui épargnera ces pierres, mais maudit soit celui violant mon ossuaire." Un éclair. Tonnerre. Pluie diluvienne. Son père avait-il demandé à voir figurer cela sur sa tombe ? Sûrement. Rébecca n'aurait pu l'inventer. Inspirée de l'épitaphe de Shakespeare, auteur que son père connaissait bien, mais n'aimait pas vraiment, la phrase était désuète : qui, aujourd'hui, allait profaner les tombes ? Qui violait les ossuaires ? Au pire, il obtiendrait une croix gammée, un *Allah ouakbar* ou un petit mort aux Juifs de derrière les fagots ("la nationalité prend une majuscule, celui qui pratique la religion une minuscule", expliqua Nathan à Jeanne). Enfin, rien de très étonnant et qui mérite d'évoquer ladite violation des ossuaires. Surtout que cette phrase alambiquée n'allait pas arrêter les quelques illettrés qui viendraient. Mais de quels pilleurs de tombes voulait-il parler ? Que pouvait-il craindre ? Et qui ? Sans aucun doute, cet énoncé lui était destiné. Nathan devait être le violeur : c'est de lui que son père avait peur. Jeanne vint le consoler et les deux, anesthésiés par l'eau et le vent, se blottirent ensemble dans une étreinte immobile qui, au cœur du tourment des éléments, rappelait ces couples figés surpris dans leur amour par le volcan de Pompéi. Désenchantée, la pluie se mit à tourbillonner inlassablement et Nathan, du sein de ses pensées sacrées, se convainquit que l'hérédité ne pouvait pas être qu'un pis-aller.

— Simba, arrête ! Non !

— Laisse-le, Jeanne, laisse-le.

Le voilà, le profanateur : le petit chien, follement enjoué par la pluie funèbre et la promenade géométrique dans les allées grises du cimetière, se mit à pisser sur la tombe de "Szymon K., survivant". Le père de Nathan n'avait jamais utilisé son nom de naissance, il s'était toujours appelé Simon, mais voici que sur sa tombe, dans les creux gravés du marbre, le passé resurgissait. Par contre, il avait toujours dit qu'il était un survivant. Les morts n'oublient jamais. Simba termina de pisser quand Nathan dit à Jeanne :

— Promets-moi juste une chose, promets-moi que je ne serai jamais enterré à Pantin.

Elle regarda l'ombre anthracite des tours qui surplombaient le désert des morts et la pluie battante fracassant les tombes mal entretenues. C'est alors que tout naturellement elle lui répondit :

— Je te le promets.

Un spectre apparut derrière eux : le gardien. Nathan, les yeux désorbités, le devança :

— On y va, on y va.

— Merci encore, monsieur.

Simba les suivit.

— C'est interdit aux chiens, ici !

La voix disparut sans écho, le couple pressa le pas pour quitter ce lieu. De retour dans la voiture, ils renoncèrent à leurs habits trempés et firent l'amour sur la banquette arrière. La force de la pluie embrumait les vitres ; le chien dormait sur les flacons de gel hydroalcoolique qu'ils avaient nonchalamment jetés sur le siège du conducteur pour faire de la place à leurs corps désirants. Comme le vent plie une fleur, leurs flancs faisaient vibrer l'habitacle, la sueur enduisait le polyester rêche de la banquette, l'indécence pastorale du sexe s'imbriquait de vanité mécanique. Le déluge, l'orgasme. En retirant son pénis douloureusement sensible du vagin de Jeanne, Nathan manqua de tomber à la renverse sur le sol du véhicule, puis se laissa aller, tête en bas, pieds en haut ; ils rigolèrent de leur puérilité retrouvée. Complètement biscornu dans l'automobile, il fit alors claquer contre son ventre ce qu'il convient d'appeler, dans une telle situation, son zizi : cela émettait un tas de petits sons rigolos. Jeanne pensa que cela devait être très amusant d'avoir ce zizi, elle aimait bien la musicalité du membre sur la peau et les mouvements, petits sursauts, qui s'opéraient par l'intermédiaire du muscle ; le zizi tombait puis se relevait, tombait puis se relevait, et ainsi de suite. Elle mettait sa main pour l'intercepter et Nathan continuait de bouger son sautillant zizi. Il ne manqua pas de conclure par l'hélicoptère. Ils moururent de rire. Leurs organes sexuels leur permettaient de refaire leur monde. *Faire l'amour*. Parfois, les mots ont leur importance. En couchant, ils construisaient leurs sentiments. Le bruit de l'eau claquait de plus en plus fort l'acier, les trombes étaient si fortes qu'on ne pouvait voir par les fenêtres que des formes et des couleurs floues, agitées, et dansant sur le rythme des gouttes. Dans cette drôle de position aussi confortable qu'elle paraissait inconfortable, les amants se regardèrent longtemps avant qu'il ne lui pose la question de la contraception. Ils ne prenaient pas leurs précautions, il ne l'avait pas récemment vue avaler de pilule (à la clinique, ils ne dormirent jamais ensemble). Il y avait déjà pensé, oublia, c'était le moment. Verdict : elle avait arrêté à la clinique. Un instant, Nathan resta silencieux, d'abord quelque peu dérouté par la nouvelle, puis se redressa. Il aurait peut-être aimé être prévenu ? Elle attendait qu'il demande, elle dit :

— Quand on fait l'amour, quand du sperme est propulsé vers des ovules, généralement, il y a un risque, enfin, une possibilité. Comme si la réalité contemporaine de la femme n'était pas fertile, que la contraception demeurait le choix par défaut, et qu'il fallait prévenir quand il n'y en avait pas. Prévenir l'homme qui ne prend même pas la peine de demander.

Elle n'avait pas tort. Nathan ressentit une décharge fructueuse et inintelligible de bonheur brut. Il n'avait jamais envisagé l'acte sexuel comme une possibilité de reproduction. Non pas qu'il fût contre, non pas qu'il fût pour : il n'y avait juste jamais pensé. Le plaisir sexuel existait en dehors de ses conséquences natalistes, et c'était bien. C'était heureux, c'était humain. Dans le domaine des avancées sociales, celle-ci méritait vraiment son nom. Mais, à l'image de toute sa génération et de celles à venir, et puisqu'il n'avait pas vécu le basculement historique de la contraception, il ne pouvait pas, à l'inverse, envisager l'acte de reproduction comme un acte de plaisir. Pour lui, la reproduction et le plaisir étaient conceptuellement séparés. En excluant heureusement la reproduction du plaisir, il avait malencontreusement exclu le plaisir de la reproduction. L'origine de la création vivante en devint un geste abscons, qui n'avait rien à voir avec le geste sexuel qu'on aimait pratiquer régulièrement. Il n'avait juste jamais fait le rapprochement entre une bite dans une chatte et un polichinelle dans le tiroir. En y pensant, il en avait une confirmation assez désopilante : tous les gens qu'il connaissait et qui eurent des enfants assez jeunes avaient une vie sexuelle peu convaincante et ne les firent que dans le but de sauver leur couple ou, parfois, de surmonter un deuil. Il attendait de les voir grandir, les petits monstres. Il s'égarait encore. Son visage rougit quand l'excitation le grippa. Son sexe était redevenu dur, gonflé, les veines dessinées. Les aspérités de la peau sublimées comme une statue du Bernin. On ne le touchait pas, il ne pensait à rien de coquin, il venait juste de terminer cette discussion éthique avec son épouse : et voilà qu'il bandait tel un ado au réveil. Jeanne sourit avec une félicité épidermique, elle écarta les jambes et d'un signe vibrant de la main, elle l'invita à se rapprocher. Après s'être léché un peu les doigts pour le caresser, elle posa chacune de ses mains sur ses fesses et d'un geste ferme, sans nuances, elle les attira vers son entrejambe et le fit brutalement entrer en elle. Elle claqua plusieurs fois son cul. Putain, c'est comme ça qu'on fait les gosses ? Voilà ce qu'il pensa au cours de cette baise monumentale, peut-être la meilleure de sa vie. Comme quoi, ça se joue à rien, on jouit, on ne jouit pas, on jouit peu, on jouit fort ; les voies du plaisir sont impénétrables. Un ovocyte de deuxième ordre était effectivement présent au niveau du tiers externe de la trompe utérine, la course restait longue, semée d'obstacles, il fallait d'abord résister à l'acidité du vagin, affronter le col de l'utérus, puis trouver le chemin, avoir fait le plein d'enzymes acrosomiales, se transformer pour les libérer. S'ils sont plusieurs centaines de millions lors de l'éjaculation, seulement quelques milliers atteignent les trompes. Il faut ensuite que les membranes du spermatozoïde et de l'ovocyte fusionnent. Fécondation de l'ovocyte, augmentation de calcium, division cellulaire, réaction corticale, modification de la zone pellucide, détachement des spermatozoïdes liés aux récepteurs de la membrane, perte de la queue, des mitochondries. Le spermatozoïde rejoint le centre de l'ovocyte. Méiose, éjection du globule polaire, transformation en pronucléus féminin et pronucléus masculin, libération des chromosomes. Zygote. Première division mitotique. Que la vie est bien faite. Sauf que ce jour-là, aucun spermatozoïde de Nathan ne fut capable ne fût-ce que de trouver un ovocyte. Mais, franchement, qui est le génie qui a rendu la tentative de reproduction aussi plaisante ? Ça donne envie de faire des gosses, tu m'étonnes, la survie de ta civilisation est en jeu.

15.

Ils quittèrent l'Île-de-France à vingt-deux heures trois. La pluie s'arrêta quand ils dépassèrent Sainte-Aulde et entrèrent en Champagne-Ardenne. Nathan conduisait dans la nuit mystique, la voiture avalait la route noire comme un fleuve. Tels deux astres vivants, les phares globuleux éclairaient les bandes blanches, le goudron luisait. L'ombre de l'histoire parcourait le temps à une fréquence particulière, mais si leur passé s'effondrait, la bagnole était assez rapide pour les propulser dans un âge neuf, futuriste, où les particules avaient vocation à se stabiliser. Optant pour les chemins de traverse, ils fuirent l'autoroute. Les lumières municipales des villages brillaient comme des étoiles filantes annonciatrices, comme tant de vœux formulés qui n'avaient jamais été exaucés. La cathédrale de Reims et son portail protecteur tenaient encore debout sur les ruines de la galaxie. Ils se dirigeaient vers un hameau, en dessous de Charleville, où les parents de Jeanne possédaient une modeste maison de pêche (elle disait une *datcha*) ; elle savait où trouver les clés, ils y dormiraient cette nuit en attendant son petit frère qui les rejoindrait dans la matinée. Bercés par les ondulations mécaniques, les variations du bitume et la docilité du moteur à explosion, ils en avaient oublié la faim, le sommeil et peut-être même la folie du monde. Dans la nuit argentée ne brillait aucune lune d'or. Nathan se rêvait mercenaire : il devait escorter Jeanne jusqu'à ce château qu'il vit de la fenêtre de son train, c'était sa mission, une quête d'importance qu'il n'avait pas encore complètement déchiffrée, mais qui s'imposait à lui. Peut-être que l'avenir de l'humanité en dépendait. Nathan ne cesserait jamais de se raconter des histoires, c'était sa manière d'être, d'appréhender le réel, de le refuser aussi. Il avait tant à y gagner : la guerrière à ses côtés lui permettrait peut-être d'accepter la fiction non plus comme un refus de la réalité, mais comme une forme de réalité augmentée, sublimée, définitivement humanisée. Il serait chevalier et elle serait princesse et tant pis pour les stéréotypes de genre.

Ils n'en restaient pas moins deux anciens camés qui ne savaient pas où aller et qui erraient sans cohérence aucune dans les dédales d'une époque moribonde.

— C'est là.

Ils venaient de dépasser le panneau indiquant Thin-le-Moutier, le véhicule s'arrêta devant un vieux portail gris, fermé par un cadenas. Quand les phares s'éteignirent, une infinité d'étoiles apparurent dans la voûte céleste. Parce que la moitié d'entre elles n'étaient qu'illusion pure, mortes depuis des années-lumière, résurgences d'un passé, ils furent sans mots. Quand le moteur se tut, le silence assourdissant de la nuit les saisit. Ils prirent leurs affaires dans le coffre et elle lui enjoignit de grimper par-dessus le portail. Il le fit, avec l'habileté d'un vagabond. Même sans lune, la nuit demeurait claire. Elle chuchotait. Il suivait. Sous un pot de fleurs, elle trouva une clé. Ils entrèrent dans la cabane, une pièce unique avec une grande cheminée au centre, une petite cuisine, un canapé. Il fallait qu'il aille pisser.

— Tu feras attention à…

Il n'avait pas entendu, était déjà sorti. Elle entendit plouf. Il se débattait dans l'eau, s'en sortit facilement, tout trempé.

— … à l'étang.

À nouveau, ils moururent de rire. Un rire délicieusement interminable placé sous la protection constellante d'un univers interminé.

— Mince, mais tu vas avoir froid mon amour.

Ils rentrèrent dans la datcha, il se dénuda ; elle lui fit un feu, réchauffa un peu d'eau. Il restait quelques sachets de thé et une boîte de thon qu'ils offrirent au chien. Jeanne et Nathan placèrent une couverture sur le sol froid, devant les flammes hypnotisantes. Pour une fois, le reste ne nous regarde pas.

14.

Nathan fut réveillé par les premiers rayons hésitants du soleil. Jeanne était paisiblement endormie contre lui. Doucement, sans la déranger, il s'extirpa, sortit sur le pas de la porte, nu. Devant lui : trois magnifiques étangs, une forêt, des prairies. Il avait toute sa place dans la création. Telle une épaisse fleur de magnolia qui divulgue sa splendeur avec une oisiveté altière, la beauté démesurée du spectacle qu'il contemplait prenait constamment de l'ampleur. Il ne trouvait pas ça beau en soi. Ce qu'il trouvait beau, c'était elle et lui, ici. Oui, ce paysage n'était splendide que parce qu'il abritait un animal doué d'une conscience esthétique capable de le reconnaître comme tel. Sans l'humanité, aucune conscience d'être, juste un processus mécanique de causalité, du vivant sans vie. Il était prêt à ne plus se détester, à reprendre sa place, il savait que ça restait le but de leur voyage.

Nathan se jeta à l'eau, volontairement cette fois-ci. La fraîcheur le saisit, il prit pleinement conscience de son âme. Le soleil se révélait de plus en plus, ses rayons atteignaient maintenant toute la surface de l'eau qui luisait de mille feux aussi illusoires que les étoiles mortes qui éclairent encore. Au contact de la brume matinale, l'or de la lumière astrale mutait en vif-argent éblouissant. Il nageait avec emphase dans ce puits de flammes aux allures de code informatique ; englué par l'épaisse eau vaseuse, son corps retrouvait une sensation maternante ; ses yeux illuminés ne voyaient qu'un mirage flamboyant. Un petit clapotement se distingua du chant des oiseaux et de l'eau remuée, une vague silhouette blanche s'était insérée dans l'enchantement doré, elle se rapprochait avec ses cheveux aux reflets infinis. Dans un océan d'illusions, ils s'embrassèrent. Leurs jambes s'entremêlèrent sous l'eau, ils planaient. Où étaient-ils quand la terre fut fondée ?

Camille arriva à bicyclette vers dix heures du matin. Quand Jeanne entendit son frère, elle sursauta et, trépignant d'impatience, se jeta sur la porte de la datcha pour sortir, en oubliant qu'elle était seins nus. Elle revint, honteuse, mit son débardeur et fila. Nathan, tout sourire, regarda la scène par la petite fenêtre poussiéreuse. Camille déposa un énorme sac à dos de randonnée sur l'herbe au bord du premier étang, laissa tomber son vélo et courut pour se projeter dans les bras de sa sœur. Leurs salutations furent confuses : plusieurs accolades classiques, des pas de danse chorégraphiés, des figures de mains et de pieds rocambolesques. Un frère et une sœur, ça n'a pas d'âge. Camille était plutôt beau gosse, disons sera, sera plutôt beau gosse. Toujours ces gouttes d'ingratitude parsemées sur le visage et le corps qui éloignent l'humain de dix-huit ans de la beauté objective. Il était bien plus grand que sa sœur, et que Nathan par la même occasion. Il devait faire au moins un mètre quatre-vingts. Il avait un piercing à l'oreille droite, un anneau. Son nez était assez parfait, trônant au centre de son visage mince, ses lèvres, pulpeuses, au contour un peu rougi par les boutons écrasés, pouvaient ne pas être au goût de tout le monde. Des yeux gris-vert, perçants, que Nathan ne pouvait pas encore voir d'où il se trouvait. Un jean, des baskets, une chemise à carreaux. Des cheveux gras, longs. La jeunesse quoi.

Par la fenêtre, la scène était muette, ils échangeaient quelques mots. Camille reprit son sac sur le dos et Jeanne glissa un bras sous le sien. Ils se dirigeaient vers la cabane. Nathan se releva, but une gorgée de thé pour se gargariser, cracha dans le feu et alla ouvrir la porte.

Camille avait apporté toutes sortes de vivres. Ils en auraient au moins pour deux semaines, le chien aussi. Nathan cuisina une salade de lentilles avec des échalotes et des carottes râpées. Le frère et la sœur se baignèrent, jouèrent, pêchèrent. Comme ils auraient aimé que ça dure toujours, ils entreprirent de rattraper le temps perdu à une vitesse folle. Pas d'inquiétude, les parents ne venaient pas et n'étaient au courant de rien, il devait juste faire les courses et les vieux avaient peur pour leur santé avec le virus, ils restaient donc enfermés. Le gouvernement allait lui offrir son baccalauréat, il était prêt à partir, Jeanne lui octroya les clés de son appartement : l'année prochaine, il serait parisien. Nathan en profita pour lui donner les siennes, ils se mirent d'accord pour que Camille s'occupe de le louer contre un petit pourcentage. Nathan allait donc acquérir un revenu fixe. Jeanne, quant à elle, avait toujours de quoi voir venir. Son frère leur proposa de rester sur place, le temps de l'été, il se soucierait de tout pour eux. Ce n'était pas le plan, elle en fut désolée, il *fallait* qu'ils partent. Camille pleura, sa sœur pleura. Ils pique-niquèrent avec l'apaisement de San Goku avant le combat contre Cell. Simba dévora un énorme jambon dans son coin. L'après-midi, ils se promenèrent dans la forêt, le chien était aux anges, les humains aussi. Encore une nuit. Le lendemain, ils partirent ensemble. Les adieux furent intenses. Le vélo entra tant bien que mal dans la Citroën. Ils accompagnèrent Camille à la maison familiale où on l'attendait pour déjeuner. Jeanne regarda par la fenêtre : son père et sa mère mettaient la table, son petit frère les rejoignit. La pendule trônait fièrement dans le fond de la salle à manger et marquait avec bruit le foutu temps qui passe. Rien n'avait changé. "Je n'ai plus rien à faire ici." Elle fit démarrer l'automobile, direction Fréteval et sa tour médiévale. Direction l'intuition. Au passage, ils s'arrêtèrent à la maison d'enfance d'Arthur Rimbaud que Nathan voulait voir. La boîte aux lettres était maintenant au nom de Patti Smith, démontrant ainsi que l'histoire n'est pas linéaire, que c'est bien une progression à rebours, se répétant deux fois : d'abord sous la forme de la tragédie, puis sous celle de la farce. Ils passèrent ensuite à Étrépigny, où Jeanne lui raconta l'histoire du curé Meslier, figure des Ardennes et inventeur moderne de l'athéisme. Ils se mirent d'accord qu'il fallait se méfier autant de ceux qui disent que Dieu n'existe pas que de ceux qui prétendent que Dieu existe. Ils s'entendirent pour laisser du mystère.

13.

Le vent fouettait les vestiges du donjon circulaire et léchait les feuilles de la végétation qui s'était emparée de l'édification humaine. L'architecture vivante de la nature se mêlait à l'architecture du vivant, celle de l'histoire guerroyante, pour former une seule et même structure hybride faite d'entrelacs indissolubles. Comme nombre de monuments antiques, la tour médiévale semblait avoir été destinée, dès sa construction, à se dissoudre dans la vanité végétale. La nature ne reprenait pas ses droits, elle accompagnait simplement le miracle.

Les oiseaux survolaient la tour sans jamais se choquer. Ils tournaient et tournaient encore par vagues, submergeant le ciel d'une beauté inquiétante. Pas étonnant que les armées occidentales aient étudié le mouvement des volatiles pour créer les algorithmes qui régissent les trajectoires de leurs drones meurtriers. Parce que la ville, c'est la guerre. Et quelle guerre ! Jeanne revoyait Richard Cœur de Lion et Philippe Auguste se battre ici même et jusque dans la plaine de Lignières. Elle apercevait au loin les fantassins légers, les archers, les arbalétriers et Richard remontant la rive droite du Loir. Le roi français, lui, était ralenti par ses archives, à l'époque itinérantes, qui devaient lui servir à prouver ses droits sur cette terre. Alors : comment prouver qui on est et que cette terre est à nous ? Les papiers ne suffirent pas, la preuve : c'est à cause d'eux que l'envahisseur anglais put mettre la main sur cette vaste parcelle de France. En effet, embourbés à cause de leur poids, les chariots contenant les archives empêchèrent l'armée française d'avancer et, à sept heures du matin, Cœur de Lion attaqua Auguste. Tout y passa : les bagages, les chevaux, les corbeilles, les vases, les tables, l'or, les écus. Les Français, à l'administration déjà assourdissante, furent massacrés. Le roi d'Angleterre brûla toutes les archives. L'Homme sans origine. C'est après cette bataille que Philippe Auguste créa la fonction de garde des Sceaux et les Archives nationales par la même occasion, bien en sécurité au Louvre, pour éviter de trimbaler tout ce bordel et perdre encore des bouts de territoire en essayant de prouver par la loi ce qu'il faut défendre par la force. Nathan demanda à Jeanne :

— Mais comment tu sais tout ça ?

— C'est écrit là.

Le vieux panneau municipal planté par la mairie au début des années 1990 était délavé par le temps, mais permettait toujours de s'instruire au sujet de cet épisode méconnu et de s'imaginer alors que cette France profonde, paysage parfait pour une photo de campagne présidentielle, avait été un jour à l'Angleterre et repasserait peut-être un jour aux mains d'un autre ennemi.

Le trajet avait été fatigant, non pas qu'il y eût beaucoup de rebondissements, mais ils conduisirent cinq heures et demie sans s'arrêter. La voiture était garée dans le champ attenant à cette fameuse tour médiévale où Nathan devait emmener Jeanne. Ils s'y trouvaient, qu'est-ce qu'il fallait faire maintenant ? Quelle était la prochaine étape ? Plus aucune voix pour le guider. Plus d'intuition. Jeanne semblait apaisée, emplie d'un charme funèbre.

— Il faut que je me repose, je vais m'asseoir.

Jeanne contourna la tour sans prêter attention à Nathan et s'assit sur un petit bout d'enceinte fortifiée encore debout, à flanc de coteau. Tel Gandalf réfléchissant à la route à emprunter dans les ténèbres de la Moria, elle regardait le spectacle de la nature comme si elle attendait quelque chose, un message peut-être. Que peut-on attendre d'autre face à la beauté des éléments ? Nathan décida qu'ils dormiraient ici. Il n'allait pas faire froid et dans les affaires offertes par Camille, il y avait un sac de couchage géant : ils s'y blottiraient comme les amoureux qu'ils étaient. Le temps était très doux, en langage météorologique barbant, ça donne : au-dessus des normales saisonnières. Nathan retourna à la voiture pour s'emparer du gros sac de randonnée, déposa une pseudo-nappe sur l'herbe fraîche en contrebas de la tour et sortit de quoi manger. Il prit un soin méticuleux à la présentation du buffet : céleri rémoulade, rillettes de chevreau, fromage de brebis, cornichons et pain seigle-sarrasin. Le menu lui fit penser à un dîner parisien où prendre parti pour la misère du monde permettait de ne plus culpabiliser de se gaver d'huîtres claires, de thon rouge et de son privilège blanc.

— Jeanne ? Jeanne ?

Quand il eut terminé son installation bucolique, il l'appela. Simba était resté à ses côtés, mais, apparemment tourmenté par le fait que sa maîtresse ne réponde pas, le chien interrompit sa chasse aux insectes. Nathan se hissa en dehors du parterre d'herbe centrale pour quitter l'enceinte circulaire du donjon et rejoindre le haut du coteau. Jeanne n'était plus là.

12.

Elle descendait dans les bois d'un pas ferme et décidé. Au moment où elle entendit un avion, son corps se contracta dans un spasme étrange, ses yeux se révulsèrent et sa tête, nerveusement, se pencha vers le ciel. Elle aperçut l'appareil volant derrière la canopée des forêts du Loir-et-Cher, certes fébrile, mais canopée quand même. Jeanne trébucha et roula à terre, des ronces lui lacérèrent le visage et les mains. Elle resta quelques instants au sol avant de relever la tête et d'apercevoir une valise abandonnée. C'était une vieille valise, datant incontestablement du milieu du siècle dernier. Elle l'ouvrit sans réfléchir, y trouva quelques papiers qui ne laissèrent pas de doute : elle tenait entre les mains la valise d'un certain Walter Benjamin. Un texte relié s'y trouvait, sûrement son ultime ouvrage, celui que personne n'avait jamais pu lire et qui se perdit avec lui après son suicide en 1940. Mais ça, elle ne le savait pas. Elle continua de fouiller parmi les archives qui, fidèles au philosophe, se *télescopèrent* dans son esprit. Archiver, ce n'est pas savoir ce qu'on garde, c'est savoir ce qu'on jette. Elle tomba sur plusieurs photogrammes pornographiques délavés par le temps. Que Walter Benjamin fût coquin n'était pas le plus important, le plus important c'était que sur ces photographies : c'était elle, c'était Jeanne. C'étaient ses poses, ses habitudes, ses regards. Elle n'était pas née à cette époque, n'avait jamais posé pour ces photos-là et ne connaissait pas ce foutu mec ; tout cela devenait définitivement étrange, surtout qu'une bonne partie de la valise était occupée par plusieurs sachets de drogues diverses et de lourds volumes talmudiques. Pas le moment de céder à la tentation (ni de prendre de la drogue, ni de lire le Talmud), il fallait d'abord qu'elle comprenne ce qui se tramait. Jeanne rangea les objets dans la valise, la referma puis constata que la sensation sur le bout de ses doigts changeait, comme si la distance de Planck, celle qu'il y a toujours entre ce que nous touchons et notre corps, celle qui fait que nous ne touchons donc jamais rien, avait disparu. Ne ressentant plus de frontière entre son corps et les choses, elle pouvait dorénavant atteindre le réel. Passé l'impression qu'on lui triturait le cerveau en lui parasitant l'esprit, elle l'écouta, celui qui, entre-les-deux-mondes, essayait de lui dire quelque chose, de l'attirer vers lui. L'ADN n'étant pas une structure statique, Jeanne comprit brusquement qu'elle n'en utilisait, comme tous les *sapiens sapiens*, que cinq pour cent. Les quatre-vingt-quinze autres étaient abandonnés au bon vouloir de l'évolution. Une nouvelle espèce pouvait donc émerger très rapidement, beaucoup plus vite qu'elle n'aurait pu le concevoir. Elle le savait, sans le savoir. Ses connaissances s'étendaient de minute en minute : ce n'était plus simplement la bataille de Fréteval qu'elle voyait se dérouler ici mais toutes les guerres, tout le sang, tout le sperme, toutes les cendres. Tous les morts.

Nathan l'entendit crier, il se précipita vers l'origine du son, le chien la trouva le premier, quelques mètres plus loin, allongée dans la forêt. Elle semblait avoir perdu connaissance. Il la porta jusqu'au sommet du coteau et la déposa, le dos contre la tour. Se réveillant en sursaut, Jeanne poussa un très faible cri avant de murmurer :

— C'est quand même fou. De vivre.

Ça doit être le sevrage. Nathan n'avait ni complètement raison ni complètement tort. En quittant l'addiction, avec son corps de pornographe offert à l'humanité et le dérangement neuronal provoqué par l'usage des drogues, sa mutation était probable. La nuit allait être sacrée, une fine lueur de nouvelle lune et son halo pénétraient dans la tour ; leurs visages étaient d'un blanc immaculé, surnaturel. Après l'avoir portée, il recouvrit Jeanne du sac de couchage et lui mit une main sur le front, chaud, trop chaud. Son nez coulait abondamment. Ses lèvres étaient sèches et craquelées. Ses yeux veinés de rouge. Elle fut prise d'une quinte de toux interminable. Nathan lui donna à boire. Elle s'endormit, toujours tremblante, esclave d'hallucinations délirantes en forme de double hélice. Tout son corps se mit à transir, à brûler. Il n'y avait aucun doute : elle était contaminée.

11.

Hors de question qu'elle meure. Son corps était épuisé, sa peau ruisselante. Les bras tremblants de l'effort, il se noyait dans sa propre sueur. Rythme effréné de la peur, les actes s'enchaînent sans réfléchir. Juste après avoir allongé Jeanne sur la banquette arrière, Nathan n'avait pas réussi à faire démarrer la voiture. Il dut pousser le véhicule, puisant dans des forces jusque-là inconnues. Même dans la fraîcheur nocturne, la chaleur de l'acharnement l'envahissait. Les muscles tendus à se rompre, le doux bruit du moteur qui repart, celui d'une délivrance. La Citroën se mit enfin à vrombir, il rejoignit l'habitacle, pied ferme sur l'accélérateur. Le feu appelle le feu. Elle était encore consciente, blottie contre son chien et apaisée par le moteur à explosion.

La lumière d'une maison ne se fit pas attendre. Après quelques centaines de mètres à rouler sur une route infiniment droite, Nathan la vit et, sans réfléchir, engouffra le véhicule dans une allée qui menait à plusieurs corps de ferme. Le bruit du freinage des roues sur le gravier perça la nuit noire. Une lumière s'alluma dans la bâtisse. Nathan sortit du véhicule et hurla :

— À l'aide !

Un vieil homme aux allures de miracle ouvrit la porte d'entrée et se précipita vers Nathan.

— La maison n'est pas à vendre.

C'est ce qu'il lui dit.

— Mon épouse, elle est malade.

— Alors venez, entrez.

— Par contre, je dois vous le dire : je pense que c'est le virus.
— Je m'en fous.

Avec l'aide du propriétaire, Nathan installa Jeanne dans une chambre fraîche et humide dont le papier peint se décollait du mur. Elle s'allongea sur le lit, se blottit dans les draps. L'inconnu lui prépara une tisane et une bouillotte. Jeanne le remercia. Il ferma délicatement la porte. Elle s'endormit.

— Paul, enchanté.
— Nathan, enchanté. Et merci infiniment.
— Ce n'est rien. C'est écrit. Vous prendrez bien une petite prune ?

Nathan opta poliment pour une verveine tout en demandant s'il pouvait amener son chien. Paul fut ravi de lui faire quelques câlins sur le tapis poussiéreux du salon, tout près d'un généreux feu de cheminée. L'hôte, un agriculteur, possédait le corps de son métier et, comme tout le monde, les gènes de ses parents. L'alliance des deux avait formé un homme trapu, à la voix grave, aux mains fortes et imposantes. Après avoir écouté leur histoire pendant toute la nuit, et parce qu'il attendait ce moment depuis si longtemps, il dit très simplement à Nathan :
— Vous pouvez rester autant que vous voulez.

Paul en avait besoin. Nathan décida de faire confiance. Jeanne passa une semaine au lit.

10.

— Allez-y, je vais garer l'engin et vous rejoins à vélo !

De l'autre côté de la route, à quelques dizaines de mètres de chez Paul, il y avait une deuxième ferme, directement attenante à la départementale. Aucun autre bâtiment ne semblait exister sur ce gigantesque plateau agricole appartenant à la commune de Fréteval. Jeanne, qui ne toussait presque plus depuis quelques jours, gara la voiture juste après l'habitation, près d'un sentier, au cœur d'un verger. Complices et souriants, pétris de curiosité et d'excitation, Jeanne et Nathan attendirent leur hôte, qui ne tarda pas à arriver à bicyclette. Paul ne comprit pas tout de suite pourquoi ils rigolaient ; pour lui, *Courtemiche* avait toujours été *Courtemiche*, c'était la ferme de son oncle. Pourtant, devant la maison qu'il allait leur prêter, le panneau municipal qui révélait le nom du lieu-dit faisait rire les deux abrutis de Parisiens. S'il eût été mal luné, il aurait pu se vexer, Jeanne et Nathan s'en excusèrent très rapidement, bien conscients de l'impolitesse grave, même si c'était quand même très drôle.

— C'était la ferme de mon oncle, il y a quinze ans que personne n'y a habité, je promets pas l'état de l'intérieur.

L'état de l'intérieur n'était absolument pas un problème, au contraire. Jeanne et Nathan se tenaient par la taille comme deux fiers adolescents désireux de témoigner à l'entièreté du lycée qu'ils sortaient ensemble. Le visage béat, ils visitèrent la maison à la manière des jeunes mariés qu'ils étaient, à deux pas d'accomplir la quête tant convoitée de la *primo-acquisition*. La ferme se composait d'une longue bâtisse, typique de l'habitat conventionnel paysan. Quand Paul ouvrit la porte d'entrée au carreau fendu, elle grinça. Il détacha le haut comme on peut le faire sur les portes fermières traditionnelles, et ne referma que le bas, laissant l'air courir dans la cuisine. Les yeux grands ouverts, la jeunesse scruta avec attention les vieux carreaux de ciment en mosaïque verte qui recouvraient le sol, construction à l'apparence indestructible, dont la lisse horizontalité n'était dérangée que par une imposante couche de poussière. Si ce n'était un évier en inox à droite de la porte, deux chenets dans la cheminée toute de briques rouges revêtue, une petite table en formica et ses deux chaises, la pièce était vide. Il y régnait une odeur de renfermé qui n'avait rien de désagréable, néanmoins, une chape mélancolique imprégnait l'air : ce fut le logis d'un homme qui vécut seul, et qui mourut seul. Paul le leur confirma. Il s'était suicidé dans le puits. Juste là.

— Mon oncle était un peu spécial, il a vécu tout seul ici.

Paul se mit à genoux pour trafiquer quelque chose derrière l'évier, sûrement l'arrivée d'eau. Il se releva puis essaya de tourner le robinet qui, après quelques bruyants sursauts, fit claquer la tuyauterie. L'eau coula, pure, fraîche, miraculeuse.

— Bon voilà, y a de l'eau. Par contre, pas d'eau chaude, hein, pour les douches, faudra faire ça chez moi.

Plus il persistait de choses empruntées à l'imaginaire campagnard exotique, certes restreint et caricatural, de Jeanne et Nathan, plus ils s'en satisfaisaient. Le syndrome de la néoruralité bourgeoise s'emparait d'eux : ils avaient l'impression de vivre si ce n'est une expérience, au moins une aventure. Ce n'était pas entièrement faux non plus. L'électricité marchait, Paul l'alluma grâce à un vieux disjoncteur. À gauche de la cuisine, après une petite porte en bois, se trouvait une grande pièce aux murs décrépis et humides, mais que les tommettes rouges au sol et une autre cheminée rendaient très chaleureuse. Bienvenue dans la chambre.

— Je vais vous dénicher un lit, je dois avoir ça dans mon grenier.

Au fond à droite de la cuisine, une porte aboutissait directement sur une écurie, le sol en pente était en béton et une rigole centrale servait à recueillir l'eau, de vieilles selles au cuir odorant pendaient au mur. Une porte-fenêtre, toujours à double battant, donnait sur l'extérieur. On pouvait encore voir les chevaux admirer le jardin, le corps à l'ombre de la maison et la tête au-dehors, mais il fallait de l'imagination. Un cube avec des cloisons en plâtre mal peintes était édifié à la va-vite dans un coin de l'écurie, Paul ouvrit la petite porte qui permettait d'y entrer : il y avait une douche et des toilettes. Il tira la chasse, ça tirait. Après l'écurie et une nouvelle porte, dans une grande pièce au carrelage orangé trônaient des tas informes d'affaires sans cohérence immédiate, mais dont certains outils sortaient du lot et pouvaient apparaître comme clairement utiles dans un futur proche. Vu le trou dans le plafond, il devait exister un grenier, mais Paul n'avait pas d'échelle ; en plus, ça devait être "le bordel là-haut". Nathan remarqua avec curiosité que le centre de la partie habitable de la maison était l'écurie, soit le lieu de vie des animaux. Paul conclut :

— Bon, c'est pas grand-chose, mais vous serez au calme.

Nathan répondit :

— Tu rigoles, c'est génial. Merci vraiment.

— Oui, merci Paul.

— Mais de rien, les jeunes. Et puis comme ça, vous allez me donner un coup de main.

— Bien sûr !

— Je vous laisse quelques jours pour vous installer, hein.

C'était entendu. Pour le jardin qui ressemblait plus à une jungle qu'à un jardin :

— Je vous amène cette après-midi un tracteur-tondeuse.

Et Paul reprit la route. Ils le virent tourner à gauche pour se rendre chez lui. Simba aboya. Jeanne alla le libérer de la Citroën. Le chien se mit à courir dans tous les sens à travers le parc, disparaissant dans les hautes herbes qui frétillaient sans qu'on pût savoir pourquoi. Un air magique se déposait. Il n'y avait pas que les humains capables d'être heureux.

9.

Après le départ de Paul, quelques instants leur furent nécessaires pour commencer à émerger, doucement, des vapeurs étourdissantes du présent. Après avoir passé deux semaines chez lui, le temps que Jeanne se remette du virus, voilà qu'il leur confiait cette maison. Franchement : que faisaient-ils *ici* ? À la vision du soleil, des abeilles butinant le trèfle, des cerisiers aux fleurs nouvellement fanées, du noyer encore timide, du digne magnolia, de l'imposant marronnier, de l'insolent rosier, des noisetiers touffus, du tilleul déployé, ils se dirent *qu'importe*. Tous ces noms, ils ne les connaissaient pas. Eux, ils voyaient des arbres, des herbes, des insectes. Mais l'effet était suffisant, peut-être même plus puissant que s'ils avaient les mots. Tel le musicien qui n'entend plus d'incroyables mélodies, mais une simple succession de notes, le campagnard voit moins facilement la nature comme un potentiel esthétique hors du commun. Il est quand même en capacité de l'aimer, à l'inverse de l'expert. Celui-ci n'a plus rien, car en voulant montrer qu'il sait tout sur tout, qu'il a l'ambition de comprendre tout, de tout connaître, il s'éloigne irrémédiablement de la pureté du beau et, par la même occasion, du bonheur. Ne tortillons pas, Jeanne et Nathan n'étaient pas des experts, par conséquent ils s'approchaient de la vie. Comment disent les enfants déjà ? Ah oui, froid, froid, tu gèles, tu chauffes, ah, ça brûle, ça brûle.

Ils commencèrent par les volets, gonflés d'humidité. Il fallait les décoincer par des gestes rustres. Ils s'ouvraient alors brutalement, perturbant l'ombre intérieure par un bain de lumière bestial. Jeanne et Nathan feuilletaient ce lieu comme s'ils y avaient vécu des siècles auparavant et qu'ils y revenaient avec un nouveau corps. Sans même en discuter, ils prirent très au sérieux leur mission, ils étaient enfin arrivés aux confins de la Frontière, au bout du monde connu, à l'endroit extrême où l'horizon restait habitable, tacitement ils comprirent que c'est ici qu'ils se *payseraient*.

Dans le débarras attenant à l'écurie, ils dénichèrent de quoi faire une scène de ménage : deux anciens balais au manche de bois et à la crinière jaune – tout à fait Jeanne ! –, ceux avec lesquels les sorcières volaient (elle s'amusait à parcourir la maison, le manche entre les jambes, rejouant cette imagerie merveilleuse devant les yeux ardents de Nathan). Dehors, ils balayèrent l'antique dalle en béton qui contournait le bâtiment et y installèrent un banc d'acier centenaire que le lierre avait submergé. Ils le découvrirent au fond du jardin et le traitèrent comme un archéologue traite son os de tricératops, d'abord avec la joie profonde qui succède à la fouille puis avec la précaution que nécessite un tel trésor. Une fois libéré de sa prison végétale puis récuré, ils le posèrent à droite de la porte d'entrée et, après une grande inspiration, s'y assirent très tendrement. Oubliant l'hostilité du vétuste continent qu'ils avaient quitté, ils accueillirent ce nouveau monde, dont l'espace extérieur de la clinique avait été précurseur, avec la volupté que procurait leur docilité face au destin. Devant leurs yeux : l'étendue confusément bigarrée et odorante de la création, plus loin le verger ; le tout s'appelait jardin, *leur* jardin. Ils décidèrent alors d'incendier le véhicule volé. Les vêpres sulfureuses de l'enfer dévorèrent très vite la mécanique implacable de la technique humaine. Parce que le feu se répand inévitablement, rien ne peut lutter contre l'ingéniosité purificatrice des flammes. Un coucher de soleil vint parfaire le tableau, les rayons rouges traversaient la fumée noire. Nathan demanda à Jeanne si elle préférait se dire qu'ils étaient dans une peinture de Turner ou que Turner avait vraiment bien peint la nature qu'il observait. Ils terminèrent la nuit sur leur banc d'amour, blottis, face à l'horizon étoilé dont la ligne émue ne demeurera plus jamais au milieu.

8.

Paul arriva comme une mise en abyme : son énorme tracteur tirant un petit tracteur. Un sommier poussiéreux et un matelas se trouvaient coincés dans les bourrelets mécaniques de l'engin. Jeanne et Nathan se levèrent pour l'aider à prendre le lit, qu'ils emportèrent non sans difficulté dans la chambre. Comment le vieux avait réussi à le porter seul, depuis son grenier, pour le mettre sur son tracteur, demeura une énigme.

— Il fallait pas Paul, merci pour tout.

— Oh, ça traînait, je l'utilise pas alors mieux vaut que ça serve, hein. Tu sais te servir du tracteur-tondeuse ?

— Euh non.

Jeanne les interrompit :

— Paul, moi je sais.

Il répondit :

— Pourquoi je ne suis pas étonné ?

— Parce que je suis ardennaise ?

Ils rigolèrent puis ressortirent de la maison pour détacher le tracteur du tracteur. Après avoir arraché à la main la végétation qui empêchait d'ouvrir le grand portail permettant d'accéder au jardin par la route, ils y firent entrer le véhicule. Paul dit :

— Le plein est fait. Je viendrai le reprendre après-demain et on ira dîner chez moi après ?

— Ça marche *(bis)*.

— Ah oui les jeunes, je vous ai redémarré ma vieille bagnole pour remplacer le feu de joie. Je vous l'amène tout de suite. C'est une Citroën Xsara 1998, ça vous changera pas trop.

Paul bondit sur son tracteur qu'il fit démarrer dans un nuage de fumée, fit demi-tour sur le chemin agricole et repassa devant la maison en klaxonnant allègrement. Jeanne dit :

— Franchement, c'est qui ce mec ?

Nathan répondit :

— Franchement, je sais pas.

7.

— J'y pense, il faudrait que j'appelle mon frère, vite fait.

Ce qu'elle fit. Tout allait bien dans les Ardennes – c'est ce qu'on dit quand rien n'a changé –, Camille préparait son déménagement à Paris, ah si, il avait trouvé un locataire pour l'appartement de Nathan, un ami qui venait étudier avec lui, il devait fixer un loyer. Pas de problème. Ils se mirent ensuite en quête d'un lieu où il serait possible d'acheter des denrées alimentaires. Ils laissèrent Simba à l'intérieur et fermèrent la maison. La nouvelle Citroën eut un peu de mal à démarrer.

Le château laissé à ses hauteurs vénérables et le coteau descendu, ils longèrent le Loir au hasard de sa rive pittoresque ; c'était une rivière calme et magnanime, dont les habitations fluviatiles, avec leur carapace de bois délavée et leurs pilotis obliques, semblaient émerger du siècle dernier ou d'un autre continent sur lequel il n'était pas rare de voir surgir des crocodiles aux mâchoires formidables. La route les amena à l'entrée d'un village qui ne payait pas de mine et dont le panneau annonçait : Morée. Rien dans cette région ne prédestinait les yeux à accueillir des chocs esthétiques, tout restait simple, plat, vert ; les nuances demeuraient infimes entre les couleurs, les odeurs, les reliefs. Pour en goûter les merveilles, ce paysage exhortait l'esprit à une concentration redoutable. Pas d'inquiétude à avoir : vous ne risquez pas de tomber à genoux devant les miracles de mère nature. Non, vous devez nécessairement faire appel à plusieurs qualités de l'âme que Jeanne et Nathan, de leur propre aveu, avaient quelque peu délaissées dernièrement. Fuir les chocs, l'euphorie. Clairement, ces paysages pouvaient être considérés comme insipides, c'est pourquoi, en fouillant, leurs beautés se révélaient avec sagacité, non pas au touriste en quête de sensations fortes ou à celui qui utilisait des compagnies aériennes à bas coûts pour changer d'air, mais à l'humain patient, prêt à chercher dans son cœur une délicatesse à apposer sur l'apparente platitude de la sobriété. La Citroën suivait un panneau indiquant un supermarché dont le nom était complété d'un *Contact*, sûrement pour tenter de symboliser la complicité ou la connectivité dont il serait précurseur.

— En fait, j'ai l'impression qu'ici, comme c'est pas beau en soi, il faut que ton âme soit belle pour pouvoir apprécier la nature, on peut pas se défausser comme à la mer ou à la montagne ou dans une église, quand c'est tout de suite beau, magique, trop, presque, et que ça te permet d'oublier, directement, la saleté de ton intérieur, ici, si t'es sale intérieurement, tu peux pas survivre, tu dois te buter tout de suite, mais si tu travailles sur l'élégance de ton esprit, alors ça doit être le plus beau paysage du monde, parce qu'il t'a rendu beau intérieurement.

La voiture venait de s'arrêter sur le parking du Carrefour, au milieu d'une modeste zone industrielle de la route d'Orléans, il n'y avait pas une forêt, que des monocultures intensives, des terres affamées, du goudron, des bâtiments préfabriqués en plastique, un vendeur de caravanes, un laboratoire cosmétique, un créateur d'implants dentaires, un concessionnaire automobile, une station de lavage abandonnée. Nathan répondit à Jeanne :

— Tu sais, t'es pas vraiment objective, je crois qu'on peut juste dire que c'est moche.

6.

Il y eut un soir et il y eut un matin. Le grand ménage continua ; l'ancienne ferme devint vite un endroit habitable. En fin de matinée, Nathan se rasa, dans le jardin ; sur un bout de miroir qu'il avait récupéré, son visage se reflétait. Au loin, il aperçut un chevreuil qui s'arrêta quelques instants pour le regarder, les deux êtres vivants assimilèrent chacun la présence de l'autre. Pour approfondir cette voie, ils allèrent se promener ; Simba en fut ravi, et eux aussi. Puis vint le moment du jardinage : Jeanne, très à l'aise avec la manipulation du tracteur-tondeuse, accorda à leur sanctuaire une nouvelle jeunesse, laissant parfois quelques hautes herbes dessiner des formes ondulées et autres chemins de promenade. Devant le travail accompli de la nature sculptée, apprivoisée, architecturée par la griffe de l'Homme, ils purent en apprécier la beauté revigorée. Au mystère intarissable et vivifiant s'ajoutait, grâce à la main du *sapiens sapiens*, une touche raisonnée qui rendait indéniablement la vérité encore plus vraie, le beau encore plus beau, leur jardin encore plus jardin. C'était possible. Ils proclamèrent alors l'édification d'un royaume de la lenteur où la mort de l'emploi céderait sa place au retour du travail ; les mots esseulés sonneraient juste, les gestes amoindris feraient sens.

Paul les attendait, il allait être temps d'y aller. En traversant la cuisine pour sortir, les yeux de Jeanne s'arrêtèrent sur les chenets qu'elle n'avait pas encore bien regardés.

— Mais c'est le maréchal Pétain ?

— Ah ouais, chelou.

En effet, c'était lui, en croix de guerre de 1918, qui devait servir à l'ancien propriétaire pour structurer son feu. Nathan refusa de les mettre dans le tas à jeter. Jeanne écouta sa parole, surtout que cet homme sculpté dans le métal rouillé avait sûrement contribué à utiliser un bon nombre des ancêtres de son mari pour produire du cadavre. Ils décidèrent donc de les laisser, dans une politesse provocante. Ce qui a été pensé ne nous regarde plus. Le passé ne se jette pas ; il s'oublie, à la rigueur. L'histoire encore, paradoxale, violente, resurgissait par vagues, par traces, façonnée dans la ferraille. Jeanne eut des souvenirs de la valise, ces chenets en étaient une sorte de persistance ; elle n'arrivait pas à lire entre les lignes. La toile continuait de se tisser, incompréhensible et évidente.

5.

Ils arrivèrent sur le tracteur-tondeuse. Jeanne se gara dans le hangar à machines ; elles étaient toutes là, géantes et silencieuses, à attendre de perforer la terre. Paul patientait dans la cour formée par ses trois corps de ferme. Après des salutations chaleureuses, il leur dit que le temps était venu : il allait leur faire visiter l'exploitation. Ce qui était étrange, car rien ne semblait nécessiter de visite. D'ailleurs, durant les deux semaines où ils avaient vécu chez lui, il n'avait jamais proposé de visite.

Ils commencèrent à marcher doucement, le long des chemins, en remontant les époques. Il leur précisa que, enfant, il passait son temps à grignoter des pousses de ronce. Ils dégustèrent. Oublié l'astringence, il y avait un goût de mûre. C'était bon. D'un geste du doigt, il leur montra les douze kilomètres d'arbres têtards, de haies, champêtres et plessées, qui n'existaient pas ; là-bas : les vaches qui broutaient et qui n'existaient plus. Alors que l'on ne pouvait observer que des céréales à l'horizon, il leur expliqua ce qui faisait la nature d'un paysage, sa variété, sa beauté : c'était le lien entre l'homme et le vivant, c'était l'élevage. Toujours aucun mouton dans le coin. Paul se remémora le visage de son grand-père la première fois qu'il avait vu des traites mécanisées, son aïeul s'inquiétait de l'autonomie. La machine rendait servile. Il fallait être autonome. Toute son enfance, on lui avait répété ça. Il ne disait pas que c'était mieux avant, il trouvait juste ça étrange que ce ne soit pas mieux aujourd'hui. Paul n'avait aucun souvenir de comment cela était arrivé. Il avoua : ça faisait cinquante ans qu'il n'y avait plus aucun sens à sa vie. Parce que toutes les années se ressemblaient, parce qu'il imposait un rythme qu'on lui imposait. Jeanne pensa : j'étais cette terre.

Paul affirmait que son pouvoir s'était perdu et qu'il ne pouvait plus lutter contre l'aridité, la sécheresse, les orages, la glaise essoufflée et la libre concurrence. Il n'avait jamais rien vu de tel : la machine devenait moins puissante que la nature. Il ne connaissait plus les arbres qu'il avait appris dans sa jeunesse, toutes leurs fonctions dans le renouvellement des sols. Il était content de mourir bientôt sans que personne ne prenne la relève. Après la guerre, il fallait nourrir la France et rendre productif le plus d'espace possible. Aujourd'hui, la superficie de la région Centre suffirait à nourrir le pays, tout le reste, c'était pour le monde, les bêtes, bradé à des prix défiant toute concurrence. Paul ne comprenait pas pourquoi on ne prenait pas ses céréales pour alimenter les élevages de la région au lieu qu'elles accomplissent des milliers de kilomètres pour nourrir d'autres élevages, qu'on mangeait ensuite à la place de nos bêtes. Paul ne comprenait plus grand-chose. L'arbre, l'arbre ! Le sol, bien-être animal, énergie de chauffage : l'arbre fait tout. Avantage agronomique, avantage social et un petit coin d'ombre. Avec la dépendance au pétrole, on a abandonné nos arbres. Dans son enfance, sa famille parlait aux restaurateurs, aux cuisiniers, ces derniers faisaient le lien entre les éleveurs, les agriculteurs et les citoyens. L'uniformisation de la cuisine des restaurants avait détruit ce lien, presque aucun cuisinier ne travaillait les produits de sa région, la connexion était rompue, Paul se retrouvait seul devant sa barquette de plat surgelé. Seul au monde. Retour aux vaches : à force de ne manger que de l'entrecôte et du rumsteck, on en omet l'animal, sa forme, sa vie. Où partent les autres morceaux que plus personne ne connaît ? Nathan pensa : au cimetière numérique des photos inutiles, peut-être.

Une vache, c'est un corps entier. Ce n'est pas grave de tuer l'animal ; Paul le leur disait, que c'était dans la logique des choses. Mais il fallait l'assumer, savoir que cela avait été abattu. Ne plus acheter des bouillons-cubes, mais cuire la tête du poulet. Pour faire oublier au consommateur que l'animal était mort, le jambon était rose. Pourquoi a-t-on voulu exclure la mort de la vie ? Le virus le démontrait encore une fois. Paul ne savait pas. Il avoua qu'il mangeait du jambon industriel et des bouillons-cubes depuis cinquante ans. Le paysage qu'il décrivait n'existait pas, mais il en parlait comme si tout était encore là. Juste du bon sens, sortir de l'absurdité. Il n'y avait rien, son bras montrait le grand désert du vide : "La haie, c'est la vie, ça se cultive, ça s'apprivoise." Que voyait-il que Jeanne et Nathan ne voyaient pas ? La haie n'est pas une contrainte, ce n'est pas un obstacle. Toute sa vie, la haie avait été son ennemie. Il répéta. Je suis seul. Quand on est vieux, on répète de plus en plus de moins en moins de choses. Jeanne et Nathan étaient là, à côté, ils lui dirent. Paul sourit. Il n'était plus seul, c'est pour ça qu'ils étaient là. Il s'en souvenait un peu maintenant : les arbres étaient riches en cellulose, en azote. C'étaient les derniers à être verts en été. Avec les feuilles, on produit du fourrage pour animaux. Paul, il n'y a pas d'arbres ; mais ils ne le lui dirent pas. Concrètement, le fil barbelé avait remplacé le plessage des haies, les ronces marchaient aussi bien, et, en plus, on les mangeait. Les haies, c'était une œuvre d'art. Les barbelés, c'est le trou noir de l'histoire. Les haies, on les taillait le dimanche avec tout le village. Aujourd'hui, il n'y avait même plus ni dimanche ni village. Il se pencha à terre pour cueillir une petite fleur. Ça, c'est du gaillet croisette, y a plus un cuisinier qui l'utilise, goûtez, ça a tellement de goût. Jeanne et Nathan mirent la fleur dans leur bouche. Paul n'en prit pas, il se justifia. Non merci, pas pour moi, ça sent trop fort l'enfance. Avec ça, son grand-père faisait cailler le lait. Caille-lait, gaillet. On a le goût de ce qu'on mange. Il existe des vaches différentes pour chaque terroir. Paul se trompait souvent dans les conjugaisons, il confondait le présent et le passé en espérant y tracer un futur. Il répétait. La base : une race, un terroir. "Basta."

Une nouvelle haie imaginaire : aubépine, noisetier, charme, érable, acacia, épines noires, frêne, ronces, poiriers, pommiers, pruniers. On lui avait dit que l'agriculteur qui travaillait bien, c'était celui qui possédait le champ le plus propre, sans aucune autre espèce que celle qu'on veut faire pousser. Et quand il tombe vingt millimètres de flotte, les drainages coulent et trois mois plus tard, on vit une sécheresse. Du beau boulot. Sinon, les arbres, ça boit l'eau. Et si, au lieu de tout tuer, vous plantez du trèfle dans vos cultures, plus besoin d'eau, et les insectes vivent. À terrain identique, on produirait beaucoup plus si on variait la production. C'était aussi con que cela. Il faut repenser nos dépendances. Il parlait très vite, impossible de tout comprendre. On a mis les cochons en Bretagne et le blé en Beauce et les vaches dans le Limousin, pourquoi ? Jeanne aurait pu ajouter : et les taureaux dans les films pornos. De toute façon, il ne bouffait plus que des poulets brésiliens.

Sur les marchés financiers, un œuf c'est un œuf, un litre de lait c'est un litre de lait, la qualité tout le monde s'en fout parce que plus personne ne fait le lien. Il parla du regard des vaches. On a tué la percheronne. Il avait les larmes aux yeux. Tu m'écoutes, Jeanne ? Il y a plein d'espèces végétales à replanter pour repousser les insectes et sauver les betteraves. Tout est juste inadapté, inadaptable ; “comme moi”. Et puis le sucre a un coût : quinze milliards par an à la Sécurité sociale pour le diabète, et cinq milliards pour l'obésité. On pourrait faire plus de miel. Paul adore le miel. Sauf qu'il paraît que c'est de l'esclavage. Paul cracha par terre. L'animal qui mange de l'herbe ne pollue pas, il fournit deux kilos de protéines pour un kilo de protéines avalées. Paul avait des chiffres précis, Jeanne faisait tout pour s'en souvenir, tenir le fil du flux. Mais si vous le gavez de céréales, tout s'effondre. En plus, le fumier de l'élevage sert d'engrais, d'où l'importance de mêler les cultures. Le problème, c'était de foutre les animaux en intérieur. On pouvait produire assez sans détruire la planète : le produit brut et local était la solution. Il ne voyait ni pourquoi forcer les bêtes à manger des choses qu'elles ne sont pas censées manger, ni pourquoi l'humain s'obstinait à vouloir manger soit tant de viande soit plus du tout. Ni à quoi ça servait d'avoir un droit du travail si on avait le droit d'acheter des trucs qui n'ont pas été faits selon ce droit du travail. Ni pourquoi on lui interdisait des choses que d'autres pays avaient l'autorisation de vendre sur *son* territoire. Parce que c'était absurde, il ne comprenait pas. C'était aussi simple que cela.

— Et on en parle, du bio espagnol qui utilise des esclaves africains pour cueillir trois scaroles à quatre-vingt-dix-neuf centimes dans une serre chauffée au gasoil pendant que les herbivores manifestent contre la colonisation ?

Paul cracha encore juste après avoir prononcé le mot colonisation. Il ressemblait un peu à Clint Eastwood. Jeanne et Nathan peinaient à suivre, à assimiler toutes les informations, mais essayaient tant bien que mal de comprendre, de saisir le principal, et surtout d'écouter. Jeanne avait l'habitude, maintenant. Paul lui rappelait Aurore. Elle se rendait ainsi compte de la raison pour laquelle le paysan les avait accueillis : il cherchait quelqu'un à qui parler, à qui dire une vérité simple, sa vérité, et qu'elle allait devoir dire à son tour, elle et personne d'autre. Depuis le début, on la choisissait.

Ils avaient marché pendant près de trois quarts d'heure. Paul proposa un demi-tour. Il se faisait vieux à présent, son genou devenait de plus en plus douloureux. Et c'était reparti. Le territoire fut jadis aussi tortueux que sa réflexion, fait de feuillages entrelacés et de réseaux illimités. Difficile à croire, vu l'aridité du désert et la délirante unicité des espèces sur le plateau de Fréteval. Comme la pensée, le désir et le langage, le paysage devait maintenant être simple, simplifié. Déconstruit. Tout comprendre, tout contrôler. Maladie dégénérative du moins de mots possible : le mystère effrayait. Il y avait quelques bonnes nouvelles quand même, les champignons commençaient à se révolter contre certaines cultures OGM et les vaches semblaient vouloir arrêter de produire du lait dans ces conditions. La nature aussi voulait se désintoxiquer. Parfois, avant d'être capable de pousser et de germer, une graine d'arbre a besoin d'être mangée, digérée, puis chiée par un oiseau. Un geai qui chie, ça peut donner sept chênes. Comme si de rien n'était, Paul parla ensuite à Jeanne du maire de Fréteval qui venait de mourir du virus, avant de conclure son discours par un très simple :

— Nous, pour faire germer des glands, on utilise de l'acide.

4.

Se poserait bientôt pour eux la question du langage. Une langue est longue à construire, l'histoire fait le reste. L'histoire fait souvent le reste. Quelle avait été la première langue ? La langue d'avant les langues. Quand le premier humain a sorti un mot de sa bouche : quels en furent la syntaxe, la grammaire, le dialecte ? Cette interrogation les obsédait. Des mots nouveaux, ils en apprenaient tous les jours. Leur nouvel environnement se développait dans une infinité de précisions langagières qui détruisaient l'idée d'un tout pour restituer un assemblage de multiples. Leur compréhension s'affinait au gré des discours de Paul. Plus tard devrait se poser la question du calendrier : lunaire ? solaire ? Combien de temps doit durer une journée, quand commence-t-elle, et que faire de la nuit ? Des saisons ? Et puis quels sacrements ? La réponse ne pouvait, ne devait être donnée précipitamment. Une langue, un calendrier, une terre, un culte : voilà ce qu'il fallait maintenant reconstruire avant de réclamer leur indépendance. Jeanne et Nathan étaient beaux au soleil rasant ; un baiser frais, fuyant, aimant. Le monde qu'ils découvraient leur était jusque-là inconnu : ce monde auquel on appartient sans vivre ni en victime ni en coupable. Après avoir convenu qu'il faisait bon vivre en tant qu'humains, ils baisèrent comme jamais. Ne pas sauver la planète qui se débrouillera très bien, mais l'humanité qui se débrouille très mal. En pensant cela, ils s'imaginaient pouvoir être heureux.

Le terrible manque les obligeait à se comporter comme si l'existence était belle. Le monde pouvait redevenir ce qu'il méritait d'être : simple, âpre et plein d'adjectifs. Quand ils repensaient à la drogue, ils le faisaient sans amertume, ne voulant vraiment pas dire que ce n'était pas bien. Non, ils avaient trouvé autre chose, tout simplement.

Il était désormais clair que le paradis ne se trouvait pas (type Amérique, Atlantide, Porte des enfers, Graal, etc.). Non, il n'était pas fait pour apparaître sur des cartes, et sûrement pas sur celle du Loir-et-Cher. Le paradis était donc à bâtir. Ici ou ailleurs. Dans leurs cas : sous leurs pieds, tout prêt à être révélé.

— Zut.

Jeanne venait de casser son râteau. Après quelques tentatives infructueuses, elle admit rapidement qu'elle ne pouvait pas en construire un autre et elle n'avait pas honte. Elle termina la journée dans un lieu qui allait bouleverser son existence : Bricomarché.

3.

Comme il n'y avait plus rien à accomplir aux champs, Paul allait avoir une semaine de libre ; il leur proposa de les aider à aménager Courtemiche. Il leur apprit à réaliser quelques travaux simples, remplacer un joint, un morceau de placo, réparer un interrupteur, fabriquer du ciment, ou fixer du carrelage. Il changea les bougies de l'automobile et leur installa un petit ballon d'eau chaude. Non pas qu'il eût une formation spéciale, mais puisqu'il connaissait les fondements mêmes de la matière, Paul pouvait tout faire. En tant qu'apprentis, Jeanne et Nathan se débrouillaient très bien et la maison prit rapidement une allure radieuse. En découvrant ce qui existait derrière les murs, dans les tuyaux, sous le sol, dans la terre, Jeanne mit au point un concept qu'elle appela *jonctionnisme.* L'idée était simple, mais révolutionnait sa vision du réel : il était question de comprendre comment les choses qu'on utilise au quotidien marchent, de faire la jonction entre l'utilité et la machinerie, entre la cause et la conséquence : entre culture et nature. Dorénavant, elle s'intéresserait à toutes les orfèvreries mécaniques ou biologiques qui accompagnaient son être-au-monde. Oui, que se passe-t-il quand les feuilles tombent d'un arbre ? quand j'appuie sur le bouton de la chasse d'eau ? sur l'interrupteur de la lumière ? quand je change la vitesse de ma voiture ? quand un plomb saute ? quand il y a un orage ? quand une rose repousse parce que j'ai coupé l'ancienne fleur en biseau ? Elle avait du boulot en perspective et partit à la librairie de Vendôme s'acheter tout un tas de livres sur la mécanique, le bricolage, la botanique, les champignons, les mathématiques, les échecs, etc. Il n'était pas question de savoir tout faire, mais, puisque chaque individu devait avoir un savoir-faire spécifique, il était juste question de pouvoir comprendre comment cela se faisait. Il ne suffisait plus de se contenter d'utiliser, mais de connaître les principes rudimentaires des matériaux, de la mécanique, de la physique. La nature n'était plus vue comme quelque chose d'exploitable, mais comme quelque chose à dévoiler. Jeanne s'imaginait ainsi réparer ces années où elle participa à considérer l'humain comme un stock. Paul rigola beaucoup à cette idée qui, sans qu'il n'en sache rien et à l'image du mariage de ces jeunes, devait encore beaucoup à Heidegger.

— Alors toute ma vie, j'ai été jonctionniste sans le savoir !

Dans son livre sur l'architecture, Jeanne découvrit "les maisons dans la prairie" de Frank Lloyd Wright dont le style était un idéal bâti sur un principe : le germe. Toutes les maisons de Wright étaient construites sur un germe qui devait croître, comme une plante. La forme de son architecture était organique, c'est-à-dire qu'elle se développait à partir d'un centre où elle prenait racine. L'horizontalité des bâtisses épousait le sol plat des prairies pour s'étendre de façon fragmentaire à partir du cœur de la maison – souvent la cheminée, lieu de vie familiale par excellence. Et puis par angles, par à-coups, par droites, l'ensemble s'intégrait dans le monde. Jeanne ne put s'empêcher de regarder l'uniformité du plateau de Fréteval, et elle vit le chevreuil qui semblait lui sourire.

Si on oubliait l'aspect labyrinthique et cubiste des maisons dans la prairie, la longère, logement français rural par excellence avec sa cuisine ou son écurie comme germe, ressemblait, dans son essence, à la manière que Wright avait d'aborder l'horizon et de lier intimement géographie et histoire. Jeanne découvrait que l'architecture l'aiderait à faire la jonction entre un territoire et la nécessité d'y vivre. Son nouveau logis, sa forme et le rapport à la terre qui l'accueillait l'incitèrent à approfondir sa réflexion sur la question de *nature*, ce grand mot fourre-tout qui était censé inclure ce qui appartenait au vivant non-humain. Après toutes ses aventures, il lui était devenu évident que l'humain appartenait à cette nature autant qu'il était évident (de moins en moins peut-être, mais évident quand même) que sa propre créature la dépassait, l'élève écrasait le maître, s'en détachant très largement. Elle cherchait : il devait bien exister une manière de séparer l'humain du reste sans qu'il détruise, il devait bien exister une manière de différencier sans hiérarchiser, il devait bien exister un monde où la domination de leur espèce sur les autres pouvait être vectrice de bienveillance et de savoir. Un monde où dominer, c'est prendre soin. Il fallait donc bien être attentif au sens. Jeanne prenait conscience que son rapport au reste du vivant lui permettrait enfin de comprendre les rapports humains, de comprendre tout ce qu'elle avait vécu jusque-là et, enfin – surtout – de comprendre pourquoi *sapiens sapiens* mutait en *addictus*. Elle en toucha deux mots à Nathan qui fut plutôt content pour elle, même s'il commençait à la trouver bien conceptuelle. Elle disait : "Je vais bientôt réussir à tout lier." Ils se sourirent, heureux de vivre enfin une expérience, et, en cette première douce soirée d'été, chacun replongea dans son livre. C'est à cet instant que Nathan comprit que Jeanne ne resterait pas là à planter des patates et qu'elle commencerait d'ailleurs très bientôt – comme nous tous – à sérieusement s'emmerder.

2.

Le Soleil explosera dans cinq milliards d'années ; il n'y aura plus rien. Du tout. Alors : à quoi bon ? L'émission ne va pas tarder à commencer. La journaliste, qui est venue saluer Jeanne quelques minutes plus tôt, n'a pas changé depuis le tournage, à part peut-être l'horrible luisance de sa peau, la faute à la poudre haute définition dont on vous tartine la face pour passer dans le poste, comme si les réglages dynamiques des téléviseurs contemporains ne proposaient pas déjà des couleurs assez affreusement vives. Dans le monde du divertissement audiovisuel, nous ne serons plus jamais discriminés, tous orange et puis c'est tout. Jeanne pense à Nathan, qui doit l'attendre devant la télé, sûrement en cuisinant pour son retour de Paris demain midi, et qui, fidèle à son caractère, doit se dire : si c'est déjà potable, pourquoi s'obstiner à vouloir que ça change. Hein ? Peut-être que le moindre effort est un signe d'élégance absolue. Mon chéri. Face aux vingt petites ampoules entourant le miroir de sa loge, vingt petits soleils qui s'éteindront eux aussi, Jeanne doit se rappeler qu'elle n'entend pas les choses de cette manière.

Pour ce qui est de l'explosion du Soleil, elle ne sait pas exactement. Cinq milliards d'années : peut-être plus, peut-être moins. Rien, tout simplement. Mais quand même, si elle réfléchit à tout ce qui s'est passé ces cinq dernières années, elle se dit qu'il fallait certainement être con pour affirmer que l'histoire fût finie. Si on ajoute l'acquisition des cinq cents signatures assurée grâce à sa notoriété pornographique, sa lubie de se présenter à l'élection présidentielle et son ascension fulgurante dans le cœur des Français : la fin de l'histoire, vraiment ? Hier Madame la maire, et pourquoi pas demain Madame la Présidente. Est-ce vraiment mieux que Jeannette ? Sûrement. Jeanne se dit que depuis qu'elle ressent du bonheur, tout est étrangement plus complexe ; la vie suffit rarement.

Son visage lui semble étrangement vide, elle l'approche du miroir. Nez à nez avec son reflet, elle voit naître un bouton. Elle a envie de le crever, de voir du pus. Elle se retient, par habitude, et se souvient des tonnes de maquillage qui masquaient les défauts de sa peau quand elle tournait des films pornos. Jeanne a grimpé l'échelle sociale : elle a maintenant une maquilleuse. L'interview commence bientôt, juste après le portrait. C'est ce qu'on lui a dit en arrivant. Sur l'énorme téléviseur de sa loge, elle voit des images du documentaire en *prime time* qui lui est consacré. Cinq ans. Putain, ça passe vite. Elle trouve qu'elle a vieilli. Un œil à ses fiches de notes. Il faut qu'elle révise un peu, au moins ce qui est surligné.

Au village, tout le monde lui avait dit que l'alchimie était parfaite, inattendue et messianique à la fois : avec elle comme représentante, l'élection serait une sinécure. Et l'existence pourrait enfin être plus élégante, parce qu'elle serait moins absurde. Et peut-être que tout serait enfin à sa place. Il ne fallait pas rater ça. C'était mathématique, statistique. Surtout depuis que le Rassemblement national voulait rester dans l'Euro, rembourser la dette et rétablir le folklore local dans les théâtres publics et que la France insoumise prônait les pistes cyclables non genrées, le burkini et la mondialisation effrénée. Elle avait dit pourquoi pas et s'était prise au jeu. C'était juste après la création de sa chaîne YouTube qui fit connaître Fréteval dans toute la France. Tout partait de là ; *Le complot, le vrai* avait cartonné. Le concept était simple, précis, net, vendeur : une ancienne actrice pornographique reconvertie en militante altermondialiste dénonçait conjointement et le complot et le complotisme. Elle l'expliquait depuis le jardin de la ferme de Paul. Parce qu'elle y voyait l'aboutissement d'une société fondée sur l'addiction, elle s'était attelée à attaquer toutes les formes de complotisme, quelles qu'elles fussent. Elles profitaient toutes au système en détournant les yeux du citoyen de l'unique complot en place, qui, par rapport aux autres fumisteries, n'était pas du tout planqué, celui-là. Pour cacher une aiguille, oublier la botte de foin, rien de mieux qu'un tas d'aiguilles, répétait-elle en y ajoutant généralement quelque chose du genre : le seul complot qu'il y a, c'est qu'il n'y en a pas. Tout était transparent, on savait ce qui clochait, ce qu'on manipulait, oui on savait tout, mais on ne voulait pas le savoir, alors on inventait. Il fallait arrêter de se trouver des excuses. Oui, la vérité était bien pire que ce qu'on croyait : ceux qui nous gouvernent n'ont simplement aucune idée de ce qu'ils font. Elle y avait ajouté sa petite note personnelle, du vécu, l'histoire de son corps-système qui avait, du porno à la drogue, expérimenté la réalité formelle des rouages nécrosés de la consommation contemporaine. En moins de cinq mois, la plupart des sites complotistes furent donc désertés, la fachosphère comme les réseaux indigénistes perdirent une grande partie de leur public. Jeanne répondait à un besoin, au bon endroit, loin de l'hystérisation et des opinions qui, malheureusement, avaient réussi à prendre la place des faits. Le succès fut inattendu, fulgurant : son élection à la mairie fut très facile, aucun autre candidat ne se présenta contre elle. Et puis, la première ayant été trop vite oubliée, la seconde épidémie avait rebattu les cartes politiques. Le goût de renouveau et la soif de l'émergence d'une figure forte et radicale au niveau national se faisaient de plus en plus pressants, le programme existait depuis des années, sclérosé par la dispersion, par les luttes intestines qui permettaient de faire élire un gouvernement ultralibéral quand, au premier tour de toutes les dernières élections, plus de soixante pour cent des votes s'avéraient plus ou moins clairement altermondialistes et anticapitalistes ; bref, il ne manquait comme d'habitude plus que le corps pour l'incarner. "Et c'est encore Jeannette qui s'y colle." Elle le dit tout haut en haussant les épaules devant la télé qui raconte tout ça sans le son.

En bonne journaliste orientée, la réalisatrice a pris le soin dans le deuxième tiers de son film de présenter de manière concrète le programme de leur parti. Grâce à un habile montage des centaines de réunions qui eurent lieu à Fréteval ces dernières années, le téléspectateur peut avoir un bon aperçu des lignes principales de la candidature de Jeanne à l'élection présidentielle. En regardant, elle est d'accord sur tout, ce qui est plutôt bon signe. Plus important encore, elle est fière de les représenter et d'incarner, enfin, ce qu'elle cherchait toute sa vie : une émancipation réelle, non pas par le biais de l'exclusion de la société, comme le lui a proposé Nathan, mais par l'acceptation de l'existence d'un destin collectif. Deux ne lui suffisait donc pas pour être collectif. La question du réconciliable se pose.

Le documentaire se poursuit. En plus d'avoir transformé la ferme en lieu expérimentant une nouvelle manière d'habiter le monde, ces cinq dernières années, Courtemiche s'était muée en résidence artistique non consensuelle où les créateurs invités se voyaient contraints de ne posséder aucun autre objectif que le choc esthétique ; jamais il ne devait donc y être question de politique et encore moins de questions sociales ; personne ne devait parler de sa propre vie. Oui, les acteurs pouvaient jouer ce qu'ils n'étaient pas, en accord avec la définition même de leur métier. Grâce à l'imaginaire, la fiction reprenait enfin ses droits. Et si l'artiste pouvait exposer une morale, quelle qu'elle soit, le spectateur, ici, se devait de n'avoir aucun regard moral sur l'œuvre. À côté des stages de savoir-vivre, des remises à niveau en philosophie allemande, des cours de jardinage, des séances de gymnastique dirigées par le major Gérald de la Légion étrangère, la ferme accueillit des artistes victimes malgré eux de la censure latente mise en place par la bien-pensance généralisée ou qui ne se retrouvaient simplement plus dans la ligne fascisante de l'art comme vecteur d'égalitarisme. Il était temps de faire cesser le bourdonnement de la mauvaise conscience. Toutes les disciplines s'y trouvaient accueillies, ainsi, le chef-d'œuvre musical qui put voir le jour était clairement cette composition pour flûtes précolombiennes reconstituées par une imprimante 3D et dont la création dans la société conventionnelle avait avorté pour cause d'appropriation culturelle. Évidemment, Jeanne créa "Fixité de l'Original", une immense bibliothèque où s'archivaient tous les livres de l'humanité dans leur langue d'écriture pour les protéger de l'anéantissement programmé et des lecteurs de sensibilité.

L'équipe du projet global, celui nommé "Monde d'Après", comptait autant d'activistes nationalistes, féministes, décoloniaux, souverainistes, antiracistes, patriotiques, universalistes, communistes, monarchistes que de défenseurs de la cause animale et écologique, ne se retrouvant plus dans les discours mondialistes, puritains et extinctionnistes beuglés par les divers porte-parole de leur cause. Leur ligne avait été de combattre avec une vigueur farouche la haine incompréhensible de la culture et de l'art dans tous ces milieux-là. "Le film l'explique bien : c'est du très bon travail." Elle le dira à la journaliste.

Sans savoir pourquoi, alors que le documentaire raconte maintenant son passé d'actrice, elle consulte un site pornographique sur son téléphone portable. Quelques fois, le désir explique tout. Après une publicité lui proposant de baiser sa belle-sœur comme si elle y était, Jeanne fait défiler les catégories, et, au milieu des beurettes, noires, MILF, tatouées, enceintes, mamies et autres, elle clique sur *red hair*. Assez vite, elle trouve une vidéo d'elle. En la regardant du coin de l'œil, elle se fait la remarque que si elle est élue, elle sera le premier chef d'État qu'on aura vu baiser ; peut-être un point positif non négligeable dans le fameux souci de transparence.

L'image de fin du *Royaume de Courtemiche - Convergences des luttes* a été tournée il y a quelques semaines. La caméra avance dans les méandres du Jardin des Statues Déboulonnées. C'est peut-être ce dont je suis le plus fière. Elle le pense en revoyant toutes ces statues qui, un jour, quelque part dans le monde, ont été déboulonnées par les furieux barbares de la repentance, et qu'elle a récupérées pour en faire une exposition permanente au cœur de sa cité. Un nouveau coup d'œil sur les fiches, elle cherche, ah, voilà, *interdire les porte-conteneurs et les actionnaires*, non c'est pas ça, *légaliser les drogues*, non c'est pas ça, *restaurer les États-nation et instaurer une loi au retour*, non c'est pas ça, ah, c'est là : section culture. *L'art ne sert à rien, il doit rester non essentiel, c'est ce qui le rend si important*. Pourquoi ce n'est pas surligné, ça ? Elle corrige, deux traces orange. Fluo.

Je suis où je dois être. Elle s'en convainc, avec difficulté. Peut-être jalouse-t-elle un peu Nathan qui a eu le temps – lui – depuis toutes ces années d'apprendre l'hébreu, le tennis, la poterie et de se perfectionner aux échecs : il est même maintenant capable de la battre avec les noirs en excellant dans la défense Caro-Kann. Elle, de son côté, doit réviser des fiches. Elle est clairement accro aux fiches, quand lui est resté accro à elle. Je t'aime, Nathan. Elle le dit à sa boîte de pique-nique posée sur le comptoir de la loge. Son mari lui a confectionné un repas froid : une salade et un sandwich, accompagnés de quelques morceaux de fromage, un bout de pain et un fruit évidemment. Il ne lui met plus de yaourt, car elle ne les mange pas. Jeanne n'avait jamais osé lui dire quand il y avait de menues broutilles qui n'étaient pas à son goût. Telle une évidence, selon elle, qui relève de la noblesse des époux. Alors, elle donnait ses yaourts à qui en voulait et laissait Nathan hors de toutes remarques inutiles, pour éviter que les disputes, les vraies, les utiles, ne soient pas noyées au cœur d'un flot incessant d'informations vicieuses. Sans qu'elle pût savoir ni pourquoi ni comment, depuis quelque temps, lorsqu'elle mangeait à l'extérieur et qu'il lui préparait ses plats, il s'arrêta de lui imposer le fameux yaourt. Ça se passe comme ça quand on y croit un peu, tout simplement.

Mais y croit-elle encore ? Elle se rend compte que depuis quelques années, elle s'est éloignée de Nathan. Par la force des choses, lui aussi s'est mis de côté, se cantonnant avec plaisir aux tâches du quotidien. Sa nouvelle addiction a pris le dessus, les sentiments de Jeanne sont dorénavant tout entiers dédiés à la cause commune et à la révolution en cours. Elle n'y a pas assez fait attention, mais, là, dans son cœur, elle ne peut que constater qu'il n'existe plus de place pour l'amour. Une pointe est revenue. Pour sauver ce qui reste à sauver, peut-être qu'elle doit à nouveau tout arrêter. Elle hésite.

— Jeanne, vous êtes en direct dans trois minutes.

La porte se referme. Jeanne range ses fiches, se lève et souffle un bon coup. Sa dernière pensée va à son fils de six mois, Isaac, qui doit dormir à poings fermés dans un berceau-palette.

1.

En partageant sa blanquette en un nombre adéquat de petits tupperwares, Nathan réalisa que, tout compte fait, la vie qui lui convenait le mieux se cristallisait dans celle de la ménagère. Évidemment qu'il fallait avoir le choix, pas question de promouvoir un mode de vie sous la contrainte, mais, si tant est qu'on l'ait décidé, qu'y avait-il, franchement, de plus exaltant que de se consacrer à son foyer ? S'il ne s'était pas fait la promesse de ne jamais parler politique avec Jeanne, il lui aurait sûrement proposé d'inclure dans son programme l'idée qu'une seule personne devait travailler dans un couple, ou chacun son tour. Le salaire serait dès lors destiné aux deux époux, viré sur un compte commun. Et puisqu'il était convaincu que l'existence n'avait de sens qu'à deux, tant pis pour les célibataires. Nathan, devant la complexité que demandait l'aménagement structurel du réfrigérateur, reconsidérait les thèses libératrices de Mai 68, mais surtout leurs conséquences. Il semblait vouloir défendre la revalorisation du terme devoir et ne voyait donc pas dans la notion de *devoir conjugal* un gros mot. Le mariage institutionnalisé était de surcroît la solution contre la douloureuse solitude et la misère sexuelle. La réelle chose qu'il critiquait dans le féminisme contemporain – à différencier de l'idée que la femme était l'égale de l'homme, idée dont il ne comprenait même pas qu'il puisse en être autrement – se concentrait dans cette absurdité qui a voulu que la femme descende au niveau de l'homme. Récupérer les privilèges qui lui étaient dus en tant que moitié de l'humanité, jusque-là d'accord – et ce n'était pas encore gagné sauf si Jeanne l'emportait –, mais pourquoi espérer devenir aussi ridicule qu'un homme ?

Pourquoi ce ne furent pas, à un moment donné, les hommes qui se dirent : tiens, si on devenait plutôt des femmes ? Cela lui semblait carrément plus logique. Oui : venez les hommes, on se libère du travail comme absolu émancipateur, venez on cherche à rendre notre foyer heureux. Son statut de ménagère à la ZAD lui paraissait bien plus épanouissant que n'importe quel emploi salarié, surtout que Nathan l'avait choisi. Ce rôle lui semblait même plus intéressant que celui des agités du ciboulot qui tentaient de prendre le pouvoir. Découvrant les choses vraies de la vie qui méritent de la vivre, Nathan était, grâce aux millénaires d'évolution, à l'endroit où l'humain contemporain, quel que soit son sexe, devait, selon lui, être. De manière totalement incompréhensible, depuis cinquante ans, l'inverse s'était pourtant passé : après avoir plus facilement corrompu les hommes en choyant leur virilité oppressive, le système s'était occupé des femmes qui rêvaient à leur tour de devenir vulgaires, de briller dans des carrières toutes plus insignifiantes les unes que les autres. À leur tour encore, elles n'en avaient plus rien à foutre de leurs enfants, si bien que personne n'en avait que foutre et qu'il ne nous restera bientôt qu'une jeunesse abrutie et déglinguée. Pourquoi espérer à ce point travailler, baiser, avoir du pouvoir ? Si Nathan avait été un homme dans les années 1960, il n'aurait pas laissé faire ça, non, il aurait exigé que ce soient les hommes qui prennent la place des femmes, ou qu'ils se la partagent, au moins, histoire de rehausser le niveau. Oui, on n'aurait jamais dû donner un emploi aux femmes, on aurait dû l'enlever aux hommes. Dans sa dépendance à Jeanne, à qui il quémandait sa validation pour exister, Nathan avait l'impression de se réaliser. Et s'il est vrai que les femmes étaient conditionnées à être sensibles au regard des hommes, il voulait en retour conditionner les hommes à être sensibles au regard des femmes. Pour les questions esthétiques par exemple, quel vain idéal de désirer des poils, de puer, de vouloir apparaître déplaisante ? Non ! C'était à l'homme de se mettre à souffrir pour être beau, pas à la femme d'annihiler l'ambition d'élégance propre au *sapiens sapiens*. Nathan avait d'ailleurs déjà proposé à Jeanne l'idée de s'épiler pour plus d'égalité, et puis il y avait ce côté romain qui l'excitait un peu ; par jeu, elle accepta et, dorénavant, il le faisait. Quand ce schisme eut-il lieu ? Quand l'humanité avait-elle décidé de devenir définitivement moche ? Peut-être depuis l'avènement du protestantisme, qui sait. Tout en se sentant féministe, il faisait la vaisselle en attendant le début de l'émission.

Il n'y a pas d'autres mots : elle défonçait tout. L'audience augmentait au fur et à mesure de l'émission, les réseaux sociaux s'enflammaient. De son côté, Nathan ne se délectait pas vraiment de la voir sur ce petit ordinateur où ils contemplèrent en tant d'occasions le journal télévisé, se moquant toujours de la débilité de leur époque. Comme d'habitude dans cet univers dépourvu de pitié qui était celui du fantasme, du désir d'être à sa place, de la simple possibilité de prendre du plaisir, le ressentiment traînait dans le coin. Il n'avait rien à lui reprocher, rien ; Jeanne devenait clairement ce qu'elle était. Mais, à partir de quand, se demandait à son tour Nathan, y avait-il eu assez d'éléments concrets dans leur histoire, dans leurs souvenirs, dans leur vie, pour les faire survenir ici, exactement là et pas ailleurs, et pourquoi ces mots plutôt que d'autres, lui devant sa télévision dans le Loir-et-Cher et elle – tyran cathodique, machine à penser, politicienne implacable – à l'intérieur (en direct de la capitale) : quand est-ce que tout cela avait commencé ? Il y avait bien eu la pornographie, la drogue, l'université, la clinique, Paris et ses fantômes, le vol de la Citroën, la datcha, la tour féodale, le virus, Paul, la campagne et sa terre exsangue. Ce sont des indices, oui, des pistes, des hypothèses, mais rien n'expliquera jamais vraiment qu'à un moment donné je devienne celui que ma propre narration me destine à être. En dehors des sombres écoles de narratologie, c'est un joyeux mystère.

Grâce à sa désintoxication réussie, Nathan ne parvenait finalement pas à être autre chose qu'heureux. Il pensait qu'à un moment donné, ils y étaient, qu'ils avaient enfin trouvé, mais il se trompait peut-être. Il rêvait parfois de manière chaotique d'une existence qui serait restée à l'ombre, pensait à tout ce qu'ils ne pouvaient plus faire et à ce qu'ils auraient pu faire si elle n'avait pas choisi la lumière. Le corps de Jeanne, empreint de tous les désirs protéiformes qu'il incarnait, se déployait dans un vaste mouvement, tourné vers l'avenir, quand celui de Nathan, figé par un immobilisme joyeux, manifestait une certaine crainte à être transporté de la sorte. Au fond, s'il était capable de s'intéresser aux interrogations morales, Nathan n'avait pas réussi à se politiser ; de ce qu'il en observa : il n'y voyait qu'un attribut supplémentaire de l'*Homo addictus*, peut-être même la possibilité de perdre Jeanne. Ce qui est sûr, c'est qu'il avait, de toutes les façons, trop d'humour pour ça. Il s'obstinait à rester plus égoïste qu'elle, refusant tout simplement que leur paradis ne s'étende au monde, préférant peut-être garder sa vie et ne pas partager la solution. Il s'imaginait qu'ils étaient heureux parce que les autres étaient malheureux. Jeanne ne l'entendait pas de cette manière ; pour elle, il était invraisemblable de ne pas donner toute la vigueur et l'énergie qu'elle possédait en vue d'une aspiration de l'humain à une joie plus ample. Parfois, il se disait : grand bien lui fasse.

Ce soir, Nathan ne devait pas l'attendre : c'est ce qu'indiquait l'emploi du temps que Jeanne lui avait préparé et qu'elle avait pris le soin d'aimanter au frigidaire. Il devait le consulter pour savoir quand il allait pouvoir croiser son épouse. Ces derniers jours, il n'avait plus su où donner de la tête, marchant partout comme un inconnu dans cette maison où toute l'équipe de campagne de Jeanne, prise d'une agitation extrême, se mouvait en tous sens, un téléphone par oreille, clope à la bouche, au rythme du tapage d'imprimantes qui impriment sans cesse. Si cela n'avait tenu qu'à lui, il les aurait tous envoyés à la clinique.

Plus l'interview avançait, plus la journaliste en prenait conscience : Jeanne ferait de son émission un des plus grands moments de télévision des vingt dernières années, pour le bonheur de toute la France qui comprit ce qu'elle voulait vraiment dire. Ce soir-là, sans aucun doute, une vraie politicienne était née, mais, surtout, Celle-par-qui-le-Monde-d'Après-adviendrait.

0.

Jeanne échange quelques mots avec la journaliste. L'une félicite l'autre et l'autre félicite l'une. Le téléphone portable sonne et sonne encore. *Parfaite, splendide, incroyable* : les adjectifs ne manquent pas à ses interlocuteurs pour décrire sa prestation et l'en congratuler. Nathan lui dit qu'il l'aime et lui souhaite une bonne nuit. Tous s'entendent sur le *bravo*. Un message parle même de *sans-faute*. La journaliste est de cet avis. Il faut sortir du studio. Une équipe fraîche arrive, nouveau tournage en perspective. Elle a appris à ne plus avoir peur des caméras. Jeanne dit : "À bientôt" ; la journaliste répond : "Je n'en doute pas." Une affaire qui roule. La campagne peut réellement commencer. "Dans moins de deux ans, je dirai Madame la Présidente." Jeanne en sourirait presque. "Peut-être." Pas besoin de la raccompagner ni de lui appeler un taxi. Elle a envie de marcher. À pied, son hôtel n'est qu'à trente minutes. Rue de l'Église, le Rose Bourbon. Elle fume une cigarette devant le pont de Garigliano. Les lumières de la ville se reflètent sur le fleuve. C'est la fin de l'hiver. Il est dix heures du soir. Passées.

Elle prend son temps, se déplace lentement. D'abord la rue Leblanc. Georges-Pompidou à droite : hôpital avec héliport, baies vitrées et chambres individuelles. Il est *européen*. C'est écrit. Le parc André-Citroën à gauche. La nature bien alignée, la serre monumentale, le plan incliné, l'ascenseur. Demain matin, la montgolfière sur la pelouse s'élèvera pleine d'enfants. Le port de Javel, au loin. Dans de gros conteneurs plissés, le sable pour béton et, derrière, encore le reflet de l'eau. L'éclairage jaune qui ondule sur le noir. À même le pavé luisant, quelques hominidés courent en vue de garder la forme. Et puis la rue Balard, peu mémorable. Jeanne regarde les murs, ausculte la pierre, dévisage les fenêtres. Ce n'est pas vraiment par là. Au lieu de rebrousser chemin, elle tourne rue Gutenberg, puis s'engage sur l'esplanade Max-Guedj. Le collège public, la bibliothèque, le gymnase, l'espace culturel. Malgré l'obscurité, une offre républicaine complète. Seulement quelques lampadaires brillent. Le sol est en gravier blanc. Les jeux d'enfants sont délabrés, les vélos arrachés. Un groupe de quatre garçons bruyants est adossé aux clôtures du jardin central. Elle les croise. Puis les dépasse. Jeanne sent leurs regards, a toujours senti les regards. Et puis. "Mademoiselle." Le fameux. Elle hésite, continue sa trajectoire. Et puis un autre. "Mademoiselle, revenez." Ça commence à s'agiter. Jeanne le renifle du coin de l'œil. Elle accélère, un peu. Ses pas ont couvert les siens. Cette fois-ci, elle ne l'a pas senti venir, ni entendu. L'épaule agrippée, elle sursaute.

— Lâchez-moi, qu'est-ce que vous me voulez ?

— Mademoiselle, mademoiselle, faut pas avoir peur. On voulait vérifier… Eh. C'est bien elle, non ?

— C'est pas moi.

— Mais comment tu peux dire c'est pas toi quand je t'ai même pas dit c'est qui.

— Si si, c'est elle.

— Ouah.

— C'est Jeannette, frère.

Elle leur répond dans le désordre : pas du tout, non non, pas Jeannette frère, pas Jeannette du tout.

— Ça fait longtemps qu'on n'a pas vu de vidéos de vous, eh, des années, mademoiselle, ça nous manque.

Aucun ne reprend celui qui vouvoie. Ils ne savent donc rien de sa nouvelle carrière. Elle a connu pire. Elle doit redevenir Jeannette. Être gentille mais ferme. Mais ferme. Peut-être même qu'elle peut récupérer quatre votes. Faire d'une pierre deux coups. Elle a eu peur, bizarrement. C'est bête. Une vieille habitude. Avoir peur, tout le temps, dans cette ville, elle a juste oublié. Que c'est normal de vivre comme ça. Dans cinq minutes, elle sera partie et tout ira bien. Elle pense : souviens-toi. Et puis elle se souvient.

Jeanne leur dit qu'ils l'ont bien eue, oui c'est elle ; elle avoue, s'approche d'eux, sort une clope, demande du feu. "Ça va les gars ?" Au moins, ils ont l'air d'aller bien. Qu'est-ce qu'elle fait dans le coin ? Elle était à la télé. Ils ne sont pas au courant ? Elle se lance en politique. "Ouah, mais on va trop voter pour vous." Il est mignon, celui qui vouvoie. Moins agressif. Son pote le charrie, comme quoi il n'a jamais voté. Et ouais, elle est mariée maintenant, elle a un gamin. Si ça le dérange ? Son mari ? Absolument pas. "Je crois même que c'est ça qui lui a plu." Lui ne pourrait pas, il est déso, ce n'est pas contre elle ; non bien sûr. Savoir que sa meuf s'est déjà fait prendre autant, puis qu'on se branle sur elle. Il lui assure, c'est chelou. Elle a compris, il est lourd. Fumer un joint ? Non merci, c'est sympa quand même. À l'odeur du shit qui s'effrite, les souvenirs remontent. Il ne faut pas que la police passe. Un scandale, une campagne détruite. En tout cas, elle est très *belle*. Ils ont prononcé assez de fois le mot pour ne plus douter de leur sincérité. Jeanne répond que c'est *gentil*. Résumé : ils disent qu'elle est belle, elle dit qu'ils sont gentils. C'est donnant-donnant ; voire gagnant-gagnant. Le grand avait des photos d'elle dans sa chambre d'ado. Chic. L'autre a encore des photos d'elle. Chic chic. Le moyen, un jour, il a demandé à sa meuf de se teindre les cheveux en rouge. Chic chic chic. Une photo ? Bien sûr. Des selfies ? Elle préfère le terme ego-portrait, qu'importe. En veux-tu en voilà. Clic clac. Le flash. L'image granuleuse des clichés nocturnes sous les lumières municipales. Les sourires. Le bras en amorce du cadre. Les deux doigts écartés, le V de la victoire. Clic clac. Les photos partent on ne sait toujours pas où. Elle est trop cool. "Très aimable à vous." Le plaisir est partagé. Si elle désire venir avec eux ? Où ça ? Ils pourraient faire une petite soirée. L'appartement de l'un semble libre. Il n'a pas l'air très sûr quand même. Non, ça, c'est vraiment sympa, mais non. Allez, allez. Les gars, je dois aller dormir. Je travaille demain. Si elle ne les trouve pas cool ? Si, si. Très cool. Ce n'est pas la question. "C'est quoi la question alors ?" Être ou ne pas être, elle n'espère pas, ne le dit pas. Plutôt être *et* ne pas être. Simplement : il faut qu'elle rentre. Un autographe au moins ? Elle dit d'accord. Ils n'ont pas de papier ni de stylo. Elle sort son cahier de notes, arrache quelques pages, déterre un Bic de son sac, demande leurs noms à tour de rôle. Elle dessine des petits cœurs, fait des cercles à la place des points sur les *i*. De véritables *cassdédi* qui déchirent. Trop cool mademoiselle Jeannette. Non vraiment, elle n'a pas envie d'une soirée. L'un d'eux dit à un autre qu'il est lourd. Qu'il faut laisser la demoiselle. Ils ne vont plus s'acharner. Ils répètent qu'ils ont compris. "Excusez-le." Elle l'excuse, il n'y a pas de problème. On peut se faire la bise quand même ? Maintenant que le dernier virus, cet enculé, est "officiellement" – il fait le geste des guillemets avec les mains en disant "entre parenthèses" – vaincu, autant en profiter. Pourquoi pas. Ils lui font la bise. Des bises bien insistantes. Leurs eaux de Cologne sentent très fort. Des mains empoignent ses épaules, parfois sa taille. On avait dit la bise, pas grave. Est-ce que demain elle fera la fête ? Quelle fête ? La fête partout. Voyons. Pour la réouverture normale des boîtes de nuit. L'autorisation des grands rassemblements. L'immense soirée au Grand Palais. Qu'importe. La fin de tous ces putains de QR codes. Espérons que cette fois-ci, c'est la bonne. On y avait déjà cru – on avait déjà fait ce genre de soirée –, mais ça recommençait et ça recommencerait. Non. Non, demain, elle sera partie, dit-elle. Demain, elle sera dans les bras de Nathan, pense-t-elle. Allez bon, elle y va maintenant. Vraiment.

— Bonne soirée.

Et tous en chœur :

— Bonne soirée mademoiselle !

Elle sort de l'esplanade, s'élance dans la rue Saint-Charles. À gauche, un cimetière élégant. Elle respire doucement. Ses mains se détendent. Son pas reste allant. À droite, la rue Lacordaire. Ralentis, voyons. Jeanne ne sait pas pourquoi elle est dans cet état. Elle ne sait même pas ce que c'est que cet état. Elle s'arrête pour s'adosser au mur, est sûre d'avoir entendu un bruit, se retourne discrètement. Rien, rien, rien. Une voiture passe. Un klaxon au loin. Une vieille promène son chien. Elle lui dit bonjour. Jeanne sourit. Reprend son chemin doucement, regardant le ciel. Le sourire aux lèvres, prise d'une exaltation totale. Tout compte fait, ce n'est peut-être pas les quatre jeunes, la ville, les réverbères, mais l'interview à la télé. Elle l'a oublié ou, plutôt, n'a pas eu le temps d'y repenser. C'est vrai qu'elle a tout déchiré, a de quoi être fière. Sautiller, frissonner. Elle ne se l'est pas encore autorisé. Peut-être qu'elle pourrait se commander une coupe de champagne au bar de l'hôtel. Elle le mérite. Oui, il y a des chances pour qu'elle soit bientôt présidente de la République. Qui l'eût cru. Elle se dit : c'est n'imp. Néanmoins crédible. Moderne. Ça se fête. C'est peut-être son dernier temps libre avant longtemps, oui, un moment à soi, temps calme. Le chemin vers le Rose Bourbon. Cette ultime nuit d'hôtel. Elle a voulu être seule, a refusé que son équipe l'accompagne. Peut-être qu'elle sortira la France du chaos esthétique des dépendances. Peut-être que le monde l'imitera. Peut-être même que tout ça marchera. Elle n'y a jamais vraiment cru, seulement là, elle saisit, frissonne. Non seulement ça peut marcher, mais ça marchera. Enfin, pas tout à fait aussi sûre d'elle, pense plutôt qu'elle y est presque. Qu'il manque juste quelque chose. Elle ne peut pas dire quoi. Quelque chose pour que ça prenne définitivement. Aucun doute possible : le mélange est instable, foutrement prometteur. Jeanne en oublie de tourner et cogne une petite barrière délimitant un jardinet devant la résidence Cévennes. Après s'être frotté le tibia pour estomper la douleur du choc, elle engage son virage, maintenant tête baissée. Quand elle la relève, le vouvoyeur est là, et les trois copains derrière. Elle n'a rien vu venir, se retrouve coincée entre eux et la pente douce menant à un parking souterrain. Le panneau indique "hauteur limitée : 1m90". Cette fois-ci, ils semblent vexés, agités. L'un lui dit que c'est pas très sympa de refuser la soirée, un autre propose carrément de l'argent pour qu'elle les accompagne. Jeanne annonce qu'elle n'est pas une pute. Le petit lui fait remarquer qu'après tout ce qu'elle a fait, elle peut bien passer un moment avec eux. Que c'est dégueulasse. Qu'elle joue avec les mots. Le grand ne parle pas. Elle ne parle pas non plus, veut continuer son chemin. Celui qui vouvoie la traite de salope. Que c'est pas quatre nouvelles teubs qui vont l'effrayer. Après toutes celles qu'elle s'est prises. Ils savent eux, ils ont vu. On ne va pas leur faire à l'envers. Le droit à l'oubli est un mythe détruit par la violence ordinaire. La vraie. Ils sont quand même vachement sympas, elle n'a pas à avoir peur, elle va kiffer. Ils ne comprennent pas pourquoi elle refuse. C'est injuste. De ces injustices qui changent le cours de l'histoire. Jeanne souhaite que tout soit consigné, recensé, archivé. Nous pouvons nous arrêter là, mais elle ne veut pas. Elle veut que vous sachiez.

Elle veut que vous sachiez qu'il y a un moment où on sait, que ça commence, que ça ne terminera pas. Que c'est paradoxalement fini et à tout jamais infini. La main du vouvoyeur commence à être plus ferme sur son épaule. Le petit tire violemment son manteau. Le grand l'empêche de partir en la retenant par un bras. Le moyen lui touche une fesse, à la limite de l'entrecuisse. Vient la sensation d'une poignée sur la bouche parce qu'elle tente de crier. Elle mord alors, sans conviction. Le petit la claque une première fois. Sa tête pivote. Intempéries, air de plomb, tempête ; tout est gris. Je ne m'en sortirai jamais. Elle se l'apprend, le transpire. Elle se retrouve dans le siphon de l'ennui, à l'ère des tueurs en série, de la révolution industrielle, à l'ère de la jouissance totale, du bonheur et de la liberté. Paroxysmique déclin. Elle est tout à trac à leur merci, en dessous du niveau de la terre. Elle va tourner : c'est ce qu'on lui dit. Elle se débat, manque de s'enfuir. Croche-pied, la gueule contre le sol. Plus rien à faire. Il n'y a plus de petit, de grand ou de vouvoyeur, les identités temporaires se volatilisent. Il n'y a plus que l'ennemi. Celui qui déchire votre manteau, votre pull, votre chandail, pour sortir un modeste bout de sein à l'air froid et le sucer cependant qu'un autre vous empêche de bouger en vous contenant les bras derrière le dos. Au tour du pantalon de céder, la petite culotte est rentrée insolemment dans le cul pour vous rendre *plus excitante*. De toute façon, elle est très vite arrachée. Comme dans les films. Le sexe à l'air, le cul à l'air. Le bruit des ceintures qui se défont, les rires. Elle a trois trous, ils sont quatre ; ça tombe bien, il faut toujours qu'il y en ait un qui la tienne.

Elle veut que vous sachiez. L'appréhension du béton sur la peau nue. Les gestes heurtés qui frottent son épiderme. Les couinements, les crachats. La glauquerie. Le corps pressuré. Ils l'empoignent, l'étouffent. Ils s'astiquent. Elle ressent l'hostilité pure, l'ardeur des faux instincts. Dans une joie animale, ils la détachent du monde. Les traces du réel la souillent sans ménagement. Elle est forée par des rouleaux durs et visqueux. On l'embroche comme du gibier. Sa vulve semble éclater. Sa bouche écume. Son cul saigne. Elle halète, ne s'entend plus crier. Elle supplie, on la claque. Elle pisse, elle défèque. Rien ne les dégoûte. Elle abandonne, s'abandonne, chancelle. Ils l'ouvrent, elle se plisse, ils la plient, elle craque. Ils sont imperturbables, l'appellent avec des petits noms, imitent des bruits de bêtes sauvages. Son cul devient la croupe. À dada sur mon bidet. Ils rient. Si fort. Elle hurle, se fend. Un poing dans la gueule. Les intrusions se répètent ; au début elle compte. Et puis elle n'y arrive plus, ça rentre et ça sort tellement. Buccal, anal, vaginal. Dans la réalité, elle n'a même pas la force de mordre. Jamais. On la détruit, l'anéantit, la dévore. L'accouplement froisse son épiderme, défigure son flanc. Ça coule, goutte. En elle, l'étrangeté se promène. Elle est un réceptacle tuméfié pour xénomorphe. Ils l'empoignent. Plus de lampadaires, que l'acier de la ville et le désastre définitif. Ils gloussent, la tiennent par les bras, les pieds, la gorge. Ils sont anonymes, des ombres aux verges sinueuses qui la déchirent. Elle se congestionne, s'obstrue, se bouche, s'assèche. Ils crachent dans son cul, claquent ses deux fesses. Les nausées redoublent. Elle vomit sur une bite. Ils lui assènent une punition encore plus profonde. Elle étouffe, sombre dans la torpeur. On la malaxe. Mais c'est qu'elle est farouche, qu'ils disent. Les pénis sont des tuyaux de chair, des tubes froids. Les formes sont lourdes, l'écrasent. Sous leurs masses à l'odeur acide, elle se disloque. Ils transpirent. Pas elle. Salope, chienne. T'aimes ça, avoue. Elle n'avoue pas, pantelante. Abîmée de terreur, elle supplie davantage. L'immondice la carbonise. On la fourre, on la baise, on la prend. Encore, encore, encore. Quand l'un s'extrait, l'autre s'introduit. Le silence est assourdissant, l'organique devient métallique, la peau tranchante. Jeanne est une usine à souffrances, elle fabrique son cadavre. Le temps s'arrête, des années entières s'écoulent. Ils la déferlent. Elle grince, se brise. Spasme après spasme, on l'enfouit. La collision est vive, constante. Les mandales pleuvent, la douleur monte. Ils l'arrachent, la défoncent, la ravagent. Elle est au supplice, autostrade pour règne animal. Parfois, une caresse est moquée. Leurs mains grotesques la blessent, leurs cylindres pisseux la déchiquettent. Elle encaisse, gémit, puis le râle s'installe, une plainte gutturale continue et qui monte brièvement en intensité à chaque obstruction en elle. La souffrance retentit. Ils sont copulants imperturbables. Leur structure fiévreuse la congèle. Ou la calcine, ne sait plus. Du vivant, elle passe doucement au macabre.

Les flashs des téléphones l'éblouissent. Ils filment, commentent, photographient. Elle est souterraine, incandescente, noueuse. Ils perlent, glaviottent. Elle suinte. Ravagée, elle brûle maintenant, fume, décline. Elle s'incendie. La fureur redouble, on l'engrosse toujours plus fort. Un passant passe, sans s'arrêter. Elle endigue, jusqu'à quand ? Incapable de bouger, de se détacher, ils appuient. La manipulent, l'accroupissent, la couchent, sur le dos, la poitrine. Une poupée empoignée, brisée. Un veau que leurs manches engraissent. On l'accable, lui ordonne, l'empoicre. Son bas-ventre beugle. Elle est jetable. Les sans-visages signent leur grand retour. Ils préviennent, se concertent : giclons ensemble. Dans de grands élancements, leur foutre grotesque jaillit de partout. Ils l'engluent, s'en tapent le cul au plafond. Une goutte de semence translucide de l'un touche l'autre, ils trouvent ça dégueu, mais rigolent. Ils s'essuient. L'un tente de lui chier dessus, n'y arrive pas. Ne serait-ce qu'un peu. Alors il pisse. Elle pleure. Par instinct, un coup de pied fuse. Misérable. Il n'a même pas mal. Les silhouettes n'aiment pas ça. Tu n'en as pas eu assez ? Ils remontent leurs pantalons, rangent les bites et s'acharnent. Les coups pleuvent, l'hémoglobine gicle, les os se brisent dans des fracas complexes. Sans forme et sans couleur, elle y advient enfin. Pardonne-leur, ils ne savent pas ce qu'ils font. Son visage est une flaque écarlate. Les fractures sont ouvertes. Au même moment, au cœur de l'immortalité de la bibliothèque numérique, quelque neuf cent trente-trois personnes se masturbent sur son corps d'antan haute définition. Un oiseau s'envole, elle l'aurait reconnu à coup sûr ; elle aimait tellement son livre sur les oiseaux d'Europe. Son sac s'est renversé. À même le trottoir, sa boîte à pique-nique trône, béante. Jeanne voit "hauteur limitée : 1m90" et puis tout devient blanc. Où finissent les utopies, le sang coule gris béton, la lune se lève rouge, et l'encre reste désespérément noire.

– 1.

La difficulté dans la fabrication de son ravioli ne résidait pas dans la farce qu'il confectionnait à partir de noix torréfiées et d'ail des ours haché, ni dans la finesse de la pâte qu'il devait aplatir, faire reposer, dégazer puis à nouveau aplatir, faire reposer, dégazer – et cela trois fois de suite à trente minutes d'intervalle –, ni dans la très délicate cuisson à la vapeur de l'objet italo-percheron, ni dans le dressage en perles de chèvre typique de la cuisine moléculaire, ni dans la réduction lait-foin qui l'accompagnait, mais dans le jaune d'œuf juste poché qui surplombait le mets et le rendait irrésistible ; ce geste devait évidemment être accompli au dernier moment afin de l'utiliser immédiatement. Jeanne devant rentrer par le train de onze heures – compter quarante-deux minutes Paris-Vendôme, puis vingt minutes depuis la gare TGV où elle avait laissé sa voiture (comme vous pouviez l'imaginer, la Xsara s'était éteinte, celle-ci était nouvelle) –, Nathan réserva donc la pâte et la farce, ainsi que les dressages, au frigidaire. Il lancerait la cuisson à la vapeur vers onze heures cinquante, avait le temps : l'horloge de la cuisine indiquait huit heures cinq. Ce matin-là, les oiseaux apparaissaient en nombre, Simba-le-chien le regardait avec rigueur et tendresse en vue de quémander un trio bien senti de type caresse-ballon-balade. Comme à son habitude, dès l'aurore, le bonheur était là, se pâmant dans les promesses du futur. Facilement corruptible, Nathan accepta, mais juste la balle. Il ouvrit la porte de sa maison et inspira un grand bol d'air frais. Il faisait encore nuit ; à peine un rai de lumière fine se dessinait à l'horizon. Son fils dormait encore. Le chien le sortit de son immobilisme flottant par deux aboiements vigoureux et un petit coup de langue sur la main qui tenait la balle sans avoir l'intention, semblait-il, de vouloir, pour l'instant, la lancer. "Va chercher" ; et il alla chercher. Quelques dizaines de tirs plus tard, la respiration de Simba ressemblait à un moteur au bord de l'explosion. Même si ce chien pouvait demander qu'on lui lançât la balle éternellement, quitte à mourir d'épuisement, il fallait s'arrêter, l'arrêter ; seul, il n'en était pas capable. "C'est fini Simba." Le chien but dans le seau extérieur réservé à cet effet et puis s'écroula sur la dalle de béton toute neuve qui entourait leur ferme. Nathan piétina un peu le matériau gris et pensa tout simplement *c'est une belle dalle, ça*. Le soleil sortit alors du bord de la terre dans sa traditionnelle robe orange de chrome. Nathan, un peu paresseux niveau vocabulaire en cette matinée exaltante, songea un nouveau *c'est beau*, qui revêtit en outre les allures d'un murmure. Il se fit infuser un thé blanc, cultivé à Sargé-sur-Braye ; tout semblait source de délice, de simplicité. Nathan déplora ses mauvaises pensées, de plus en plus prononcées ces derniers jours. Après tout, il pouvait bien passer quelques années à l'Élysée. Il pensait ce qu'il fallait, au moment où il fallait le penser ; il ne regrettait rien. Quoique. Le soleil se dévoila complètement au regard de la terre vendômoise : *quand je suis vingt ou trente mois*… Il n'eut pas le temps de terminer sa pensée-citation que le téléphone sonna. Il y a des sonneries qu'on connaît, il y a des sonneries qui annoncent la couleur de la nouvelle qui leur succède, il y a des sonneries explicites, des sonneries qui parlent avant qu'on ne vous parle, des sonneries qui disent déjà tout. Celle-là n'en fut pas. Aucun son ne sort de sa bouche ; son cri strident résonne jusques aux cieux.

– 2.

Les médecins lui répètent : sa survie relève du miracle. Nathan ne capte pas grand-chose d'autre, écoute attentivement la liste des blessures, comprend qu'elle ne répond à aucun stimulus, mais que toutes les fonctions végétatives sont conservées. En termes médicaux, elle est dans un coma de stade trois. Sa vigueur et sa résistance demeurent uniques, en doutait-on ? Il faut qu'on lui fasse passer de nouveaux examens dans la soirée pour éclaircir son état et compléter le bilan neurochirurgical. Il y a quelque chose de surprenant et d'incompréhensible, ajoute le médecin qui semble être le chef. Alors qu'elle devrait être proche d'un état de mort clinique, les fonctions cérébrales de Jeanne sont extrêmement actives, autant, si ce n'est plus, que chez un être humain en pleine santé. Comme si son cerveau s'était entièrement déconnecté de son corps. Nathan écoute sans passion les blouses blanches, peu enclin à se réjouir encore de telle ou telle anomalie. Au second plan, derrière les épaules du personnel soignant, le menton levé, il fixe la porte diaphane où s'activent quelques infirmières, porte qui va le mener à la chambre de Jeanne. Isaac dort profondément dans sa poussette. Nathan n'a besoin de rien – non –, juste qu'on le laisse passer, qu'on le laisse aller la voir, qu'on la ferme, qu'on ne lui parle plus, qu'on ne lui parle pas, ouste, qu'on dégage du passage. Il bouillonne, explose. Le cri est toujours en lui, sa présence le gêne, l'incommode, le brûle, peut-être que là-bas, après la porte, face à elle, il réussira à sortir, à se libérer de ses entrailles. Le cri racle son œsophage, frappe sous ses côtes comme un fœtus agité. Les médecins s'écartent, lui souhaitent bon courage – ne les regarde pas –, il s'approche de la porte, laisse la poussette dans le couloir, entre dans la chambre et hurle, hurle, et hurle encore.

Jeanne est un tas hybride de chair endormie et d'engins alertes ; elle a une forme inouïe, de nouveaux membres à l'allure longue et noueuse, des organes inédits, savant mélange de ferraille, de plastique et d'écrans digitaux, des sonorités vives et naïves qui se contentent de battre une mesure tragiquement vitale, les yeux clos et le visage bleu, allongée, barricadée, branchée, elle fait enfin corps avec l'incomplétude et l'addiction, incapable de vivre *sans*. Elle est l'avènement concret de l'*addictus*, humanité-machine maintenue en vie par la technique. Bip-bip-bip. Que voulez-vous répondre à bip-bip-bip ? Bienvenue dans le futur. Toi qui pensais, Jeanne, que le langage s'était perdu, que les mots aujourd'hui ne valaient guère davantage qu'un vulgaire bip-bip-bip, te voilà à ton tour réduite au fameux bip-bip-bip, transformation ultime d'un bavardage qui étiole la langue, coma profond, coma carus, mode de vie assistée, écriture inclusive avancée, dernier stade avant coma dépassé, état de mort cérébrale qui t'attend, qui nous attend, qui m'attend ; ne change rien, Jeanne, pas même un tuyau, demeure ici, messie entubé, peignons-la, ma vanité : tu es une allégorie parfaite du XXIe siècle. En l'observant, Nathan pense. Heureusement que Simba ne voit pas ça, bizarre de se dire ça, mais il se le dit – *ça* – à ce moment précis, après le cri. Il a oublié le chien, il faudra qu'il passe un coup de fil au village, pour que quelqu'un s'en occupe. Au moins, dans la vie, on peut rendre heureux un chien et c'est déjà pas mal. Le reste, c'est que du bonus. Fin de la parenthèse canine dans l'esprit de Nathan, pensée saugrenue et futile qui marque une fuite face à l'événement présent, face à la tragédie visible devant ses yeux maintenant mouillés. Cependant qu'il saisit la main de son épouse pour l'embrasser tendrement et mêler à sa peau meurtrie la douceur de ses lèvres et l'amertume de ses larmes, il entend, dans le couloir, la parole du médecin qui explique à nouveau la situation. À travers le hublot de la porte battante, Nathan aperçoit les visages des parents de Jeanne. Son père dit quelque chose du genre : "C'est peut-être préférable pour la France." Le corps médical ne relève pas, le cynisme est malheureusement habituel pour désamorcer la douleur. La mère sait que ce n'est pas cynique, que c'est, au mieux, réaliste. Elle dit à son mari "arrête" et il arrête. Une troisième voix émerge. Nathan la reconnaît. Camille. Il ne l'a pas vu depuis longtemps, le paiement des loyers est leur seul lien. La dernière fois, c'était au début de la vie politique de Jeanne, il était venu passer quelques jours à Courtemiche et puis il était parti en traitant sa sœur de *facho*, en lui affirmant qu'elle se faisait embobiner. Elle avait répondu qu'elle était responsable de ses actes et que personne ne se servait d'elle. Comme souvent à ce point, la discussion s'était suspendue ; Camille rentra chez lui et écrivit, pour une revue universitaire, un article sur l'apparition de l'écofascisme dans les discours protectionnistes et le localisme comme marqueur d'extrême droite. À ce moment très précis, quelque chose dans Nathan explose ; la peur, la rage, la tristesse, parfois, généralement, toujours, nous fait agir, sans réfléchir. Mais là, ce n'est rien de tout ça, c'est juste rien, quand on sait très bien que c'est la fin.

Il se lève. Ouvre la porte. Les parents le regardent. Camille lui prodigue un signe de la tête. Humble. D'une autre voix que la sienne, Nathan répond quelque chose de très étrange, d'incongrûment délicat, il dit "bonjour" et prend la poussette restée près de la porte. Il en sort l'enfant, leur présente. "Voilà Isaac, votre petit-fils." On sent que le père a réagi au prénom, un petit sursaut. Les parents sont abasourdis. Camille sourit puis pleure. "Je dois vous laisser." Et puis Nathan disparaît avec son fils et sa poussette. Dans les couloirs de l'hôpital, il marche vite. Court. Isaac se réveille. Sanglote. Devant l'hôpital il y a un banc, il s'y assied, nourrit son fils d'un biberon froid, le change dans un vent d'hiver tiède. Puis l'emmitoufle dans des couches et des couches de gigoteuses, couvertures et autres tricots de laine bien-de-chez-nous, percherons, tout fait main, à la maison. *Homemade*. Isaac ne sait pas – lui. Nathan – lui – est presque veuf. Il voit le bout du tunnel, ou plutôt son arrivée, ou plutôt son retour. Le temps de ce récit, il avait vécu une sorte d'entre-deux-tunnels, mais dans la mesure où il vit l'échec définitif de la consolation – sa quête devient vaine, et il ne peut plus vivre, au sens large du terme ; il ne lui reste que la petite vie. Celle dont il n'a jamais voulu se contenter. Celle dont il ne faudrait jamais se contenter. Le feu s'éteint, la destruction de l'amour lui retire le devoir absolu et nécessaire de se consoler. Il aurait pu y arriver, là-bas, dans le jardin, à attendre tranquillement que la vie passe, en arrêtant juste de s'en faire, calmement, reproduire l'espèce et regarder l'horizon infini du Loir-et-Cher, mais tout a basculé, il n'a pas eu le choix, il n'y a aucun moyen d'y échapper. Il revient donc parmi eux, parmi tous les inconsolables, parmi tous les barbares, les sauvages, les idolâtres, les consommateurs, et comme seuls les inconsolables peuvent consommer sans fin, dorénavant, il consommera ; autrement dit, il vivra pour consommer un monde inconsolable. Une immense joie contenue dans une immense peine : vous pouvez encore mourir d'amour. Et dire qu'il ne devait plus penser, n'est pas à même de s'en empêcher. Il quitte les jardins de l'hospice, a presque faim, va manger. La viande en batterie est d'origine polonaise, pas besoin de demander, on sent l'antisémitisme dans les nerfs du bestiau. Les frites sont tunisiennes, patates broyées puis reconstituées en tiges de taille industrielle. L'avocat bolivien goûte le sang et le pétrole. Il est bel et bien dans un resto bio. Pas mal pour un dernier repas. Ça fait sens, comme toujours. Dans le restaurant d'à côté, cela ne doit guère être mieux, un *addictus*, entouré d'enfants déracinés et bleuis dont l'activité de prédilection se résume à attendre la vie derrière des engins électroniques truffés de métaux lourds, y dévore peut-être un poulet brésilien nourri au soja déforesté vendu par des islamistes modérés. Vous pouvez vous dire que ce n'est qu'un poulet. Mais non. Au cas où vous ne l'auriez pas compris, toute l'histoire réside justement dans le fait que ce n'est pas qu'un poulet. D'ailleurs, Nathan y tient : le poulet est tout.

Il change le gosse aux chiottes. Un nouveau biberon, il n'a que ça. Songer à trouver des petits pots, ou pas. Et puis il se casse. Promenade digestive. Il achète plein de choses au hasard, vide son maigre compte en banque dans des boutiques de luxe où il n'avait jamais mis les pieds. Vers la place Saint-Sulpice, il craque pour un très élégant costume trois-pièces qu'il revêt. Il n'est presque pas ridicule, disons quasiment beau. En sortant, tout apprêté, Nathan scrute l'affiche d'un kiosque : le journal titre sur la performance télévisuelle de Jeanne, son massacre n'a pas encore été révélé. Il lit qu'un sondage réalisé juste après l'émission la donne, si l'élection avait lieu demain, en tête au premier tour et gagnante au second grâce au nouveau front républicain, celui qui décide de s'unir contre le capitalisme et la mondialisation. Qu'est-ce qui va se passer maintenant ? Il ne sait pas, peut-être que l'événement arrangera ceux qui avaient peur de perdre le pouvoir autant que ceux qui avaient peur de s'en saisir. Une affiche de théâtre annonce un spectacle avec Michel Galabru : *Le Prince sans rire et le Clone triste*. Nathan pense savoir que cet acteur est décédé il y a longtemps. Il ne prend pas le temps de vérifier sur son téléphone. De toute façon, il ne sait plus combien de réalités alternées (parallèles ?) son histoire vient d'ouvrir. Marre de vérifier, marre d'être informé. Nathan vivra désormais dans ce doute qui s'appelait vie et qui est devenu mort.

La journée passe très vite, il pleut à peine et puis l'orange et puis le rouge. Les oiseaux s'enfuient. Encore un biberon, une nouvelle couche. Depuis les quais de la Seine, il montre à son fils le dodo du soleil. Lui cite Mallarmé. Lui chantonne le *Triple Concerto* de Beethoven. Nathan jette alors toutes ses courses dans la Seine sauf le costume qu'il porte, puis détache le couffin de sa poussette haute-technologie-allemande-trois-en-une. Il essaie. C'est du bon matos ; ça flotte. S'il ne peut plus être père, lui peut rester fils. Au crépuscule rouge vif, il embrasse l'enfant puis le regarde partir brandillant au rythme des ondées du fleuve, avant que le berceau vagabond ne disparaisse sous les ponts de Paris.

Il veut oublier le corps sacrifié de son épouse, les corps torturés des femmes qui, quant à eux, ne nous absoudront pas de nos péchés. Dans le noir, il n'y a pas d'arcs-en-ciel. L'étoile des Mages vient de s'évanouir. Saturne et Jupiter ne sont plus alignés. Personne pour s'en étonner. Il fait nuit maintenant. Les flics l'appellent. Nathan ne comprend pas tout de suite, ni après d'ailleurs, il ne comprend rien à ce qu'ils disent peut-être parce qu'ils ne disent rien. Ce coup de fil est absurde. Il écoute le mec qui parle en même temps à son collègue, bruits de fond intérieur commissariat : clavier d'ordinateur, sonneries, cris et franches rigolades. D'abord les condoléances. Ensuite l'enquête avance, pour une fois. Le collègue rit, ou quelque chose comme ça. On se rassure avec ce qu'on peut.

Mais ce n'est pas tout. Nathan doit venir au commissariat. C'est hors de question. Il raccroche et se souvient de ce rêve qu'enfant il faisait. Sur un chemin, au cœur d'une vaste forêt enneigée, il marche à côté d'un chien. La luminosité est très forte, l'image idyllique. Finalement, il a toujours fantasmé de vivre non pas à la campagne, mais en montagne. Bref. Le froid est sec, Nathan est heureux, le chien aussi (une sorte de border collie aux couleurs du berger australien). Quelques chevreuils çà et là bondissent. C'est une joie pure, un paysage vrai. Et puis il a envie de pisser, il quitte le sentier, entre un peu dans la forêt, se met devant un arbre, dégrafe difficilement son attirail fait de fines couches tel un alpiniste (être léger et confortable sans avoir froid), sort sa bite et se met à pisser. C'est jaune, ça fume. Et au contact de la pisse, la neige fond par traits délicats. Le jeune Nathan essaie alors de dessiner quelque chose avec son jet, comme un enfant. Sauf que ce que sa pisse essaie de dessiner dans la neige, c'est clairement une croix gammée et il n'y arrive pas, elle n'est jamais parfaite, et il veut qu'elle soit parfaite. Il se réveille. Il n'a pas repensé à ce rêve depuis longtemps. Quand il parvient au Grand Palais, la queue pour entrer à "La Soirée du millénaire" est déjà longue.

– 3.

Il est dix-neuf heures une et la deuxième épidémie du millénaire prend officiellement fin. Jusqu'à quand ? Personne ne sait et il faut en profiter. L'histoire se répète. Voilà donc Nathan qui reparaît à ce qu'il concède être sa place. Il voudrait tout oublier, revenir en arrière, que tout ça n'ait jamais eu lieu, ne s'être jamais risqué à être si triste, ne s'être jamais risqué au bonheur. Pas de sélection en vue de la part d'un videur, juste des contrôles de sécurité, il arrive suffisamment tôt, n'aura pas de problème pour entrer. Il récupère néanmoins cette petite boule au ventre, cette légère tension surannée et railleuse qui l'a accompagné des années durant avant de partir en soirée, ce tumulte onctueux, cette exaltation devançant le fameux départ en boîte de nuit, moment le plus attendu de la semaine, espéré chaque jour qui précède, mise à jour inféconde du sabbat où l'on peut devenir ce fol amant de Dieu. Les souvenirs reviennent, ils datent, la drogue heureuse : c'est comme le ski ou le vélo, ça ne s'oublie pas. On papote dans la file, on rigole, on fait connaissance – petit groupe de parole –, on se charrie, mais pas trop quand même, surtout s'il y a une sélection au bout, alors on escompte plutôt tranquillement l'instant messianique du toi, pas toi, toi, pas toi, allez-y, ça va pas être possible. Il ne faut pas que ce soit trop facile pour que ça reste particulièrement bon, il faut un peu de risque et la sensation d'avoir été choisi, d'être privilégié. Toujours. Les gens frétillent, hurlent, se serrent brutalement dans les bras. Des vendeurs à la sauvette proposent des bières pour patienter, de l'eau pour la sortie. La jeunesse arrive en masse et se déploie devant le Grand Palais ou sur les pelouses du jardin des Champs-Élysées, chaque groupuscule est muni de son propre haut-parleur dont le son s'ajoute à l'amas informe de musiques superposées. Quelques corps se hasardent déjà à une première danse. Le quartier est bouclé, néologisme oblige : piétonnisé. Nathan entre dans le périmètre céleste ; autant que le deuil est péremptoire, il s'y sent légitime. Freud et Lacan avaient raison : l'un quand il a compris qu'il pouvait y avoir des déplaisirs conscients qui se révèlent des jouissances inconscientes, l'autre quand il a révélé que nous n'avions pas simplement des désirs, mais surtout un désir plus important, plus nécessaire et qui était caché dans l'abondance des autres désirs. Nathan le comprend ici et maintenant, c'est donc cela : *notre affaire*. Il repère une roulotte, commande une bière, se trouve un peu ridicule dans son costume, mais rigole quand même avec quelques confrères hominidés dans le but pas vraiment secret de trouver de la drogue. En cinq minutes : coke, MD, ecsta. Parfait, de quoi voir venir, de quoi ne pas céder sur son désir. Il déniche un bout de pelouse libre, s'y assied, boit une gorgée et se prépare un gros rail, comme s'il n'avait pas arrêté, comme s'il ne s'était rien passé, comme si je n'avais jamais écrit. L'effet est immédiat, allègre et fluide. Un groupe de lycéens l'accostent, lui demandent s'il n'a pas un petit truc, il les invite, leur offre. Redevient celui qui compte, qui peut à nouveau dire n'importe quoi en ayant l'impression que c'est vachement intéressant. À force de prêchi-prêcha et de poudre, sa bouche devient sèche, il marivaude, boit et fume de plus en plus. Il toise, les trouve beaux, étrangement parfaits. À en pleurer. À en crever. L'émotion est vive, la drogue de qualité, la montée puissante ; il n'a plus trop l'habitude, doit prendre le large, s'excuse. Même si la foule devient exponentiellement dense, en marchant, le monde s'apaise un peu, son cœur aussi. Nathan flâne, scrute les promesses. Il n'en veut étrangement à personne. Si Jeanne était une anomalie systémique, lui se rapproche plus du simple *bug*.

Sans crier gare, les basses sonnent. Les gens commencent à s'agiter, à finir leurs verres, à se préparer. Visible de l'extérieur, la nef s'illumine de l'intérieur. Du gros son. Avec sa dernière gorgée de bière, Nathan avale un ecstasy et redécouvre une nouvelle attente, le nœud qui se serre un peu plus pour, bientôt, au cœur d'une vie nouée, le temps d'une nuit et *tout du long de l'aune*, se dénouer.

L'agenda est dément. Dans le Grand Palais, Laurent Garnier croisera Josh Wink, Carl Cox, Len Faki, I Hate Models, Lilly Palmer, Nina Kraviz, Jon Hopkins ou encore un *B2B* entre Charlotte de Witte et Enrico Sanguiliano, avant – et là Nathan hallucine – un live d'Infected Mushroom prévu pour cinq heures du matin. Solomun jouera pour la clôture, de sept à midi. Nathan regarde sa montre – ça va –, il lui reste du temps. Dans le Petit Palais, ce sera nettement plus *acid* avec une carte blanche à Amélie Lens et son label Lenske. Enfin, à l'espace Cardin, Dactylo a été invitée.

Trois quarts d'heure plus tard, ce qui advient est véritablement exceptionnel. Il en remercie le Ciel (comme s'il avait quelque chose à faire là-dedans). Ses doigts se touchent entre eux pour le confirmer, sa main caresse sa poitrine, ses yeux se ferment, sa tête se renverse, bat la mesure, un sourire se dessine. Il comprend qu'il y a des soirées qui jamais ne cicatrisent et que, s'il y réfléchit bien, la fête est ce qui a pu se passer de majeur dans son existence. Il le sent : c'est bon et mauvais en même temps. Cependant que le fils qu'il a abandonné est récupéré par un couple de touristes japonais qui, se promenant le long des quais, furent tout éberlués de voir ce berceau flottant sur la Seine, Nathan s'explose la tête. Ce soir, il n'a plus aucun avis sur sa fâcheuse tendance à la dévastation et au cynisme puisque le *sapiens sapiens* arrive au bout de la destruction irrévocable du biotope de sa planète natale. Il en est persuadé : c'est quand même beaucoup plus *fun* quand tout va mal. Enfin, il tient sa raison d'être désespéré. Veuf, c'est encore mieux qu'orphelin. Au moins, impossible de dire qu'il n'a pas profité, non pas de sa jeunesse, mais, tout bêtement, de la vie. La parenthèse enchantée est terminée. Il revient dans la partie. Et c'est aussi bon qu'une première fois.

Ce soir, c'est décidé, Nathan ne sera ni drogué ni romantique : il sera les deux à la fois. Ce soir, il aimera la folie du monde, les baisers des inconnus, les caresses humides, les cris, la cohue compacte, heureuse, hurlante, libérée. Il aimera les travellings qu'il fait depuis ses yeux en parcourant la foule. Il aimera être devant l'enceinte, chercher les gens du regard, serrer les poings, sauter. Il aimera la beauté inconsidérée et considérable de l'*addictus*. Il aimera que cela soit trop beau, trop simple. Il aimera trier ses poches sans s'en rendre compte, penser à des trucs délirants sans s'en rendre compte, dire des trucs absurdes sans s'en rendre compte, se déshabiller sans s'en rendre compte. Il aimera modestement fermer les yeux et danser, danser puissamment, sans s'en rendre compte. Il aimera ne pas s'en rendre compte et il aimera sans s'en rendre compte. Il aimera le souffle de la vague, l'union des pulsations, le champ de bataille des joies, le monde dépourvu de quête, le rêve vidé de son sommeil. Il aimera sa mâchoire serrée. Il aimera boire de l'eau. Parce que c'est aussi facile de dire que c'est faux que de ne pas oser y voir la vérité, Nathan aimera le superficiel. À nouveau, il aimera l'humain.

Déjà quatre-vingt-dix minutes qu'il danse et que Dieu revit. Il se souvient que Jeanne pensait qu'en légiférant sur les boîtes de nuit, la seule chose qui était encore illégale – à savoir les tentatives anarchistes des *free parties* – devenait plus ou moins légale. Institutionnaliser la fête fut un des ultimes coups de massue donnés à la possibilité révolutionnaire. Le libéralisme économique et son grand allié syndicaliste l'avaient emporté. En offrant aux gens un espace d'émancipation, en tolérant plus ou moins la drogue, d'une manière franchement hypocrite, la superstructure étalait son emprise pour des millénaires. Nathan lui aurait alors répondu :

— Ta gueule et danse.

Et ils auraient crié comme des gamins insupportables :

— Allez, là !

Sauf qu'ils ne s'étaient finalement jamais drogués ensemble.

Nathan pleure, saute de plus en plus haut, de plus en plus abruptement. Il rebondit. Ses gestes sont brusques, ses voisins le lui rendent bien en le poussant à leur tour. Un mouvement de foule le détache un peu de ses pensées. Son corps est frissonnant, aérien, peu encombrant. Les effets commencent à s'estomper. Dans un coin de la salle, il tape un peu de coke avant de ressortir pour fumer une clope. Il consulte l'agenda de la soirée. Même déchiré, il continue d'adorer les plannings. Il va sur les pelouses du jardin, les bancs en palettes lui rappellent les prémices de

Courtemiche. Il se retrouve une bière à la main, n'a aucun souvenir de l'avoir achetée, mais s'en souvient finalement un peu. Elle n'a ni le goût du vin herbé, ni de quelque philtre d'amour. Il ne sait pas où est son feu, se dirige vers un groupe de jeunes. Ils sont tous défoncés, se marrent, commencent à loucher. Nathan en demande, on lui en donne, il ricane avec eux, beaux et tristes à la fois, un des gars lui dit :

— T'as testé la MA ?

Nathan ne comprend pas bien, ou pense qu'il a mal entendu, il répond :

— J'ai ce qu'il faut, merci.

— Ah ouais, t'as de la MA ?

C'est bizarre, qu'il entende ça deux fois, il corrige :

— De la MD, oui, merci j'ai de la MD.

Un autre se marre :

— On te parle pas de MD mec, on te parle de MA.

— C'est quoi ?

Et les lycéens se marrent.

— Ah ah, le vieux quoi. Mais renseigne-toi. C'est nouveau, ça déchire tellement. Faut que tu goûtes, frère.

— Ah ouais, MA ?

— Ouais, c'est un truc qui vient de Berlin ou de Tel-Aviv, on sait pas, en tout cas, c'est un truc de gens qui vivent après l'apocalypse.

L'autre lui donne l'information clé.

— MA. Ça veut dire "Monde d'Après".

Alors Nathan dit :

— J'en veux tout de suite.

Et ils lui tendent dix cachetons contre cent cinquante balles. Des petites pilules rouges, de type ecstasy, dont le logo représente l'autoportrait décharné que Michel-Ange a peint dans la fresque apocalyptique de la chapelle Sixtine. Avec une gorgée de bière, Nathan en gobe une. Et puis les jeunes lui demandent comment ça va, il a envie de répondre :

— Mon épouse, une ancienne actrice pornographique qui dirigeait un mouvement écologiste, anticapitaliste et néoréactionnaire vient d'être violée et laissée pour morte. Elle est actuellement dans un coma de stade trois.

À la place, il répond

— Ça va

, pense que *Ma femme est une fasciste* ferait un bon titre de pièce de boulevard et que, finalement, c'est bien fait pour elle. Dorénavant, il sera libre. Nathan se lève et se met en route pour l'espace Cardin, au cœur du Monde d'Avant.

D'abord, il a l'impression de les reconnaître, tous. Nathan sort de son corps et se voit dans un très lointain passé. Ce n'étaient pas juste de bons moments. C'étaient *les* moments, *les* seuls, *les* vrais. L'avaient-ils oublié ? Eux, tous les amis, déguisés, les paillettes, les baisers, les câlins, les cocottes, les bichons d'azur. Où sont-ils ? Comment leur dire qu'il ne les oubliera plus jamais, qu'il est désolé, qu'il est de retour. Sauf qu'ils ne sont plus là. Plus personne n'y est. Nathan ne connaît pas ceux-là. Il n'y a plus que des jeunes, des vrais, genre lui quinze ans plus tôt en vraiment pire : dix-sept piges à tout casser, ne sachant même plus se droguer paisiblement, un carnage. Il faut tous les sauver ou n'en sauver aucun. Nathan pense un truc comme : le monde va *vraiment* mal, on a *vraiment* flingué nos gosses, et puis merde, ils sont quand même beaux. Mais où sont tous les autres ? Nathan est de retour, lui, mais pas eux. Ils n'ont tout simplement pas eu l'idée, ou ils ont effectivement oublié, ou ils n'ont plus envie, ou ils sont devenus adultes. Nathan s'en fout et danse.

Il danse au midi de sa vie, au milieu des visages qu'il ne connaît plus. Il faut la voir pour la croire : la danse libératrice, libertine, libérale, libre, celle qui absout toute scélératesse, celle qui unit les hominidés dans une connivence absolue, dans l'amour déchaîné du prochain, orgie chrétienne sous infrabasses, aussi rococo que la tombe du Facteur Cheval, aussi décadente que le clavecin de Pancrace Royer. Nathan évolue par ellipse, se téléporte. Le Grand Palais est maintenant noir de monde, il ne peut presque plus bouger. Le sol est liquide, les peaux grises, les pupilles dilatées. Il est au moins trois heures du matin. Les Champs-Élysées ont été pris d'assaut par les danseurs. Dans ce pays imaginaire, les enfants perdus dansent sous une pluie d'amour.

La MA commence à faire de l'effet. Dans la fumée et les stroboscopes, Nathan y voit plus clair : la drogue n'est certainement pas l'aboutissement de l'*addictus* mais le seul moyen de redevenir *sapiens sapiens*. En dehors de ses effets étonnamment doux et puissants à la fois, cette nouvelle drogue va très loin : chacun y trouve ce qu'il cherche vraiment. Aucun téléphone n'est dressé dans la salle, les réseaux sociaux se vident de leurs utilisateurs dès l'ingestion de la première pilule. Ses principes actifs sont conçus pour : vous ne ressentez plus le besoin d'œil-caméra ou d'hallucinations connectantes. Vous pouvez rester debout tout en pliant les genoux. Vous ne pouvez vous brancher que sur le réel. La science-fiction s'était donc trompée : la drogue du futur n'est pas celle qui nous permettra de fuir la réalité, mais celle qui réussira à nous redonner envie d'y vivre.

C'est alors qu'elle apparaît. Il la reconnaît, devant les enceintes, à une dizaine de mètres. Elle s'éloigne, traverse la foule, passe derrière la scène. Il se frotte les yeux. Et puis s'élance vers elle. Défoncé comme il est, dur de se frayer un chemin dans la masse compacte et suante. Les gens hurlent, s'embrassent, le caressent au passage. Dès qu'il pousse quelqu'un, on lui rend un câlin, une papouille, un je t'aime. Rongé par le *beat*, il se faufile tant bien que mal au cœur de l'amour absolu. "Pardon, pardon." Tirant systématiquement plus loin le fil de l'illusion, au cœur du labyrinthe, il ne faut pas qu'il perde sa trace. Le sol vibre à coups de sauts synchronisés, la masse humaine reprend ses droits et ses devoirs. Enfin, il n'est plus question de vivre ensemble, mais de vivre.

Quand il parvient à sortir de la nef, Nathan réalise que cette marée vivante a envahi l'espace urbain. À perte de vue, la foule aux bouches ouvertes est toujours plus dense, plus compacte, plus agitée, plus sautillante, plus joyeuse, plus hurlante. Il avait oublié à quoi ressemblait l'autre bonheur. Ça s'est joué à pas grand-chose.

— Nathan !

Il se retourne et elle est là. Souriante, elle lui tend la main. Il la prend et se laisse conduire à travers le flot, le contact des deux paumes à la fois comme voile et radeau. Sa tête virevolte de gauche à droite, il ferme les yeux, ne voit plus que les éclairages radieux de la fête et puis décolle, quitte la civilisation des loisirs. Son corps flotte, hésitant. Il a la sensation d'être créé et détruit à chaque instant. Défiant toutes les règles de la géométrie euclidienne, Jeanne et Nathan traversent les intermondes, s'enroulant comme deux brins hélicoïdaux.

Il veut à nouveau espérer, qu'ils se réveillent ensemble, dans le monde réel, s'aimant comme au premier jour. À la place, elle lui fait visiter son univers souple de lumière et de boue, de tunnels et d'espoirs, sans figure de l'ombre, sans agent des ténèbres. Connectée entièrement au vivant, fœtus flottant parmi les astres, dépassant le Grand Nuage de Magellan, Jeanne plane dans l'antimatière, continuant d'engorger l'information des ADN de tous les univers. Elle voit les planètes habitées et les lui montre. Elle lui signifie la jungle des molécules et la double hélice des origines. Elle lui explique les règles physiques qui gouvernaient le monde d'avant le big bang : c'est un montage parallèle qui est aussi alterné, c'est séparer de lui-même ce qui n'existe pas encore. Sur Mars, elle lui apprend à conduire Persévérance. Elle lui danse l'unique et lui chante l'indivisible. Elle sculpte devant ses yeux des cités imaginaires et la tour féodale de Fréteval. Elle lui nomme toutes les couleurs, même celles propres à ce monde. Dans un trou noir, il fait une blague juive. Elle lui révèle les nébuleuses qui l'inspirent, celles dans lesquelles elle perçoit l'expression du chaos créateur, ce vide pesant, plein de néants. Elle ouvre la valise de Walter Benjamin, lui enseigne son anthropologie poétique du racontage, lui lit des passages du *Conteur*. Jeanne et Nathan nagent maintenant sur des rameaux galactiques, au gré des éruptions solaires. Ensuite, d'humeur fantasque, ils dessinent une carte de la cosmogonie, une carte apaisée, apaisante, avant de retourner flâner parmi la roche en fusion, les comètes, et de regagner l'arbre. Les chérubins à l'épée flamboyante les laissent entrer le temps d'une jouissance protégée, le temps d'un pique-nique avec deux nephilims.

Jeanne est coincée entre la fiction et la réalité, son coma devient turbulent et incompréhensible. Alors Nathan se rend compte que si le paradis existe, la mort est moralement invivable pour le vivant. Bip. Bip. Biiiiip. À cet instant, de gigantesques néons s'allument pour écrire en lettres dorées sur les murs du palais : *Vous plaît-il d'entendre un beau conte d'amour et de mort ?* Il cherche vite dans ses poches de la drogue à reprendre, mais n'y trouve que des pochons vides. Tout étant consommé, son estomac n'est plus qu'un vulgaire pochon plein, à quelques secondes de l'explosion. Ça tombe bien, dorénavant, il n'est plus doué de sentiments. Dans son sang : le Monde d'Après, face à lui : le réel.

L'âme de Jeanne s'envole et Nathan fixe du regard la clarté évanescente qui se rend vers les cieux. On dirait qu'elle danse avec délicatesse avant de rejoindre la souriante nuit noire de l'inconnu. Pendant ce voyage de lumière, elle essaie de le convaincre, mais rien n'y fera : même le fait d'être un personnage de fiction n'arrive pas à le consoler, pire encore, cela accentue sa détresse. L'idée de n'être jamais né, l'idée qu'elle soit à jamais endormie dans un autre monde, l'idée d'ancrer noir sur blanc ce terrible destin : rien de tout cela ne le satisfait ; l'idée que sa peine incommensurable n'existe que dans un roman ne l'enchante pas non plus. L'addiction est totale.

OUVRAGE RÉALISÉ
PAR L'ATELIER GRAPHIQUE ACTES SUD
ACHEVÉ D'IMPRIMER
SUR ROTO-PAGE
EN MAI 2023
PAR L'IMPRIMERIE FLOCH
À MAYENNE
POUR LE COMPTE DES ÉDITIONS
ACTES SUD
LE MÉJAN
PLACE NINA-BERBEROVA
13200 ARLES

DÉPÔT LÉGAL
1re ÉDITION : AOÛT 2023

N° impr. : 102633

(Imprimé en France)